Arnold Stadler

Einmal auf der Welt. Und dann so

Roman

S. Fischer

© S. Fischer Verlag, Frankfurt am Main 2009
Alle Rechte liegen bei der S. Fischer Verlag GmbH, Frankfurt am Main
Satz: Pinkuin Satz und Datentechnik, Berlin
Druck und Bindung: CPI – Clausen & Bosse, Leck
Printed in Germany
ISBN 978-3-10-075122-5

Aber die Nacht kommt! laß uns eilen zu feiern das Herbstfest
Heut noch! voll ist das Herz, aber das Leben ist kurz

Friedrich Hölderlin, *Stuttgard*

Artabanos sah den König weinen und sagte:
Eben warst du noch glücklich, und jetzt weinst du.

Da antwortete Xerxes:
Mich überkommt ein Mitleid, wenn ich sehe,
wie kurz das Leben ist.
Von all diesen Menschen hier wird in hundert Jahren
keiner mehr da sein.

Herodot, *Siebentes Buch 47*

Unsere Zeit hauchen wir aus wie ein Aufstöhnen.
Das ist alles.
Einmal das Dorf hinauf und hinunter:
So sind wir unterwegs

Psalm 90

Erstes Buch
Ich war einmal

Teil eins:
Schmerzensfreitag

In einer Geschichte, die keine Notiz von uns nahm, wohnten wir in unserem Haus unter dem Strohdach mit dem Schmerz als Grundriss und mit dem Satz, der von Bett zu Bett weitergegeben wurde bei uns: dass das Leben kurz sei, so kurz, wie einmal das Dorf hinauf- und hinuntergelaufen. Dazu war es Tradition bei uns, dass, wenn einer starb, sein Bett zusammengeschlagen und verbrannt wurde. Daher kommt es, dass es kein altes Bett gibt bei uns. Nur die Stelle blieb die alte, der Ort, unsere Schlafkammer, unser Zeugungs-, Schlaf- und Sterbeplatz. Der Tod hatte hier seinen Platz im Leben. Ich könnte die Stelle zeigen.

Der Tod war in unserer Sprache nicht formulierbar. Nur die schwierigsten Konditionalformen und Futur II in der Sprache von Vater und Mutter, der Muttersprache, die ausgestorben, ausgerottet ist wie die Indianer.

Alle, die dieses Haus verlassen haben: in den Krieg, nach Amerika, in die Fremde, auf unseren Friedhof, zum Schein – jene, die wiederholt zurückkehrten, zum Schein: der eine Onkel aus Amerika, zum Beispiel, und die später vermissten Onkel vom Fronturlaub … Alles geschah, damit es vergessen sei.

Dennoch trotzten wir all diesem und schafften uns im Verlauf von zwei Olympiaden vier neue Sitzgarnituren an. Die dürftigen Angebote vom einzigen Polstergeschäft vor Ort kamen mit dem Bestellkatalog ins Haus. Immer wieder wurde eine neue Garnitur ausgesucht. Unser Raumausstatter, der nur einen Vornamen hatte (Jetzt kommt der Fritz!), zeigte seine Sachen im Katalog, die Garnituren; und eine davon bestellten wir. Nur die Farbe konnten wir uns ausdenken. Sie wurde vom Fritz vorgelesen. Und wenn sie dann ins Haus kam, gab es Geschrei und Tränen, bis zu Selbstmorddrohungen hin. Die Bilder waren ja schwarz und weiß. Aber diese Farbe wollte ich nicht!

Die Sitzgarnituren hatten gar nichts mit dem dumpfen Verschönerungsdrang zu tun, der im Lauf meiner Jahre alles zerstörte, was mir schön schien an diesem Dorf, in dem ich stehen und gehen lernte, und auch nichts mit Verschwendung, sondern waren ein vielleicht hilfloser Versuch, allem zu entkommen, eine Art Beschäftigungstherapie aus Schmerz über Kürze und Verlauf dieses Lebens hier. Eine vielleicht unstillbare Sehnsucht, sich auszuruhen. Ein Verlangen nach einem Ort zum Ausruhn – und trotz allem zu bleiben.

Man muss die Sitzgarnituren philosophisch sehen.

Vielleicht waren es aber auch nur die Angst vor dem Tod und die Furcht vor dem Schmerz eines langsamen Sterbens, ausgelöst und bedingt durch die Nachstellungen der Bank, war es der Anruf von Bantle an jedem vorletzten Geschäftstag des Monats mit der Frage, ob wir das Zahlungsziel erreichten.

Was ich am Ende, eines Freitags, entdeckte, war die Eintragung einer Grundschuld in Millionenhöhe, das heißt, ich entdeckte nur die Quittung über die Begleichung entsprechender Notariatskosten, einen kleinen Zettel, der in einer der Küchenschubladen herumlag.

Schmerzensfreitag,

weil ich an einem Schmerzensfreitag, wie hier im Hochland der Freitag vor Karfreitag heißt, ohne dass ich wüsste, warum, geboren wurde, an der Straße von Wien nach Paris, wie Heidegger, den jeder verehrt und keiner liest, Welte, auch ein Philosoph, der am Ende nur noch Rosen malte, Anita Gillert, Bravo-Girl 1971, von David Garrick, dem Sänger von *Dear Mrs. Applebee*, am Marktbrückle nach München in die Stadt abgeholt, nicht »in einer Mottenkiste verschwunden (bitte melden)«, nun glücklich auf Bali, wie mir die Nichte schrieb, Johann Baptist Roder, der Viehzüchter, der schon im neunzehnten Jahrhundert sein auf dem einheimischen Mist gewachsenes Vieh bis nach Südafrika verkaufte, Abraham a Sancta Clara, einer der Retter Wiens (Mercks Wien!), Johann Baptist Caspar Seele, der als Schlachtenmaler einigen Erfolg erzielte, Lucy Braun, die Modeschöpferin in Mailand, Conradin Kreutzer mit seinem *Schon die Abendglocken* und Anton Gabele, der Heimatdichter, dessen Stern ebenfalls in einer Zeit leuchtete, die andere als finster bezeichnen, sowie der Meister von Meßkirch. Ein Bild blieb in der Stadt, siebzig wurden vom Fürsten, der sich in der Bierbranche einen Namen gemacht hat, verscherbelt oder nach Donaueschingen transportiert, wo sie im Fürstlichen Museum verkamen, bis alles von einem Industriemogul, der wegen der Steuer in die Schweiz geflüchtet war, aufgekauft wurde. Der Mann hat für die Meßkircher Sachen ein Museum gebaut, aber nicht in Meßkirch. Es ist so viel, dass gar nicht alles Platz hat. Der Rest liegt nun im Zollhafen oder in Amerika.

Also, oben das Schloss, das der Fürst für eine deutsche Mark an die Stadt Meßkirch verkaufte, als die Mauern schon bald nach innen und bald nach außen kippten. Stattliche Frührenaissance, der Stadt als Ruine oder Quasi-Ruine überlassen.

Zum hundertsten Geburtstag des Philosophen wurde eine Sondermarke bei der Deutschen Bundespost beantragt. Vergebens, was die Post auch nicht ehrt.

Mozart nächtigte in Meßkirch, auf einer Heimreise. Er wird nicht lange geblieben sein. Marie Antoinette auch, diese auf dem Weg nach Paris.

Papst Pius XII. war hier, zusammen mit Erzbischof Gröber, der von hier war, sagte, das sei aber eine Kathedrale, und Gröbers Nichte fabrizierte noch bis in die siebziger Jahre hinein die weltberühmte Meßkircher Schneckennudel.

Die erste bemannte Weltraumfahrt fand in der Nähe von Meßkirch statt.

Der Erfinder des Volapük hat im Meßkircher Pfarrhaus zu seiner Sprache gefunden.

Das alles konnte die Meßkircher Schule von sich aus bestreiten, die dreitausend Seelen zählende Meßkircher Schule von sich aus, und nötigte der Welt, auch mir, Respekt ab und hätte manchem Waldfrevler die Sprache verschlagen können.

Es war ein wenig so wie auf jener Tafel an der Bergwirtschaft in der Höll:

»In diesem Hause hätte die Mutter von Peter Rosegger in der Nacht vom 10. auf den 11. Mai Anno Domini 1842 beinahe übernachtet«.

Zu allem war Meßkirch auch noch schön, die Heimat von Kants Großmutter und von Willi Stärk, dem Musikdirektor von Hollywood, und hätte auch in Hollywood Karriere machen können.

In den umliegenden Dörfern und Kleinstädten jedoch war es weniger beliebt, soweit ich zurückdenken kann.

Hier wurde auch ich geboren, im Städtischen Krankenhaus, längst aufgelöst.

Vorgeschichte

Von der Schwackenreuter Schwanz-Seite her entstamme ich einer bedeutenden Ferkelhändlerdynastie: einer meiner Urgroßväter, genannt Sau-Schwanz (die Nachfahren leben heute noch unter diesem Namen in Schwackenreute), war nämlich der bedeutendste Ferkelhändler um 1870, der seine Produkte bis zur Basler Ferkelmesse hinunter, die damals noch stattfand, an den Mann brachte. Er hatte das Ferkelgeschäft von ganz Seeschwaben und bis in die Schweiz hinüber und nach Vorarlberg hinein in seiner Hand. Das soll von diesem Vorfahren genügen; und mehr weiß ich ja auch gar nicht von ihm. Über seinen Namen hinaus, und den, den er sich gemacht hat, weiß ich so gut wie nichts. Er hieß August Xaver (Schwanz), und sein Name, er allein, lebt über seinen Grabstein weiter. In unserem Stammbaum natürlich auch. Aber von Ferkelhändler steht da nichts. Das ist mündliche Überlieferung der Geschichte.

Vielleicht stimmt das gar nicht? Aber wie soll ich das heute noch herausfinden? Es wird so viel gelogen: die Vieh-Schwanz belügen die Ferkel-Schwanz; diese wiederum jene, bis herab zu mir. Und ich weiß ja auch nicht, was hier stimmt oder nicht, nicht einmal an mir selbst, die ganze Geschichte, in Wörtern, die hier. Ein Schwanz will vor dem anderen eine gute Figur machen, er will gut dastehen. Man übertreibt, man bläht sich auf, man kommt einander mit seiner Geschichte: Ein Schwanz will vornehmer sein als der andere, so ist das in ganz Schwackenreute. Der Stammbaum wird, wie wir, immer phantastischer. Schließlich, wenn keiner einschreitet, landet unsereins – über August

Xaver, Conradin Kreutzer und Abraham a Sancta Clara hinaus – bei der Welt-, wenn nicht Universal-, ja Vor-Geschichte: bei der Schwanz-Saga und dem Schwanz-Mythos.

So höre ich, dass eben die Sau-Schwanz sich ein Wappen anbringen ließen: ein (angeblich) ganz altes: das Ferkel-Wappen. Ein Ferkel oder sonst ein Tier erscheint auf diesem Wappen nicht, aber eine riesige, sehr alte (wohl erfundene) Jahreszahl und eine Art Rüssel um alles. Verhängnisvolles Vorbild für den Wappenkult an den nunmehr glatten Häusern mit den Satellitenschüsseln (im Stil der neuen Zeit) ist ja ein Anwesen in der Nähe des Bahnhofs von Meßkirch: Dort hat sich eine Familie Wurst mit diesem Namen, einer Jahreszahl und einer Wurst verewigen lassen. Gewiss ist dieses Wappen eine Erfindung. Damit kann ich leben.

In den Monaten vor meiner Geburt erschütterte uns etwas anderes. Aufregung im Bauch mit dem zukünftigen Hoferben darin, in meinem Bauch. Und darauf, auf diesen Schrecken, führe ich die Geschichte meines Muttermals und überhaupt alles, angefangen mit dem In-die-Hose-Machen als meinem In-der-Welt-Sein (sage ich mit Heidegger) zurück … Mit zehn war ich noch nicht stubenrein! – Die Schwackenreuter hatten uns nämlich verschwiegen, dass auf ihrer Schwanz-Seite – dass es … ich komme nun das erste Mal wieder seit langem ins Stottern, dass es auf der Schwanz-Seite immer wieder Zwerge gegeben hatte.

Ja, und ich war ja der Älteste, und von da die Angst in den Monaten vor meiner Geburt, von da die Schmerzen. Erst im 6. Monat kam die Wahrheit ans Licht! Wenn ich jetzt daran denke, was aus mir hätte werden können, nein, was aus mir geworden ist, und was ich alles mit mir herumtrage, diese vielen Anlagen. Die Schwackenreuter haben damals mit dieser Offenbarung eine Schwangere an den Abgrund gebracht. Einige Tage schwankte sie zwischen Selbstmord und Abtreibung. Ich wäre deswegen beinahe abgetrieben worden oder in einem Selbstmord aufgegangen. Das Ansinnen, wiederum von der Schwackenreuter

Seite her, scheiterte. Und doch: weggemacht – Warum nicht? Es gäbe eine Geschichte weniger, mehr nicht.

Bei uns im Himmelreich, die wir so hießen wie die Schwackenreuter, also Schwanz, hatte es so etwas niemals gegeben, seitdem wir unter diesem Dach lebten oder nicht lebten, unter demselben Dach, das sich Vorfahren im siebzehnten Jahrhundert über ihren Kopf hatten bauen lassen, ursprünglich ein Strohdach. Und doch: Nicht jeder hat Stroh im Kopf, der unter einem Strohdach geboren ist, sagt der heilige Abraham a Sancta Clara, einer meiner Vorfahren, aber bei uns ist es an der Stelle des Strohs die Angst. Die gute Großmutter wandte sich an den Priester und fragte, was man machen könne und ob die Ehe deswegen vielleicht ungültig sei (wegen des Verschweigens von sogenannten Ehehindernissen, falls dies ein Ehehindernis war, also möglicherweise auch noch Ehehindernis, nicht nur Katastrophe). Umsonst. Er wusste keine andere Antwort als: Warten und Gottvertraun! Damit ließ er die arme Frau nach Hause gehen. Erst im 6. Monat, als ich schon beinahe laufen konnte, in meiner kleinen Weltkugel herumspazierte, in ihr schwamm, mich um die eigene Achse drehte, kleine Reisen durch meine ferne, erste Welt unternahm, kam die Schwackenreuter Seite damit an.

»So etwas ist ein Verbrechen!«, hieß es bei uns im Himmelreich. Den Schwackenreutern gehört das Heiraten verboten! Man sprach von Betrug und von »Nun zu spät!« – Ich muss es gehört haben. Wegmachen wird das erste Wort sein, das ich gehört habe. Von innen heraus. Von da sind meine dunklen Erinnerungen. Da wächst nun ein Mensch und nichts anderes, von Tag zu Tag und so schnell wie nie wieder, explosionsartig vom Augenblick der Befruchtung an, sagen die Experten. Und doch: Die Augenblicke bis zur Geburt sind nichts anderes als eine unerhörte Verlangsamung, ich weiß. Die Geschwindigkeit, mit der wir zunächst wuchsen, die Vervielfältigung unseres Lebens von unserer Befruchtung an, sie war ja im Augenblick, da wir das Licht der Welt erblickten, doch fast schon zum Stillstand gekommen. Wir wollten in den Tagen vor unserer Geburt gar nicht mehr, dass es weiterging. Im Grunde wollten wir unmittelbar vorher gar nicht mehr, aber es liegt ja nicht an uns. Ich konnte schon gar nichts dagegen ausrichten. Ich war nun einmal da und konnte nichts anderes als die Dinge abwarten, alles, was mit mir geschah, geschehen sollte und geschehen würde und geschehen ist. Schließlich wurde ich geboren (wie du und ich), und mit diesem Augenblick (was war er schon anderes!) ist meine Vorgeschichte zu Ende.

Es muss geflüstert worden sein: Nur dieses Kleine nicht stören! Es schläft! Und es sah ja zum Glück nicht danach aus, als ob etwas mit mir nicht in Ordnung wäre. Das kam an einer ganz anderen Stelle zum Vorschein.

Die ersten Menschen, die mich sahen, waren überglücklich. Glücklich waren sie schon meiner bloßen Erscheinung wegen, dass ich schrie wie die anderen und mich – abgesehen von einem Muttermal – von unseresgleichen nicht unterschied. Sie waren überglücklich, dass sich die Angst, die durch das Schwackenreuter Bekenntnis – im 6. Monat! – ausbrach, als umsonst herausstellte. Man hatte nämlich mit einem Zwerg gerechnet, meine Geburt war als Ankunft eines Liliputaners befürchtet worden; und nun konnte man schon sehen, dass dies kaum der Fall sein dürfte. Man sah schon, dass ich wachsen würde wie die anderen vor und nach mir, wie du und ich. Wir hatten uns allerdings schon abgefunden damit, dass der Erstgeborene als Zwerg zur Welt käme, oder anders: dass er über seine anfängliche Größe kaum hinauswachsen würde. Von Anfang an hatten wir eine Abtreibung (unter den monströsen Bedingungen der ersten Nachkriegszeit) verworfen und hatten uns schon mit dem Schicksal versöhnt. Wir im Himmelreich waren Fatalisten. Dieses Geschenk hatte uns über die Jahrhunderte unser Glaube gegeben, der besagte, dass nichts ohne Sinn war, wäre und sein würde. Die Schwackenreuter, die Schwanz-Seite, die in diesen Dingen ganz anders dachte, die hier war, um es zu etwas zu bringen, wie sie sagten, als Ferkelhändler, Wirt, Metzger, Chirurg, Priester …, hatte es geschafft, dass bis zu meinem 6. Monat zwei Onkel von mir, einer ersten und einer zweiten Grades, der eine wiederum der Onkel des anderen, zwei Liliputaner, vor uns geheim gehalten werden konnten. Da entdeckte einen von ihnen eine Schwangere durch ein Stallfenster, wie er mit einer Mistgabel hantierte, es muss monströs ausgesehen haben. Die Schwackenreuter Seite hatte bisher in jeder Generation einen – mindestens einen – Liliputaner produziert – oder auf Deutsch: gemacht, der in den Jahrhunderten vor uns mit den damaligen Mitteln gar nicht erkannt und also weggemacht werden konnte. Bis in unsere Zeit mit ihren heutigen Mitteln (die man die diagnostischen nennt), blieb also gar nichts anderes übrig, als zu warten und dann zu vertuschen, was von der Schwackenreuter Schwanz-Seite, in uns war, zu vertuschen, was wir alles mit uns herumtrugen. Doch heute und von jetzt an werden wir auf all dies vernünftig reagieren, reagieren können. Wir sind gewarnt, der Ultraschall wird uns weiterhelfen.

Die Schwackenreuter mussten ihre Zwerge noch vertuschen und verstecken vor uns, sie waren streng abgeschirmt vor uns; auch später, als wir längst wussten, was – auch in uns – war, sahen wir sie kaum einmal. Sie lebten wohl in ihrer kleinen Stallkammer dahin. Sie waren ja so klein, dass sie gar nicht ganz auf der Welt waren. Bei den Schwackenreuter Sonntagnachmittagen durften sie nicht zu uns in die Stube. Wir Kinder durften nicht zu ihnen. Sie lebten außerhalb, um uns nicht zu erschrecken, wie es hieß. Hieß es überhaupt oder war es einfach so? Nachwehen, Erinnerungen. Aber ich sah sie doch gelegentlich, wenn auch nur im Stall, wie sie mit der Mistgabel hantierten, einer gewöhnlichen, etwa 1,80 Meter großen Mistgabel mit vier Zinken. Es sah gefährlich aus. Mit ihrem verlegenen Lächeln sah ich sie, mit ihrem Ich-bin-doch-dein-Onkel-Lächeln. Wir wussten nichts von diesen Menschen und hatten Angst vor ihnen. Vielleicht auch deswegen, weil man sie im Fleckviehgau, wie das Amt Meßkirch auf Landkarten heißt, gar nicht zu den richtigen Menschen zählte.

Himmelreich, das Dorf, in dem diese Geschichte oder nicht

spielt, heute vor fünfzig Jahren, und schon ein paar Jahre zuvor und auch noch danach, vielleicht sogar bis zu diesem Augenblick, lag schon fast in Mesopotamien. Ein Teil der Gemarkung gehörte noch zum Fleckviehgau, der andere zählte sich schon zu Mesopotamien, das war jener Landstrich, wo die Donau nach Osten gewandt an uns vorbeifloss, da, wo der Rhein in Gegenrichtung an uns vorbeifloss, genau da, wo die beiden am nächsten zusammenkamen.

Ein Teil unseres Wassers ging in den Auenbach (übersetzt etwa: *Wasserwasser*), mit ihm in die Donau; und von da an der Walhalla und allem, Mauthausen und Wien, vorbei ins sogenannte Schwarze Meer, der andere in die Schwackenreuter Ach, welches uralte Wort kein Seufzer ist, sondern von »aha« oder »aua«, althochdeutsch: Wasser, kommt. Dann ging es in den Rhein, den Rheinfall, an der Rheinchemie, *Z'Basel a mim Rhy*, an Nibelungen und Loreley vorbei, an Biblis, Bacharach, an Bonn und Bundeskanzleramt vorbei. So floss es und alles an diesem und jenem vorbei, von wo es, das Wasser und alles, bald im Meer war, und so wird es bleiben.

Auf dem Weg nach Schwackenreute

Und was war mit den sonntäglichen Fahrten nach Schwackenreute?

In Schwackenreute, kaum von unserem Himmelreich entfernt, hinter der großen Kiesgrube und dem Wald, lebten die Schwackenreuter Großeltern sowie ihr Sohn Fritz, der infolge einer leichten, vielleicht durch unseren Most bedingten Behinderung erst über eine Brautschau im Schwarzwald zu seiner Frau gekommen war. Damals schon neununddreißig, zählte er längst zu den Altledigen. Vom hintersten Schwarzwald (aus der Gegend von St. Blasien) wurde ihm seine Gemahlin zugewiesen und von entsprechenden Verwandten geliefert. Eines Tages wurde sie angefahren. Er nahm sie wortlos in Empfang oder in Kauf. Wir fürchteten diesen Onkel, der uns mit demselben Stecken traktierte, mit dem er auch die Kühe vom Feld holte, bis die Schwackenreuter Seite einschritt und Fritz mit einer Ohrfeige den Stecken abnahm. Das war die Schwackenreuter Begrüßung.

Aber vorher schon war es dunkel um uns, die ganze Fahrt über und auch schon zu Hause. Da flüchtete ich immer wieder vor dem Geschrei im Herrgottswinkel und vor dem immer wieder alles zerbrechenden Küchengeschirr. Auf der Fahrt nach Schwackenreute sangen wir dann schon wieder *Wir wollen niemals auseinandergehn*, eine erste Melodie, die mit meinem Kindsein zusammenfiel. Kaum hatten wir unser Lied angestimmt, hieß es vorne im Wagen, wir sollten das Maul halten. Immer wieder ging während der Fahrt die Tür auf. Wir hörten Drohungen, da vorne wolle jemand aussteigen für immer. Und auch zu Hause:

immer wieder halbe Nächte im Obstgarten, mögliche letzte Sätze gegen den Nachthimmel ausdenkend, mit einem doppelt gesicherten Strick … Das war eine Ehe auf dem Land, der Welt, in die man uns hineingesetzt hatte. Selige Kindheit!

Da waren wieder Drohbriefe aus Schwackenreute gekommen. Eine Heiratskandidatin war es wohl, die von der Schwackenreuter Seite fallengelassen wurde und die nun immer noch ihre kleinen Briefe in unser Haus schickte, auf denen nur »Lumpentier« stand oder auch andere Wörter, die mir weniger klar waren. Zuweilen waren es auch Drohungen, das Haus anzuzünden, das Vieh zu verhexen – oder eines von uns Kindern. Mit diesen Briefen mussten wir auch noch leben. Aber schon bevor wir waren, kamen Drohbriefe. Auch aus Schwackenreute, verfasst von unserer späteren Großmutter. Sie war zu Fuß nach Stockach gelaufen und hatte ihre Drohungen einem aus unserem Dorf überreicht, der in der dortigen Munitionsfabrik arbeitete und das Schreiben der Schwackenreuter Seite mit dem Motorrad zu uns brachte. Was in diesen Drohbriefen stand? Es waren wohl Warnungen vor den Folgen, falls die Hochzeit abgeblasen würde. Aber wenige Jahre danach fuhr ein überfüllter Minitransporter jeden Sonntag nach Schwackenreute mit Insassen, die *Wir wollen niemals auseinandergehn* sangen oder einander drohten, auszusteigen, in den Wald zu gehen (Kindern gesagt), und auch, ganz deutlich zu verstehen: gegen den Baum zu fahren oder in die Kiesgrube (dann wär's auf einmal still). Die eine Seite ermunterte die andere, doch das zu tun, was über Wörter nie hinauskam. Nach dem Streitfall gab es auch den Friedensfall. Zur Besänftigung wurden Sofakissen und andere Dinge, die angeblich zu den Garnituren, die in unseren Räumen herumstanden, passten, gekauft. Neue Tapeten, neue Vorhänge, neue Teppiche. Es kamen ununterbrochen Handwerker ins Haus, die etwas machten oder brachten, die Rechnungen, die neuen Melkmaschinen und die neuesten Mengele-Landmaschinenartikel. Denn die Mühsal des Landmannes verjüngte sich auch von Jahr zu Jahr. Es kamen neue Kühe, die schwarzen aus dem ostfriesischen Leer, die das berühmte braunscheckige Meßkircher Höhenfleckvieh zu verdrängen drohten, das mittlerweile tatsächlich, wie unsere Muttersprache, ausgestorben ist.

Wir hätten nicht auf die Schwackenreuterin hören dürfen! Die Drohungen hätten wir auf den Misthaufen werfen sollen!

Dafür war es nun zu spät, empfand ich, ein Ergebnis aus Schwackenreute, schon damals, als ich derlei Sätze hörte. Jene Person, die ihre Drohbriefe (erster Klasse) in der Munitionsfabrik zu Stockach übergab, war ja auch nur ein kleines Unglück in der Geschichte, sie war ja auch nur das Ergebnis einer unglücklichen Verbindung aus Ernst und Rosa. Aber das haben wir nun davon, dass wir uns auf Schwackenreute eingelassen haben!, hieß es bei uns. Umsonst der Satz, die Warnung, nie nach Schwackenreute zu gehen: »Geh nie nach Schwackenreute!«, hieß eine unserer Redensarten. »Gang nia ge Schwogreidte!« Damit war die Summe aller Warnungen angezeigt, die in unserer Sprache damals möglich waren.

Der fatale Ort lag hinter dem Wald, immer von uns aus gesehen. Die Drohbriefe waren eine ständige Bedrohung unserer Kindheit, so wie die Atombombe, unter der wir uns auch nichts vorstellen konnten. Oder soll sich ein Kind vorstellen können, wie alles aus ist? Dieser Streit um den Grund unseres Streites: Ich selbst wurde als Ergebnis daraus vorgeführt. Er macht immer noch in die Hose, derart in den Streit um den Streit eingebaut, und will schon schreiben und lesen! Ich selbst musste mich als Verbindung aus Himmelreich und Schwackenreute verstehen. Für beide Seiten des Unglücks musste ich, konnte ich herhalten. Ich war ein Beweisstück, ein Lebenszeichen von Unglück.

Heute, wo ich hier, anderswo, an einem Schreibtisch! sitze, kann ich mir ja vorstellen, dass die zweite Klasse der Drohbriefe (der verschmähten Liebhaberin) wie auch die erste Klasse derselben eine für heute ganz lächerliche Botschaft enthielt. Das Gerücht vielleicht, dass ich noch einen unehelichen Halbbruder hätte, für den die Familie Hosenladen- beziehungsweise Sackgeld bezahlen musste. Oder: dass ich, der Erstgeborene, der

Stammhalter, ein halbes Jahr vor der Hochzeit gezeugt, hätte abgetrieben werden sollen ... Ein vergleichsweise harmloser Inhalt. Während die erste Klasse der Drohbriefe mit der Hochzeit in der Kirche zu Schwackenreute abgeschlossen war, kamen die Schreiben des von der Schwackenreuter Seite übergangenen Liebhabers noch auf Jahre hinaus. Das Himmelreich war schon eine weise Entscheidung unter dem Gesichtspunkt der Steine auf den Schwackenreuter Äckern. Es waren ja die Steine, die einem Schwackenreuter den Sommer, das Leben verdarben.

Unsere Sonntagnachmittage mussten wir in Schwackenreute verbringen. Es fuhr die unglückliche Verbindung mitsamt ihren Früchten an den Ursprungsort ihres Unglücks zurück. Und das nur, weil diese Großmutter ihre Kandidatin (gegen den Wunsch ihres Sohnes und seiner eigenen Kandidatin) durchgesetzt hatte und so zum Ermöglichungsgrund meiner selbst ... wurde. Das ist nichts anderes als ein heute unverständlicher Definitionsversuch aus der scholastischen Philosophie. Meine achtundeinhalb Geschwister! Wir haben ja noch einen Bruder, mit dem man nicht sprechen kann, auf halber Höhe lebend ... Er lebt in einer Kammer für sich, ein Fall von Inzucht und schlechtem Blut von Schwackenreute her, heißt es.

Seitdem nach dem Dreißigjährigen Krieg eine Kolonie von Tirolern hier angesiedelt (ausgesetzt?) worden war (eine Umsiedlung), gab es keinen einzigen Menschen, der von sich aus nach Schwackenreute gekommen wäre; nur ein paar Flüchtlinge fanden nach dem Zweiten Weltkrieg den Weg oder verirrten sich hierher und flüchteten bald wieder. Alles, was vor dem Dreißigjährigen Krieg (was haben diese Dinge für kleine, harmlose Namen!) war, wurde von den Schweden verbrannt oder gefressen. Die Tiroler waren von den Habsburgern in ein nun menschenleeres Gebiet – darf man sagen?: deportiert worden. Wie auch immer: es geschah mit Gewalt: Kein Mensch wurde gefragt, man sagte niemandem, wohin es ging, schließlich ging es nach Schwackenreute ... Einmal angekommen, gab es kein Zurück. Ich denke mir, dass einige aus Heimweh starben, an einer schnellen Krankheit – der widerborstige Teil aber, von dem wir alle in gerader Linie abstammen und sind, überlebte.

Alle stammten aus Schwaz. Infolge eines Lese- oder Schreibfehlers wurden aber die Schwazer zu Schwänzen. Eigentlich hießen alle von Schwaz. Und zu dieser Version will sich ein Teil der Verwandtschaft nun flüchten. Umsonst. Das Grundbuchamt beharrt darauf, dass der richtige Name der Schwackenreuter Schwanz-Seite eben auch Schwanz ist. Die Schwanz haben sich bunt gemischt, aber halt nur untereinander; und so kommt es, dass fast alle meine Vorfahren Schwanz heißen. Ein schweres Erbe. Mit sieben machte ich noch in die Hose. Gleichzeitig, oder genauer: im selben Jahr äußerte ich den Wunsch, Papst zu werden. Was für eine Enttäuschung für meine unmittelbaren Vorfahren von der richtigen, als welche ich, trotz allem, immer die Himmelreich-Seite empfand, dass ich auf die Frage, was ich denn werden wolle, nicht mit Bauer antwortete. (Wie viel Bauernstolz lag darin!) Was für eine gebrochene Welt, dieses Schwackenreute, und was für eine gebrochene Sprache! Man konnte mir gerade sagen, ich solle einen Krug Most aus dem ersten, zweiten oder schon dritten Mostfass aus dem Keller holen. Da standen zehn Mostfässer. Und alle wurden im Verlauf eines unendlich scheinenden langen Jahres geleert. Das Jahr begann ja bei uns eigentlich nicht am 1. Januar, sondern mit dem Anstich des ersten Mostfasses, um Martini herum. Und erst die Fässer in Schwackenreute! In den Keller kam ich zwar nie. Vielleicht schämten sie sich doch wegen der Fässer. Wir sollten nicht sehen, wie viele Fässer da im Keller herumstanden. Aber wir sahen ja das knallrote Gesicht des Onkels, es kam vom Most. Immer hatte er einen Mostkrug bei sich, so wie andere ihre Schachtel Zigaretten. Der Schwanz-Onkel hatte schon ein Mostgesicht. Und so hieß er auch im Dorf: der Moschdle. Mit dem Most war es überall so bei uns, nicht nur in Schwackenreute. Zwei unserer Nachbarn starben sogar am Most, unserer Krankheit. Der Most ist bei uns Wärmematerial. Den Most muss man sich bei allem dazudenken sowie die Schwermut, aufgrund der Kälte vom Licht der Welt an.

Jedes Jahr wurden es mehr, die nach Schwackenreute fuhren. Wir fuhren immer schon nach Schwackenreute …, ich weiß, aber die Erinnerung daran ist ein Nachzügler, so wie unser jüngster Bruder: Er kam noch, als schon fast alles vorbei war. Nachwehen, Erinnerungen: Sie setzen ein auf der Höhe der Schwackenreuter Kiesgrube. Da hinein wollte der Fahrer mit uns. Diese Kiesgrube war nichts anderes als ein mit Wasser gefülltes Sonntagsloch, eine von Maschinen gesäumte Leere mit Wasser in der Mitte. So schien es dem Kind. Gleich nach dem Mittagessen, das am Sonntag schon um halb elf von der Nudelsuppe an auf dem Lebensplan stand, waren wir losgefahren. Obwohl ich mit keinem jemals über diese Fahrten gesprochen habe, weiß ich, dass keiner von uns freiwillig nach Schwackenreute fuhr. Schon meine kleinsten Geschwister nicht, auch wenn es für ein Kind schön war, zu fahren. Schon die Kleinsten, die noch gar nicht ganz auf der Welt waren, wollten nicht nach Schwackenreute. Ich sah ihnen den Unmut an, nein, die Schwermut, kaum dass das Fahrzeug in den Wald hineingefahren war: wir waren wieder auf dem Weg nach Schwackenreute. Dazu die schwarzen Tannen, der schwarze Himmel, die schwarze Kiesgrube. Ich, auch sie wissen nur, dass bei uns alles schwarz war. Unsere Heimat war immer schwarz, auch im Sommer, wenn es blühte. Auch die Erwachsenen waren so. Doch sie wissen sich zu helfen, können es wenigstens versuchen, sie haben den Most, der Himbeergeist tröstet sie. Auch können sie ihr Leben verfluchen und ihm ein Ende machen. Was aber tut ein Kind, was fängt es mit seiner Schwermut an, wenn es noch nicht einmal »Mutter« sagen kann?

Es war ein ganz abgelegener Weg, der nach Schwackenreute führte. Es waren Feldwege, Nebenwege, eine fürchterliche Abkürzung durch den Wald an der Kiesgrube vorbei. Je näher das Fahrzeug seinem Ziel kam, desto schneller wurde es. Es hat sich, zusammen mit dem Ziel, in Luft und Erinnerung aufgelöst. Wir haben noch Bilder in unserem Album, auch von uns, denn alles wurde noch festgehalten, als ob es (wir) nicht genug gewesen wäre(n), als ob es etwas gewesen, als ob es der Erinnerung wert gewesen wäre. Wir haben uns in Erinnerung aufgelöst. Unsere Fotografien sind Anhaltspunkte unseres Vergessens. Es ist ja nur noch ein Rest von uns da.

Obwohl wir so früh aufgebrochen und die letzten Kilometer gerast waren (ein Wunder, dass es bis zuletzt ohne Unfall ging), kamen wir für die Schwackenreuter immer zu spät an. Sie standen schon grollend im Hof und murrten. Der Mostonkel schaute verdrießlich durchs Stalltürchen. Wir waren ihm ja nur lästig.

Nachdem wir unsere Plätze zugewiesen bekommen hatten, schlug die Stimmung um. Es wurde unvermittelt heiter. Schwackenreute hatte auch seine hellen Augenblicke. Aber selbst da herrschte Hochspannung. Es musste sich nur eine Erinnerung an unseren Aufenthalt auf Erden in Schwackenreute einschleichen, dann schwoll der Raum an, füllte sich mit Schwackenreuter Lauten, vermischt mit denen des leicht behinderten Mostonkels. Unsere Sprache, das Himmelreichische, unterschied sich ja nur geringfügig vom Schwackenreuterischen. Beide Sprachen neigten zu einer Stammtischlautstärke. Wir waren immer zu laut oder gar nicht. Früher wohnten wir weit auseinander. Wir kamen gar nicht anders zusammen als durch Schreien und Rufen. Manchmal lag ein unüberwindlicher Wasserlauf oder ein Wäldchen zwischen unseren Einödhöfen. Wir mussten alles überschreien. Schwimmen, aufeinanderzuschwimmen konnten wir nicht, und es gab auch keine Brücken, so schrien wir uns das Wichtigste zu. – Damit erkläre ich mir unser Schreien. Oder auch: Unser erstes Wort muss ein Schrei gewesen sein, meine zweite Vermutung. Oder war es doch nur die Arbeit auf dem Feld, wo wir uns oft über Hunderte von Metern die Einzelheiten zuschreien mussten? Das wäre eine eher praktische Erklärung … Dies alles wird wohl meine Muttersprache geprägt haben. Vielleicht gibt es auch noch eine unterirdische Verbindung mit dem Arabischen, wer weiß. Ich sehe: Es gibt für alles Erklärungen, doppelt und dreifach. Aber der Grund der Gründe für unsere lauten Stimmen in der Schwackenreuter Sonntagsstube lag wohl in unserer Sprachlosigkeit. Denn meist schwiegen wir, mussten wir schweigen und konnten gar nichts sagen. So gab und gibt es kein Wort für Liebe. Wir mussten uns mit diesem Fremdwort behelfen. Kein Wort für Liebe in meiner Sprache, nur Hilfswörter gab es, die in die Irre führten. Wenn wir etwas sagen wollten, flüchteten wir uns in eine unserer Fremdsprachen und sagten: Liebe oder Glaube oder auch nur Hoffnung.

Hatten wir einmal zu sprechen begonnen, mussten wir alles sogleich hinausschreien. Hörte einer uns von draußen, hielt er uns für streitbar und grob unseres Geschreis wegen. Wir Kinder wurden in diese Welt sogleich eingeübt und mussten mitschreien.

Die Erwachsenen stritten sich, einfach wegen Schwackenreute. Sie wussten, dass sie aus Schwackenreute bestanden. Sie erkannten ihr Elend. Sie wussten, dass sie am Ende der Welt angesiedelt (worden) waren, bis zum Ende ihrer Tage sollten sie da bleiben. Diese Stube und sie selbst waren die Beweisstücke. Dazu erinnern wir Kinder von einst den Rauch, der in dieser Stube lag. Es rauchte zwar nur der Mostonkel, Stumpen hieß, was er rauchte, und wir haben noch das Wunschkonzert von Radio Vorarlberg im Ohr, das uns nichts brachte als gute Wünsche für Onkel und Tanten, Unbekannte, Fremde, Menschen und Tiroler im Einzugsbereich dieses sonntäglichen Konzerts – Jubilare, die wohl lange tot sind. Und wir sehen noch den gestickten Wandschmuck, gestickt von der letzten Stallmagd, und alles, was von ihr übrig blieb: »Iss und trink solangs dir schmekt schon zweimal ist das Geld verreggd.« Waren wir in der Hölle?

»Es gibt bei uns keine Kultur der Freundschaft!«, sagte Lucy immer. »Freundschaft gibt es nicht bei uns im Fleckviehgau. Es gibt nur die trostlose Ehe mit all ihren Folgen, mit all ihrem Gepränge!«, sagte sie. »Es gibt mittlerweile schwarze Kühe, aber Freundschaft gibt es immer noch nicht!«, erklärte sie. Sie war ja längst in eine richtige Stadt gezogen.

Unsere Erwachsenen schaukelten sich in ihre Streitfälle hinein, um die Sonntagnachmittage zu überstehen. Weltanschauungsfragen standen im Raum, schwarze Kühe. Die schwarze Kuh. Denn der Umstand, dass in unserem Stall jetzt schwarze Kühe standen, die aus Leer in Ostfriesland angeliefert wurden, und ausgeladen an unserem Bahnhof, der mitten im Wald lag (man sagte: aus strategischen Gründen, denn kein Feind hätte hier einen so großen Bahnhof vermutet, an dem sich die Linien kreuzten, der im Prinzip Nord- und Südpol verband, und ebenso Finisterrae mit Wladiwostok), diese Neuerwerbung galt der Schwackenreuter Seite als Verrat am berühmten braunen Meßkircher Höhenfleckvieh, als Abfall vom richtigen Glauben. Es wurde um die Farbe der Kühe gestritten, das Wunschkonzert und der Rauch setzten uns außerdem zu. Heidegger, unser Viehhändler, war auch gegen die schwarze Kuh; er weigerte sich, den Transport zu übernehmen, so mussten wir einen fremden Viehhändler bestellen, der uns unsere Neuerwerbungen lieferte. Der Mostonkel schrie in den Raum hinein, dass es sich nur bei der (braunen) Meßkircher Höhenfleckkuh um eine richtige Kuh handelte – und wir Kinder wurden in diesen Streit hineingezogen. Ein Entrinnen gab es nicht. Er fuchtelte mit der Tiermarktseite des *Südkuriers* und verwies auf einheimisches Vieh, das da angeboten wurde. Immer wieder las er, und anschließend schrie er hinaus, was er gelesen hatte (mit einer kleinen Verschiebung, die durch den Most bedingt war): Do-do-do – Kalbin nahe am Ziel! in das Sprachgestöber hinein, das Wunschkonzert von Radio Vorarlberg (von zwei bis vier) und alles übertönend. Onkel Fritz! Wir sollten Onkel sagen, dabei hätten wir Arschloch sagen müssen, ein Wort, das es damals noch nicht gab, Arschloch, ein später eingeführtes Fremdwort. Wir hatten gar nichts von diesem Onkel. Wenn er nicht wegen der Farbe der Kühe stritt und Anzeigen aus den Tiermarktseiten des *Südkuriers* vorlas, lag er auf dem Sofa und schlief. Wir neuneinhalb Kinder haben niemals ein Geschenk von diesem Onkel bekommen; früh merkten wir, dass wir nichts von diesem Onkel hatten. Unsere liebe Schwackenreuter Großmutter kaufte zu allen kleinen Festen großartige Geschenke und gab vor, diese Dinge kämen vom Onkel. Dann mussten wir uns am Sonntagnachmittag bei ihm bedanken, der mit keinem Wort reagierte.

27

Andererseits bekam er jeden Sonntag seine Zigarren von einem von uns Kindern überreicht, die er, ebenfalls wortlos, in Empfang nahm. Die Villiger-Stumpen waren schon am Samstag in Meßkirch im Fleckviehgau geholt worden. Wehe, wenn die Zigarren nicht kamen! Ich weiß nicht – es ist ja tatsächlich nie vorgekommen. Mit seiner Schwägerin stritt er sich über Erziehungsfragen, wir waren nicht gezogen, nicht erzogen waren wir. In dieser Feindschaft (und im Most) erschöpfte sich seine Existenz. Die schwarze Kuh – von Norden eingedrungen, drohte seine Heimat, ja seine Existenz zu zerstören. Diese ausländische Erscheinung (aus Norddeutschland) sollte sein heimisches Gras nicht fressen. Und so dachte ganz Schwackenreute. Sie hatten sich gegen diesen heimlichen Krieg, der von Norden her über die schwarze Kuh geführt wurde, in einer Art Heimatwehr verschworen, der ganze Schwanzclan, selbst der Philosoph mischte sich von seiner Hütte her in den Streit ein, er war nach meinem Onkel einer der erbittertsten Feinde der schwarzen Kuh und versuchte ein philosophisches Machtwort zu sprechen, umsonst. Nicht umsonst heißt dieser Strich im Herzen Mesopotamiens, da er sonst namenlos bliebe: Fleckviehgau, in Abgrenzung zu Hegau und Linzgau. – Nur die Mutter des Mostonkels hielt sich im Kuhfarbenstreit zurück. Sie war eine praktische Person, Viehhändlertochter aus einer alten Viehhändlerdynastie, gewiss auch aus Schwackenreute, und zur Unterscheidung von den anderen Viehhändler-Schwanz genannt, in Unterscheidung zu den Oberdorf-, den Unterdorf-, den vorderen, den hinteren, den Waldhüter-, Stiftungsrat- etc. Schwanz. Erst seit '45 hatten sich ja fremde Namen unter den altehrwürdigen Schwanz eingeschoben. Eine hieß Schmigotzki, die wohnte im Bahnhof, die kam von weiß-nicht-wo. Sie nannte sich Schwanz-Schmigotzki und war somit die erste Trägerin eines Doppelnamens.

Wir Kinder saßen auf halber Höhe, sprachlos vor unserem Traubensaft und mit der schwarzen Kuh und den Schweinepreisen im Ohr, den neuesten Zahlen aus Stuttgart; und dass der Heidegger »nur achd under Schdueged« zahlt.

Schwackenreute: Jemand warf die Frage ein, ob er immer noch in die Hose mache. Es ging um mich. Über meinen Kopf hinweg sagten sie er und meinten mich. Ein Gesundbeter wurde genannt, der auch für die Ferkel und den ganzen Stall zuständig war. Von einer Sofadecke war die Rede, die weggeworfen werden musste. Es gab noch mehr Unglück, die Nachbarn, die Selbstmörder, die altledige Cousine und was aus ihrem Erbe werden sollte. Sie war schon fünfundvierzig. Man beschloss, dass wir Kinder von nun an Tante sagen müssten zu ihr. An die Beerdigung des Oberhaupts der Schwackenreuter Seite mag ich gleich gar nicht denken … Der Schwanz-Onkel kam mit offenem Hosenladen in die Totenmesse. Seine Frau, die Schwarzwälderin, lag zu Hause im Bett, wohl besoffen. Das war das Ende der Schwackenreuter Sonntagnachmittage. Wir Kinder waren nun auch schon längst allem entwachsen. Schwackenreute, der Mostonkel, die Schwarzwälderin, alle leben noch und sind für immer weg vom Fenster.

Der Satz: »Ich soll tot umfallen!« und seine Zuspitzung: »Der Herrgott strafe mich!« waren die Sätze, mit denen Schwackenreuter Lügen eingeleitet zu werden pflegten. Die Schwiegertochter trank, ging seit der Hochzeit nicht mehr aus dem Haus und lag seither nur noch im (Hochzeits-)Bett herum. Sie fremdete, das heißt: Sie hatte Angst vor den Menschen. Sie ging nur in den Stall und bis zum Stalltürchen in die Welt. Einmal kam der Krankenwagen und brachte sie auf die Reichenau (Landesnervenheilanstalt). Ich war zu dieser Zeit gerade (zur Strafe) ein paar Tage in Schwackenreute, Ferien sollten es sein. Ich stand mit den Nachbarinnen im Hof. Sie fragten nach der Schwiegertochter. Ich wurde von diesen übelsinnenden Weibern zum Zeugen aufgerufen. Und auch von der Schwiegermutter. Das Kind, ich sollte durch eine Lüge die Schwackenreuter Welt retten. Ich sollte nur mit dem Kopf nicken, ja anstelle der Wahrheit sagen, als die Schwackenreuter Großmutter erklärte, die Schwarzwälderin sei nicht auf der Reichenau, sie liege den ganzen Tag im Bett wie immer. »Ich soll tot umfallen, wenn das nicht stimmt!«, erklärte sie und blieb mitten unter uns stehen. So ist Schwackenreute auch noch mit meiner ersten Lüge (die ich erinnere), meiner ersten Lüge, die in einem einfachen Kopfnicken bestand, verbunden. Unter diesen Umständen war es weiter nichts, wenn ich dazu auch noch in die Hose machte. Ich verstand das schon bald als Zeichen der Erwählung: Alles hat seinen Sinn, sagte ich mir. Dieser Satz, den ich von einem Idioten aufgeschnappt haben musste wie anderen höheren Unsinn, half mir. Ich beichtete, dass ich seit meiner letzten Beichte (vor zwei Wochen) fünfmal in die Hose gemacht hatte. Ich bekam eine entsprechende Buße aufgetragen. Außerdem flüsterte der Beichtvater durch das Sündengitterchen, ich solle das Ganze als Kreuz verstehen und auf mich nehmen. Die Flucht zum Kreuz half mir wirklich. So konnte ich meine Schwäche auch noch mit dem Opfergedanken verbinden; und das tat ich auch. Ich sagte: Das ist mein Opfer für die Sünden der Welt! – wenn mir auch nicht ganz klar war, was das eine mit dem anderen im Grunde zu tun hatte. Es war eben ein Geheimnis, und von Geheimnissen lebte ich. Bald gab es eine Zeit, da ich die Geheimnisse an den Nagel hängte.

An den Schultagen, die man sich dazwischen denken muss, und in den Pausen zwischen den Stunden zählte ich die Treppenstufen bis zur Klotür hinunter; und wenn am Ende die Zahl, die übrig blieb, ungerade war, bedeutete es dies und das, und war sie gerade: jenes. »Eine Zwangsneurose! Eine Psychose!«, sagte mir später einer jener grobschlächtigen Psychologen, die die Kranken im Monopol an sich gerissen haben, zum Ausschlachten. Auch meinen Beichtvater haben sie verdrängt.

Eine Kindheit auf dem Land: sonntags nach Schwackenreute, werktags in den Pausen zwischen den Stunden die Treppenstufen bis hinab zur Klotür zählend, mehr nicht. Das war's.

So war es überall auf dem Land, nicht nur bei mir. Die Menschen gingen krank, magersüchtig oder fettleibig, inzüchtig oder schwindsüchtig durchs Leben und litten an ihrem falligen Weh. Ich hatte Mitleid mit ihnen, weiß Gott. Aber im Gegensatz zu mir sagte unser Philosoph, der sein ganzes Leben in verschiedenen

Kleinstädten verbrachte (wie andere in verschiedenen Gefäng-
nissen), der ja nie auf dem Land lebte, immer nur zu Besuch kam,
sagte er, wir seien noch gesund, ja die gesündesten überhaupt, angefangen mit der Sprache! Unsere Muttersprache! War sie nicht
schon so schwach, dass sie bald nach der ersten Begegnung mit
dem Fernsehen und seinem hochdeutschen Gepränge in sich
zusammenfiel und ausgestorben ist wie die Indianer? Sie, wir,
ich: Wir waren krank, selbst unsere Tiere, unser Gras und Ge-
treide: krank. Unsere Lebewesen, unsere Schweine, neigten zum
Herzinfarkt aus Angst, den Transport ins Schlachthaus nicht zu
überstehen, die Hühner saßen mit ihren Depressionen in ihren
Käfigen und sollten auch noch Eier legen, bis zum Tag, da sie zum
Suppenhuhn verarbeitet wurden. Ich war krank. Wie oft musste die Krankenschwester ins Haus kommen! Schon mit drei die
erste Mittelohrentzündung. Es folgten Keuchhusten, Malle und
andere Krankheiten, die es nur bei uns gibt – oder gab – und die
ich vergessen habe. Wie viele (Krankheiten wie Menschen!) habe
ich schon überlebt! – Ich wollte nur sagen, dass wir alle krank
waren und sind.

Je mehr wir wurden, desto weniger war ich. Im Grunde war ich
von Anfang nur Masse, Kindermasse, genannt die War. Das Wort
kam nicht von der deutschen Ware, sondern reichte ins Vordeut-
sche und meinte die Getragenen (vgl.: to bear), die also glücklich
Geborenen. Das Wort hatte sich praktisch nur in Schwackenreute, hinter dem Wald, gehalten. Jetzt aber, da wir es nicht mehr
verstanden, wurde es aus dem Verkehr gezogen, so wie die Weiber und andere alte Wörter. Dafür sollten wir nun wieder »die
Mädels« sagen, ein nationalsozialistisches Wort, das sich über
das Fernsehen abermals in die offizielle Sprache eingeschlichen
hatte. Eines Tages kam einer von der Stadt zurück und sagte: »Ich
war.« Und damit war auch noch eine falsche, oberflächliche Vergangenheit eingeführt bei uns. Bisher hatte diese Richtung »xai«
geheißen, mochte es auch chinesisch klingen, xai – etwa: ge-sein,
und bedeutete nichts anderes als alles, was durch die Erinnerung
nicht ganz verloren ist: i-bi-xai – ich bin gewesen.

Nach so viel Theorie muss ich einen Krug Most aus dem Keller holen (3. Fass = Februar). Heidegger, unser Viehhändler, ist gekommen. Er bringt das Geld für das Stück Vieh, das er nach Gaggenau gefahren hat. Das mit War (Kinder) und war (nicht mehr) kümmert ihn nicht. Seinen Vetter wohl auch nicht. Ich glaube, der kennt unser altes Wort nicht einmal. Ich glaube, der kennt uns gar nicht, denke ich (etwa 17). Der kam eben doch nur zu Besuch. Der weiß nichts von unseren Krankheiten, unserem langsamen Aussterben von da. Genau wie die Indianer sterben auch wir aus. Und an einer ganz ähnlichen Krankheit. Nur Reservate gibt es nicht für uns. Der hat ja niemals bei uns eine Nacht verbracht, die Nacht verbracht. Denn Gästezimmer gab es noch nicht bei uns. Auch dies ein Fremdwort, sowohl Gast wie auch Zimmer.

Heidegger musste seinem philosophischen Vetter auf kleine Zettel unsere ältesten Wörter schreiben. Unser Viehhändler war aber bequem, ohne Interesse an Wörtern (sein Schweigen hatte der Philosoph wohl falsch ausgelegt, wie auch unser Leben). Und auch die anderen, die im Herrgottswinkel, die in unseren Herrgottswinkeln ausgelauscht wurden, ob sie noch ein ganz altes Wort sagten: je älter, desto ehrwürdiger, je unverständlicher, desto wertvoller. Besonders heilig waren ihm unsere letzten zwei noch lebenden Stallmägde, die Kuhmagd und die Heumagd. Von ihnen erhoffte sich der Philosoph das rettende Wort, für die ganze Welt, glaube ich. Von Freiburg her wurde unser armer Viehhändler immer wieder gedrängt, alte Wörter zu liefern. Helfershelfer wurden eingeschaltet, die die alten Dinge kannten und wussten, wer sie sonst noch kannte. Heidegger hatte besonders den Landmann und die Landfrau ausgewählt, Menschen, die noch von Hand melken konnten oder Menschen kannten, die noch von Hand melken konnten. Oder auch mit der Sense umzugehen verstanden, das Mostfass bedienen konnten und Dinge tun, die es bei uns noch gab und nur noch bei uns.

Der Viehhändler musste all dies regelmäßig in Freiburg abliefern und bekam dafür einen signierten Sonderdruck etc. In einen hatte er geschrieben: Die Sprache ist als Muttersprache nicht nur die Sprache der Mutter. Sie ist als die Sprache der Mutter auch die Mutter der Sprache. Meinem lieben Vetter andenkend-grüßend. Doch der hatte nichts davon und reichte den Gruß an mich weiter. Der Viehhändler war Sammelstelle für alles, was es nur noch bei uns gab und was noch heil war, wie der Philosoph anscheinend und fest glaubte: das Ur-Alte, Heile-Welt-Wörter, das Habermus. Unsere Schweine und unsere alten Wörter wurden alle in die Städte verfrachtet. Gesammelt wurde bei uns, gewogen und ausgeschlachtet wurde in Gaggenau oder in Freiburg.

Und dann wurde vom Geld, das übrig blieb, auch noch eine sogenannte Durchreiche bestellt und eingebaut! Die haben wir sogar einige Male benutzt, aber dann stellte sich heraus, dass es einfacher war, das Geschirr wie in alten Zeiten vom Stubentisch weg in die Küche zu tragen, unter dem Gezänk und Geschrei von uns Kindern.

Ach, sosehr wir nicht sprechen konnten, so sehr zog es. Unsere Schmerzen verschlugen uns die Sprache. Unsere Sprache bestand nur aus Pausen und Unaussprechlichem, aus Schmerzlauten – oder gleich aus Schreien.

In unserer Sprache, die wir auswendig gelernt und bis zum heutigen Tag nicht verstanden haben, sagten wir bald unsere kleinen Sätze von Hunger und Durst, Wollen und Nicht-Wollen, von Schlaf und Schlaflosigkeit. Es hieß Wort und Sprache, was wir nachplapperten, von wem-weiß-ich-nicht erfunden, denn meine Mutter hat die Wörter, die sie mir in den Mund legte, auch nur in den Mund gelegt bekommen.

Von wegen Muttersprache. Meine erste Sprache, die Sprache der Mutter, war ja meine erste Fremdsprache. Muttersprache und Fremdsprache fielen zusammen in meinem Mund.

Und doch: Unsere Größe gaben wir in Hektar (ha) an, unsere Verachtung galt den (anderswo, nicht von uns so genannten) kleinen Leuten, den Handwerkern, den Fabriklern, Kleinstädtern, allen, die keinen Boden unter den Füßen hatten.

Jetzt muss ich dies alles nur noch an der richtigen Stelle in mein Leben einfügen. Erinnerung, Advocatus Diaboli meiner Gegenwart!

Es waren drei Todesfälle, die mich – lachen Sie nicht über meine Geschichte! – kurz aufeinanderfolgend trafen und mit denen ich nun zu leben hatte.

Erst wurde Caro, mein Hund, von einem Auto überfahren und blieb liegen. Unweit davon Gigi, ebenfalls überfahren, begraben und aus meinem Leben verschwunden. Ich könnte die Stelle zeigen … Gigi auf dem Misthaufen, mit Mist zugedeckt, niemals zurückgekehrt, mich in der Erinnerung festhaltend, am Leben, zu meinem Schmerz. Damals konnte ich nichts anderes als weinen. Die Erinnerung muss herhalten. Ich muss ihr glauben. Einen Grabstein für Gigi gibt es nicht, die Erinnerung ist das einzige Denkmal, nachdem ich auch, in einer herzlosen Zwischenzeit, die Fotos verloren habe.

Damals spielte ich zum ersten Mal mit dem Gedanken, mir das Leben zu nehmen. Ich wünschte mir ja nur, das Kind wünschte sich ja nur, bei Caro und Gigi zu sein, meinetwegen im Himmel.

Von meinen Vorfahren sind wenigstens Grabsteine geblieben. Die Schwanz-Seite hat sich Granit aus der einstigen Heimat (Tirol) kommen lassen, hingestellt und sich verewigt, auf ihre Weise, so gut sie konnten. Aber von Gigi und Caro habe ich gar nichts mehr. Ich weiß nur noch, dass sie verschwunden sind. Die Fotos mit Gigi und Caro, uns als die jeweils Einzigen auf der Welt zeigend, sind verloren. Anhand von Fotos müsste ich die meisten Verluste rekonstruieren. Anhand der Erinnerung an verlorene Fotos …

Da, unter dem Kastanienbaum, lag er doch? Dahin hatte man ihn doch zur Seite gezogen? Da triefte doch Blut aus seinem Mund, ich kann nicht Schnauze sagen, aus der Tiefe, da lebte er doch noch.

Und dann eine Art Gegenüberstellung, die Identifizierung am Ort, an den ich gerufen wurde und wo es geschehen war: Da musste ich meinen ersten Toten identifizieren: Ja, du warst es.

Und dann meine Gebete, mein *Requiem aeternam* für einen Hund und mein *Lux aeterna*. »Das Ewige Licht leuchte dir!«, betete ich. Du lagst auf einem Kartoffelsack. Und Gigi? Hat sie nicht jahrelang ihre zahlreichen Kleinen durch diesen Hof hier geschleppt? Ihre Nachkommen leben ja noch unter uns in der nunmehr fünfzehnten Generation und können nichts wissen von ihrer Mutter. Da trug meine Gigi ihre Kinder durch den Hof, sie hatte sie zwischen ihre Zähne genommen. Was für eine gute Mutter sie war! Dieser Hof, dieses Stalltürchen, diese Erinnerung.

Meist lebten wir nebeneinanderher, die fünfzehnte Generation seit Tirol neben der vierhundertfünfzigsten Katzengeneration.

Der Abschied war herzzerreißend. Denn diesmal war er endgültig. Gigi lag zu Füßen der Hofeinfahrt, unten an der Straße, ganz ohne Zweifel: tot. Ich wurde von den Nachbarkindern gerufen: »Gigi ist überfahren worden! Deine Gigi liegt tot auf der Straße!« Und ich rannte, ungläubig, zur Straße hinunter bis zur Stelle, die mir das Herz gebrochen hat. Ich weinte nicht, ich war schon auf (sogenannten) Beerdigungen gewesen, ich hatte von den Erwachsenen gelernt, wie man nicht weint, ich war schon ganz eingewöhnt ins Leben, ins Licht der Welt, das ich an dieser Stelle erblickte, das Blut. Bei Caro konnte ich noch weinen. Aber mit Gigi vor mir verstummte ich, mit kurzen Atemzügen stand ich vor meiner Toten, ich verstummte zu kurzen Atemzügen, die unsichtbar blieben – und kaum hörbar. Da schalten mich meine Nachbarkinder, die einst mit mir nach den Jungen von Gigi gesucht hatten, auf dem Heustock, in den verschiedenen Nebengebäuden, in den alten Schränken, in den Betten, nach den Jungen, die nun auch ihre Wege gingen so wie die Nachbarkinder von einst, heute, und ich weiß nicht, wie sie den Verlust ihrer Mutter aufgenommen haben. Die mit mir nach diesen Jungen gesucht hatten, verachteten mich nun, weil ich um Gigi nicht weinte. Alles, was ich tat, nachdem ich alles gesehen hatte, war, in die Scheune zu gehen und einen Getreidesack zu holen, einen schönen Getreidesack, auf dem mein Name stand wie auf dem Scheunentor, den Grabsteinen und meiner Geburtsurkunde, und Gigi darauf bettete. Sie war schon hart wie die Toten.

Caro hatte ich nach einer Woche noch einmal sehen wollen. Wir spielten damals heilige Messe und Requiem. Eine feierliche Exhumierung an der Stelle, wo wir ihn begraben hatten. Es war nichts mehr da von ihm. Vielleicht etwas Braunes, Graues, Dunkles, Weißliches, Stoff- oder Sackreste. Alles fiel auseinander, von der Schaufel herunter, nichts war mehr da … Ein guter Boden … Wir erschraken über dieses Nichts und rannten davon, ließen in der Eile die Schaufel und die Mistgabel liegen. Bei Gigi verzichtete ich auf diesen Versuch eines Wiedersehens. Das ist die ganze Geschichte.

Gigi war tot. Schon einmal war ich gerufen worden. Hatte an der Straße gestanden, hatte nicht hinsehen wollen, die Hände vor dem Gesicht, weinend. Ich wollte nicht sehen. Aber es war gar nicht Gigi gewesen. Ich hatte nur auf die anderen gehört, die Gigi nicht von den anderen unterscheiden konnten. Etwa nach zwei Wochen – ich hatte in dieser Zeit meines Lebens, immer noch wachsend, erstmals Gewicht verloren – tauchte Gigi wieder auf. Sie erschien, erschien mir mit zwei Jungen vom Heustock herunter, die Kleinen konnten schon sehen und wackelten auf mich zu.

Jetzt aber wollte ich sehen und sah, dass Gigi tot vor mir lag. Diese Stelle in meinem Leben, kaum von mir entfernt.

Vielleicht habe ich damals den Verstand verloren oder etwas später, als sie mir meinen Frederic zum Essen hinstellten. Frederic war nach Gigi, nach Caro, mein liebster Freund geworden, er war damals vielleicht ein halbes, ich zehn Jahre alt. Frederic war immer schon schwächlich, hätte er sich nicht ein Bein gebrochen, wäre er schon früh als Spanferkel ausgesondert worden. Dazu nimmt man die schwächsten Exemplare, jene, die es niemals bis zur Schlachtreife bringen würden. Frederic hatte Glück, ich durfte ihn aufziehen, nachdem ich Gigi und Caro verloren hatte. Es ergab sich eine Freundschaft, ein dritter Versuch. Unsere Freundschaft wurde bald belächelt, im Grunde aber anerkannt und sogar beneidet, da etwas Ähnliches zwischen Menschen kaum vorkommen dürfte, denn wir stritten uns kein einziges Mal und waren unzertrennlich. Man musste mich manches Mal abends, wenn es dunkel wurde, im Stall von Frederic wegreißen und ins Bett bringen. Da hatte ich neben Frederic im Trog gelegen und gehört, und verstanden, was er mir sagte. Es war Liebe.

Eines Tages schaffte man mich in die Ferien, nach Schwackenreute, zum Mostonkel. Zum Essen wurde mir Most eingeschenkt, der Onkel lachte dreckig, und wenn ich ihn recht verstand, und wenn ich mich recht erinnere, sprach er von Speck, wachsen und groß und stark werden. Der Mostonkel hatte ja so wenige Wörter, dass es schwer war, ihn zu verstehen. Vielleicht bestand sein Vokabular aus hundert Wörtern, vielleicht waren es auch weniger, dies noch alles per Sprachfehler übermittelt; und so bedurfte es der Kunst der Interpretation, einen solchen Onkel einigermaßen zu verstehen. Auf die Zeichen konnte man auch nicht gehen, seine Zeichensprache war ebenfalls sehr reduziert, ein mostrotes Gesicht zählte ja nicht. Frederic verstand ich besser, seine Zeichen waren eindeutig, während der Mostonkel unglücklicherweise auch noch verschlagen war. Wie er den Führerschein bekommen hat, weiß ich nicht. Vielleicht hatte er ihn niemals bekommen, jedenfalls fuhr er mit seinen verschiedenen Fahrzeugen in der unmittelbarsten Gegend von Schwackenreute herum. Namentlich sein alter feuerroter Ford Escort hatte einen gewissen Ruf in der Gegend, man kannte ihn und das feuerrote Gesicht mit dem Hut, tief in den Sitzen, schon vom Sehen.

So wird er damals zu uns gefahren sein und wird Frederic getötet haben, »Sell geits it!«, wird er gesagt haben. Er war ja nebenher Metzger. Als ich nach Hause kam, hieß es, die Nachtfrau habe Frederic geholt.

Man hat mir nie die Wahrheit gesagt, aber heute weiß ich: Man hat mir Frederic damals auch noch auf den Tisch gestellt, als Wurstsuppe, mit den geplatzten Schwarzwürsten, die in dieser Suppe schwammen. Was soll ich von einem Menschen noch erwarten?

Damals muss ich den Verstand verloren haben, denn unmittelbar darauf begann ich zu dichten. So begann es mit der Schriftstellerei.

Ich war noch ein Kind; und zwar ein gezeichnetes. Der Tod dieser drei Lebensgefährten auf Zeit machte mich zu einer Art Schriftsteller, in jenem Augenblick, der mir die Sprache verschlagen hat. Und dieser gehäufte Tod war wohl auch der Grund für mein späteres Theologiestudium, das mich in die Ewige Stadt führte. Dort konnte ich freilich über den Verbleib meiner Geliebten und über den Sinn unserer Einmaligkeit, unseres Lebens auf Zeit, unserer ewigen Liebe, die von keinem von uns jemals widerrufen wurde, sage ich als Überlebender, nichts erfahren. Das ist ein anderes Kapitel.

Caro, Gigi, Frederic, das war die Grundschule meiner Verluste.

War es noch verwunderlich, dass ich mich bald nur noch für Frauen ab zweieinhalb Zentner interessierte oder wenn sie sonst eine Besonderheit aufwiesen?

Nach Meßkirch konnte ich nun mit dem Fahrrad kommen. Bei den Schrott-Weibern, die das Kurzwarengeschäft Geschwister Schrott am Marktbrückle führten, wurde mir ein Fix-und-Foxi-Heft in die Hand gedrückt, und nun sollte ich damit leben. Nachdem ich Caro und Gigi nicht mehr hatte, sollte ich ein Fix-und-Foxi-Heft lesen. Es gab alles, was man so brauchte, bei den Schrott-Weibern. Weib ist in unserer Sprache keine Abwertung, hat vielmehr mit Liebe zu tun, mit Hüftgürteln, bei uns Kummet genannt, mit Unterwäsche, Hosenträgern und sonstigem Zubehör, was man für Leben und Liebe brauchte. Es gab auch Stricknadeln und alles, was man zum Stricken und Leben brauchte, aber auch eine Lotto-und-Toto-Annahme und Heuberger Schleuderhonig. Außerdem war noch ein Fußpflegesalon eingerichtet, ich weiß nicht, mit welchem Recht.

Und so kam ich schon früh zu ihnen: mit den Hühneraugen meiner Großmutter. Es gibt sie immer noch, die jungen zwei, meine ich, die jetzt die alten zwei Schrott-Weiber sind, während meine alten zwei angeblich über der Registrierkasse hängen. Ich war zum letzten Mal (mit etwa 14) mit meiner Großmutter zum Hühneraugenausschneiden. Alle, tout Meßkirch und darüber hinaus, kamen hierher zur Fußpflege. Auch Heidegger. Alle vier waren von einem erstaunlichen Blond, das nicht von hier und nicht für mich bestimmt war. Auf den Schoß sitzen durfte ich nur bei Klärle, der älteren der alten zwei, und das bis zu meinem achten Lebensjahr. Die jungen zwei setzten sich über mich hinweg, was sollten sie mit so einem Kleinen vom Land? Ina schnupperte auffällig, ich weiß nicht, ob meinetwegen oder wegen eines fazialen Automatismus. So seh' ich sie heute noch, sie bleibt mir mit ihrem Schnuppern im Gesicht, während ich bei Klärle auf dem Schoß sitze, die mit mir eine Zeit lang die Fix-und-Foxi-Hefte durchblättert, mit denen ich nun leben soll, und mich auf Besonderheiten innerhalb der Woche für Woche länger werdenden Geschichte hinweist. Noch bis zur Ersten Heiligen Kommunion durfte ich bei ihr auf den Schoß sitzen, dann war es aus damit – im Sommer mit der kurzen Lederhose zwickte sie mich zum Spaß in die Oberschenkel.

Das war kurz vor der Zeit, als Lucy meinen Arsch zum ersten Mal göttlich nannte, süß war er ja immer schon, von Kindesbeinen an. Lucy hat ihr Leben lang nicht begreifen wollen, wie es zur Diskriminierung dieses Körperteils kommen konnte. Bis zum heutigen Tag setzt sie sich für seine Rehabilitierung ein. Klärle meinte es nicht so, wenn sie mich koste (sie sprach noch von kosen), wir waren ganz unschuldig in allem. Schon früh nahm sie mich auf ihren Schoß – und ich weiß auch nicht, warum. Machte ich in die Hose, lachte sie. Ich war damals krank, Fix-und-Foxi-Heftchen trösteten mich nicht. Ja, sie vertrieben mir nicht einmal als Kind die Zeit, nie haben sie mir die Zeit vertrieben, ich blätterte sie lustlos durch, sah die Sprechblasen, ich konnte doch schon lesen! Die Miederwaren, die in den Glasvitrinen oder auf den Tischen herumlagen, interessierten mich hingegen von Anfang an. Die Fix-und-Foxi-Heftchen, die mir hingelegt wurden und mich nicht interessierten; die Miederwaren, die mir nicht hingelegt wurden und mich interessierten, von denen ich immer nur die Verpackung oder die ausgepackte Ware sah (in das Probierzimmer, einen weiteren Nebenraum, kam ich ja nicht) … Verpackungen, Netzstrümpfe mit Strapsen oder Hüftgürtel interessierten mich, galten offiziell noch nicht als anstößig, waren damals eher halb Sanitäts- oder Behindertenzubehör. Von hinter der spanischen Wand kamen ab und zu Aufschreie von Frauen, denen die alte Schrott in den Fuß schnitt. Sie zitterte und rauchte und trank und war ihrer Aufgabe nicht mehr gewachsen. Und ich? Ich wurde in den Unsinn, das Leben zwischen den Kurzwaren eingewiesen. Es war immer laut bei den Schrott-Weibern, fast wie in Schwackenreute an einem gewöhnlich grauen Sonntagnachmittag. Ab und zu wurde von der Metzgerei Nil gleich nebenan ein in Zeitungspapier eingewickeltes Fleischkäsweckle hereingereicht. Honig konnte bei den Schrott-Weibern auch noch gekauft werden. Er stand in 5-Kilo-Eimern zu einer Pyramide getürmt im Schaufenster, zusammen mit einem immerwährenden Porträtfoto von Heidegger: dankend-grüßend eines seiner kleinen Zeichen. Ich verliere mich. Wir waren krank …

Klärle war die Erste, die mit meinem Sprachfehler kam: Das gefällt mir gar nicht, dass der Bub so jung ist und schon stottert, sagte sie auf Mannheimerisch, denn von dort hatte es sie nach Meßkirch verschlagen. Sie träumte oft von Mannheim und der Kurpfalz, so wie man eben von der Heimat träumt.

Zu meinem Stottern kam ja noch das In-die-Hose-Machen (als mein In-der-Welt-Sein, als weiteres Muttermal) dazu, ich sagte es schon. Das eine ging in das andere über, ohne dass ich jetzt sagen könnte, wann und wie, ich muss irgendwie sagen, das erfasst meine Krankheit wohl am genauesten, irgendwie trat alles gelegentlich zusammen auf, massiv, weniger massiv. Wenig später schon die Zeit des Tanzstundenterrors (nur das Stottern hatte ich noch nicht abgelegt), ich sollte meine Dame auffordern, ich stotterte freilich, ich stotterte insgesamt, meine gesamte Erscheinung und Existenz war in dieses Stottern einbegriffen, war ein einziges Stottern.

Es folgte die Zeit der Samstagabende. Es folgte die Zeit eines Lebens wie Kraut und Rüben. Ich war eben krank, wir waren krank. Wir hatten alle, ich nenne es: eine Art Maul- und Klauenseuche. Gerade fünf Kilometer von der Stelle entfernt, wo ich schließlich geboren wurde (4500 g), stand ein Kreuz, und unter dem Kreuz stand ein Büßer, nackt, betend, nur mit einem Rosenkranz an der Stelle, wo ein Bischof sein goldenes Brustkreuz trägt, sonst nackt. Ich habe ihn gesehen. Es war der erste Nackte, den ich gesehen habe; und dann so einer! So wollte er die Welt retten (von der Bundesstraße 311 aus und ihr zum Zeichen) und landete stattdessen in der Psychiatrie.

Waren wir ungläubig, wurden wir für unseren Unglauben mit dem Leben bestraft.

Noch näher zur Stelle hin, wo auch unser Philosoph das Licht der Welt erblickt hatte, stieg ein Mann mit der Maske unserer Katzenzunft (die ansonsten bis Aschermittwoch ihr Unwesen treibt) zu den alten alleinlebenden Frauen ins Bett. Er kam lange Zeit durch den Keller nach oben, bis er fast alle durchhatte: je älter und alleinstehender, desto unbeschreiblicher die Lust.

Das war freilich ein Psychopath, aber einer von uns, denn wir waren krank. Bei der Verhandlung im Meßkircher Schloss (wo sich das kleine Amtsgericht einquartiert hatte) sprach er von ganz anderen Dingen, gar von Heidegger. Das alles geschah mitten unter uns, in einer Gegend also, die Heidegger für säurefrei erklärt hatte, in einer Welt, aus der er seinen Schleuderhonig bezog.

Jede Verirrung hatte uns schon erreicht, selbst der Telefonsex, sobald dieser möglich war, das heißt: kaum dass die ersten Apparate aufgestellt und die Damen von der Vermittlung überflüssig geworden waren. Kaum gab es das individuelle Telefongespräch, kamen auch schon die ersten Meldungen (»Ich schieb dir gleich was ganz Dickes unten rein«, zu unserer Ehrenrettung mit dem Akzent und in der Sprache eines unserer Flüchtlinge …). Ich selbst war, etwa zehnjährig, auf eine Frau Moser hereingefallen, die sich – »bin eine rüstige Rentnerin«, sagte sie mir – mit ihrer Männerstimme »für Verschiedenes« anbot und zum ersten Mal in meiner Muttersprache von »Ficken« sprach. Und nun sollte ich eine meiner Schwestern ans Telefon holen, vorher aber noch das Telefonkabel durchschneiden, da sonst unser Haus explodiere.

Das hatte ich nun davon, dass ich vom ersten Klingeln an (das Gerät stand eines Tages bei uns im Hausflur) zum Telefon rannte, bis heute auf den Anruf meines Lebens wartend.

Damals, noch so ein Hauptwort, steigerte ich mich ins Leben hinein, bis hin zu Scheinschwangerschaft, bis hin zu Scheinschwangerschaftsverdacht, das war es, glaube ich, manchmal dachte ich: Du kriegst ein Kind, so weh tat alles. Meine anderen hatten sich doch auch in Krankheit und Unglauben behauptet – oder waren eben gestorben. Die Toten meiner Kindheit – Der Tod – und Gott – waren ja die beiden Götter meiner Kindheit. Alle unsere Toten: Fritz zum Beispiel. Von Haus zu Haus war die Nachricht gegangen. Und erst die Totenglocke: Sie wehte uns die Nachricht durch die Fensterritzen herein. Wir zitterten. Wir wussten noch nicht, wer es war von uns. Bald klopfte es an der Tür, und die Nachbarin sagte: Der Fritz. Das ist lange her und muss kein Kind betrüben. Lassen wir also die Toten liegen, an der Stelle, wo sie gestorben sind, und sie vom Beerdigungsinstitut abholen. Die Totenglocke wollen wir überhören. Wir wollen per Gericht erreichen, dass sie abgestellt wird. Schließlich wohnen wir in einem Wohngebiet. Kind! Fritz! Caro! Gigi! Frederic! Seid ihr da? Könnt ihr mich hören?

Keiner kommt mehr und sagt uns, dass einer von uns gestorben ist. Wir sitzen nun vor dem Bildschirm in unseren verunstalteten Häusern (mit den Satellitenschüsseln) und weinen, wenn wir vorgelesen bekommen, dass Audrey Hepburn in ihrer Villa am Genfer See im Alter von dreiundsechzig Jahren gestorben ist. Unser Toter aber, ein schäbiger Einzelfall, muss kein Kind betrüben. Er muss nur noch gewaschen und verladen werden.

Das Beerdigungsinstitut übernimmt den Transport, die Wäsche, alles. Der Tote ist in der Stadt gestorben, schon gar nicht mehr gestorben, die Geschichte hört im Krankenhaus auf, im fahrbaren Kranken- wie Totenbett aus Aluminium. Der Tote kommt mit dem Aufzug in die Tiefkühlhalle. Niemand will ihn mehr sehen. Der Sarg wird geschlossen aufs Land geliefert und bleibt zu. So endet unsere Geschichte.

Unser Friedhof bleibt vorerst noch, was er ist – und offen, dachte ich. Keine Friedhofszeiten. Doch bald waren die letzten alten Gräber abgeräumt, da sie nicht mehr in die Zeit passten, wie die Administrationsfurie verlauten ließ.

Unseren Kirchturm mit den Sonntags-, Abend-, Hochzeit- und Totenglocken habe ich wohl auch bis zuletzt, das heißt: solange ich da war, überschätzt. Immer wieder wurden aus seinem Schattenfeld weg unsere Kranken in die Landesnervenheilanstalt gefahren. Die einen sagten, er sei hundert, die anderen, er sei dreißig Meter hoch. Die Schätzungen gingen auseinander wie bei unserem Heuberg, den auch noch niemand von uns gemessen hat und der über unserem Leben steht. Immerhin hat er einen Namen, und ich glaube: von uns, denn auf einer Karte erscheint dieser Berg nicht. Die einen sagen, er sei tausend, die anderen, er sei hunderttausend Jahre alt, weder das eine noch das andere ermessen. Eine Freundin von mir, die ganz ohne Orientierungssinn lebte, sagte: Vier Meter. Und auf meine Frage: Wie alt? antwortete sie: Ewig! Einfach, um auch etwas zu sagen. Schließlich hatte ich sie gefragt, auch weil ich selbst keine Antwort habe. Ach, wir vertaten uns schon in der Erdkunde, brachten Städte und Länder durcheinander. Mit meiner Volksschulfreundin konnte ich nichts spielen außer Doktor. Ihren Namen weiß ich noch. Man hat ihr halt schon im Kindergarten bei Schwester Maria Radigundis nicht viel beibringen können. Alles entwickelte sich von Anfang ganz einseitig. Aber wir liebten uns und unseren Turm in unserer Mitte, auch wenn wir nicht wussten, wie hoch er war. Heute ist sie übrigens tot.

Das Frühjahr war so spät bei uns, dass es immer erst im nächsten Jahr blühte. Alles fror, die Blumen und wir. Die Forsythien waren immer nur eine Erinnerung daran, dass es kalt, dass es nicht Frühjahr war. Ich hasste sie. Ich liebte die Zeit um den Weltspartag herum.

Kleines Denkmal für Raiffeisen, den großen Raiffeisen, kurze Geschichte unseres langen Endes: Wer war Raiffeisen?

Ein Name aus dem neunzehnten Jahrhundert, stand über dem Raiffeisen-Warenlager mit angeschlossener Bank, mit dem dazugehörenden Zeichen, zwei übereinandergekreuzten Pferdeköpfen, glaube ich. Mit dem Namen verband ich weiter nichts, vielleicht glaubte ich, Raiffeisen sei eine Art Nikolaus des Weltspartags, da wurden die Sparbüchsen geöffnet. Seine Idee war großartig: Einer für alle – alle für einen, und hatte etwas ausgesprochen Schlichtes.

Raiffeisen war da, so unbestreitbar wie das braune Meßkircher Höhenfleckvieh, die Mengele-Miststreuer, wie unser Kirchturm und unser Friedhof mitten in den Feldern meiner Erinnerung. Später las ich, Raiffeisen sei ein religiöser Sozialist gewesen, der landwirtschaftliche Hilfsvereine im Westerwald gegründet habe. Außer dem Rechner sollte jede Arbeit ehrenamtlich sein, ich weiß, er kam am Sonntagmorgen nach der Kirche ins Haus, die Raiffeisenkasse hatte er in der rechten oder linken Hand, er kam zu Fuß.

Bald, noch zu meinen Zeiten, war auch die letzte Genossenschaft verschwunden (man sagte: Fusion) und von Technokraten ausgelöscht und hat außer ihrem Namen Raiffeisen-G. (mit dem sich ja auch das Einer-für-alle-Monster, der R.-Konzern, getarnt hatte) nichts behalten.

Die Raiffeisenbank hat unseren Ruin, unser aller Ruin finanziert und ermöglicht, hat uns alle zu neuen Ställen, Miststreuern, Krediten, überhaupt zur neuen Zeit, in die wir passen sollten und die niemand überstanden hat als sie und ihresgleichen, überredet. Die Raiffeisen-Kasse drängte zu Investitionen, bis wir kapitulierten, bis zur lautlosen, unheimlichen, endgültigen Aufgabe unserer selbst. Der Boden unter unseren Füßen und wir selbst wurden (für die anderen, für den Rest der Welt) zu einem ärgerlichen, subventionierten Faktor der Euro-Multi-Agrarindustrie. Das ist die philosophische Seite unserer Geschichte.

Ich weiß, Raiffeisen hat das nicht gewollt. Was wollte er? Beschaffung von Vieh für die unbemittelten Landwirte, Tatchristentum, von der Bergpredigt her, las ich, »seine Arbeit war von zahlreichen Fehlschlägen begleitet«.

Wusste unser Raiffeisen-Direktor Bantle, dieser Kerl, dem wir uns überschreiben mussten, von den Zielen Raiffeisens, der seiner Firma den Namen gegeben hat?

»Eine Vergütung erhält nur der Rechner.«

Der überreichte uns die bald im Himmel verschwundenen Luftballons am Weltspartag. Unter ihm war unser Viehverein, die Einrichtung einer Besamungsstation beschlossen, eine Molkerei etc. gegründet worden: Alles ging auf Raiffeisen zurück. Im Grunde auch die Besamungsstation, die Bullen, die, von der Genossenschaft »bezuschusst«, in unserem Farrenstall arbeiteten, der für uns Kinder gesperrt war, obwohl wir uns nie wieder so sehr dafür interessierten, was hinter diesen Türen vorging, wie als Kinder.

Wir hatten ja nur das Schlüsselloch, das so gut wie alles verbarg: wenig Licht im Deckraum. Unsere Kuh, die wohl einen genauso alten Stammbaum hatte wie ich, einen Stammbaum, der ebenso viele Generationen in unserem Stall aufwies wie meiner im Haus daneben – oder noch mehr? –, trottete genauso unergründlich davon, so unverändert, so unverändert, wie sie gekommen war – und wir hinterher. Ich kann mir nicht denken, dass sie etwas davon hatte. »Selbstsucht ist durch Gemeinsinn zu ersetzen.« Ein ländliches Literaturkränzchen gründete er auch noch. »Das Schlimmste ist die Gottvergessenheit.«

Des ungeachtet wirbt er auch noch für den Abschluss von Lebensversicherungen.

»Ich werde noch einmal ein Buch schreiben!«, schrie der Most-onkel manches Mal in den Schwackenreuter Rauch hinein, wenn von unserem (durch die R.-Bank) drohenden Ende die Rede war. Er hätte es tun sollen. Unsere Geschichte kam ja nicht durch den Raiffeisen-Direktor zu Ende, sondern durch die Verhältnisse, von denen R. nichts wissen konnte, als er sein »Die Darlehns-Cassen-Vereine in Verbindung mit Consum-Verkaufs-Gant-etc. Genossenschaften als Mittel zur Abhilfe der Noth der ländlichen Bevölkerung sowie auch der städtischen Arbeiter. Praktische Anleitung zur Bildung solcher Vereine, gestützt auf dreiund-zwanzigjährige Erfahrung als Gründer derselben« schrieb.

Glaubte er an den Fortschritt? Ich fürchte: ja. Anders kann ich mir nicht erklären, dass er zur Gründung von Besamungsver-einen und Versicherungsgenossenschaften aufrief.

Was stand im Tausendjährigen Reich über R. in den Lexika? War er verboten?

Unsere, unser aller Geschichte, die wir einst mit der Mistgabel im Stall standen oder das Heu im hintersten Winkel unseres Heu-stocks verstauten, die wir im Schweiß unseres Angesichts, wie im 1. Kapitel der Heiligen Schrift vorausgesagt, gelebt haben, war umsonst. Wir haben umsonst gelebt. Es ist aus.

Schon mit Raiffeisen ging es nicht recht weiter. Der eine Sohn emigrierte nach Amerika und blieb verschollen. Das Werk selbst haben die Banken an sich gerissen. Der andere Sohn versuch-te noch, eine Zeit lang weiterzumachen. Er wurde vom Raiff-eisenverband ausgebootet, starb bettelarm. Der kleine Nach-lass wurde versteigert, vom Raiffeisenverband aufgekauft und beiseitegeschafft und brachte hundertsechzig Reichsmark: ein Schreibtisch aus Weichholz, zwei Gipsfiguren, ein Kreuz, drei Stühle, eine Bettstatt, ein Oberbett, mehrere Hundert leere Me-dizinfläschchen, ein alter Regenschirm.

Die Raiffeisenbank mit ihren Eintragungen ins Grundbuch war ja auch nur etwas Zweitrangiges.

Dem vorausgegangen war unsere Gier oder unser Glaube, dass

es aufwärtsgeht mit uns: unser unbeschreiblicher Fortschritts-
glaube, den wir vielleicht mit Raiffeisen teilen. Wir haben uns
verführen lassen. Sie überredeten uns zu neuen Kuhfarben, zum
Fortschritt bis zu der Stelle, wo dieser endet.

Eines Tages kam das Landwirtschaftsamt (von Brüssel über
Bonn und Stuttgart dirigiert) und sagte, dass es für uns besser
wäre, unsere Anwesen würden zu viehlosen Getreideanbau-
betrieben (Amtssprache) umgemodelt. Es wurde für jede Kuh
eine »Abschlachtungsprämie« – so der Ausdruck – in Aussicht
gestellt. Wir machten auch mit. Für jede Kuh gab es tausend
Mark. Das war ein Geschäft. Für jede Kuh, die ich doch jahrelang vom Feld geholt, durch die ich Zählen gelernt, sie bei ihrem
Namen ansprach, sprechen gelernt, die ich fütterte, molk, liebte,
gab es tausend Mark. Meine Lebensgefährten, mit denen ich,
von denen ich lebte, die – lachen Sie nicht! – mein Leben waren,
haben wir verkauft. Damals hatten wir noch etwas, dem wir über
den Kopf streicheln konnten, und ihre Augen, waren sie nicht die
schönsten? Gab es nicht das Epitheton ornans »kuhäugig« für die
schönen Augen der Artemis?

Eines Tages waren unsere Kühe verkauft, die schwarzen und
das Meßkircher Höhenfleckvieh, alle. Der Abtransport durch
Heidegger zog sich über einen ganzen Tag hin. Heidegger musste mehrere Male verladen, wegfahren, wiederkommen. Doch
schließlich war es geschafft: die letzte Kuh im Viehwagen fest-
gebunden. Heidegger schloss den Laden, hievte sich in seinen
Viehwagen und fuhr zum Hof hinaus. Wir standen da und winkten nicht. Ein Glück, dass keiner von uns wusste, dass dies das
Ende war.

Damals, als wir noch nach Schwackenreute fuhren, kehrten wir
Gott sei Dank immer wieder nach Hause zurück. Wir mussten
nicht in Schwackenreute übernachten. Von allem, was ich von
Schwackenreute erinnere, war das Schönste die Fahrt nach Hau-
se, auch wenn sie durch denselben dunklen Wald führte, an der
Kiesgrube vorbei und an allem, was immer war und nie.

Um halb fünf war das Abendessen in Schwackenreute. Die Bierwurst kam vom Nil, jenem Meßkircher Metzger, der die schwarze Kuh ebenfalls ablehnte. Dann drängte man in den Stall zum Melken, und wir durften zurückfahren. Es kam aber auch vor, dass man uns noch das Vieh zeigte. Dann mussten wir alle mit in den Stall hinunter, ob wir wollten oder nicht, und loben. So wie andere ihre Sammlung, ihre Bilder, Waffen, Geweihe und Briefmarken zeigen, so zeigte uns der Mostonkel seine prämierten Kühe, das braune Meßkircher Höhenfleckvieh und die dazugehörenden Plaketten von den Landwirtschaftsausstellungen am Stalltürchen, und wollte gelobt sein. Hatte eine Sau geworfen, mussten wir durch Spinnweben und verschimmeltes Heu in den hintersten Stall, das Wurfzimmer. Er wies auf die neugeborenen Lebewesen, die schönen Ferkel, und zählte, mit einem Stecken über sie hinwegfahrend, voller Stolz: Do-do-do – bis dreizehn. So viele waren es, die an der Mutterbrust hingen.

Und so endet Schwackenreute. Ich war ein Kind: Ich war so groß wie eine Schwertlilie, »und das Heu roch nach der unglücklichen Liebe des Himmels zur Erde«.

Geschichte meines Muttermals

Bald kam trotz allem die irdische Liebe hinzu.

Ich träumte vom Fliegen und flog.

Kaum konnte ich lesen und beichten, schielte ich auch schon zu jenen Frauen in den Zeitschriften mit dem Querbalken, die beim Friseur die Runde machten, und wenn keine Frau da war, durfte auch ich hineinschauen, ja lesen und sehen, so sehnsüchtig wie niemals wieder.

Ich träumte vom Fliegen und flog.

Eine Geschichte konnte ich wegen des Wortes »entehrt« nicht vergessen. Ich kannte dieses Wort, wie viele deutsche Wörter, vor allem aus dem täglichen Leben, überhaupt nicht. Wir hatten unsere eigenen Wörter, vor allem für jene Dinge, mit denen wir unser tägliches Leben und Brot bestritten, es gab bei uns fünf verschiedene Wörter für »Ernte« und »Mist«; nur für »Tod« und »Liebe«, unsere coups de cœurs, hatten wir keine richtigen Wörter.

Da las ich also eine Geschichte, gekrönt von einem Bild mit Querbalken darüber, von zwei Verliebten, sah, was damals verboten war, sah einen Mann und eine Frau, die nackt auf einer frisch gemähten Waldwiese auf ihrer mitgebrachten Rosshaardecke lagen und schmusten.

Und genau in diesem Augenblick wurden sie von einem Mann mit einer Pistole überfallen. Diese Szene zeigte die zweite, skandalös schlechte Fotografie, und doch, das war, wie die ganze frühe Zeit: so wenig, so viel. Der Überfall mit der Pistole war eigentlich ein Verbrechen, doch ich sah nur diese Frau, von der – außer ihren

Brüsten und ihrem schwellend blonden Haar – nicht viel zu sehen war, nicht einmal der Querbalken auf diesem dritten Bild, womit dieser kleine Fotoromanzo schon zu Ende war, da sich der Wüstling schon ziemlich über die Frau auf der mitgebrachten Rosshaardecke hergemacht hatte. Ich stellte mir dazu unser Wäldchen vor, den Hennenbühl, jene Wiese im Wald, wo solche Dinge der himmlisch irdischen Liebe, verteilt über die Geschichte, immer wieder vorgekommen waren wie in diesem unvergesslichen *Wochenend*, wo der von dem Wüstling gefesselte Geliebte von Adele zu allem ein Gesicht machte, als wäre ihm dies gerade recht gewesen und sie auf nichts mehr gewartet hätte als auf diesen Augenblick. Und dieser tatenlose Jürgen musste zusehen, wie Adele auf der mitgebrachten Rosshaardecke, die eigentlich zum Schmusen gedacht war, von einem Wüstling entehrt wurde.

Zu Hause, beim Mittagessen, fragte ich dann, vielleicht beim Habermus, das einem immergleichen Tischgebet folgte und vorausging, die näheren Umstände dieses unbekannten Wortes freilich weglassend, und so eigentlich unterschlagend, fragte in den Raum hinein, was »entehrt« bedeutete, denn viele Wörter wusste ich noch nicht, oder ich verwandte sie in einem anderen Sinn, als Kind sagte ich »falsch entbunden« am Telefon, worüber nur Erwachsene lachen können.

»Entehrt.« – Statt einer Antwort bekam ich nur eine Ohrfeige, denn es saßen auch noch Gäste am Tisch, die Tante, zum Beispiel, die das Jahr über in einem Kloster lebte und dort für uns und die ganze Welt betete, was bitter nötig war. Die Ohrfeige wäre aber überhaupt nicht nötig gewesen, denn auch die Tante verstand dieses Wort aus dem *Wochenend* nicht und hätte gerne gewusst, was das bedeutete.

Ich war noch viel zu klein für diese Ohrfeige. Es war vielleicht die einzige, die ich zu Hause erhielt, im Gegensatz zu meinem Leben in der Welt, das eine einzige Ohrfeige war, besonders in der Schule, was sage ich Schule: Das war die Schule. Ich fragte und bekam als Antworten keine Antworten, sondern ratlose Gesichter, errötende, oder Ohrfeigen, je nach Charakter.

Sie hätten es noch im Spiegel sehen können. Ihre Hände waren immer zu groß für meinen kleinen Kopf.

Bis auf dieses Muttermal unterschied ich mich kaum von ihnen.

Sie sagten mir, das sei ein Muttermal. Ich sah es. Da, oben links, wenn auch niemals richtig, sah ich dieses Fanal meines Lebens. Seitenverkehrt und im Spiegel, wie so vieles, was zusammen mit mir aufwuchs.

Als zum ersten Mal der Schularzt kam, Dr. Eiermann, lachten die Aufgeklärtesten von uns schon, wegen dieses Namens und was wusste ich. Sanitätsrat Dr. Eiermann kam eines Tages angefahren, wir hatten uns in unseren Schiesser-Unterhemdchen aus dem naheliegenden Radolfzell, auch zum ersten Mal, nach Geschlechtern getrennt aufgestellt, nachmittags waren die Mädchen dran und am Morgen wir. Ohne pervers zu sein, schaute er, begleitet von einem geübten Handgriff, auch noch ganz schnell nach, ob mit unseren Schwänzen alles in Ordnung war. Es war alles gut so, doch als Einziges von mir nahm er dieses Muttermal wahr, das er entdeckte, als ich mich nun auch noch von diesem Schiesser-Unterhemdchen ganz »freigemacht« hatte, wie verlangt, freigemacht, noch so ein Fremdwort, sah es an mit einem Blick, als würde ich von ihm den Stempel nicht erhalten, das Zertifikat, als ginge es ihm immer noch um Rassenreinheit. »Na, was haben wir denn da?«, bemerkte er, Tante Mausi hätte »genüsslich« gesagt, denn dieses Muttermal war »ein Stück Afrika«, sagte er.

»Wie meinen?«, hätte nun die freche Mausi gesagt. Dagegen ich, ich, ich hatte etwas, mir fehlte etwas.

Da war ein Mangel. Da sah man etwas, was ich hatte, was mir fehlte. Das war im Jahr 1960 oder 61, im Jahr des Mauerbaus.

Dieser Sanitätsrat Dr. Eiermann, bald mit einem Bundesverdienstkreuz in die Pension verabschiedet, das war, auf das traurige Jahrhundert hochgerechnet, erst vor kurzem und wenige Jahre, bevor wir gegen Ende der ersten Fresswelle gezeugt wurden, war schon im Zweiten Weltkrieg tätig gewesen, erfolgreich, wie anzunehmen, als Hygienearzt. Er hatte schon bei Dr. Schmieder, noch einer von der Seite der Herrenmenschen, die ersten großen Schritte in Zeiten des Euthanasieprogramms gemacht. Eiermann hatte auch in Rottenmünster gearbeitet, noch so ein Ort, noch so ein Wort, wohin unsere niemals vergessenen und ein Leben verschwiegenen Erbkranken und Idioten verbracht und entsorgt wurden, vergast, gewissermaßen in einem Probelauf, und dann, als wäre es nichts gewesen, kam er mit seinem Dienstwagen angefahren durch ein Gelände, das dalag wie immer, als wäre nichts gewesen, das Bodenseehinterland, als wäre das hier irgendwo südlich des Alls.

Ich aber, gefragt, wo das wäre, wo ich war, hätte gesagt: im Himmelreich, an der Grenze von Mesopotamien und Fleckviehgau, in der Mitte der grausigen Welt.

Wir waren niemandes Hinterland und Provinz. Das war die Welt, wo wir waren. Und der Bodensee war auch nur unser schöner Hintersee, von dessen Ufern militärisches Hightech, Waffen und sonstiges Tötungsmaterial in alle Welt geliefert wurde, wovon die Einheimischen wunderbar lebten, und an Heiligabend sangen sie *Stille Nacht* und beteten für den Weltfrieden, nachdem sich der ewige Streit in den Tagen vor dem Fest in nichts aufgelöst hatte.

Und dann kam Dr. Eiermann noch ein letztes Mal, zur Messerimpfung, vor der ich ein Kinderleben lang eine Art Todesangst gehabt hatte, die sich auch als umsonst herausstellte. Da hörte ich wieder, wie dieselbe Ziegenstimme »Da!« sagte, wie Eiermann, der mich glatt vergessen gehabt hätte, wäre nicht das Muttermal gewesen, »Da!« ausrief, als hätte er einen Fund gemacht, und wie er auf mein Leben zeigte. Doch eigentlich war ich wegen dieses Messers hier, mit dem ich für das Leben geimpft werden sollte.

Ich hörte, wie er »gefällt mir nicht!« wie zur Seite hin gesprochen sagte, zu seiner grobgestrickten Assistentin hin, die ihm das Messer reichte, und nun, dachte ich damals, würdest du am liebsten sterben. Nebenher, an der Stelle, wo ich, wäre es nur ein Albtraum gewesen, aufgewacht wäre, musterte mich dieser

Mediziner, Mitläufer, als solcher eingestuft, ein letztes Mal, wie wenig später Dr. Hindenlang, der Vorsitzende bei der Musterung, noch so ein Mediziner. Ich wäre vielleicht der Erste auf seinem Wagen gewesen.

Wäre der Krieg anders ausgegangen, wären all diese Dr. Eiermanns – sie arbeitete auch als Medizinerin – und Hindenlangs wohl gar nicht zu uns gekommen.

Unser Dr. Eiermann! Ach! Nur das Kriegsende verhinderte, dass es auf der rassenhygienischen Leiter weiterging.

Mein Muttermal missbilligte er vor allem wegen anderer Bedenken, »eugenetischer«, wie er – altmodisch – noch gesagt hätte, statt »genetischer«; und nicht, weil er mich als zukünftiges Opfer jener unheimlichen Krankheit sah, die uns auffrisst, für die wir keinen anderen Namen haben als Krebs.

So weit die Vorgeschichte.

Ich saß noch immer fest. Und doch vergingen sie, die Jahre, wie die Wolken. Aber immer noch wartete ich darauf, dass das Leben nun endlich begänne.

Schon längst konnte ich Schwarz von Blond unterscheiden. Und auch »mein Herz hatte Fernweh«, es war Fernweh: So sehr saß ich in meinem Himmelreich fest, seit 19 Jahren im selben Bett und nichts anderes als geschlafen. Mich zog es schon nach Amerika, das südlichste Amerika musste es sein, Patagonien, das fernste Festland, das südlichste, von der kalten Schönheit Schwackenreute aus gedacht, als wollte sich das Schicksal über mich lustig machen, Pico Grande musste es sein, wo Menschen lebten, die ich nie gesehen hatte und, wie ich glaubte, ein Stück von mir waren. Als wollte sich das Schicksal über mich lustig machen. Doch diese Reise hatte ich mir für später aufgespart. Vorerst Interrail.

Dass »später« so viel wie »bald« heißen konnte, davon machte ich mir »damals«, das mit den anschließenden Jahren zu einem einzigen, ununterscheidbaren »vorbei« verschmolzen war, wie der Rest von einem Großbrand, noch keinen Begriff.

Dann fuhr ich los. Und nun war ich einer, als wäre ich einer von jenen, die sagen »Ich will endlich leben!«, weil sie sich nicht zu sagen trauen: »Ich will leben, fressen, saufen, lieben, vögeln, Tscha-tscha-tscha!« Es begann mit Interrail durch halb Europa, einmal losgefahren, kam ich nie wieder zur Ruhe, wer weiß, bis zum heutigen Tag nicht.

Gerade hatte ich das Abitur bestanden, hätte das Reifezeugnis ausgehändigt bekommen aus der Hand eines Menschen, der mir eigentlich gar nichts zutraute und sich die Zukunft eines Träumers gar nicht ausmalen wollte, wie ich erfuhr, denn ich ging ja gar nicht zu jener Feierstunde, aus Mitgefühl mit meinen fünf Freunden, die durchgefallen waren, weilte vielmehr an jenem Tag gerade zum ersten Mal in Lissabon und hörte wohl dort zum ersten Mal Amália Rodrigues im Radio, wie sie *A Rua do Caplão* sang.

Und zurück von dieser ersten großen Reise, auf der ich vier Wochen lang fast alles zum ersten Mal sah, das Meer und die Palmen, Schamhügel und Triumphbögen, war es erst dieses irrsinnige Jucken, wohl aus einer der Jugendherbergen, vielleicht war es Wien, und dann, aber dann erst recht dieses mein Muttermal, welches meinem Leben von Anfang an und abermals eine Richtung gab, die ich mir eigentlich nicht ausgesucht hätte.

Gleich von meiner ersten großen Reise hatte ich eine ansteckende Krankheit bekommen.

Und zu allem kam noch die auch nach meiner Rückkehr von der Reise nach wie vor trostlose Lage des Hauses mit dem Schmerz als Grundriss.

Der Brief vom Vermessungsamt war gar nicht an mich adressiert, sondern an meinen Vater, der so hieß wie ich, und war versehentlich in die Plastikwanne geraten, in der sie immer die Sachen für mich aufhoben. Vielleicht war es aber gar nicht versehentlich, sondern absichtlich, und er wollte mich auf diese Weise informieren, wie es um uns und alles stand.

Das Vermessungsamt setzte meinen Vater in Kenntnis darüber, dass in der kommenden Woche das gesamte Anwesen vermessen werde, das geschehe, wie der Angeschriebene nun längst wüsste, in Zusammenhang mit dem Zwangsvollstreckungsverfahren; und dass Sorge dafür getragen werden solle, alle Räumlichkeiten frei zugänglich zu machen oder zu halten, frei von »jeglicher Gerätschaft und jedem Gerümpel«.

Der Ortstermin musste längst stattgefunden haben, aber niemand hatte mir etwas gesagt davon. Es wurde ja nie viel geredet bei uns. Wahrscheinlich hat der eine, der dieses Datum kannte, ohne den Amtsbrief öffnen zu müssen, die andere, Ahnungslose, in jener Woche beiseitegeschafft, um das alles nicht mit ansehen zu müssen, fuhr mit ihr im Mercedes wie immer in die schönen Berge, ins Dorf Tirol, oberhalb von Meran, wo es auch schön war, und am Nachmittag konnten sie schon draußen sitzen beim Wein und auf das Tal hinunterschauen und träumen mit dem Satz »Es klappt schon noch« auf der Zunge und hätten das Gedicht *Brief nach Meran* zitieren können: »Dem Tal den Schimmer und dem Ich den Traum«.

Währenddessen waren also die Vermesser bei uns gewesen und hatten in meinem Zimmer gewühlt mit ihren Blicken, Messlatten und Notizbüchern.

Das Verfahren lief.

Ziemlich gedankenlos dachte ich, dass das Ende »wie ein Damoklesschwert« über uns hing. Denn von Damokles wusste ich gar nichts.

Ja, das hatte mich alles früh zermürbt, die Raiffeisenbank und ihre jahrelangen Nachstellungen vielleicht sogar am meisten, die Angst vor der Angst, sagen zu müssen: »Ich kann nicht bezahlen!«, um dann von einem Scharfrichter dieser Welt hingerichtet zu werden, geviertelt, und zu sterben.

Auch nach dem Verkauf der Kühe war die Beschlagnahmung, die Haft oder Geiselnahme durch dieses Damoklesschwert weitergegangen, jene Fanalgeschichte mit dem Konzern, der immer noch den Namen des wunderbaren Raiffeisen trug, welcher es einst mit den Verschuldeten, die auf dem Land über die Welt verteilt lebten, so gut gemeint hatte.

Immer wieder konnte das drohende Ende abgewehrt werden. Das war vor allem wegen der Kreuzlinger Tante, die ihr Geld, das bei ihr immer wieder geholt wurde, wenn von Bantle sich wieder einmal nach dem Zahlungsziel erkundigte, hätte genauso gut in den See hinter ihrer Pferdemetzgerei werfen können. Es sollte noch auf Jahre hin so weitergehen; und im Himmelreich war man sich unsicher, was besser wäre: der Transfer der kleineren Summen, ja Lebensmittel, von Nudeln und Gewürzen, von Schokolade und von Käse – oder der Tod, der uns hätte aufatmen lassen können, der uns auf Jahre hinaus das Leben gerettet hätte.

Wie auch immer: Über die Jahre hin hatte, vor allem dank der Kreuzlinger Tante, die Offenbarung und Offenlegung unseres Hundelebens immer wieder verhindert werden können.

Vor dem fatalen Termin bei Dr. Schwellinger hatte ich also zum ersten Mal richtig gelebt. Und am Donnerstagnachmittag hatte ich einen lange aufgeschobenen, nun nicht mehr aufschiebbaren Termin.

Ich gab vor, auch mir, eigentlich wegen ganz anderer Dinge zu diesem Arzt gegangen zu sein, zum »Nervenarzt«, sagten wir, weil wir nicht »Psychiater« sagen wollten, vielleicht auch deswegen, weil auch dieser Begriff so kurz nach dem Tausendjährigen Reich gar keinen guten Klang hatte.

Wir sahen schon, hörten wir das Wort »Psychiater«, als wären wir Alkoholiker im Delirium, Desinfektionsanlagen und nie gesehene?? Bilder von den Strafgefangenen, welche den Tatort in Rottenmünster zu räumen und zu reinigen hatten. Das waren die weißen Mäuse der Täter und ihrer Kinder, das waren unsere weißen Mäuse.

Ich hatte wegen ganz anderer Dinge als jetzt schon lange zu Dr. Schwellinger gehen wollen, hatte mir das vorgenommen wie das Ziehen eines Weisheitszahns, zum Nervenarzt zu gehen, endlich, zum Beispiel wegen der Schwierigkeiten des Lebens, der

Angst vor dem Tod, das meiste ausgelöst durch Bantle von der Raiffeisenbank, und nun definitiv.

Gleich nach der ersten Begegnung, von der die einen sagen, es sei Liebe, die anderen Geschlechtsverkehr, hatte ich eine irrsinnige Angst, mich angesteckt zu haben, von der Liebe oder dem Verkehr, wie sie es je nach Charakter nannten, eine Geschlechtsverkehrskrankheit bekommen zu haben.

Tatsächlich begann es gleich danach wahnsinnig, da vielleicht nur eingebildet, doch überaus tatsächlich zu jucken, genau in der Mitte, südlich des Bauchnabels.

Da eine solche Liebe nichts Ungestraftes sein durfte in der Welt, aus der ich kam, brachte ich dieses tatsächliche, wenn auch vielleicht eingebildete Phänomen mit meinem Glauben, dass alles einen Sinn hat, und dazu »nihil sine ratione« ist, in einen, wie ein Anhänger von Aristoteles gesagt hätte, »ursächlichen Zusammenhang«. Ich verwechselte wieder einmal Sinn und Ursache.

»Das ist zur Strafe für deine Sünde!«, sagte ich mir.

»Du musst endlich zum Psychiater!«, sagte ich mir.

So stritten sich Gut und Böse in meinem Kopf, wie ich das von Pfarrer Strittmatter im Beichtunterricht gelernt hatte.

So stritt ich mich mit mir selbst.

Und nun, definitiv, Hinausschieben ging nicht mehr. Das war mir spätestens auf dem Rückweg von Lissabon klar, irgendwo auf der Meseta zwischen Bajadoz und Salamanca, zum Fenster hinausschauend, zu einer roten und verbrannten Erde hin, die auch ihre Geschichte hatte, und wir hatten kein Wasser mehr. Es juckte wahnsinnig, das blieb vorerst als Einziges, was ich vom ersten Mal hatte, von einer Interrailtour kreuz und quer durch Europa, es war in der Zeit von Oswald Kolle, und Filme wie *Eros am Abgrund* hatten wir schon mit 16 gesehen, alles gemeinsam, das halbe Dorf, gemeinsam fuhren wir im Mopedkonvoi zur Spätvorstellung ab 18, wo ich mich hineinmogelte und wir dann an uns herummogelten; und seither musste ich eigentlich nie mehr versuchen, älter auszusehen, als ich war.

Woher dieses zweite, eigentliche Jucken kam, ob aus der Jugendherberge in Wien, Rom, Barcelona, Lissabon oder Amsterdam oder aus einem dieser Zugabteile, die mit etwas bezogen waren, das einmal Stoff gewesen sein musste, habe ich nie herausbekommen. Zum Glück wusste man damals noch nichts von Aids, sonst hätte ich mich gewiss in den Gedanken hineingesteigert, dass ich von einem dieser ungewaschenen Betten, in dem zuvor möglicherweise ein Infizierter gelegen hatte, diese tödliche Krankheit bekommen hätte.

Ich ging zum Doktor.

Ich war wegen allem zu Schwellinger gegangen, nur nicht wegen meines Muttermals.

Doch selbst das verheimlichte ich. Und selbstverständlich verheimtlichte ich auch, dass es spätestens seit der schönen, abenteuerlichen Reise, von der sie zu Hause alles wissen wollten, auch noch an einer konkreten Stelle und ganz eigentlich, aber unbeschreiblich juckte.

Als wäre es ein Ausflug, fuhr ich schon mit meinem allerersten Auto, es war, wie hätte es damals anders sein können, ein Käfer, zu Doktor Schwellinger nach Überlingen und parkte weit weg, als hätte ich Angst, entdeckt zu werden, als wäre es ein Swingerclub. In diesem Satz steckte noch ein Denkfehler von mir, denn jene Leute, die in den Swingerclub gingen, taten dies bald gar nicht mehr heimlich, und sie brüsteten sich von Anfang an damit.

Doktor Schwellinger war ein mittelalterlicher Mensch, vielleicht hatte er noch eine Geliebte, weiß nicht. Sah so aus, als hätte er schon abgedankt; und zwar gerade auf diesem Feld, Feld des Lebens, dessentwegen ich mich überhaupt zu ihm begeben hatte. Ich wusste eigentlich nichts von ihm, ich wusste nur, dass an jenem Haus, an dem ich manches Mal vorbeigegangen war, um nebenan im Eiscafé Dolomiti ein Eis zu holen, das Fanalwort »Facharzt für Psychiatrie« stand, was für mich früh auf einen Abgrund deutete, auf ein Leben am Abgrund, auf ein Leben, das gar kein Leben war, auf diesen oder jenen Menschen von uns, die ich Vorbeigehen gesehen hatte und die sich im Laufe meines Kinderlebens aufgehängt, vergiftet und erschossen hatten, wenn sie Jäger waren.

Eigentlich war ich wegen all diesem »weggeddem« zu ihm gekommen.

Das führte mich zu Dr. Schwellinger, das kam hinzu, zum Muttermal, welches das Vor-Zeichen meines Lebens bis dahin gewesen war, dieses irrsinnige, eigentliche und uneigentliche Jucken im Genitalbereich, wie das medizinisch hieß, wofür wir kein einziges schönes Wort hatten, weswegen ich mich aber nicht zu unserem guten Hausarzt traute, Dr. Erhart Biesele, den wir »Dr. Gschichten« nannten, auch, weil uns »Dr. Biesele«, dieser in unserer Sprache zweifelhafte Name, schwer über die Lippen kam und mehr noch vielleicht deswegen, weil er, noch ein Altösterreicher, alles, selbst das Unmögliche, selbst den Tod, mit »Das sind so Gschichten!« kommentierte. Mit meinem Jucken traute ich mich nicht zu Biesele, so wenig ich mich in dieser Sache zum Beichten (es musste ja auch noch alles gebeichtet werden, als wäre es so nicht genug gewesen) zu meinem guten Pfarrer Strittmatter traute. Immer wenn ich etwas hatte, immer wenn mir etwas fehlte, was mich erröten ließ, ging ich nicht zu Strittmatter und nicht zu Biesele, sondern zu einem fremden Arzt, Beichtvater und Menschen.

Für »Maul- und Klauenseuche« hätte ich ebenso gut »Muttermal« sagen können, unser »Muttermal«.

Und außerdem standen da nun auch noch überall Mengele-Landmaschinen mitten in den Feldern unserer unaussprechlichen Erinnerung.

Pfarrer Strittmatter hatte immer von unserer Erbsünde gesprochen. Er hätte es von da nicht durchgehen lassen, Gott ins Handwerk zu pfuschen, und sagte, ich solle dieses Muttermal als Kreuz tragen. Die plastische Chirurgie wie die Schönheitschirurgie sah Strittmatter als Teufelszeug wie Honecker den Kapitalismus.

Pfarrer Strittmatter hätte ich dieselbe Geschichte nur höchst vage gebeichtet (»Ich war unkeusch im Tun mit Personen des anderen Geschlechts.«).

Auch wegen unserer Maul- und Klauenseuche hatte ich mich schließlich zu Dr. Schwellinger aufgemacht, der ja beides war: Internist und Psychiater, der es also wissen musste, ja, der mir helfen konnte bei meiner, ja unserer Maul- und Klauenseuche. Wegen dieser Krankheit, die eine konsumierende war und zwangsläufig zum Tode führte.

Und dann noch – ich dachte dies eher beiläufig zu erwähnen – wegen eines, wie gesagt, unbeschreiblichen und auch gar nicht näher definierbaren irrsinnigen Juckreizes im Bereich der Partes Inhonestae, der allein schon ausgereicht hätte, aus mir einen Verrückten zu machen und mich zu Dr. Schwellinger zu treiben.

Ich begann so: »Herr Doktor«, sagte ich, »kann ich mit Ihnen frei reden, kommt das auch nicht in meine Akten, was ich Ihnen nun auch noch erzählen muss, seit einer Reise nach Rom juckte es immer wieder unbeschreiblich in meinem unteren Bereich, besonders nachts …

o-o- ob Sie es glauben oder nicht …«

So begann ich. – Wenn ich mich heute zu erinnern versuche: ich weiß nicht mehr, was er für ein Gesicht machte, ob es mehr nach Lachen aussah.

»Was haben Sie sonst noch für Symptome?« Ich hatte gar keine typischen oder einschlägigen Symptome der damals bekannten Geschlechtskrankheiten, wie sie genannt wurden von den Medizinern, die sich Definitionshoheit über den Menschen und seine Krankheiten verschafft hatten (das schauderhafte Wort selbst kam freilich nicht aus meinem Mund), sodass er wohl gleich, ohne mich näher zu inspizieren, auf einen wahnhaften Zusammenhang tippte, was er freilich nicht sagte, sondern nur notierte »Verdacht auf …« Er hatte ja recht, doch was glaubte er denn, wer ich war! Glaubte er denn, ich könnte nicht vorwärts und rückwärts lesen, Spiegelschriftliches und Seitenverkehrtes?

Das Jucken war zweifellos ein realer und doch ein Phantomschmerz, der nichts mit meiner Reise zu tun hatte, es war wohl, so vermute ich heute, das schlechte Gewissen, das mich noch mehr seit jener Nacht im heruntergekommenen Hotel Bristol in Lissabon quälte, welcher mehrere himmlisch irdische Nächte in den heruntergekommenen Hotels in Bahnhofsnähe der europäischen Metropolen sowie in den schmutzigsten Zugabteilen der europäischen Nachtzugverbindungen vorausgegangen waren. Denn meist schlief ich, schliefen wir ja, da es für ein sogenanntes Hotel gar nicht reichte, irgendwie selig in einem dieser Abteile, das heißt, wir schliefen gar nicht, sondern waren selig bei vollem Bewusstsein, sodass es Dr. Schwellinger, ein Mensch, dem ich zum ersten Mal überhaupt mein Herz öffnete, im Glauben, das wäre möglich, ich könnte und müsste ihm alles sagen, um richtig geheilt zu werden, schon irgendwie unangenehm war. Das war durch den Übermut eines ins Reden gekommenen Schüchternen, der ich war.

Dr. Schwellinger aber schaute zum Fenster hinaus, wo die Schiffchen auf dem grauenhaft blauen See unterwegs waren; und auch langsam auf die Uhr schaute er, sehr diskret, aber ich sah es doch über die sichtbare Welt, die sich in einem der Fenster spiegelte, auf die ich sah, ja, selbst die Fenster waren mir zu Spiegeln geworden.

Die Zeit war eigentlich abgelaufen, und draußen warteten bestimmt noch andere.

Vielleicht hatte er doch gar nicht richtig zugehört.

Aber Doktor Schwellinger war ein erdfester Medizinmann, ein Naturwissenschaftler und kein Spinner wie ich. Er war auch nicht einer von jenen, die Psychologie studierten, um sich besser verstehen, ja vielleicht sogar heilen zu können.

Ich hatte ihm stockend von dem, was ich kaum über meine Lippen brachte, erzählt, von meinen Schmerzen, von meinem Jucken und von meiner Müdigkeit und meiner Unruhe, von meiner Verstimmtheit und meinen Wutausbrüchen und meiner Niedergeschlagenheit und meiner Schwermut, »seit Rom«, das waren die Hauptwörter, mit denen er vorerst nicht weiterge-kommen war. Und dabei blieb es.

Trotzdem wollte der Psychiater, der auch Internist war, »Sie noch einmal ganz schnell anschauen«. – Warum dies? Vielleicht war es doch etwas Ernsteres.

»Um einen organischen Befund ausschließen zu können«, wie er sagte, bat er, sagte er, ich solle mich jetzt doch freimachen. Freimachen! Was für ein Wort! »Alles, bitte!« Sagte er. Gut, nichts einfacher als dies, und ich machte mich frei. Ich sah nicht, was er sah, von mir und meinen neunzehn Jahren, denn das meiste von mir – oder wenigstes das Wichtigste, mein Gesicht, zum Bei-spiel – konnte ich immer nur im Spiegel sehen, ich sah nur, wie er mich sah, und dann sein Runzeln der Stirn, seine Augen:

»Was ist das? – Hatten Sie das immer schon so?«, und ich sagte »ja«.

Er meinte mein Muttermal, das wohl komisch aussah.

Und dann kam alles heraus, wie nebenbei.

Ich sah es ja nie richtig, nicht einmal im Spiegel, das Mut-termal, an der Schulter links oben, ich musste schon schielen, selbst im Spiegeltriptychon des elterlichen Schlafzimmers, lange dem einzigen Ort auf der Welt, wo ich mich von allen Seiten betrachten konnte. Im Spiegel bei meiner Friseuse Helga sah ich in jenen Jahren ja immer nur, wie ich erröten konnte.

»Das gefällt mir nicht!«, sagte er nun mit jener definitiven Gewissheit eines Menschen, der im Indikativ spricht, und ich dachte sogleich an meinen Tod und malte mir aus, wer alles auf dem Friedhof stehen würde, nebeneinander blühende und ver-reckte Gesichter, wie gerade bei Lisl und bei Fritz.

Da Dr. Schwellinger mein Muttermal immer weniger gefiel, rief er nun gleich bei seiner Kollegin, Frau Dr. Methfessel, an. Ich bekam, da es wohl sehr dringend war in den Augen meines Arztes, schon einen Termin für den folgenden Tag, den Freitag, der in meinem Leben von allen Tagen die Hauptrolle spielte. Andere, wie Padre Pio und Resi von Konnersreuth, aber auch schon Anna Katharina Emmerich, die Clemens Brentano, dem

Dichter von *Ich sing und kann nicht weinen* ihre Visionen diktierte, bekamen sogar um 15 Uhr ihre Wundmale. Ich wurde an einem solchen Tag geboren und werde vielleicht auch sterben. Ja – ich vergaß zu sagen, was auf unserer Glocke stand, einst vor 150 Jahren, gestiftet von den drei Stämmen des Schwanzclans, der auch seine Theologen und Lateiner hatte, was da stand auf der Schwanzglocke, in diesen alten Turm hinaufgehievt.

Für so bedeutend hielten sie sich, dass sie glaubten, sich ein Denkmal im Viertelstundentakt errichten zu müssen, dass selbst ihre Vergänglichkeit mehr wäre als die der anderen im Himmelreich. Dachten sie. Und auf alle schlug es jede Viertelstunde diesen Satz herunter: »Omnia vulnerant, ultima necat.« Und ich musste auch in diesem Fall bald den Übersetzer spielen, vielleicht so?

»All diese (Schläge und Stunden) verwunden, (nur) die letzte macht tot.«

Das lässt sich leider nicht mehr reimen.

Dann aber war die Zeit, die Stunde bei Dr. Schwellinger doch vorbei, ich würde nun fast 24 Stunden mit Todesphantasien bestreiten, und im Wartezimmer saßen wohl noch andere ängstliche Gesichter, ja Seelen, deren Körper sich, wie auch ich, ins Wartezimmer von Dr. Schwellinger geschlichen hatten.

Er ließ mich nicht gehen ohne ein paar beschwichtigende Bemerkungen, in denen die Wörter »ausschließen« und »gutartig« vorkamen. Aber am Telefon hatte er doch »malignes Karzinom« gesagt, als hätte ich das nicht verstanden!

Das erste Mal seit dem Tod von Caro und Gigi und Frederic kam nun wieder der tatsächliche Tod, mit dem ich seither nur gespielt hatte, ins Spiel.

Ach, Dr. Schwellinger konnte ja zunächst keinen »ursächlichen Zusammenhang« erkennen. Ich bekam von ihm noch ein Beruhigungsmittel, »ein ganz leichtes Mittel auf natürlicher Basis«, wegen des Muttermals, und außerdem ein Juckpulver und eine Packung Jakutin aus dem Vertreterschränkchen und außerdem, ebenfalls wegen des Muttermals, der Mensch konnte ja mehrere Krankheiten auf einmal haben, eine Überweisung an Frau Dr. Methfessel, »um alle Eventualitäten auszuschließen«.

Der Besuch bei einem Facharzt für Haut- und Geschlechtskrankheiten war bei uns im Fleckviehgau so peinlich wie das Aufsuchen eines Psychiaters, der einem Menschen, der nicht mehr weiterwusste, weiterhelfen sollte, doch das blieb, dass es wehtat.

Das Jucken war vorerst allerdings wie weggeblasen.

»Das macht dann auch Frau Dr. Methfessel, wenn da etwas ist.«

Sylviya Methfessel stammte aus Transsylvanien, in Überlingen war sie wegen ihrer Schönheit berühmt über Überlingen hinaus. Sie war Fachärztin für Haut- und Venerische Leiden.

Gott hatte jedes Haar auf meinem Kopf gezählt, das wusste ich noch von Pfarrer Strittmatter. Die Experten konnten nun aber von jeder Speichelprobe und jedem sogenannten Abstrich mit an Sicherheit grenzender Wahrscheinlichkeit sagen, dass ich es war.

Aber nun.

Es war der »Verdacht auf ein malignes Karzinom« auf meiner Haut, mit dem im Kopf ich nach Hause fuhr, an Gärtnereien und Menschen vorbei, an Bauernhöfen und an jener Molkerei in Billafingen, die bald zu einem aus *Explosiv* und *Bild* bekannten Dominastudio umfunktioniert sein würde, und zu allem, was immer war und nie.

Als ich von Dr. Schwellinger nach Hause kam, voller Abschiedsphantasien im Kopf, was auch für die anderen Teilnehmer am Straßenverkehr gefährlich gewesen sein dürfte, ein Wunder, dass nicht mehr passierte, bei all den Träumern unterwegs, machten sie beim Mittagessen ein betrübtes Gesicht, aber nicht wegen des Muttermals und Dr. Schwellinger – von meinem Besuch bei ihm wussten sie ja nichts –, sondern wegen eines Briefes von der Bank, den Lore, die Postbotin, vorbeigebracht hatte.

Es war schon wieder ein Brief von der Raiffeisenbank, diese Sorte Brief, die uns nun fast schon jeden Tag erreichte, kam sonst nur einmal im Jahr, aber wie wenige Jahre später wegen der Hochzinspolitik von Reagan, waren die Banken durch die sich abzeichnende erste Ölkrise wieder einmal ziemlich nervös, als ginge ihr Leben auf einen Schwarzen Freitag zu, an dem sie alle gekreuzigt würden.

Das Institut forderte noch einmal die Offenlegung der wirtschaftlichen Verhältnisse.

»Dem endlich und unverzüglich nachzukommen …«

Wie ich über die Nacht und über alles geschlafen habe, weiß ich nicht mehr. Panik und vielleicht ein Rest jugendlichen Weltschmerzes werden sich die Waage gehalten haben. Und vielleicht erschien das Gedankenspiel auf meinem Hirn-Display, dass ich mir aus Angst vor dem Tod das Leben nehmen wollte.

Ich weiß nur noch, dass, als ich am folgenden Tag, die Sonne schien wie immer, Frau Dr. Methfessel gegenübersaß, ratlos und panisch, wie das berühmte Kaninchen, nachdem sie mir gesagt hatte:

»Ich werde das jetzt sofort wegmachen.«

Es war Freitag, mein Schmerzensfreitag. Und sie war eine anerkannte Onkologin und immer noch Fachärztin für Haut- und Geschlechtskrankheiten mit Belegstation im – allerdings nicht wegen ihr – berüchtigten Krankenhaus von Überlingen, wo es damals zuging! – Ich sage Ihnen –.

Das Jucken, welches mich immerhin zum Psychiater und wie ein Tinnitus beinahe in den Tod getrieben hätte und mich mit reichlich Stoff für Todesphantasien versorgt hatte, war nun, und spätestens seitdem ich von Dr. Schwellinger »malignes Karzinom« gehört hatte, und jetzt erst recht, wo ich wie im Zahnarztstuhl saß, wo alle Ängste wie Hirngespinste zu nichts verblasen sind, wenn der Bohrer kommt, wie weggeblasen.

Von einer Geschlechtskrankheit war keine Rede mehr, jetzt war es nur noch meine nackte Haut, mein Muttermal, mein Leben.

Und ich, in der Hoffnung, dass dieser Kelch an mir vorbeigehen werde, sagte gar nichts, als ich abermals »wegmachen« hörte, als wäre es wie einst, aus dem Bauch heraus.

»Hören Sie?«

»Können Sie mich hören?«

»Wegmachen.«

Seitdem ich dieses schauderhafte Wort zum ersten Mal gehört habe, wahrscheinlich noch in jenem Bauch auf dem Weg nach Schwackenreute, hätte ich das Nichts immer dem Etwas vorgezogen, denn ich war schmerzscheu. Und nun wie betäubt, wie ein Vogel, der gegen ein Fenster geflogen ist.

Trotz Gott und all der großen Dinge, an die ich glaubte, wäre es mir immer am liebsten gewesen, ich wäre gar nicht erst zu etwas geworden, das so viel wie nichts war, nicht viel mehr als nichts, wie sich herausstellte im Verlauf dieses Etwas, das sie Leben nannten, das nicht viel mehr konnte als denken, dass es eines Tages, aber gewiss, auch noch damit aus wäre.

Und dann: Das kam ja zu allem dann auch noch hinzu, dass der Mensch, einmal geboren, gar nicht mehr sterben wollte, ja, Todesangst hatte, vor dem Nichts, als wäre es etwas, und sich auch noch fürchtete vor dem einmal mit Sekundengenauigkeit eintreffenden, mit Dienstgenauigkeit der Atomuhr anzugebenden, das Leben über bevorstehenden Ende; und Todesangst hatte er wie vor der Schlange das Kaninchen.

Das war die Todesangst, das Einzige, was ich hatte und von dem ich mit Gewissheit sagen konnte, dass es das gab, ja, meine Todesangst war der einzige wirkliche Beweis, dass ich lebte. Todesangst und Appetit. Das war's. Eine Todesangst und einen Mordsappetit, das war es wohl, was ich wirklich hatte, seit jenem Augenblick, als ich in jenem Bauch das Wort »wegmachen« hörte und zum ersten Mal Todesangst bekam und einen Mordsappetit auf das Leben.

Und im Tiefkühlfach hatten wir immer portionsgerecht geschnittene Teile von Lebewesen, die glückliche Kühe und Schweine gewesen waren, Vegetarier oder Allesfresser, die mit uns gelebt hatten, von denen die Menschen, die wir waren, leben mussten. Vielleicht glaubten wir es auch nur, dass es nicht anders ging.

Ich zitterte nur, wurde blass und konnte meine Hände sehen, die so feucht waren, dass ich mich fast in ihnen spiegelte, als das Licht darauffiel, wie auf eine Straßenpfütze, wie in einer Wasserlache konnte ich mich sehen. Das war mein Fokus. Es war fast Aquaplaning.

Es gab Menschen, die verzichteten auf jede Tablette und nahmen jeden Schmerz in Kauf, ließen sich niemals betäuben aus Angst, sie könnten nicht mehr aufwachen, so sehr lebten sie und und liebten sie das Leben. Und ich?

Wie damals beim Zahnarzt, der schon mit der Zange auf mich zukam, hoffte ich nur, dass der Himmel aus irgendeinem Grund einschreiten werde, mein Schutzengel, und dem Zahnarzt eingeben, den Eingriff auf später zu verschieben, auf später, nur nicht heute, so saß und lebte ich und konnte den Mund nicht öffnen. Beim Zahnarzt war es die friedliche Landschaft an der Decke über dem Behandlungs- oder Folterstuhl, gegen die ich starrte, es war damals eine Fototapete, es waren die Malediven, die mir seither auch verdorben sind, und bei Frau Methfessel war es das Diplom der Universität Temeswar hinter ihrem Schreibtisch, das ich erblickte, was meine Zuversicht auch nicht gerade steigerte, als wäre ich in einer Maschine der Aeroflot gelandet oder mit Alitalia in der Luft, und auf dem Tisch waren es zwei gerahmte Fotos, vielleicht von Absturzopfern, sei es im Leben, sei es in einem gewöhnlichen Flugzeug, Fotografien von Menschen, die wissend schauten, die anscheinend wussten, wie es ausging, welche mich in dieser Situation zusätzlich quälten.

Ich habe Familienfotos auf den Schreibtischen wichtiger Personen nie leiden können. Das eine zeigte wohl ihren Mann Helmar Johannes in seinen besten Zeiten, als er noch mit Erdöl handelte, wie ich aus der Zeitung wusste, eine blondlockige Erscheinung, von der, da mit einer unübersehbar fatalen Ähnlichkeit zu unserem Philosophen ausgestattet, das Gerücht ging, er sei am 55. Geburtstag von Heidegger auf Burg Wildenstein gezeugt worden, und zwar von demselben zusammen mit der Schwiegermutter von Frau Dr. Methfessel, die zu jenem Zeitpunkt eine bildschöne junge Zahnärztin war, deren kriegsversehrter, aber schon vorher tatenloser Mann der liebeshungrigen Frau wenig bieten konnte. (Dabei war er aus Meßkirch wie er, mit jenem bekanntermaßen sehr überschaubaren Teilnehmerkreis am lebenslänglichen, immer wieder lebensverlängerndem Geschlechtsverkehr.) Tatsächlich wurde Helmar am 2. Mai 1945 im Lager Heuberg, vis-à-vis von Burg Wildenstein, geboren, ein paar Wochen zu früh, schon als Kriegsgefangener, und doch kam er davon, schon ein erstes Mal, und dann immer wieder, vielleicht weil er an der richtigen Stelle das sogenannte Licht der Welt erblickte, in einem Operationssaal, von der richtigen Frau, seiner Mutter, von den Franzosen im Lager Heuberg, das erst ein Tuberkuloseerholungsheim gewesen war, dann eines der ersten KZ, nach dem Krieg Internierungslager, und noch einmal später Truppenübungsplatz, zuletzt diente die Anlage als eine deutsch-französische Freundschaftskaserne, das war kurz die Geschichte dieses Ortes unweit von Stetten am kalten Markt, wo Frau Dr. Schweinfurth-Johannes, eingesperrt zusammen mit Schuldigen und Unschuldigen, als Übersetzerin und Zahnärztin ihre ersten zwei Jahre als Mutter verbrachte.

Und so war es nicht weiter verwunderlich, dass der kleine Helmar Johannes ein Leben lang dachte, dass das Leben eine Gefangenschaft sei, über die er sich nur mit den besten Frauen, Weinen und Zigarren hinwegtrösten konnte.

Das andere Foto zeigte die Hautärztin, Frau Dr. Methfessel, mit Doktorhut zwischen Elena und Nicolae Ceaușescu.

Dieses Leben und diese Praxis waren ein Fest für Masochisten.

Sie fuhr auf meinem Muttermal herum.

Mittlerweile hatte ich mich wieder etwas gefangen, hätte, danach gefragt, wie es mir geht, »Es geht schon wieder!« sagen können.

»Hat Ihnen niemand gesagt, dass sie auf dieses Muttermal aufpassen müssen?«

»Doch«, sagte ich.

»Immer wieder – Aber dabei blieb es.«

Und ich fragte sie, als interessierte es mich, was das überhaupt sei, ein Muttermal.

Und dann, was das für Haare seien, die aussahen wie ein Pelz, schon als ich Kind war, hatte ich dieses Mal und diese Haare, und sie und es waren mit mir gewachsen, mittlerweile so sechs bis acht Quadratzentimeter groß war dieses Pelzfeld, und ich hatte mich in den Jahren längst an dieses Muttermal gewöhnt wie an mich selbst und an mein ebenerdiges Leben. Nein, einmal gefunden, wollte ich das Wort »ebenerdig« für mein Leben nicht mehr aufgeben, so wenig wie meine »heimatlosen Erektionen«.

Dr. Schwellinger, dem Psychiater, nicht aber Frau Dr. Methfessel hatte ich gesagt, dass noch bevor wir richtig sprechen konnten, sie schon im Kindergarten auf dieses Mal gezeigt und es mit dem Teufel in Verbindung gebracht hätten, das Muttermal. Mein Muttermal.

»Haben Sie nie daran gedacht, es entfernen zu lassen?«, so Frau Dr. Methfessel.

»›Doch, aber dazu müsste ich erst erwachsen sein‹, sagte die Hebamme meinen Eltern, als sie gleich nachdem ich das Licht der Welt erblickt hatte, diese Stelle entdeckte«, … sagte ich mit einem Herzklopfen bis zur Halsschlagader hin, und außerdem hatte ich davor eine Höllenangst, fast Todesangst, wie vor der Messerimpfung, die ich, was ich damals nicht für möglich gehalten hätte, überstand und vergaß.

Und außerdem, vielleicht war das sogar der Hauptgrund?, wäre meine Mutter in ihrer Seele getroffen gewesen, hätte ich so etwas gemacht. Denn das erinnerte die Welt am sichtbarsten an jene Verbindung von ihr und mir, nachdem einmal die Nabelschnur durchtrennt war.

Das alles sagte ich Frau Methfessel nicht, ich fragte sie nur, mit so einem Tremolo, ob sie mir sagen könne, was das überhaupt sei: so ein Muttermal. Da sagte sie mir doch tatsächlich, unverblümt: Das sei entwicklungsgeschichtlich ein Stück Fell, »ein Rest Afrika«, sagte sie.

Jetzt erst verstand ich Dr. Eiermann und ekelte mich noch mehr vor ihm.

»Zum Glück nicht im Gesicht!« Fast schon ein Schüttelreim, aber es reichte mir schon, dass sie vom Kindergarten an darüber lachten und selbstverständlich dann auch im Sportunterricht, der mir schon von da immer als eine Art Souterrain des Lebens erschien. Solange ich zurückdenken kann, waren immer Gelächter und Tränen, Geschrei und Verstummen sowie die Erinnerung an alles ein Cantus Firmus meines Lebens.

Sie wolle es nun gleich »wegmachen«, sagte sie und rief schon ihre Sprechstundenhilfe, sie solle die Spritze bringen. »Fräulein Imelda!!« – Ich erschrak, wegen des Wortes »Spritze« und auch wegen des Namens Imelda. Bei der Seltenheit, fast schon Einmaligkeit dieses Namens in meiner endemischen Welt konnte es nicht anders sein, als dass es sich um jene Imelda handelte, die ich von den Tanzabenden in Mesopotamien kannte, und sie mich. Nun stand sie schon in ihrer ganzen Blondheit mit der Spritze vor, nein: neben und über mir, Imelda Pfaff aus Altheim über Salem. Was mich erröten ließ. Denn ich hatte sie bisher (ich ging ja zu jener Zeit immer noch »auf den Tanz«, wie wir sagten) kein einziges Mal zu einer sogenannten Tour aufgefordert, und sie mich auch nicht. Und nun saß ich hier und war auch noch ihr, die sehen konnte, was übers Frühjahr aus mir geworden war, ausgeliefert.

Einst spielten die Tramps im Waldhorn von Hinterstenweiler, in der Frohen Einkehr von Gallmannsweil oder im Hasen von Krauchenwies, und so fanden wir uns: Manche Geschichte begann hier, die vielleicht erst Jahrzehnte später, doch meist in einer Scheidung endete, vielleicht aber schleppte sich so ein Anfang auch zu jenem traurigen Ende hin, der allen Geschichten ein Ende macht. Imelda war dieses unverhoffte Zusammentreffen vielleicht noch ein bisschen weniger peinlich als mir, denn ich hätte an einem solchen Abend in Gallmannsweil so zehnmal diese Möglichkeit gehabt, an ihren Tisch zu gehen und sie zu fragen, ob sie mit mir tanzen wolle, um entweder einen sogenannten Korb zu bekommen oder mit ihr zusammen auf die Bühne zu gehen, um dann mit etwas Glück zu *Samba pati*, oder sonst einem live gespielten Stehblues, die Vorstufe zum Petting zu versuchen, dann, wenn das Licht ausging, eine Möglichkeit, die der Lichtmeister Herr Vochazer, der das Zeug zum Kuppelpelz hatte, an so einem Abend den jungen ausgehungerten, man sagte damals noch nicht geilen Menschen gleich mehrfach gönnte. Imelda hingegen hatte, wie alle anderen Vertreterinnen des schönen Geschlechts, aber an jenen Abenden nur einmal die Möglichkeit, sich einen auszusuchen, dann, wenn der Bandleader, Jonny, der im gewöhnlichen Leben die Filale von Gaismaier leitete, mit einer Stimme zwischen frivol und schwul, und von beidem wussten wir nicht viel, als nächste Tour: Damenwahl! ankündigte. Und dann liefen sie los, die Tinas und Marinas, und die anderen, darunter damals noch mindestens drei Willis, saßen da und bangten.

Und ich dachte nun: Wenigstens ein Glück, sollte der Befund schlecht ausfallen, dann wäre zumindest so viel klar: dass es nie wieder »Damenwahl« heißen würde aus dem Lautsprecher und ich dasitzen würde und warten und hoffen, dass eine käme, und auch fürchten, dass es möglicherweise die falsche war. Denn einen Korb geben ging bei der Damenwahl nicht.

Nun hörte ich Frau Methfessel, wie sie eben diese Imelda aufforderte, ihr die Spritze zu reichen.

Es sehe nicht gut aus. Die Stelle gefalle ihr nicht. Man könne aber »heute« sehr viel »machen«, sagte sie.

»Auf alle Fälle müssen wir nun eine Probe nehmen.«

Das Wort »malignes Karzinom« hatte ich nun einmal von Dr. Schwellinger gehört. Das war nicht mehr von der Festplatte zu entfernen.

»Wegmachen«, sagte sie, »eine Probe nehmen«, sie sprach von »einschicken« …

War es nicht mein Muttermal?

Es war dann doch halb so schlimm gewesen, wie beim Zahnarzt, dort eher selten, konnte ich nun sagen: »Es war halb so schlimm!«, als die Probe schließlich entnommen war. Mit ihrem betrübt aufmunternden Blick durch ihre Designerbrille, in dem viel »halb so schlimm!« steckte, verließ ich die Praxis.

Aber die Zeit aushalten, bis »das Ergebnis« kam, musste kein anderer als ich.

Von dort ging ich sofort ins Reisebüro.

Zu *Dr. Gnädinger Reisen*, denn der hatte auf Reisebüro umgesattelt, nachdem er endgültig wegen Zugehörigkeit in einer verfassungsfeindlichen Partei (DKP) von Baden-Württemberg, das damals Ministerpräsident Filbinger unterstand, aus dem Schuldienst entfernt worden war. Das kam zu allem auch noch hinzu, ja, ich wurde in eine Welt hineingeboren, die erst Kiesinger und dann Filbinger regierten, in der Kiesinger- und Filbingerzeit lernte ich aus ihren Lehrbüchern lesen und schreiben, atmen und leben, und lebte und atmete wie sie, noch so zwei Menschen.

Nun hatte ich noch einen Onkel in Amerika, und ich sagte mir: »Wann, wenn nicht jetzt!«

Nun war der richtige Zeitpunkt für die Reise zu meinem Onkel gekommen, der dorthin mit der *Sierra Ventana* von Bremerhaven gefahren war, mit dem Reisesegen Strittmatters versehen, der als junger Hilfspfarrer zu uns gekommen war und das Himmelreich nicht mehr verließ bis zu seinem Tod. Dort, im südlichsten Süden Amerikas, das schon als Wort eine Verheißung war, lebte mein Onkel, wie ich glaubte, auf einer riesengroßen und wunderschönen Estancia am Fuße der Anden, schuldenfrei; und nie wieder war er von dort ins Himmelreich zurückgekehrt. Dass dort fast alles ganz wie zu Hause war, konnte ich ja noch nicht wissen, und von der Kälte und dem Wind, der überall auf der Welt die Gewalt von nichts über etwas ausübte, auch nicht.

Der Onkel Anton in Pico Grande war der Bruder der Kreuzlinger Tante und auch von Tante Mausi.

Und das Problem der Finanzierung war wieder einmal kein Problem.

Denn das Geld bekäme ich gewiss von der Kreuzlinger Tante. Sie wollte ja schon lange, dass … und das andere musste ich ihr gar nicht sagen. Und der Rest kam von Mausi, beide Schwestern meines Onkels waren ledig und kinderlos geblieben, ein Zustand, den wir im Himmelreich von Anfang an mit vollen Kräften unterstützten. Um dann in unserem ungeordneten, ungezügelten, verqueren Leben immer wieder auf die eine oder andere zurückgreifen zu können.

Ich schickte mich vorerst hinein, auch war noch ein Rest jugendlich-romantischer Todessehnsucht dabei und die Aussicht, dass ich bald alles hinter mir hätte und dass auf alle Fälle noch Zeit bliebe, Zeit genug, um für ein paar Wochen nach Patagonien zu reisen und das Leben zu genießen. Falls die Geschichte bösartig wäre.

Ich war ja ohne jegliche Beschwerden. Das, was ich hatte, kam ja nur davon, dass ich »zu gut« gelebt hatte, wie der Immunologe gesagt hätte. Wie lange sich so ein Sterben hinziehen könnte, welche Zeit ich zum Sterben benötigte, fragte ich sie nicht. Manchmal ging es ganz schnell, und der Mensch, der übrig blieb, hatte dafür das Wort »Sekundentod«. Ich selbst dachte an ein, zwei Jahre, so lange hatte es bei denen gedauert, die an dieser Krankheit zugrunde gegangen waren. Und dann las ich in der Zeitung von den »mit großer Geduld und bewundernswerter Kraft« Entschlafenen, die Namen von Menschen, mit denen ich lesen gelernt, leben gelernt hatte, den Namen von meiner Großmutter, zum Beispiel, oder von meinem Großvater, der auch schon so hieß wie ich, der mir mein erstes Fahrrad geschenkt hatte, und dann … Und auch schon von solchen, die so alt waren wie ich, las ich den Namen in der Zeitung auf der Seite, wo die Todesanzeigen, die Eheanbahnungsinstitute, der Tiermarkt und was es sonst noch gab, alles auf einer Seite, verzeichnet waren, ja »kaum war der Mensch geboren, so war er alt genug zu sterben«, das war das Motto von *Sein und Zeit*, ja, und kaum konnte ich lesen, las ich schon die Namen von Kindergartenfreunden, mit denen ich das Spielen gelernt hatte, dieses und jenes Spiel, bis sie beim Spielen im Hof vom Lastwagen überfahren wurden, ach, so viele Tote, Verkehrstote, die hingenommen wurden, als wäre es das Selbstverständlichste von der Welt, auf der Straße umgefahren zu werden und zu sterben.

Und so entschlief oder verschwand oder wurde umgefahren und umgemäht, von Gigi, Caro und Frederic an, einer nach dem anderen, und ich könnte so lange die Namen in den Todesanzeigen lesen, bis auch ich an der Reihe wäre, war es jetzt?? – Entschlafen?? Auch diese Medizinerin sagte mir, man könne heute, falls der Befund tatsächlich positiv ausfalle, gerade hier »viel machen«.

Aber ich hoffte insgeheim vielleicht doch auf ein Wunder. Diese Hoffnung war dann mein Lebensmittel in diesem Leben, das nur für Masochisten, Millionäre und Zyniker ein Fest sein konnte.

Da hatte sich nun innerhalb von drei Tagen oder einem Augenblick mein Muttermal-Leben verändert.

Ich sollte nicht mehr an die Sonne gehen, das war vorerst alles, was sie mir mit auf den Weg gab, und mich immer eincremen. Was mittlerweile als Irrlehre durchschaut ist. So irrten sich die Experten immer wieder.

Erst ging ich also ins Reisebüro, um zu sehen, wie ich am schnellsten nach Amerika käme, und nahm mir vor, keinem Menschen davon zu erzählen, und auch von meiner Hoffnung auf ein Wunder nichts, der Glaube machte den Menschen auf der Welt, in der er lebte, doch nur lächerlich; also schwieg ich im Fleckviehgau und auch in Amerika. Dort wollte ich nicht einmal sagen, dass ich nun bald käme. (So schnell ging dann alles, dass ich meinen eigenen Brief, den ich dann doch schrieb, mit etwas Glück in Pico Grande abfangen könnte und verschwinden lassen.)

Und dann kam auch *noch* ein Brief von der Bank, ob Sie es glauben oder nicht: Immer wieder hatte es auch einmal gute Post gegeben, war ich im Lauf der Jahre von der Schule in und von Meßkirch zurückgekehrt, schöne Nachrichten wie im Gedicht *Briefträger* von Nazim Hikmet »Als Kind wollte ich Briefträger werden … in meiner Tasche nur Schreiben mit frohen Botschaften … ein Kind erfährt, dass sein Vater morgen aus dem Gefängnis zurückkommt« und ähnliche Wunder, aufgehoben in einer Anthologie der Gedichte vom Leben des Menschen, die Tohuwabohu heißen müsste.

So viel war es nicht, was von der Bankseite kam, doch immerhin: Es war Glück im Unglück, und das konnte nicht ohne Grund sein, denn nichts war ohne Grund, wie auch ich mir damals einbildete.

Da lag nun schon wieder eine Nachricht von Bantles Seite, dieses Mal jedoch eine gute, was von dieser Seite noch nie geschehen war: die Ankündigung einer Überweisung, die Gutschrift eines Betrags von DM 5225. Ein Zeichen und kleines Wunder! So viel Geld brauchte ich doch gar nicht. Es war wie ein zusätzliches Taschengeld, dachte ich. Also wollte ich aus Dankbarkeit die Hälfte der Summe, über deren Herkunft ich nicht weiter nachdenken wollte, für eine gute Sache stiften. Die andere Hälfte wäre für Amerika. Vielleicht kam auch dieses zusätzliche Geld von Tante Mausi oder von ihrer Kreuzlinger Schwester, denn beide wussten, dass ich von Amerika träumte, und wollten, dass endlich einer nach ihrem Bruder sähe, der nie wieder zurückgekehrt war, nachdem er einmal weg war, damit sie in Ruhe sterben könnten, und vielleicht auch er.

Bald war mir klar, dass das Geld von Mausi war; sagte aber der Kreuzlinger Tante kein Wort von diesem vermeintlichen Segen, so war ich doppelt gesichert, ja strukturiert.

Vor meiner Abreise nahm ich dann Sachen mit! –

Sie glauben es nicht: Schleuderhonig, ja Wasser aus der hauseigenen Quelle, etwas Boden aus dem Himmelreich – was mir dann bei der Einreise einige Schwierigkeiten bereitete; sie wollten einfach nicht glauben, dass dies nur Boden und Wasser war, und ich versuchte das Herz der Zöllner zu erweichen.

Und bei der dritten Tante, die ebenfalls aus diesem fruchtbaren Himmelreich, das nach außen hin auf alle Arten glänzte, kam, bei der Nonne, die mittlerweile Oberin des Theresienkrankenhauses in Mannheim geworden war, machte ich auch noch Station, auf dem Weg zum Frankfurter Flughafen. Von Station zu Station schleppte ich diese Dinge mit, auf dem Hinflug war es die Strecke Frankfurt–Rom–Madrid–Dakar–Rio–São Paulo–Buenos Aires, und schließlich war ich dort glücklich gelandet.

Sie gab mir geweihte Rosenkränze und solche Sachen mit und noch einmal ein Fläschchen mit Wasser aus Lourdes. Und um mich an den Tod zu erinnern, als wäre dies nötig gewesen, machte sie eine wortlose Führung mit mir, durch die verschiedenen Stationen des Krankenhauses, durch Gänge an Zimmern vorbei, aus denen Stöhnen kam und Schreien und sonstige Geräusche und Lebensbeweise wie Schnarchen, Wimmern und Gelächter, aber auch gar nichts, das war das Schlimmste. Dachte sie vielleicht. In den wuchtigen Fensternischen des alten Weinbrennerbaus hörte und sah ich unflätiges Gelächter auf der Station I b, Unfallchirurgie mit Ambulanz, hörte und sah ich das mannheimerische Gelächter von jenen in ungewaschenen Bademänteln herumsitzenden Raucherbeinen, Karls und Horsts, ja Willis, in der einen Hand eine Zigarette, in der anderen eine Flasche Bier, die sie vor meiner Tante, ganz im Weiß ihres Ordens, ein Gewand, das diese Schwestern vom heiligen Vinzenz von Paul so aussehen ließ, als hätten sie Flügel, nicht einmal zu verstecken versuchten.

Denn wir waren schließlich in Mannheim, gleich »iwe de Brick«, wie ich von keiner sonst wie von Joy Fleming derart wusste.

Am Ende waren wir im Kühlraum. Das war wohl das Ziel ihrer Führung gewesen … damit ich nicht übermütig würde im Leben, vor dem ich stand, wie sie glaubte, denn selbst der Schwester Oberin sagte ich nichts von dem Muttermalbefund.

Das Wichtigste waren mir immer die Schmerzmittel und das Verschweigen gewesen sowie das Hinwegreden über alles, als wäre es nichts.

Sie öffnete nun eine Tür, die von derselben Firma war wie jene Tür im Kühlraum der heimatlichen Schlachthausgenossenschaft. Und auch die Großküche des Krankenhauses von Meßkirch und andere Großküchen waren von dieser Firma: Witwe Schrott und Söhne. Und dahinter, wie auf Betten, unter weißen Laken, das Ziel unserer Reise.

Sie schlug die eine oder andere Decke zurück, einmal war da ein Kopf, ein überflüssig gewordener Kopf, ein anderes Mal sah ich nichts darunter.

Sie sagte vielleicht »Da ist jetzt gerade niemand« und ging ein Bett weiter.

Auch meine Klostertante sprach ja nicht viel.

Sie begann nun ein *Vaterunser*, und ich sollte mitbeten, ein kleines Requiem für diesen wildfremden Menschen, den ich das erste Mal sah, als er schon zwei Tage tot war. Ich war nicht halb so erschüttert wie einst bei Caro, bei meinem Requiem für meinen Hund.

Sie sagte, sie werde für mich beten.

Da habe ich sie zum letzten Mal gesehen.

Doch ich habe wieder einmal vorgegriffen und alles durcheinandergebracht.

Ich stiftete also genau 2612,50 Mark der Gesellschaft zur Rettung Schiffbrüchiger, deren Marken ich einst gesammelt hatte, und dachte, mit ruhigem Gewissen auf meine Abschiedsreise zu gehen.

Das Ergebnis, das schon am Montagmorgen vorlag, bestätigte die Befürchtungen von Dr. Schwellinger, von Dr. Methfessel und auch von mir.

77

Frau Methfessel wollte nach einer Besprechung, in der sie mich noch einmal wissen ließ, man könne heute »viel machen«, gleich mit der Therapie beginnen. Doch vorher noch sagte sie mir, ich solle mich freimachen und auf jenes sterile Bett legen, es werde nicht wehtun.

Sie kam mit ihrer Spritze, sie machte mich immun gegen den ersten Schmerz und entfernte mein Muttermal.

Wohin kam es?

War es nicht mein Muttermal?

Nachdem ich mich, ohne jeden Wundschmerz, der sich auch im Nachhinein nicht einstellte, nicht einmal als Phantomschmerz, etwas ausgeruht hatte, stand ich auf und ging. Es war ein angenehmes Licht und eine Musik von Richard Clayderman, gegen die ich mich auch nicht wehren konnte, auf mich heruntergerieselt, wohl eine Stunde lang.

Dr. Gnädinger zahlte ich nun eine erste Rate, denn ich konnte, sagte mir die Ärztin, in den nächsten Wochen machen, was ich wollte, und das Geld dazu hatte ich auch.

So musste ich also ohne Muttermal auf meine Abschiedsreise gehen.

»Geht es dir auch so, dass du manchmal an Menschen denkst, die du noch nie gesehen hast, oder an diesen und jenen, an den du lange nicht gedacht hast ... vielleicht lebt er noch, hat ja ein riskantes Leben geführt?«

Mein nun fehlendes Muttermal gab mir Zeit, die Möglichkeit, noch einmal zurückzukehren und mein frühes, junges kurzes Leben, das ich am Ende glaubte, vorbeiziehen zu lassen, wie bei einem Absturz oder in einem wahrhaften Gedicht: alles auf einmal zu sehen und zu leben, eine Ewigkeit und drei Sekunden, so lange dauerte es, über alles nachzudenken, mein Leben in ein paar Sätzen, wie es war und vorbei war, wie ein lyrisch gestrickter Mensch gesagt hätte, und somit aufzuschreiben und einzubrennen in meinem Hirn, von dem die Hirnforscher sagten, das sei alles, mein »ich war einmal«, als wäre es das Buch meines Lebens.

Wie ich bis dahin lebte: weiß nicht mehr.

Habe ja fast alles vergessen.

Weiß nur noch, dass Feuerland unter dem Vorzeichen stand, dass es nicht mehr lange gehen würde mit mir.

Mit dem Studium würde es nun wohl nichts mehr werden. Ich hatte an etwas wie Psychologie, Vergleichende Literaturwissenschaft (wieder einmal mit dem Hirn- und Hintergedanken, Schriftsteller zu werden und alles aufzuschreiben) gedacht – oder gleich Theologie, die etwas von allem war und bot und am Anfang jeglichen Universitätsbetriebs stand.

Wie in alten Zeiten, einst, als ich Priester werden wollte, und deswegen erst einmal auf das nahe liegende Heideggergymnasium am Meßkircher Schlossberg geschickt wurde, dachte ich nun wieder an die Theologie.

Und wenn kein Wunder geschehen sollte, dann gäbe es immer noch Gedichte von Menschen und Träume.

Der schwarzblühende Flieder im August, die Familienpleite, hatte schon Joseph von Eichendorff zum Dichter gemacht, von der er ein Leben lang zehrte.

Und das Verblühte war den Sommer über weiter verblüht, das Verblühteste hing und stand nun rabenschwarz verloren in den Fliedersträuchen, einst »blau und rauschbereit« wie Eichendorff.

Auch diese Angst vor dem unabwendbaren Verblühen und Ende, als gälte auch für mein Leben ein »Zeitfenster«, kam noch hinzu.

Das erste Mal in meinem Leben kam nun der tatsächliche Tod, der eigene, mit dem ich bisher nur gespielt hatte, ins Spiel, und zwar im Präsens.

Also war es abermals dieses mein Muttermal, welches meinem

Leben noch einmal eine Richtung gab, die ich mir eigentlich nicht ausgesucht hätte.

»Ich bin oft vor den Erscheinungen meines Lebens, das einfach war, wie ein Halm wächst, in Verwunderung geraten«, und doch bin ich schließlich an meiner eigenen Wunde gestorben ... (so ergänze ich einen schönen Satz). Adalbert Stifter, ein Dichter, brachte Licht in mein Leben, dunkles Licht ... »als liege eine sehr weite Finsternis um das Ding herum«. Ich hatte einen Selbstmörder als Lebenshilfe, seine Nachsommerwelt als Trost, diesseits und jenseits vom Himmelreich, einer Ortschaft, einfach, wie ein Halm wächst. Und außerdem standen da nun auch noch überall Mengele-Landmaschinen mitten in den Feldern meiner unaussprechlichen Erinnerung.

Mein Leben: »Die Erinnerung sagte mir später, dass es Wälder gewesen sind.«

Meine einzige Gewissheit, bald zu sterben, zog mein Leben zu einem einzigen Präsens zusammen, im Zeitraffer, und meine Erinnerung wurde zu meiner zweiten Gegenwart.

Teil zwei:
Erinnerung, zweite Gegenwart oder
Erinnerung an den Schnee von gestern

Als ich ein Kind war, spielte ich mit einer Inbrunst und einer Leidenschaft, dass ich die Zeit vergaß. Es war eine Ewigkeit. Und eines unserer Spiele, bald nach der Laufgitterzeit, hieß auch so: Ewigkeit. Mit Rita und Luischen, unten, eine Art Doktorspiel – in der Garage an der Straße von Wien nach Paris.

Hätte mich damals einer gefragt: »Was hast du die ganze Zeit gemacht?«, dann hätte ich sagen können:

»Ich habe gelebt.«

Und nach der Zeit gefragt, hätte ich mir sagen müssen: »Sie ist vergangen.«

Trotzdem hätte ich nun weinen können, vielleicht auch nur »weggeddemm«. Wie das einst zu Hause hieß. Auch weil die Stelle von der Messerimpfung, die wir beim Baden im Lausheimer Weiher miteinander verglichen, so schön verheilt war, sodass man nichts mehr davon sah, und wir mussten lachen. Doch wir hätten auch weinen können. Weil alle Stellen so schön verheilen. Nichts lässt man uns, nicht einmal den Schmerz, und eines Tages wird alles vergessen sein.

Und nun, und doch: Jeder ... Mensch, ob Mann, Frau, Schriftsteller, oder einfach Dichter und Idiot, hat eine Verletzung, eine Wunde, aus der es weiter blutet. Erinnerungsweise. Selig der Mann, dessen Schmerz zur Sprache wurde.

Die Erinnerung ist eine Bluterkrankheit. Es fehlt wohl das Gerinnungselement des Vergessens.

»Ich blute, also bin ich«, das sollte mein erster Satz sein.

Wenn wir brennen

Lisl steht mit dem Besen im Hof. Antonius kommt von der Einweihung des Krematoriums zurück. Er erzählt ihr, wie es ist, wenn wir brennen. Antonius will sich nicht mehr verbrennen lassen. Das Auto ist schon gewaschen. Sie hat einen sauberen Stallbesen in der Hand, grobes Material, selbst gebunden. Lisl wird gleich schlecht, wenn Antonius nicht gleich mit seinem Krematorium aufhört. Seine Frau soll keine Arbeit haben mit ihm. Saubere Sache. Das Krematorium hatte einen Tag der offenen Tür. In den Ofen konnte man durch ein Loch sehen. Lisl sagt, Antonius solle jetzt aufhören. Die Ziege sei noch einmal aufgestanden. Es sei den meisten schlecht geworden. Am Morgen und am Nachmittag hätten sie eine Ziege verbrannt, um zu zeigen, wie die Anlage funktioniert. Er habe sogar sofort kotzen müssen, obwohl er nur einmal kurz durch die Luke geschaut habe. Lisl habe keinen Grund zum Kotzen, sie sei ja gar nicht dabei gewesen. Normal dauere es viel länger. Vier Stunden.

Der Sarg glüht und wird durchsichtig.

Antonius erklärt ihr den Weg zum Krematorium. Es stellt sich heraus, dass sie die Neuapostolische Kirche für das Krematorium hielt. Lisl stützt sich auf den Besen. Sie schüttelt den Kopf. Antonius hat alles erzählt. Ilse sei seit zwei Wochen im Krankenhaus. Es sehe schlimm aus. Sie dürfe bald nach Hause. Man habe aufgeschnitten und gleich wieder zugemacht.

Antonius fährt weiter. Lisl muss noch den Hof kehren. Die Glocken läuten den Sonntag ein.

Einer meiner Vorfahren war mit Napoleon in Ägypten. Auf den Feldern stehen Mengele-Landmaschinen herum. Die Wegwarte ist mein Lieblingsblau.

Die Erinnerung fällt vom Fahrrad
und bleibt liegen

Tut weh. Blutet etwas. Offenes Knie. Kommt kaum auf die Beine und hinkt dann. Steigt wieder aufs Fahrrad und fährt nach Hause. Begegnet Lisl, die mit dem Besen im Hof steht. Es ist Samstag gegen vier. Die Glocken läuten den Sonntag ein. Steht auf dem Fußballplatz, geht mit Fritz in den Löwen.

Sie blutet, der Reihe nach, aus verschiedenen Gründen. Die Erinnerung stürzt vom Pferd, fällt nach rückwärts, blutet aus dem Kopf. Macht vorher noch einen Purzelbaum ins Gras.

Die Erinnerung wandert aus.

Sie kommt vom Krematorium zurück.

Sie trägt zu enge Badehosen.

Sie geht den Schlossberg hinauf, flucht ins Gras.

Hat ausgeschrieben.

Hat aufgehört zu rauchen.

Trifft ihre Kriegskameraden.

Ist nicht mitgereist.

Steht auf dem Rummelplatz. Wird von Jahr zu Jahr kleiner.

Wächst ihm über den Kopf.

Geht baden.

Grenzt die Felder ab.

Dreht sich mit der Prozession im Kreis.

Grenzt an die Friedhofsmauer. Blickt Richtung Heuberg.

Das Wetter bleibt, wie es ist.

Kommt mit Heidegger durch die untere Hofeinfahrt hereingefahren.

Sieht kein Land mehr.

Sieht den Namen Mengele mitten in ihren Feldern stehen.

Öffnet in umgekehrten Hosen die Tür. Ist besoffen.

Hat einen Rausch. Hat einen Kater.

Kommt als Nachtfrau.

Sieht, wie Lisl mit Boden zugedeckt wird.

Hat keine Kinder.

Stellt mir ein Bein. Bringt die Bilder durcheinander.

Die verschiedenen Fotografien. In der ersten Reihe Lisl im Sonntagskleid.

Sieht die Dreckig in groben Umrissen auf der Treppe sitzen und darauf warten, dass etwas los ist.

Steht mit einem Taschentuch am Bahnhof.

Sieht Lisl noch einmal, wie sie mit Boden zugedeckt wird, und den guten Strittmatter, der behauptet, dass sie aus demselben Boden gemacht sei.

Die Alleserinnerung.

Ich habe keine Erinnerung. Ich habe so gut wie alles vergessen. Kleiner Schmerz.

Kleine Zeit. Das Glück setzt aus. Der Schmerz setzt aus.

Die Erinnerung setzt aus.

Die Erinnerung setzt eines Schmerzensfreitags ein.

Die Erinnerung wird zum Ichfall. Ich war einmal.

Ich war einmal

Schmerzensfreitag, weil.

Die gewöhnliche, die alte Grammatik mit ihren Kausalsätzen.

Der Anfang, der Schmerzensfreitag, stimmt. Es war aber nicht Tag, sondern Nacht. Ich verfälsche die Daten meines Lebens. Ich setze an den Anfang eine Uhr. Sie zeigt gegen zehn Uhr abends, hoch über dem Kreißsaal. Nicht denken, sondern mit dem Rauchfass in die Sakristei zurück.

Früher waren es die kaputten Milchzähne.

Du liebe Zeit:

Ich erblicke, Sie wissen schon, das Licht der Welt.

Ich falle zum ersten Mal auf die Nase, vom Laufstall aus.

Ich sage zum ersten Mal Mama, ohne darüber nachzudenken. Ich bin zum ersten Mal verliebt, ohne zu wissen, warum. Ich komme dahinter, dass sich nichts ändert. Lisl ist tot.

Ich falle der Reihe nach vom Schaukelpferd, vom Karussell, vom Dreirad, vom Zweirad, vom Motorrad, von der Schaukel, vom Pferd.

Ich werde zum ersten Mal hinters Licht geführt, wie Sie sich denken können. Ich rapple mich jeweils wieder auf. Jeweils, aber aus anderen Gründen. Zuerst heißt es, weil man es so macht, steht man auf den Beinen. Wenn man fällt, steht man wieder auf, heißt es einhellig aus den unterschiedlichsten Richtungen.

Ich könnte weinen, aber ich weine nicht.

Ich lache. Die Tante winkt mit der Rassel. Das Fäustchen öffnet sich. Greift ins Leere. Es hat nichts zum Spielen. Es ist noch zu klein zum Spielen. Es fängt wieder an zu weinen. Lisl weiß auch nicht, wie man das Kleine wieder zum Lachen bringt. Weinen lassen, denkt sie. Es wird von selbst aufhören. Dann schläft es wieder.

Die Frauen erzählen sich, wo sie schon einmal ein so dickes Kind, ein so gesundes, gesehen haben. Die mitgebrachten blauen Strampelhosen werden ausreichen.

Wenn es so weitermacht, kann es bald laufen.

»Schrei it so lout, de Glei vewached.«

Aber das Kleine wacht nicht auf.

Kleine Zeit

Kleine Zeit, als die Maikäfer fliegen lernten und eine Plage waren im Mai und sonst keine Plage war im Mai, außer es waren Kriegszeiten und Mai zugleich.

Wenn so ein Kleines geboren ist, sagen die Hebammen, die es in die Luft heben: Wenn es geschrien hat, braucht es erst einmal viel Schlaf. Dann legt man es ins Nest und heißt es Bett, wenig über dem Boden und parallel zu ihm. Es schläft zum ersten Mal ein, draußen, gleich, ob es Tag oder Nacht ist.

Wenig später bekommt es einen Namen, den sich Vater und Mutter ausgedacht haben. Dann soll man für den Rest des Lebens A. zu ihm sagen.

Sterben hört sich zu dieser Zeit ganz nach Verleumdung an.

Schön, dass das Kleine nichts davon weiß, auch wenn es schon einen Namen hat und A. (»Hochfliegender Adler«) heißt. Es ist noch ungewiss, ob sich seine Eltern nicht geirrt haben.

Am Montag wird es angemeldet, und der Bürgermeister bestätigt, dass es da ist. Sobald es etwas kräftiger ist, wird es zum ersten Mal ins Freie getragen. Es kommt in die Kirche, und es wird getauft. »Wie soll das Kindlein heißen«, fragt der Pfarrer an der Kirchentür. Aber es hat doch schon einen Namen. »Widersagst du dem Satan?«, fragt man es, und es schreit. Das Wasser ist nass. Es will nicht getauft werden.

Ungewisse Zeit später kommt Ich dazu.

Die Erinnerung fängt an mit »Ich war einmal«.

Am ersten Schultag sitzt die Erinnerung in der ersten Reihe. Schlachtet die Kindergartenzeit mit Schwester Maria Radigundis aus. Zwei und zwei durch den Wald spaziert, der Pudding mit Vanillesoße und Händchen in Gips, derart aus dem Kindergarten verabschiedet.

Die Drohung von allen Seiten, jetzt solle es ernst werden. Doch ich wartete in der ersten Reihe meiner kleinen Schule. Es wurde nicht ernst, aber es gab Tatzen, die wehtaten. Es wurde umsonst, schon damals. Die Kleinen durften nur miteinander spielen. Sie durften einander ins Poesiealbum schreiben, sobald sie schreiben konnten. Zwei Täubchen, die sich küssen, die nichts von Liebe wissen. Fergissmeinnicht mit F.

Dann der Schlossberg, und es wurde ernst.

Ich erinnere mich hell. Habe mich hellerinnert. Sich hellerinnern, bis nur noch lauter helle Flecken bleiben. Die unterscheiden sich von den dunklen dadurch, dass sie hell sind.

Schlossberg

Es war, von außen gesehen, eine nutzlose Existenz, die ich führte. Jahrelang Bücher gelesen und nicht fertig geworden damit. Im Anfang, heißt es, schuf Gott Himmel und Erde. Dann schuf er das Licht, und es wurde Licht. Bücher lesen und hell werden, sagt man. Ich kann mir meinen Sinn aus den Tagebüchern der letzten zehn Jahre zusammenlesen.

Ich habe mir das alles gar nicht ausgesucht. Die anderen auch nicht. Sie mich auch nicht.

Ich kam vom Land und suchte mir nichts aus, so gut wie nichts. Die Freunde wurden mir nach Jahrgang zugeteilt. Mein Jahrgang, meine Gleichaltrigen. Sie saßen mit mir vom ersten Tag an in der Schule, damit ich mit ihnen Lesen und Schreiben lernte. Sie waren wie ich aus irgendwelchen, aus unerfindlichen Gründen gleichzeitig geboren worden, auf dem Rathaus angemeldet, getauft, geimpft, in den Kindergarten, in die Schule geschickt, gefirmt und gemustert worden.

Ich habe mir auch die Tinas und Marinas nicht ausgesucht, mit denen ich den Schlossberg hinaufging, und in der Turnhalle tat ich auch nicht das, was sie wollten, führte nicht ihre Handbewegungen an Barren und Reck aus, wie sie es mir und den anderen vorgemacht hatten, obwohl ich das Zeug dazu gehabt hätte, wie es hieß, obwohl ich also nicht zu den Flaschen zählte.

Wenn ich wie jeden Morgen um drei viertel acht hineinging und lange nach Mittag wieder herauskam, wollte ich später, wie ich früher dachte, alles vergessen oder wie es war vergessen und wie die Sonnenuhr nur das Schöne behalten. Aber es ist so herausgekommen, dass ich mich heute an Schönes kaum erinnern kann und nur das weniger Schöne geblieben ist.

Ich hatte mir die grobe Ledertasche, mit der ich neun Jahre am Stück und nichts anderes den Schlossberg hinaufging, nicht ausgesucht. Auch die Schüler nicht ausgesucht, und sie mich auch nicht, die neben mir denselben Weg gingen, die neben mir den Schülergottesdienst absaßen und mir fremd waren, obwohl ich nichts anderes kannte als sie und mein ganzes Leben bis dahin neben ihnen hergegangen war und nichts anderes, und die im Musikunterricht als Trottel vom Land wie ich zusammen mit mir genannt wurden und die dieselben Lieder sangen wie ich, zusammen mit mir: Freiheit, die ich meine, sangen wir.

Ich und »meine anderen« sangen nicht schlecht, und der Musiklehrer begleitete uns auf dem Flügel.

Lizzy wurde gerne von ihm als frühreif bezeichnet, als ob das sein Wort für genial gewesen wäre, weil sie schon einen Busen hatte, aber keinen BH trug, um den Lehrern zu gefallen. Frühreif.

Und schon kamen sie mit ihrem »mein Bauch gehört mir«.

Ich saß drinnen als Trottel vom Land zu allen Jahreszeiten, die mich von draußen verfolgten.

Die Musikbeispiele kamen vom Band. Im Musikzimmer hörte ich Ausschnitte aus Tristan und Isolde, Ausschnitte aus der Entführung, Ausschnitte aus dem Fliegenden Holländer, dies schon in der Untertertia. Kippenberger gab gelegentlich auch Ausschnitte aus eigenen Kompositionen, denn er komponierte selbst, im Stil der letzten Donaueschinger Musiktage.

Da saßen die Dreizehnjährigen und die Vierzehnjährigen mit ihren Heuberger und Linzgauer Gesichtern und wurden zum Singen aufgefordert. Und wenn einer nicht singen wollte, weil er nicht singen konnte? Diese Trottel vom Land hätten lieber auf dem Heuberg bleiben sollen und mit der Mistgabel auf den Steinäckern den Mist verteilen, anstatt ihren Mistgeruch mit ins Musikzimmer zu bringen. Die Redewendungen und Grimassen des Musiklehrers fielen nicht einmal ins Gewicht. Es war so, als ob sie dazu, zur Schule, gehört hätten.

Um die kleinste Entscheidung zu treffen, brauche ich die größere Hoffnung der Lebenden. Damals hätte ich weit mehr Berechtigung gehabt als heute, abzubrechen, nicht mehr in diese Schule am Schlossberg zu gehen.

Doch ich habe es nicht getan. Jetzt habe ich die Berechtigung dazu verloren. Ich nahm das Leben in Kauf. Damals hätte ich mit Recht auch noch in eine andere Richtung gehen können. Aber ich fuhr noch auf Jahre hinaus mit allen möglichen, oftmals abscheulichen Busfahrern, die Dreizehnjährige behandelten wie kleine Kriminelle und uns jeden Morgen ab sieben einsammelten und in die Stadt brachten. Dort wurden wir am Stadtrand ausgeladen und konnten noch von selbst den restlichen Kilometer den Schlossberg hinaufgehen, um vom Hausmeister als Trottel vom Land empfangen zu werden.

Als solche konnten wir nach Ende des Unterrichts noch ein oder zwei Stunden in der Stadt herumlungern und auf diese Art auf den Bus warten. Sie und ich konnten in den Bären gehen und rauchen und trinken und dreckige Witze anhören, die wir nicht verstanden, oder in der Bäckerei Zum Stiefel am Marktbrückle eine Tafel Ritter-Sport mitlaufen lassen. Ich klaute nie, ließ mir aber von den anderen Stehlratzen je nach Appetit mitbringen: Nusshörnle, Mohrenkopf, halbe Hähnchen. Gegen zwei konnte ich neben meinen anderen durch den Hofgarten zum Bus gehen.

Jahrelang konnte ich ihnen und ihren Pferdeschwänzen nicht beikommen. Schon bei den Bundesjugendspielen 1966 tanzten sie mir ihren Kasatschok vor.

Schon 1968 standen dieselben, frühreif gewordenen Lizzies am Marktbrückle.

Zwei Jahre später trug Lizzy immer noch Stirnband und eine transparente Bluse, wie es Mode war.

Ich habe gesehen, wie sie bei den Lesewettbewerben vorlasen, bei den Bundesjugendspielen vorsprangen, wie sie beim schulinternen Schönheitswettbewerb zur Miss Progymnasium gekrönt wurden und schließlich von David Garrick einen Kuss bekamen, als dieser das Bravo-Girl 1971 am Marktbrückle abholte, was auch im Bravo abgebildet war. Dies zu einer Zeit, als die Lizzies schon APO-Groupies und noch Bravo-Leserinnen waren.

Bei den Bundesjugendspielen, die von manchem als Schicksalszeichen großer oder geringer Zukunft gewertet wurden, standen Lizzy und Jane (alle hatten englische Namen) mit Stirnband und Messlatte und schossen sich gegenseitig im Wettkampf-Völkerball ab.

Die schöne Lizzy stand bei den internen Meisterschaften, deren Sieger im Südkurier abgebildet waren, auf der Ehrentribüne und trug ihre Sonnenbrille auf halber Höhe und schob sie über das Stirnband, als lebte sie schon in Italien.

Das konnte ich dem Südkurier entnehmen.

Sie wusste, dass ich mich für Freundschaftsspiele und interne Meisterschaften nicht interessierte. Ich interessierte mich mehr für Philosophie, wie sie meinte.

Einmal stellte sie mich in ihrem Freiburger Studio als Dichter vor. Ein anderes Mal als Verwandten von Martin Heidegger. Dies war das Höchste, was man in Meßkirch außerhalb des Skiclubs werden konnte.

Sie war mir immer voraus.

Ihr Lieblingswort 1969 war abschüssig. Sie hatte es vom Treffen der Oberschwäbischen Schülerzeitungen mitgebracht.

Auch in der Geschlechtsreife war sie mir voraus.

Dann in der Politik.

Dann in der klassischen Musik. Dann bei den Weibern.

Dann bei den Männern. Dann im Wohn-Design.

Jetzt bei der Kindererziehung.

Der Abiturfeier, wo sie den Dank an die Lehrer vortrug, blieb ich fern.

Einmal, im Sommer des Abiturs, verbrachten wir einen heiteren Nachmittag am See. In Bodman. Ich kann mich kaum mehr an jenen Nachmittag erinnern, nur so viel weiß ich noch, dass Lizzy mich mehrere Male vom Boot aus ins Wasser stieß.

Neulich traf ich sie auf der Straße. Sie fragte mich, ob ich schon wüsste, was ich machen wollte. Sie sagte, sie ginge ins Goethe-Institut nach Salamanca. Ich sagte ihr, ich wolle Papst werden, und wir lachten.

Andere, die mit mir den Schlossberg hinaufgingen, habe ich, zusammen mit ihrem Namen, glattweg vergessen.

Sie blieben auf der Strecke.

So hänge ich mit verlorenem Blick am Schlossberg.

Ich weiß, dass ich Lizzys Witzfigur war.

Wir müssen uns unbedingt bald sehen, sagt sie jedes Mal, wenn ich sie treffe. Meist am Marktbrückle.

Ich glaube, sie ist mit einen Akademischen Rat zusammen. An der Klingel steht Professor. Auch hat er einen Sprachfehler.

Ich war, wie Lizzy mir sagte, immer der Komischste von allen. Heute behauptet sie sogar, ich hätte früher gestottert. Jetzt soll ich mit ihr Kaffee trinken, wenn ich sie am Marktbrückle treffe. Ich spinne wohl, aber ich bin mit Lizzy schon unterwegs ins Café Becher. Ich mache ihr von der Seite her Komplimente, versteht sich. Ich habe ihr auf dem Weg ins Café schon gesagt, dass sie jünger geworden sei, seit wir dies alles hinter uns hatten. Jetzt sage ich ihr vom runden Marmortischchen aus »Du bist noch schöner geworden, die Brille steht dir gut«.

Lizzy sagte mir auch, ich solle die Vergangenheit von der heiteren Seite sehen. Im Café Becher lud sie mich zu einem Schock ein und sagte mir, ich sei viel jünger geworden.

Frau Café Becher stellte sich gleich hinter unser Tischchen, um uns zu sagen, dass sie Weihnachten nach Madeira fliege. »Schön, Tante Glärle«, sagte Lizzy auf Halbschwäbisch und stellte mich »senz'altro« als zukünftigen Heidegger vor. »Da muss ich euch was zeigen«, fiel sie Lizzy ins Wort, ging und kam mit einem Gästebuch und einem Stapel von Fotografien und setzte sich an unseren Tisch. »Jaa, ich kannde den Professer sehr gut. Der kam jedes Mal zu mir, wenn er in Meßkirch war. Daa saßer«, und sie zeigte in den hinteren Teil des Cafés, wo Heidegger immer saß. »Mit dem Fritz war ich per du.« Fritz war der Bruder des Philosophen, er sagte: »Mein Bruder ist der Philosoph. Ich bin der Vielsauf!« Frau Becher zeigte auf das Foto, das sie zwischen die beiden Brüder gezwängt zeigte. Unten stand »Für das Bäsle. M. H.« ohne Datum. War in der schlechten Zeit, die drei saßen vor einem Mostkrug. Auf dem Speckbrettle abgewetzte Speckschwarten. »Ich war ja no verwandt, ich war immer des Bäsle, unsere Urgroßväder oder -müdder ware Geschwistrigskindskind«, und sie erzählte weiter, und ich hörte »Der war gscheiiiiiiiiiiiiid! – der hat immer zu mir gsagd, Bäsle du kommsch nach Freiburg un besuchsch mich in Zähringe. Du kommsch ganz auf deine Mudder Helän. Dann hatter immer gmeint, ich hätt falsche Zähn. Aber des hat gar nicht gestimmd. Die hatmr de Fischer Ewald ersch Ende der fünfziger Jahr gemachd. Und des Gold, des ich gebrauch hab, des hab ich bei der Grall Lisl bekomme. Die hat damals des Juweliergschäfd, den Uhrelade nebe der Niedere Miele ghabt. Was stimmde war, dass ich damals nur ein schlechte Zahn hadde.« Lizzy, die die ganze Zeit nur halb hingehört hatte, wollte Tante Klärle immer wieder ablenken und sagte, zum Beispiel, »Zeig uns des Foto mit dem Filbinger.« Oder, an mich gewandt, »Schön gemacht, wie viel hast du ausgegeben?« oder »Man sieht es fast gar nicht« oder »Wenn du's nicht gesagt hättest, hätt ich's fast gar nicht gemerkt.« Oder »Sieht viel besser aus wie vorher« und auch »Tadellos gemacht« und »Kann was« und »Wie im Film« und »Ganz bestimmt«, und ich sagte Lizzy, ich müsste bald gehen, um noch vor fünf bei Bantle auf der Raiffeisenkasse zu sein.

Und der Herr Direktor? Er war ein netter Mensch. Mein erster Mathematiklehrer, hat mir eine Zwei gegeben und ließ Lizzy und die anderen gewähren.

Er ist jetzt tot und ging seinerzeit mit Filzpantoffeln durchs Haus.

96

Den Direktor brauchte ich selten. Er hatte auch keine festen Sprechstunden. Man schaute durchs Schlüsselloch, um zu sehen, ob er im Zimmer war, und klopfte daraufhin. Ich brauchte ihn nur, wenn ich einen freien Tag für die Ernte brauchte. Aber ich hätte jeweils lieber eine Krankheit erfunden, als deswegen um einen freien Tag zu fragen.

Was verstand dieser Mensch von der Landarbeit? Wusste er, wie man Garben bindet? Wusste er am Ende gar, was Garben sind?

Wenn man mich brauchte, wurde auch ich von der Schule abgeholt, mit dem Diesel 190, mit dem auch die Ferkel vom Saumarkt abgeholt wurden. Das war nur im Sommer, dass ich gebraucht wurde. Im Winter wurde ich nicht gebraucht, und so hatte ich Zeit, in der Kälte zu stehen und oben beim Hofgartentor auf den Bus zu warten, bis der Bus kam.

Der Bus kam dann aus Richtung Krumbach, das war gleichzeitig aus Richtung Italien.

Schon bei der Anmeldung musste ich mich diesem Direktor, der aber, wie gesagt, sehr nett war, stellen. Trotzdem war ich ohne Rückhalt. Er sprach Hochdeutsch, und ich stand nun vor ihm, ganz allein, und konnte diese meine erste Fremdsprache noch gar nicht.

War, zehnjährig, der Mutter eines weiteren Kandidaten mitgegeben worden.

Ein Jahr später saß ich schon neben Rolando in der hintersten Reihe. Der Direktor hatte mich zu sich bestellt. In der Schule hieß es, ich wolle in das Jesuiteninternat Stella Matutina nach Feldkirch wechseln. Ein Gerücht, gewiss von Rolando. Er war dann neun Jahre lang mein Nachbar.

Eine solche Schule war das, dass damals außer ihm und mir, und drei weiteren »Schulkameraden« genannten Mitschülern, alle sitzenblieben oder in andere Städte flohen. Aber nicht wegen des Direktors, und nicht wegen aller Lehrer, sondern unseretwegen, die wir so waren, wie wir waren, und wegen der Verhältnisse.

Rolando hatte eine Großmutter in Neapel. In den ersten Sommerferien kam die erste Karte mit dem Golf von Neapel drauf, und ganz am Horizont sah ich Capri mit der blauen Grotte liegen. (Da hatte ich zum ersten Mal das Meer gesehen.)

Die Geschichte mit den Jesuiten stammte gewiss von Rolando, er hatte ja auch erzählt, ich sei nur deswegen in Meßkirch, weil ich Theologie studieren wolle, um Erzabt von Einsiedeln oder Zwiefalten zu werden (zwei Versionen). Wäre ich nach Feldkirch zu den Jesuiten gegangen, wäre das ein Verlust für Meßkirch gewesen, zahlenmäßig. Meßkirch war in Gefahr, weil die Schüler, die schon den Schlossberg hinaufgingen, nicht bleiben wollten und andere gar nicht kamen, das war, zu meiner Zeit, der Ruf von Meßkirch und seinem Schlossberg.

Ich verstehe noch weniger, warum wir so behandelt wurden. Der Direktor bestellte mich auf sein Zimmer. Ich schaute durchs Schlüsselloch, um zu sehen, ob er im Zimmer war. Er war nicht im Zimmer, kam gerade die Treppe herauf, ertappte mich und wollte mir zunächst einmal eine Ohrfeige geben, aber dann sagte er nur, zu Recht, dass sich das nicht gehöre. Dann fragte er mich, ob es wahr sei, dass ich Jesuit werden wolle und dass ich schon in Feldkirch gewesen sei. (Ich war gerade elf Jahre alt geworden.) Ich konnte ihm nur sagen, dass der Herr Pfarrer Strittmatter mit mir nach Blönried gefahren sei, um mich den Steyler Missionaren vorzustellen.

Daraufhin durfte ich wieder auf mein Zimmer. Es war bestimmt nicht mein Zimmer. Angefangen mit dem Ofen, der fehlte, für den in den ersten Schuljahren in der Zwergschule von Himmelreich, gegen meinen Willen, anstelle von Schule Holz gesammelt wurde. Auch das Bild von Heuss fehlte. Es gab Lübke. Auch das Harmonium fehlte. Und das Lied *Freude, schöner Götterfunken*, das wir in der Quarta sangen, war so geheimnisvoll wie die Trinität, kein Wunder. Ich blieb schon an den Wörtern dieses Liedes eines Undichters und noch mehr an seiner Grammatik hängen. Wie heißt das auf Französisch: *Joie, belle étoile des Dieux*? Wer war die Tochter aus Elysium? Ich habe es nie erfahren. Dieses Lied singt man mit der Nase nach vorn, im Prinzip wie einen Schulmarsch, und so sangen es die Schüler, denen es gefiel.

Auch hätte ich gerne einmal gewusst, auch im Nachhinein gewusst, was sich die anderen, meine anderen, dabei gedacht haben, als sie auf Jahre hinaus von Frau Potempa durch die Turnhalle getrieben wurden, zum Warmlaufen, wie es hieß, im Kreis.

Allein diese Nichtigkeit hätte aus einem, der das Zeug dazu hatte, schon einen Dichter machen können.

Zu den Sonderbarkeiten von Meßkirch gehörte, dass wir Jungen bis zur Geschlechtsreife, ja, so hieß es, ob das der empfindsame Mensch glauben will oder nicht, von einer Turnlehrerin unterwiesen wurden. Was nun Leibeserziehung hieß, nannte sich kurz zuvor noch Wehrsport. Doch ich war unsozial. Ich machte nicht mit. In Meßkirch gab es nur schiefe Bemerkungen, die es in sich hatten. Frau Potempa war nämlich keine Nazisse, sondern nur die Tochter eines Nazi, und das ist, nach allem, was ich weiß und wissen kann, das Allerschlimmste.

Aber warum wollte ich den Rest der Welt auf Jahre hinaus noch verbessern? Hielt mich nicht die Verachtung der Umstände am Leben? Meine Mitschüler, die keine Religion im Ranzen hatten, wie ich dachte, freuten sich wenigstens auf die Turnstunde, oder sie machten sich nichts daraus. Das Springen, das Hin-und-her-Rennen, das Herumgetrieben-Werden um die Trillerpfeife herum fanden die wohl nicht unnormal. Die dachten wohl, das gehört dazu, wie ihre Eltern von HJ und BDM dachten, das gehört dazu, wie sie vom Wehrdienst dachten, das gehört dazu, wie sie vom Arbeitsdienst dachten, das gehört dazu, wie sie vom Zug nach Osten dachten, das gehört dazu. Das meiste geschah ohnehin freiwillig, wie alles, was man nicht für möglich hält, was ich nicht für möglich gehalten hätte, freiwillig geschieht und geschah.

Wenn ich neben ihnen in der großen Pause auf dem Schulhof stand, bei der alten Kastanie und dem Brunnen, der später wie die Kastanie durch etwas Schönes, Neues ersetzt wurde, gingen Tina und Marina Arm in Arm auf und ab und grüßten, wenn sie an mir vorbeikamen, »Guten Morgen, Herr Pfarrer«, und verneigten sich dazu, erinnere ich mich bis heute.

Dabei hatte Tina bei der Aufnahmeprüfung selbst gesagt, sie wolle später in die Mission. Ich hatte freilich gesagt, ich wolle Pfarrer werden. Doch ich wusste nicht, was berufen heißt, und fürchtete, nicht auserwählt zu sein. Diese Angst verlor sich mit den Jahren, indem sie sich erübrigte.

So konnte ich auch nicht zwischen Schamhaftigkeit und Keuschheit unterscheiden und kann es heute noch nicht. Da der Pfarrer meine Frage nach dem Unterschied nicht beantworten konnte, beim besten Willen nicht, scheint mir heute, beriet ich mich mit Tina und Lizzy, und sie meinten, es sei ungefähr dasselbe. Die eine war sexuell begabter, die andere konnte besser rechnen. Beide haben jetzt ihren Mann.

Vor dem Fenster, das heißt: draußen die Birnbäume. Sie überragen die Apfelbäume und werden auch älter als sie. Ich sitze beim Mittagessen und esse meine Bratwurst, die Kartoffeln sind aufgewärmt. Wenn es nicht regnet oder schneit, fahre ich mit dem Fahrrad nach Meßkirch und komme mit dem Fahrrad zurück. Ab sechzehn mit der Honda. Ab achtzehn mit dem VW. Ich bin von allen Seiten gut versorgt.

Das Himmelreich, halb im Tal, halb auf einer Anhöhe, schön gelegen, wie mir scheint, lag zwanzig Minuten mit dem Fahrrad vom Schlossberg entfernt. Zwanzig Minuten Richtung Süden, dann bin ich, dann war ich in meinem Kuhdorf, denn mein Kuhdorf ist kein Kuhdorf mehr, leider. Ich lasse, ich ließ auf dem Weg ins Himmelreich Wichtlingen links liegen. Ich kam heim, aß meine Bratwurst. Dann zog ich das »Wertighäs« an, im Sommer die kurzen Lederhosen, sonst Manchester (»Manseschder«, wie man hier sagte) und irgendein kariertes Hemd und ging aufs Feld. Die Felder, auf denen ich arbeitete, die Obstbäume, die ich von der Stube aus sah: Ich kann nicht sagen, ob ich zu jedem Baum ein besonderes Verhältnis gehabt hätte. Kam erst mit den Jahren. Ich kann aber immer noch nicht sagen, dass mir die Kastanie lieber wäre als der Birnbaum, so wie ich absolut nicht sagen kann, ob ich lieber stehe oder liege.

Damals war mir der Geflammte Kardinal am liebsten. Eine Apfelsorte, die nur noch in wenigen Obstgärten am Bodensee zu finden ist. Ansonsten ist der Geflammte Kardinal auch hier vom Goldenen Delizius, der Einheitsfrucht, ersetzt. Es standen drei Geflammte Kardinal in diesem Baumgarten, aus dem man, in die Sprache der Planer übersetzt, gut und gern zehn Einfamilienwohneinheiten hätte herausschlagen können. Man müsste nur die Planierraupe kommen lassen, um Ordnung zu schaffen. Die Bäume stehen noch. Ich will sie in Schutz nehmen, solange ich kann.

Hier. Hier. Hier …

Das war die Kehrseite von Meßkirch. Hier wollte ich mit dem Spielen nicht aufhören. Vielleicht war es frühreif, dass ich das Ende des Spielens, das mit Meßkirch zusammenfiel, und den Beginn von dort als die letzte Katastrophe meines Lebens vernahm und vernahm und vernehme.

Hier

Ich sah alles von hier, wenn ich mich umsah.

Den Heuberg, die Alpen, wenn's schön war, den Hegau.

Aber hier hatte keinen Namen.

Die Geographen sagen: oberes Ablachtal. Sie sind nicht hier gewesen. Sie verteilen ihre Namen von der Karte aus. Die Bewohner von hier wissen nicht, wo das obere Ablachtal ist.

In der Schule hieß es früher, links von der Ablach ist der Heuberg. Rechts von der Ablach ist der Linzgau. So hieß es früher. Doch ich hatte keinen Heimatunterricht, weil ich nach dem Krieg geboren wurde.

Ich erfuhr in der Schule nie, wo ich zu Hause bin, wo hier ist, weil es nach einem Krieg, der schlecht ausging, keinen Heimatunterricht gab.

So musste ich mir von den Alten sagen lassen, wo ich zu Hause bin, welchen Namen hier außerdem was noch hat. Oder vom Atlas. Doch der Atlas ist für hier zu klein. Er verzeichnet die kleinen Landstriche nicht einzeln. Der Atlas verzeichnet die Donau, lieblos, und in welche Richtung sie davonfließt, an uns vorbei, ohne Namen zu nennen.

Also sagte ich bald zu Meßkirch: Das ist die Hauptstadt des Fleckviehgaus. Und zum Himmelreich sagte ich: Du liegst in Mesopotamien, genau an der Stelle, wo die Donau und der zum Bodensee ausgeuferte Rhein am engsten zusammenkamen und zusammenkommen, allein, um aneinander vorbeizufließen.

Der Atlas

Ist auch ein Gebirge. Er ist mein liebster Aufenthalt. Was wäre er ohne den Atlas. Mutter sagt, »Ich kenne ihn nur mit dem Atlas.«

Zwischen den einzelnen Gebirgszügen Platz für die Erinnerung in unbeschreiblicher Gegend.

Der Blick von oben. Kein Horizont mehr.

Ich sehe alles.

Vorerst komme ich bis auf den Heuberg. Ich war auch schon auf der Mainau. Aber ich glaube nicht, dass die Zeit vergeht. Ich könnte der Zeit Ohrfeigen geben, dass ihr Hören und Sehen verginge.

Ich muss hierbleiben. Die Briefe der Auswanderer. Das Unglück der Daheimgebliebenen.

Ich darf in Ferien nach Meßkirch, und mir wird schlecht vor »Langweil«. Heimweh heißt im Himmelreich »Langweil«. Jetzt kenne ich »Langweil«. Ich kannte sie vom Hörensagen. Großvater hatte »Langweil« in Southampton, »Durschd und Langweil«. Ich beiße ins Kopfkissen vor »Langweil«. Von der Post ins Himmelreich telefoniert. Sie sollen mich abholen. Ich weiß jetzt, was »Langweil« ist. Man holt mich ab. Im Auto streite ich mich mit meiner Schwester. Ich habe sie zwei Tage nicht gesehen. Zu Hause höre ich, Großvater habe es zweieinhalb Jahre in Saukempten aushalten müssen, und mein Vater sei siebeneinhalb Jahre in Russland gewesen. Und dich muss man schon am zweiten Tag in Meßkirch abholen. Aber ich weiß jetzt auch, was »Langweil« ist. Heimweh ist ein Wort, das ich noch nicht kenne.

Es gab

Ich sitze mit dem Trieler am Tisch, weil ich noch triele. Den Löffel kann ich schon selbst halten. Vor mir das Habermus. Alle haben einen Löffel. Alle essen damit vom Habermus. Es schmeckt. Ein Rest von früher. Ein Rest von gestern. Auch gestern gab es Habermus, weil es so gut war. Oben schwamm das Butterfett. Unten die Kratzede. Das Angebrannte, streifenweise mit dem Löffel weggekratzt, der siebente Himmel.

Es gab Habermus. Den abgeschöpften Rahm von der Rahmschüssel. Es gab Hirnle von der Frühjahrssau. Der Reihe nach Erdbeeren, Stachelbeeren, Zuckerbirnen, Frühäpfel. Es gab von allem.

Es gab Kopfweh, Fieber, Scharlach, Tod, ein Kinderspiel.

Der Flieder blühte in allen Himmelsrichtungen, angefangen hinter dem Holzschopf. Es gab den Flieder in allen fliedermöglichen Farben. Es sind nicht viele.

Für jeden, der durch die niemals geschlossene Haustür eintrat und dann an der Stube kurz klopfte, gab es zuerst einmal einen selbstgebrannten Willi.

Der Wille

Da, wo ich am größten bin, rasiert der Wille alles weg. Was übrig bleibt, ist ein Igel. Wille macht alle zwei Wochen einen Igel aus mir. Oben ein paar Wirbel. Mein Haar, mein Kopf sei widerspenstig, sagte er.

Das alles in der Zeit, bevor ich ein Gammler bin. Wenige Jahre später zähle ich für ihn zu den Gammlern. Gehe nicht mehr zum Wille. Ich sah, dass mein Haar blond war. Zu schade für Willes Besen.

Willes Bierflasche steht auf dem Waschtisch.

Wenn nur Kleine beim Wille sind, steht die Bierflasche auf dem Waschtisch. Sind Alte da, geht der Wille zwischendurch Hühner füttern, und es heißt, er sei ein Säufer. Und am schönsten sind die nackten Weiber im *Wochenend*, das da herumliegt, ich darf auch schon hineinschauen, wenn keine Frau in der Nähe ist. Und für das Wort »entehrt« bekomme ich im Himmelreich eine Ohrfeige und kann mit der Innenfläche meiner Hände meinen Igel ausfindig machen, den Wille mir gemacht hat, das ausrasierte Genick.

Gemähte Felder

Die Felder beginnen am Ortsrand, da wo heute die Umgehungsstraße und das Neubaugebiet ist. Auf dem ersten Feld steht der bald abgerissene Dreschschuppen mit seinen längst aus der Geschichte verschwundenen Maschinen.

Mit dem kleinen Traktor fahre ich gegen das hölzerne Scheunentor. Ich habe mich in der Fahrstunde verliebt. Ich habe mich im Theoretischen verliebt. Es kommt kein Liebesbrief. Auf dem Weg nach Hause Hasen überfahren. Sonntagsbraten, gutes Fleisch. Der Nachbar ist Jäger. Ich habe vergessen, dass ich verliebt bin. Es war nur ein Hase. Liegt im Kofferraum. Das Scheunentor ist ganz kaputt.

Es muss ausgebessert werden. Es heißt, ich habe keine Augen im Kopf. Abends gehe ich schwimmen.

Neben mir mein Schäferhund, eine inzüchtige Mischung. Oben die Lerchen, ganz schön zuverlässig im Sommer. Ich falle nicht vom Fahrrad.

Der Waldweiher liegt mitten im Wald. Im Waldweiher lerne ich schwimmen. Andrea stößt mich ins Wasser. Es stellt sich heraus, dass ich jetzt schwimmen kann. Ich komme aus dem Wasser. Andrea wirft mich zu Boden. Andrea möchte mich versohlen. Es stellt sich heraus, dass Andrea mich liebt.

Ich höre mein Herz schlagen.

Andrea am Ufer.

Ich kann noch nicht richtig schwimmen.

Aber der Mähdrescherstaub ist abgewaschen. Ein letzter Rest in den Augen. Die Augen sind gerötet. Das Ufer ist uneben. Brennnesseln, soweit ich sehe. Dunkles Wasser. Lachen von jungen Stimmen, durcheinander. Frösche in der Dämmerung. Morgen ist auch ein Tag.

Das Schwimmen hat müde gemacht. Strecke mich auf dem Handtuch aus. Das Gras wird nicht nass in den Hundstagsnächten.

Die roten Badehosen.

Die Brennnesseln.

Die Frösche.

Die Nachtfrau im Unterholz.

Selige Zeiten.

Morgen ist auch ein Tag.

Die süße Erinnerung an meinen
Herzschlag im Ohr

Das Fahrrad liegt im Gras. Ich höre das Gras wachsen neben mir. Die schönsten Bilder schwimmen im Wasser vor mir. Die hochfliegenden Schwalben. Die Zeichen für gutes Wetter. Zusätzlich zum Abendrot. Das Spiel war schön. Ich und meine Erinnerung, die an die Beine meiner Fußballspieler grenzt.

Die Schnecke im Gras, ihr Löwenzahngebirge. Lisl im Schneckenberg. Am Aschermittwoch ist alles vorbei. Lisl gehen Schnecken über alles, ein Armeleuteessen, vor dem sich der Landmann, der etwas sein will, ekelt. Sie fährt mit der bloßen Hand durchs Gras. Ihre Hände sind besser als ihre Augen. Schon die halbe Tiefkühltruhe ist voll.

Die Erinnerung ruft mich vom Schrottplatz. Vom Spielen zurück, die Kühe von der Weide holen, ab fünf wird gemolken.

Die Erinnerung steht bald bis zu den Hüften im Wasser. Es ist Schneckenzeit. Der Auenbach fließt langsam, steht, fließt rückwärts, haut mich um.

Die Erinnerung geht schwimmen

Fräulein Hermle hat mich für ihr Stück zum Schulfest 1965 vorgesehen. Ich soll von links nach rechts über die Bühne schreiten. Ich soll in der rechten Hand einen Luftballon und in der linken die kleine Luitgard von Boll halten, seither nie wieder gesehen. Ich soll elfjährig einen Zwölfjährigen spielen. Böse Mädchen stechen in den Luftballon. Nachher, das Herz aus Wachs, soll ich weinend auf der Bühne zusammenbrechen. Dazu soll ich auf Englisch singen *I Had A Rubber Balloon Almost As Big As The Moon* und die Größe des Mondes durch Handzeichen ausmalen. Ich verstehe kein Englisch. Ich habe eine schöne Stimme. Im Luftballon ist keine Luft. Der Luftballon platzt nicht. Ich ziehe ihn hinter mir über die Bühne. Die bösen Mädchen lachen nur. Ich könnte weinen.

Im selben Jahr soll ich von der ersten Reihe des Martinssaales aus ein Liebeslied aus dem Wilden Westen singen, ein Lied *Oh My Sal She Am A Maiden Fair* von einem, der auch kein Englisch kann, und bin noch ein Hillbillie und werde es ein Leben lang bleiben: Einmal auf der Welt. Und dann so. Ich glaube, die haben ihren Spaß mit mir, und bald verloren wir uns alle aus den Augen.

Ich möchte zurück in den Kindergarten.

Schwester Maria Radigundis hat mich in die Welt geschickt, das Gipshändchen ist nur eine kleine Erinnerung. Die Erinnerung ist ein großer Bogen. Großer Bogen, kleine Erinnerung.

Claudia steht an der Lehrerzimmertür. Fräulein Hermle hat ihre Tasche vergessen. Claudia ist eines von den bösen Mädchen. Sie verlangt Fräulein Hermle. Kippenberger sieht, dass die Hermle warme Unterhosen trägt. Auch das Gebiss ist in der Tasche. Zur Strafe darf Claudia das böse Mädchen nicht spielen.

Dieser Fratz ist für mich gestorben, denkt sie.

Die Hermle wechselt das Gebiss. Ich soll lauter singen und Richtung Mond schauen, sagt sie.

Der Schmerz ist einsilbig. Ich bin lieber bei meinen Schweinen als bei meinen Mitschülern.

Der Eintagsschmerz

Schmerz, der neben dem Atem verläuft.

Ich gehe tiefer in den Wald. Da ist Großmutter in ein Fuchs-loch gefallen. Großvater zieht sie aus dem Fuchsloch heraus. Sie hat sich nichts gebrochen. Ich weine. Das Pflanzensetzen geht weiter. Ich höre auf zu weinen. Es tat nicht weh. Es schmerzte mich das Zahnweh, und mein Schmerz war dein Schmerz, mein Muttertier.

Vom Fahrrad fallen tat weh. Auf den flachen Bauch fallen, mit dem Lenker dazwischen, schnürte den Atem ein. Ersticken tat weh, die Angst vor dem Ersticken. Einfache Sätze taten weh: Du bleibst zu Hause.

Ich darf nicht spielen. Daraus eine Geschichte machen, das Vorderrad ist verbogen, auf dem Knie ein großes Pflaster. Keine Geschichte daraus machen, wenn ich vom Dreirad, vom Zwei-rad, vom Pferd und vom Motorrad gefallen bin. Der Schmerz verschwand. Das Wort dafür zog sich mit dem Wort süß zur Er-innerung zusammen. Das regelmäßige Ein- und Ausatmen in der Zeit zwischen dem Schmerz.

Der Drachen, der vom Himmel fiel, tat weh.

Der Drachen, der gar nicht hinaufwollte, tat weh.

Der Schulausflug, der ins Wasser fiel. Meine Küken, die ins Wasser fielen und ertranken. Die anderen, die vom Relle gefres-sen wurden, als sie schon durch den Baumgarten laufen konn-ten. Mutti passte nicht auf. Ich musste es büßen.

Die Eintagsfliegen, meine Tränen, zahllos. Ich war ein Kind, das weinte.

Das Weihwasser, mit dem Regen vermischt, tat weh. Es regnet Tränen in den Ärmel. Es war kalt und es wurde gesungen. Es war einmal. Auch der Schreiner, der den Sarg zumachte, sagte, ich solle nicht weinen.

Ich hätte nicht vom Fahrrad fallen dürfen. Aber da es geschehen ist. Auch die Uhr war kaputt. Und Luischen verlor seinen Schuh, ja, seinen, und fand ihn nicht wieder, kein Wunder.

Nur Schürfungen. Es ging noch einmal gut. Ich hinkte nur etwas, zum Spaß. Ich sei der Lustigste von allen gewesen und lachte manchmal so, dass die anderen mitlachen mussten.

In der Zwischenzeit hatte es zu schneien begonnen, ich brauchte einen neuen Schlitten, und bald war es Sommer.

Efeu auf der einen Seite des Hauses, die Wand hoch.

Oder auch die vermoosten Stummel im Baumgarten. Die Birnbäume, die Schweizerbirnen, die Saubirnen, die ausgestorben waren. Die Zuckerbirnen. Ich hätte mehr in diese Birnen beißen sollen.

Kleiner Schmerz: die Gipshand, die Hand in Gips, das Händchen, zur Erinnerung an den letzten Tag im Kindergarten. Der Teller an der Wand mit diesem verlorenen Händchen. Mein Blick zur Wand hin, mit dem Efeu auf der anderen Seite, unsichtbar.

Kleiner Schmerz:

die Namen der Kindergartenfreundinnen und dass sie vergessen sind. Meine Zusagen und dass sie nicht eingelöst wurden: heiraten, wenn ich groß bin. Ich glaube, die eine hieß Brigitte.

Der unheimlich kleine Kindergarten, gesetzt den Fall, ich müsste heute einen ganzen Nachmittag mit Schwester Maria Radigundis Ball spielen, auf zehn zählen und einen schönen Himmel malen.

Es ist kalt und es regnet. Es ist so kalt, dass aus dem Regen Schnee wird. Außer dem Wind hört man nichts. Es folgt die Stille der Schneeflocken.

Kleiner Schmerz: dass es diese Gegend war, wo es so kalt war. Der Heuberg ist weiß vor Schnee.

Es muss selbst wissen, wie es einen Witz erzählt, hieß es vom Kind. Mit dem Teppichklopfer wird mir das Paradies ausgetrieben, nach und nach, mit dem Kochlöffel, bis er bricht.

Lisl zeigt sich am Fenster

Ich sehe nicht, was Lisl sieht. Ich sehe das Foto.

Von ihrer schönen Haut bleibt nur ein so und so gefärbtes Stück Papier. Aus demselben Stück Papier ist auch noch ihr schönes Kleid gemacht. Ihr blondes Haar, ein Stück Zellophan. Ich weiß nicht, woraus Bilder sind.

Ich nehme an, sie sieht jemanden vorbeifahren. Die Neugier treibt sie bei jedem vorbeifahrenden Auto ans Fenster, heißt es von ihr.

Ich sitze in der Stube. Eine Maus schlittert über den Parkettboden. In der Küche zanken sich meine Schwestern beim Abwaschen. Lore kommt mit dem Fahrrad. Es gibt nichts Neues. Es gibt ein Obstwasser auch für die Stromableserin, die unangemeldet hereinkommt, gleich nach dem Mittagessen. Das Geschirr ist schon gewaschen. Das Gezänk in der Küche hört auf.

Mutter kommt mit dem Besen in die Stube und vertreibt mich. Die vordere Stube ist noch nicht geputzt. Der Streit geht weiter. Ich gehe vors Haus. Setze mich vor die Hauswand. Die Sonne scheint.

Bald ist es Sonntag. Fritz fotografiert Lisl nur am Sonntag. Nur am Sonntag wird fotografiert, darum. Nur am Sonntag hat Lisl ihr schönes Kleid an, Sonntagskleid, darum. Lisl streicht mit der rechten Hand über ihr Sonntagskleid und sitzt auf der Bank vor dem Haus und wartet darauf, dass jemand kommt.

Sonntagnachmittag. Es gibt niemanden, der mit mir spielt, und in meinem Kopf vielleicht schon der Gedanke, dass ich sterblich bin, über den ich nie hinauskam.

Die Soldaten machen Sauerei,
überall wo sie hinkommen

Lore sieht die Panzer als Erste aus Richtung Sentenhart kommen. Sie fährt mit dem Fahrrad ins Oberdorf. Sie hat kein Telefon, sonst wäre sie noch schneller. Der erste Panzer hält an und fragt Gret nach dem Weg zum Hennenbühl. Sie kennt die Panzer aus der Wochenschau. Lore weint in die Schürze beim Zwiebelschneiden. Sie möchte nicht mehr leben. Der Panzer ist nur ein Jeep. Lore sagt dem Panzer, er sei schon zu weit gefahren. Der Hennenbühl liege in die andere Richtung. Sie könne mit dem Fahrrad vorausfahren.

Der Franzosenwald heißt Franzosenwald, weil die Franzosen den Franzosenwald abgeholzt haben und den Franzosenwald vom Sentenharter Bahnhof aus nach Frankreich transportiert haben.

Die Franzosen kommen mit roten Hosen von Sauldorf her. Der Storch bringt die Butzele. Die Franzosen sehen, dass das Himmelreich voll ist von weißen Lappen. Das Himmelreich will nichts anderes mehr als Frieden. Die Franzosen beschlagnahmen das Himmelreich und seine Bewohner. Schwarzmexen bei Todesstrafe verboten. Die Franzosen schnüffeln selbst im Schlafzimmer nach halben Sauen. Vor dem Schulhaus hängt die Trikolore. Gerda und die anderen verstehen kein Französisch. Sie grüßt die Trikolore im Vorbeigehen. Nickt mit dem Kopf, sie hat ein Doppelkinn. Fährt sie mit dem Fahrrad, steigt sie vom Fahrrad ab. Ihr Fahrrad wurde nicht beschlagnahmt. Sie zeigt dem Franzosen den Weg, mit der Hand, mit beiden Händen, und sagt etwas Unverständliches.

Die Tulpen blühen noch immer. Es ist Mitte Mai. Vorher wusste sie nicht so viel von den Franzosen. Die Franzosen haben doch keine Neger mitgebracht ins Himmelreich. Gerda kennt Neger nur vom Hörensagen und als Krippenfigur. Die Hunnen waren auch schon da. Die Hunnen kamen mit ihren kleinen Pferden auch ins Himmelreich. Sie verloren ihre Hufe am Himmelreich vorbei. Einige davon hängen neben den Stalltürchen und bringen Glück, nach unten hin offen. Ich weiß alles nur vom Hörensagen.

Die Franzosen kamen ohne Neger an. Friedrich der Staufer kam mit seinen Elefanten und Papageien bis ins Nachbardorf Rast, ist nämlich ein Rastplatz für den Kaiser gewesen. Das muss man wissen. Napoleon kam bis in die Nähe von Meßkirch. Mein Mößkirch kam so auf den Triumphbogen. In den Sumpfwiesen bei Meßkirch, damals noch Mößkirch, gab es eine Schlacht und Tote. Die Ablach entlang fiel einer nach dem anderen vom Pferd und blieb liegen.

Der Franzose mit den roten Hosen. Gerda auf dem Weg in den siebenten Himmel. Sie fährt mit ihm Richtung Franzosenwald. Es könnte sein, dass sie ihn liebt. Vor einer Woche erst hat Gerda ein großes weißes Tuch an die Fahnenstange neben der Haustür gehängt. Gerda hat das Weiße aus der alten Fahne herausgeschnitten. So was verbrennt man doch nicht. Der Rest für Putzlappen. Gerda ist eine gute Schneiderin. Es mag sein, dass sie sonst etwas beschränkt ist. Fahrrad flicken kann sie auch.

Gerda hat den Franzosen zum Essen geladen. Das Fett schwimmt auf der Suppe. Dem Franzosen schmeckt es nicht. Sie soll Schnecken suchen gehen. Er macht ein Schneckenzeichen auf den Tisch. Sie versteht schon etwas Französisch. Ich sehe, wie sich der Franzose Gerda auf den Schoß setzt. Sie ist allein in der Küche. Weint in die Zwiebeln. Lore schaut durchs Schlüsselloch und riecht die scharfen Zwiebeln. Sie hat eine gute Nase. Ich sehe Lores Waden. Sie sind etwas zerkratzt. Viel Arbeit auf dem Feld. Lore sagt mir, sie habe noch nie eine Schnecke oder einen Froschschenkel im Mund gehabt.

Gerda hat von einem Franzosen ein Kind bekommen. Sepp kehrt als Großvater aus Russland zurück.

Auf der Haustreppe bekommt Gerda eine Ohrfeige von ihm. Er geht ins Haus und nimmt das Butzele aus dem Kratten. Gerda weint noch. Sepp hat an der Westfront angefangen. Wäre er zu Hause geblieben, wäre das nicht passiert, denkt er vielleicht. Auch das Kleine weint jetzt.

Kaum zwanzig Jahre später: Morgen ist Manöverball.

Nebenan sind die Zimmerleute auf dem Dach. »Man muss beim Bauen auch ans Abreißen denken«, sagt einer auf Hochdeutsch.

Lore hat nur ihren Soldaten im Kopf. Sie will nicht auf den Manöverball. Sie weiß nicht, dass die Hunnen hier waren. Gerda weiß es auch nicht. Pfarrer Strittmatter verlangt von Lores Mutter, dass Lore sich nicht mehr mit ihren Soldaten trifft. Der Kommandant holt sie mit dem Jeep ab. Sie fahren in den Franzosenwald. Strittmatter kann nur mit dem Fegfeuer drohen. Lore weint von selbst. Ihr Kommandant wird in die Kaserne zurückfahren. Die Soldaten sind nur noch einen Tag da. Lore hat gelesen, dass das Herz brennt.

Der Ortspolizist verkündet, dass das Manöver in zwei Wochen vorbei ist.

Zuerst das Manöver. Dann der Manöverschaden. Zum Manöverschaden kommt die Berechnung des Manöverschadens. Der Bauer geht aufs Rathaus, und für seine plattgewalzten Äcker bekommt er gutes Geld. Lore sagt zum ersten Mal in ihrem Leben »Mein Herz ist gebrochen« auf Hochdeutsch. Sie ist vom Heustock gefallen und hat sich das Bein nur verstaucht. Im Futtergang liegt Heu. Lore fällt sanft und kann von selbst aufstehn. Der Ortspolizist schellt die neuesten Nachrichten aus. Er geht von Haus zu Haus und verkündigt, dass die Manöverschäden erstattet werden.

Lore steht auf dem Acker, Kartoffeln aushacken. Die Panzer haben ihre Kartoffeln in Ruhe gelassen. Sie sind auch noch gar nicht reif. Ich könnte weinen, aber ich weine nicht, weint Lore in ihr Taschentuch.

Was verstehst du von Frauen, sagt mein Schatz zu mir, will von mir nichts wissen.

Die Soldaten machen nur Sauerei, überall wo sie hinkommen. Lores Mutter schätzt den Schaden ab, sie ist alt genug.

Die Hunnen hatten ihre kleinen Pferde. Die Franzosen ihre roten Hosen. Der Franzosenwald ist schon wieder so weit gewachsen, dass sich die Panzer aus Sigmaringen für die Zeit des Manövers in ihm verstecken können. Es regnet. Ich kann den Schlamm und den Dreck von den militärischen Objekten nicht unterscheiden. Der Manöverball ist im Löwen. Die alten Weiber schauen aus den Fenstern. Lore und Luischen gehen zwei und zwei das Dorf hinunter. Sie tragen einen Minirock und verschwinden im Löwen. Ich, draußen, warte, bis die Musik beginnt. Ich verstehe nichts von Liebe. Ich habe gehört, dass Lore die Bekanntschaft mit einem Soldaten aus Sigmaringen gemacht hat und von ihm zum Manöverball geladen wurde. Auf dem Manöverball kann sie ihn lieben, im Stehn. Ich sehe zum ersten Mal einen General in meinem Leben. Auch er verschwindet im Löwen. Man hat mir gesagt, dass es sich um einen General handelt. Lore kann nicht glauben, dass die Soldaten morgen nicht mehr da sein sollen. Sie kann sich ihr Leben ohne Soldaten nicht vorstellen. Gerda bleibt auf und wartet, bis Lore vom Manöverball nach Hause kommt. Sepp würde ihr eine Ohrfeige geben, käme sie heim. Aber Sepp lebt nicht mehr.

Ich höre sie *O du schöner Westerwald* singen. Draußen vor der Tür bei der Viehwaage zwischen den zwei Kastanien mit den anderen, die dafür noch zu jung sind, als stünden wir vor dem Leben.

Bald ist Richtfest. Der Zimmermann spricht hoch oben von einem langen Leben.

»Man muss beim Bauen auch ans Abreißen denken«, sagt noch ein anderer der Flüchtlinge.

Zeitvertreib

Die kleine Dreckig spielt mit den Italienern Karten. Wenn sie merken, dass die Dreckig sie betrügt, bricht sie das Spiel ab und nennt die Italiener Ganoven und Weibsbilder. Nach einer Weile kommt sie wieder aus der Küche. Die Italiener haben »Weibsbilder« nicht verstanden. Sie setzt sich auf den Schoß von Gigi. Das geht nur, weil sonst keine Weibsbilder im Lokal sind. Die Dreckig will Siebzehn und vier spielen. Die Italiener wollen nicht. Sie streckt die Zunge heraus und geht in die Küche. Nach einer Weile kommt sie wieder und läuft zur Musikbox. Sie will eine Mark von Gigi. Gigi will die Egerländer nicht hören. Sie sagt:»Wenn die nicht spielen können, dann verstehe ich nichts von Musik. Die Italiener verstehen nichts von Musik«, plärrt sie durchs Lokal. Sie wirft einen Hausschuh in Richtung Stammtisch. Die Dreckig will Geld für den Zigarettenautomaten. Sie greift in ihre Mantelschürze und findet kein Kleingeld.»Sie ist geil wie Nachbars Lumpi«, flüstert Krössing, der Flüchtling. Wer geht mit ihr nach oben? Die Dreckig geht voraus. Sie lässt die Rollläden runter. Sie macht es mit der Hand. Von draußen sieht man, dass sie am helllichten Tag die Rollläden runtergelassen hat. Die Dreckig ist evangelisch. Sie ist erst seit kurzem hier. Die Gesundheitspolizei entfernt das Schild Gutbürgerliche Küche. Auch offenes Bier verboten. Nur noch Flaschenbier und kalte Platte. Die Dreckig hat Zulauf. Und weil sie hochdeutsch spricht und keiner weiß, woher sie kommt, sagt man,»die Dreckig ist auch ein Flüchtling«. Nur Lumpenziefer um sie herum. Rese heißt sie, mit Pferdeschwanz. Die Italiener bleiben bald weg.

Gigi ruft ihr »Tomate« nach, wenn er an ihrem Lokal vorbeifährt. Jetzt kommen die Leute von der Hochspannungsleitung, die schon Hitler gebaut hat. Sie wird neu gestrichen. Sonst hat die Dreckig wenig Zulauf. Kein Wunder, sie wohnt auch etwas außerhalb.

In Pfullendorf lebte sie auch schon. Dort hieß sie nur »Die Stadtmatratz«.

Die Dreckig hat einen halben Zentner abgenommen. Wer an der Bahnhofswirtschaft vorbeifährt und die Dreckig da auf der Treppe sitzen sieht, denkt: Mein Gott!

Dr. Biesele sagt ihr: »Sie leben zu gut! Sie sollten etwas für Ihre Gesundheit tun!« Weil keiner merkte, dass sie einen halben Zentner abgenommen hat, will sie nicht mehr abnehmen. Wenigstens so lange nicht, wie sie in Sentenhart ist.

Die Dreckig sagt, Sentenhart, die ganze Gegend sei das Langweiligste, was man sich vorstellen könne, und nimmt ein Langnese Cornetto aus der Tiefkühltruhe. Sie sei die längste Zeit hier gewesen.

»Jetzt gehe ich zu meinen Kaninchen«, sagt sie.

Ans Haus angebaut der Hasenstall. Die Dreckig mit dem Saukübel auf dem Weg zu den Kaninchen. Sie öffnet den Verschlag und wirft den Küchenabfall in den Hasenstall. Sie kehrt wortlos ins Lokal zurück und verdreht die Augen. Gigi ist mit seinem Simca vorbeigefahren und hat nicht einmal gehupt. Stöhnt sie, ist es die Hitze.

Sie mache nichts aus ihrem Typ, behauptet ihre Schwester. Die Dreckig fährt ihr übers Maul, »Schlampe«, flucht sie durch die Durchreiche.

Wenn nichts los ist, sitzt sie auf der Treppe vor der Wirtschaft und wartet, bis etwas los ist.

Ich sehe die Dreckig auf der Treppe sitzen. Sie kennt mich nur vom Vorbeigehn. Sie ruft mich und verlangt eine Zigarette. Ich sage, »Ich rauche nicht«. »Tomate«, ruft sie mir nach. »Manche leben wie ein Tier«, sagt Strittmatter. Die Dreckig kommt sonntags nicht in die Kirche, bleibt im Bett liegen, ist evangelisch, hat keinen Gott, will weg von hier, denkt an ein Lokal in einem Garnisonsort, Stetten am Kalten Markt, zum Beispiel.

Für Sterben sagt sie »das letzte Mal scheißen«.

Die Dreckig ist nicht von hier. Sie hat die Bahnhofswirtschaft in Sentenhart gemietet. Nachts rennt sie ihren Italienern nach, bis auf die Straße, und ruft ihnen »Ich will meine zwanzich Mark« hinterher.

Wenn sie zumachen muss, geht sie anderswohin.

Sie hat schon verschiedene Bahnhofswirtschaften in der Gegend gehabt. So eine kann sich überall einleben, sagt man im Rosengarten.

Caro

wird auf der Straße angefahren, und Lisl sagt: »Kakaopulver. Wie kann man einen Hund nur so taufen«, und ich weine. Lisl, die bei der Herrschaft in der Stadt gewesen ist, bringt von dort das Wort »herzzerreißend« mit.

Der Alteisenhändler hat Caro von anderswo mitgebracht. Er kommt zweimal im Jahr und hat immer etwas anderes dabei. Ist ein Zigeuner oder lebt nur so. Zigeuner ist ein Schimpfwort. Es gibt auch richtige Zigeuner. Die kommen auch zweimal im Jahr.

Der Alteisenhändler hat keinen Namen außer diesem. Der Lumpenmann und der Scherenschleifer, die haben ja auch keinen Namen. Ich sage »Du, Alteisenhändler« zu ihm. Ich sehe den Hund und sage »Wawitt de fir?«.

Er fragt nach alten Schränken, Truhen, Rossstiefeln, Rosssätteln. »So Lumbezeig«, sagt er, ob wir so altes Lumbezeig noch hätten. Großvater sagt »Des ald Zeig hommer scho lang vebrenndt. Aber en alte Schlitte honder no«, behauptet der Alteisenhändler. »De sell gemmer it här«, behauptet mein Großvater. Behauptet, ich wolle im Winter Schlitten fahren.

Der Schlitten wird vom Dachboden geholt. Der Alteisenhändler nimmt ihn unter den Arm und tut ihn zu seinen anderen Sachen. Er gibt mir den Hund dafür und sagt, er heiße Caro.

Strittmatter ist auch gestorben

Mein lieber Pfarrer konnte mir die Dreieinigkeit auch nicht erklären. Und nun ist er tot. Er sagte immer: »Dafür bist du noch zu klein.«

Und nun ist er tot und fehlt.

Das Jahr über sprach Strittmatter die Armen selig. Die Verfolgten und die Unmündigen, selbst die Einfältigen, von denen mir bis dahin ganz wenige begegnet sind.

So kommt ein Satz zum andern und ach, diese Gegensätze.

Er sagte: »Du hast einen guten Schutzengel. Sei dankbar, dass du so viel mitbekommen hast.« Und solche Sätze. Er zeigte dazu immer nach oben, wo der Himmel war, der Himmel über dem Himmelreich.

Die Italiener ziehen im Pfarrhaus ein. Sie sind alle katholisch. Der eine kommt sogar in die Kirche, kann aber nicht mitbeten.

Die Italiener werden aus dem Pfarrhaus geworfen, weil sie keine Vorhänge haben und nachts in so kleinen Unterhosen durchs Zimmer laufen, wie man sie in diesem Dorf noch nie gesehen hat.

Und

Diese Gastarbeiter, die Ärsche wie Weiber haben und für die Verhältnisse im Himmelreich ungewöhnlich stark mit dem Hinterteil wackeln.

Die schönen Italiener. Abgezogen die Italiener, die nicht schön sind. Einen Schönheitsfehler haben die schönen Italiener. Sie sehen alle gleich aus. Sie spucken auf dem Boden herum, kratzen an ihren Schwänzen. Auch das ist neu im Himmelreich. Einerseits ekelt sich die Landjugend vor ihren Italienern. Andererseits kann sie nicht mit ihnen sprechen. Die Italiener sind nicht zum Sprechen da. Ihre spitzen Schuhe am Sonntag. Ihre Goldkettchen, ihre schönen Augen, die sie meinen Freundinnen machen.

Die kurzlebigen Erinnerungen meiner Freundinnen.

Die kurzatmigen Italiener. Abends spielen sie Federball mit ihnen. Ich stehe im Abseits. Spielen, nicht sprechen. Meine Freundinnen sagen mir, es ist bei ihnen alles ganz gleich, andererseits aber auch ganz anders. Spielen, nicht sprechen.

Die Italiener sind fort.

Eine langweilige Familie zieht ins Pfarrhaus ein, mit ihren Kindern und Regenschirmen.

Auswandern

Das Bild habe ich mir erklären lassen.

Vorne noch die Ecke des jetzt abgerissenen Bahnhofs.

»An der Ecke Fritzle«, sagten die Älteren zu ihm. Kurze Zeit später ins Loch der Ehre gefallen. Ach ja, denk mal, ich erinnere mich an ihn, war immer ein lustiger Kerl. Das Einzige, was ich noch weiß von ihm. »Wie war er lustig?«, frage ich. Ich lese in meinem ersten Brief aus Patagonien.

»Auch der Gesangsverein ist auf dem Bild. Er sang Nun ade du mein lieb Heimatland und blieb zurück. Der Zug kam aus Richtung Meßkirch. Ich bin eingestiegen, und die Lokomotive ist ganz langsam mit mir davongefahren. Erst als der Zug im Wald verschwand, fuhr er mit einer normalen Geschwindigkeit. Auch noch gepfiffen hat er, ganz lang. Dann werden sie heimgegangen sein. Huim heißt das, glaube ich, in unserer Sprache.«

Bald darauf wird mir die Fotografie geschickt. Sie hängt seither hier an der Wand. Vor dem Küchenfenster halb Patagonien.

Lisl erinnert sich. »Me hond alle nebenenand gwadet. Sischd ganz ribig xai, wommer de Zugg hond sie kumme vu Meskérch här. No ischder eigschdigge. D'Gsangverei hot Nun ade du mein lieb Heimatland gsunge. No isches ganz ribig worre. Ahls hot gwungke und gschraue uff Widdrsähn. Wo de Zugg in Wald neigfahre ischd, hommer no im Rauch noglueged, bimmern nimme gsie hond. No simmer huim.« So Lisl.

Zu Fuß nach Hause, großer Schmerz.

»Ich habe fast alles vergessen und erinnere mich nur noch, dass ich weggefahren bin«, sagt der Auswanderer.

Lisl wollte früher einmal auswandern. Hat es aber aus Gründen, die ich nicht kenne, nicht so weit gebracht. Was sie für Gründe hatte, an Auswanderung zu denken, worin sich ihre Gründe von meinen Gründen unterschieden, weiß ich nicht. Früher sollen viele aus Liebeskummer ausgewandert sein.

Sie hätte aber einen Pass haben müssen.

Auf dem Foto steht das halbe Dorf.

Die Einzelheiten sind entsprechend klein. Die mit den kleinen Einzelheiten verbundenen Namen und Umstände. Die Tränen in den Augen der Davonfahrenden. Diese auf dem Bild nicht auszumachenden Tränen. Das Bild ist schwarzweiß.

Lisl steht als Kind dabei. Ich erkenne sie. Hat keine Blumen in der Hand. Nicht einmal ein Sträußchen. Auch nicht die Andeutung von Blumen auf dem Bild. Der kleinteilige Schmerz belässt es bei der Erinnerung und den Jahren, die vergangen sind.

Die Auswanderungsgeschichten, mit denen ich groß geworden bin.

Angefangen mit meinem Onkel, der in Giseh hängenblieb und nur als halber Mensch zurückkehrte.

Angefangen mit dem Onkel, der das grobschlächtige Patagonien nicht mehr verlassen will und von seinem Küchenfenster aus die Anden überblickt, das herrliche Patagonien.

Angefangen mit meinen Onkeln, die wie andere Onkel im Osten hängenblieben, weiß Gott wo gefallen sind und liegen bleiben (geteilter Schmerz, doppelter Schmerz).

Ausgewandert. Die Welt hat sich als rund herausgestellt, diese Angeberin.

Der teure Krieger ruht fern der Heimat.

Das Kriegerdenkmal ist ein Ersatzgrabstein.

Das Kriegerdenkmal ist ein Erzengel. Mehr als ein Engel.

Von den Daheimgebliebenen ein Erzengel und ein Schreiben vom Vaterland.

Der Heuberg, der meiner
Traurigkeit entgegenkam

Wenn es Traurigkeit war, was es war.

Seine Wälder, mein Meer, meine Wellen. Wenn du kannst, fließ zurück. Du kannst nicht.

Das ist der Roggen, höher als der Weizen. Das ist der Weizen, blond, und später als die Gerste mit ihren Spelzen. Ist der Weizen blond, das ist der Sommer. Der Sommerwind, zwischen den Halmen hin und her. Der Himmel die Hauptperson mit ihrem Wind und ihren Wolken.

Der Abendfriede, das Abendrot. Dem Abendrot folgt das Abendgrau. Die Kinder gehen zu Bett. Die Nachtfrau kann kommen.

Ich darf auf den Kirbemarkt, wenn ich brav bin bis dahin. Ich bekomme ein kleines Lebkuchenherz, das ich essen kann und das mir nicht schmeckt. Ich lasse es angeknabbert liegen. Es kann hart werden. Mäusefutter. Nächstes Jahr möchte ich etwas anderes.

Das Kind geht ungern ins Bett. Das Kind steht ungern auf. Es muss geweckt werden. Man stellt ihm einen Wecker neben das Bett. Wenn es brav ist, darf es in den Ferien liegen bleiben, solang es will. Aber dann wird es geweckt, und es heißt: Du hast jetzt genug geschlafen. Geh aufs Feld. Dort fährt es mit dem Traktor auf und ab. Der Heuberg kommt ihm auf halbem Weg entgegen, was sage ich: seine Traurigkeit. Was sage ich: seine grauen Wolken. Das Wetter kommt vom Westen. Ist es da, kann es regnen. Dann fahre ich nach Hause, damit das Futter nicht nass wird.

Ich kann in die Stube. Meinen Atlas überfliegen. Hier bleiben. Den Heuberg überfliegen, vom Fenster aus. Die Augen sind
scharf. Was zählt, weiß ich nicht.

Mein Blick auf altes Eisen

Ich sehe kein Land mehr. Nicht mehr klarzumachen. Im nächsten Dorf ist alles, aber auch alles ganz, aber auch ganz anders. Angefangen mit der Sprache.

In den guten Jahren, die auf die schlechte Zeit folgten, war alles möglich auf dem Land.

Und außerdem standen da nun auch noch überall Mengele-Landmaschinen mitten in den Feldern ihrer unaussprechlichen Erinnerung.

Was krumm war, sollte gerade werden. Es wurde begradigt. Zuerst war es der Dorfbach, der begradigt wurde. Er kam unter Verschluss. Wegen der Ratten, hieß es. Dann die Straße. Sie bekam einen Namen. Seither kann man auf einem Schild lesen, wie die Straße heißt, die bis dahin die Straße hieß.

Ernstle bekam Geld vom Straßenbauamt, damit er sein Fachwerkhaus abreißen ließ.

Es stand, vom Straßenbauamt aus gesehen, in einer Kurve.

Unser Friedhof ist ein kleines Dreieck. Seine alten Linden stehen noch. Unser Friedhof liegt auf dem Sandbühl. Seine Grabsteine stehen wie Soldaten, in Reih und Glied. Sie sind glatt und glitschig. Einige sind vermoost. Für die Autos gibt es jetzt einen Parkplatz. Für den Abfall eine Müllhalde, für die Gießkannen einen Wasserhahn. Für Strittmatters Nachfolger einen Umkleideraum. Für die Toten zwei Leichenkammern. Für die Leichenhalle elektrischen Strom. Für die Trauergäste ein Vordach, damit sie nicht nass werden, wenn's regnet.

Friedhofszeiten. Vielleicht einmal eine spätere Erfindung, ich weiß schon.

Das Land, ausbleibend. Sonntagsvergnügen, von denen ich nichts verstehe.

Fritz wirkt lächerlich klein auf seinem kleinen Traktor. Fritz hat nichts mehr zu sagen. Seine Felder sind lächerlich klein. Sie grenzen ans Neubaugebiet. Aber er hat sich noch nicht auffressen lassen.

Das Land ist billig. Leute haben angesiedelt, die Dippel, der Bürgermeister, hierhergelockt hat, weil es hier billiger ist als anderswo.

Der Landmann ist auf dem Feld geblieben und ein Fremdwort geworden.

Das Kind hat vergessen, was es fragen wollte. Der Lehrer weiß nicht mehr, was er erklären soll.

Nicht mitgereist?

(Frage an Eichendorff)

Junger Mann zum Mitreisen gesucht, lese ich auf dem Rummelplatz. Ich hätte mitreisen können und Chipsverteiler bei den Boxautos werden.

»Habt ihr die Schnauze voll?« (Die Ansagerin beim Superkarussell.)

»Wollt ihr noch einen drauf?« (Dieselbe Ansagerin, ordinäres Mikrophon.)

»Soll ich die Sau rauslassen?« Sie lässt die Sau raus, auf alle Arten, mit denen man durch ein auf Hochtouren gedrehtes Karussell die Sau rauslassen kann.

Nachher der Schwindel. Die gebrannten Mandeln. Das Magenbrot.

Eine Schiffschaukel steht verloren mit Glocke und Bremsblock. Der Schiffschaukelbesitzer steht daneben. Vielleicht ist es auch nur ein mitreisender junger Mann. Vielleicht ist er der Freund der Schiffschaukelbesitzerin, die gerade Zuckerwatte holen geht.

Die alte Schiffschaukel mit ihren fünf Gondeln und ihren fünf Bremsklötzen. Vor der Schaukel der junge Mann, zum Mitreisen gesucht, der zu Hause gebliebene, zum Mitreisen gesuchte junge Mann. Er ist unsicher, ob er eine Runde schiffschaukeln soll. Die schnell wechselnden Beleuchtungen. Farbiges Licht. So schnell, dass die Farbe des Lichts auf ihn abfärbt und an ihm hängen bleibt.

Ich verstecke mich hinter dem jungen Mann, der vor mir

vor der Schiffschaukel steht. Er steht da, breitbeinig, und sieht, wie einer nicht hochkommt. Er hat die mittlere Schiffschaukel gemietet, die für den Umschwung. Er lacht, dass er nicht hochkommt mit dem Lederriemen um den Bauch, überflüssig. Schon greift der junge mitreisende Mann, möglicherweise der Schiffschaukelbesitzer, zur Glocke. Es ist bald sechs. Ich sollte schon längst im Stall sein. Es ist schon dunkel. Es ist bald Ende Oktober. Es ist Kirbemarkt. Er hat den Umschwung nicht geschafft. Er verlässt die Schiffschaukel und geht weiter. Hinter seinem Rücken wird weitergelacht. Er soll etwas anderes versuchen. Er gehört nicht in eine Schiffschaukel. Nicht einmal richtig Kaugummi kauen kann er.

Die Schießbudenfiguren, die tätowierten Arme, die sich in die Haare geraten, auch nur wegen so einer Schießbudenfigur. Die Schiffschaukelmusik versandet.

Die Boxautomusik nebenan. Ich will ins silberne, soll schneller sein. Der mitreisende junge Mann springt von Boxauto zu Boxauto. Heute ist er in Meßkirch.

Hält sich an der Stange fest. Die Hände sind groß. Das Gesicht ist fremd, großenteils Kaugummi, die Ecken sind tätowiert. Die Mädchen verdrehen die Augen.

Sonst passiert nichts.

Ich müsste längst im Stall sein.

Ein Rest gebrannter Mandeln für den Feierabend.

Kleiner Schmerz

»Mich schmerzte mein Wehwehchen, und dich schmerzte mein Schmerz, Großmutter.«

Kleiner Schmerz, als er noch einen Sinn hatte.

Der Zahnarzt macht dich gesund. Der Zahnarzt macht dir einen schönen Mund.

Die Bettflasche macht das Bett warm. Kalter Kaffee macht schön. Fetter Speck macht groß und stark. Kraft-Käse gibt Kraft. Liebe macht krank. Der Krug geht zum Brunnen, wo er bricht. Ewig währt am längsten.

Die Beliebigkeit der Erinnerungen und ihre Logik, die weiterhin als du lebst noch, in dieser Kette also, erscheint. Wenn die Erzählung stockt, ist es die Erinnerung.

Ich habe keine Angst vor der Nachtfrau mehr

Früher genügte es, wenn man mir sagte: Die Nachtfrau kommt, und ich blieb zu Hause, wenn es dunkel war. Nachts war's die Nachtfrau, tagsüber der böse Onkel, früher. Früher hörte ich schon Geschichten von früher, und ich fragte Großvater: »Wann war das, früher?«

Längst ist die Nacht die schönere Seite des Tages. Ich habe nicht mehr vor dem Einschlafen im dunklen Zimmer Angst.

Kein Mut des Seefahrers. Ich komme vom Land.

Was ist das: der Mut der Seefahrer, das Einsteigen in Richtung Westen und dann an einer Ostküste ankommen? Über die Oberfläche des Meeres. Ist es nur der Ausfall der Angst? Der Ausfall meiner Angst?

Über den Mut vergangener Zeiten kann ich nur staunen. Sie haben in die Höhe gebaut, und wenn es von oben herunterfiel, haben sie von vorne angefangen.

Sie haben immer von vorne angefangen. Sie haben nie etwas Fertiges gesehen. Aber sie haben den Plan gemacht und haben angefangen damit. Das war im Mittelalter. Doch ich möchte am liebsten im Bett liegen bleiben. Nicht aufstehn, wenn ich müde bin, und auch, wenn ich nicht so mutig bin wie die Starken von einst.

Ich habe keine Theorie des Glücks mehr.

Ich weiß, dass mein Glück anderswo war.

Von einigen Heiligen heißt es, sie seien gleichzeitig hier und dort gewesen.

Das war nur den größten Heiligen vorbehalten. So wurden sie auch bald heiliggesprochen. Sie hatten die Gnade der Bilokalität, wie die Theologen sagen. Die Gnade, gleichzeitig hier und dort zu sein.

Ich war hingegen überall, wo ich war, nur halb, ohne die Gnade der Bilokalität. Fertig.

Fertig kommt von Fahren. Fertig heißt fährtig, heißt zur Abfahrt bereit.

Meine kleinen und kleiner werdenden Erinnerungen, die weggezauberte Warze, zum Beispiel, die ich mit einem Kreuzzeichen und meinem festen Glauben von meiner rechten Hand weggezaubert habe, bei Vollmond. Andere behaupten, der Vollmond sei richtig, aber man müsse über die Warze pinkeln und dran glauben. Das mag ein oberschwäbisches Gerücht sein.

Die vielschichtigen Erinnerungen. Der konsekutive Schmerz.

Meine alte Großmutter, fast neunzig Jahre alt geworden, sagt immer, so weit sie zurückdenken könne, es sei fast nichts Schönes dabei gewesen. Andererseits sagt sie auch, es sei alles sehr kurz gewesen, es komme ihr so vor, wie einmal das Dorf hinauf- und hinuntergelaufen. Und die Arbeit von früh bis spät, wie vom Himmel bestimmt oder vom Lauf der Sonne bestimmt.

Das hat auch Sokrates gesagt, als er sich selbst Mut zum Abschied zusprach. Ich sage vorläufig, sie hat recht, er hat recht.

Ausgeschrieben

Der Baumgarten und sein Gras mit den Gänseblümchen im Vorfrühling waren schön. Die Kastanien, die ich im Herbst für die Rehe sammelte, sackweise, waren schön. Mein Gigi, der schon lange tot ist, war schön und kostete viele Tränen. Mein Caro, der eines schönen Sommermorgens vor der Haustür überfahren wurde, war schön und kostete viele Tränen.

Meine Küken, für die ich keine speziellen Namen hatte, waren schön. Ich hatte sie mit dem Geld aus der Haushaltskasse, über die keiner einen Überblick hatte, sodass ich ohne weiteres zwanzig Mark herausnehmen konnte, auf der Hühnerfarm geholt. Mit dem Nachbarn, dem Fahrrad, der großen Einkaufstasche. Die zehn Kleinen wurden aus dem Brutkasten genommen und in die Tasche gelegt. Dann ging's zurück. Doch die Glucke nahm die Neulinge nicht an Kindes statt an. So kamen sie alle um und starben einen vorzeitigen und unsinnigen Hühnertod. Die einen wurden der Reihe nach vom Relle im Baumgarten gefressen. Die anderen fielen ins Tränkebecken und ertranken. Die Alte passte nur auf ihre eigenen drei Kleinen auf. Ich hatte geprahlt mit meiner Glucke und ihren dreizehn Kleinen, die ausgeschlüpft seien. Doch nur drei haben überlebt und konnten Monate später geschlachtet werden, indem man ihnen den Kopf vom Leibe trennte. Doch sie waren schön.

Die Arbeit im Wald mit der Motorsäge, die meine rechte Hand verunstaltete, war schön. Die Arbeit in der Fabrik war schön. Das Auf und Ab auf den Feldern zu allen Jahreszeiten, jahrelang.

Ich selbst war schön. In der Wiege unter dem Christbaum. Unter der Bettdecke. Du warst, freilich, schön. Du und die anderen.

Das Aufstehen vom Bett war schön.

Was für ein Satz: »Ich werde dich nie verlassen.« Zumindest ein Irrtum.

Der gute Tod

(An der Friedhofsmauer im Himmelreich, gegen Abend)

Dieser Heuberg, der meiner Traurigkeit entgegenkam, wenn es Traurigkeit war.

Eine aus mehreren Gründen vergangene Welt. Einmal, weil so und so viel Zeit vergangen ist. Und dann, was mit der Zeit kam.

Ich sehe den ganzen Heuberg, in den die Mauer übergeht. Der in den Himmel übergeht.

Und die Heiligen, die auf den Gräbern stehen.

Die meisten hat man weggetragen. Man hat mir erzählt, dass früher alles voller Engel stand, dass es praktisch nur Engel gab. Mit den Jahren wurden die Engel verkleinert, erschienen zunächst im Marmorrelief. Jetzt hat es auch damit sein Ende. Man hat die Engel herausgenommen für andere Zwecke. Die kleinen dienen als Krippenfiguren, den großen hat man die Köpfe abgeschlagen. Zwei stehen noch. Man soll sie stehen lassen, meinte das Komitee von »Unser Dorf soll schöner werden«.

Mein Lieblingsengel, der kurz vor der Landung erstarrt sein muss, stand in der hintersten Reihe.

Lisl, die das Grab einer am Ende des vorigen Jahrhunderts verstorbenen Urgroßtante zu betreuen hatte, wollte es für Allerheiligen nicht mehr herrichten. Es ging ja doch keiner mehr zu diesem Grab. Und wer hätte es auch tun sollen. Dieses Grab war einfach übrig geblieben, und keiner hatte eine Erinnerung an diese Tante.

So hat Lisl den Engel einem Alteisenhändler mitgegeben und bekam dafür einen Kanister Salatöl.

Die meisten Engel sind schon vor Jahren weggeschafft worden, als ich noch nichts zu sagen hatte. Ich habe auch heute noch nichts zu sagen, doch die Leute merken, dass die Engel weg sind.

Verschwunden.

Die letzten zwei sollen unter Denkmalschutz gestellt worden sein. Die schönen Linden um den Friedhof ebenso. Die Weiber schimpfen jedes Jahr, weil das Laub so viel Sauerei macht.

Lisl hat, kurz bevor sie starb, ohne dass sie eine Ahnung davon gehabt hätte (sie lag nämlich über Nacht am anderen Morgen tot im Bett), den Steinmetz angehalten, als er gerade vorbeifuhr. Als sie am Samstagnachmittag mit dem Besen im Hof stand. Als um vier Uhr die Glocken den Sonntag einläuteten. Als er gerade vom Rosengarten kam und den Schmittenbühl hinauffahren wollte, und hat ihm gesagt, »sie well no emol en Ängl, dassrs beizeit wiss«.

Der Steinmetz sagte ihr aber sogleich, einen Engel könne er nicht mehr machen.

»D'dei Vaddr hotz doch au kenne, derr hott seiner Lebdig lang nu Ängl g'machd.« Die beiden einigten sich auf der Hausstiege, dass der Steinmetz anderswo einen Engel auftreiben solle. Falls er keinen Engel für Lisl finde, werde er einen stilisierten Engel anfertigen. Das Wort stilisiert fiel zwar nicht, der Steinmetz sagte nur: »I machs denn e so, damme muindt, dass en Ängl ischd wia uffm Graab vode Läne und ufm Griagrdengkmol«, wo er einen stilisierten St. Michael, den Ortsheiligen, gemacht hatte, und Lisl nickte, »no isches readt«. Sie wollte aber wenigstens, dass man sehen könnte, dass es sich um einen Engel handelt. Etwas genauer als auf dem Kriegerdenkmal. Der Steinmetz meinte, er würde das schon hinkriegen.

»Geischd obaachd, me zaaled, wass koschd«, rief sie ihm noch nach.

Sie wollte einen Engel mit Palmzweig.

Ich sehe, dass Lisl unzufrieden wäre mit ihrem Grabstein. Sie hat nämlich wie alle anderen anstatt des gewünschten Engels

140

ein Kreuz im Flachrelief bekommen. Einen Palmzweig, der von rechts nach links über die Worte »Gott sprach das große Amen« geschwungen ist, kann man allerdings erkennen.

Lisl hat bekommen, was am Lager war.

Als der Steinmetz nach Lisls Leicht mit dem Katalog zu Fritz kam, um ihm die lieferbaren Modelle zu zeigen, meinte Fritz: »Nimm, wa de witt, 's def bloos it meh wia dreitoused Margk koschde. D'Lisl siedts doch nimme.« Der Steinmetz, der nur noch ein Grabsteinhändler und Grabsteinlieferer war, hatte dem Fritz noch gesagt, dass die Lisl einen Engel für ihr Grab bestellen wollte. Doch im ganzen Katalog war kein Engel, und Fritz winkte ab, »Awa, sell geits au no, dees hobme heit nimme, me nimmd, wass geit. Do machemer gar kui Theadr.«

Als ihr Sarg vor der Leichenhalle stand und das halbe Dorf kam, Lisl das Weihwasser zu geben, was so viel heißt, wie an der Beerdigung teilzunehmen, konnte man wegen des Lärms die liturgischen Texte kaum verstehen. Das war auch gar nicht nötig, denn ich und die anderen kannten den Wortlaut einer katholischen Beerdigung auswendig. Es fängt an mit »Zum Paradiese mögen Engel dich begleiten«. Damit ist jeder gemeint, der schon halb im Boden liegt. Also war auch Lisl gemeint.

Eine einfache Beerdigung. Lisl war nicht im Kirchenchor. War nicht bei der Musikkapelle. Keine Kriegsteilnehmerin. Also kein gesungenes *Auferstehn wirst du,* kein *Ewige Ruh* und auch keinen *Guten Kameraden* von der Musikkapelle. Keine Predigt, keinen Lebenslauf. Das gab es nicht. Lisl wusste nicht, wie man auf evangelisch beerdigt wird, mit seinen Nachrufen, die nicht mehr ankommen.

Es war ein schöner Morgen, als Lisl langsam zu den Worten »Ich bin die Auferstehung und das Leben« am Seil hinabgelassen wurde.

Die Starfighter flogen immer bei schönem Wetter.

Auferstehung war nicht zu verstehen. Aber ich konnte mir ausdenken, was der gute Strittmatter sagte, als er zu seinem Weihwasserpinsel griff und dem Leichengräber mit einem Kopfnicken zu verstehen gab, er solle jetzt die Automatik bedienen und den Sarg im Zeitlupentempo hinablassen, als ob es für Lisl noch eine Schonfrist gegeben hätte unter der Sonne.

Der gefährlichste Augenblick der Leicht auf dem Friedhof war erreicht. War Strittmatter zu pathetisch in seinen Weihwasserbewegungen, war sein Weihwasserkreuzzeichen auf den Sarg hin zu ausufernd, klang seine Stimme, wenn sie zu hören war, zu eindeutig, wenn er Auferstehung sagte, und in Richtung Leichengräber mit dem Kopf nickte, flossen in diesem Augenblick die bis dahin zurückgehaltenen Tränen. Fritz schluchzte auf und fing sich wieder.

Die Farbfenster der neuerstellten Leichenhalle, die wie im Rosengarten so getönt waren, dass man nicht richtig hinaus-, aber auch nicht richtig hineinsah, klirrten. Die Trauergäste – oder wie soll ich sagen – hielten sich die Ohren zu und schauten nach oben. Die anderen weinten weiter. Kinder hätten geschrien, doch auf der Leicht gab es keine Kinder. Lisl ist mit Lisl ausgestorben. So dicht flog der Starfighter über die Leichenhalle, dass man auch noch den Kopf des Piloten erkennen konnte, in dem vielleicht Stroh war. Die Trauergäste zuckten zusammen. Strittmatter wartete mit seinem »Staub bist du«, dem weiteren gefährlichen Augenblick, wenn er eine Schaufel guten Himmelreicher Bodens auf dem Sarg aufklatschen ließ, der schon im Boden lag. »Staub bist du«, behauptete er mit seiner Schaufel Richtung Lisl. Das war deutlich zu hören, »doch der Herr wird dich erwecken am Jüngsten Tag«, und schwieg.

Die Trauergäste zuckten zusammen. Einige waren vom Feld zurückgekehrt und konnten sich an diese Art Lärm erinnern und nachher im Rosengarten vergleichen. Fast so laut wie damals.

Strittmatter hatte sich nicht durchgesetzt, sondern das häßliche Wort Leichenhalle. Er meinte, als die unnötige Leichenhalle fertig war (zwei Tote im Jahr), die Leute sollten jetzt Totenkapelle dazu sagen.

Ich sehe, wie ich auf Lisl zuging, um ihr das Weihwasser zu geben, als ich an der Reihe war.

Mit der linken, meiner rechten Hand griff ich zum Tannen-
reiswedel und nahm ihn aus dem Weihwasserkessel. Der Weihwasserkessel hing an einer Eisenstange, die im aufgeworfenen
Boden steckte, mit dem Lisl zugedeckt wurde, als die Leicht vorbei war. Ich tauchte den Zweig noch einmal ins Weihwasser. Das
triefende Weihwasser verteilte ich in Kreuzform über Lisl, die
schon im Boden lag. »Do leischd also«, werde ich gedacht haben.
»So goats.« Ich konnte Lisl, an die ich mich erinnern konnte, seit
ich mich erinnern kann, gut leiden.

Ich nickte noch einmal vor Lisl, wie ich nickte, wenn ich an
ihr mit dem Fahrrad vorbeifuhr, wenn sie im Garten stand, und
machte ein Kreuzeichen und wünschte ihr »Gut Nacht«.

Dann wünschte ich Fritz und den Nächsten mein herzliches
Beileid. Fritz und die Seinen stand mit einem Gesicht, das ich
nicht kannte, mit dem Kopf nach unten, sah so nicht einmal bis
zum Sarg. Im *Südkurier* stand der Satz »Von Beileidsbezeigun-
gen am Grabe bitten wir Abstand zu nehmen« wie immer.

Jeder, außer Strittmatter und seinen Ministranten, wünschte
sein Beileid und ging dann noch zum eigenen Grab, zum Fami-
liengrab. Wer zum Essen geladen war, ging in den Löwen.

Zum Ende der Leicht von Lisl wurde noch das kleine Vaterunser gebetet, »für den, der als Nächster aus unserer Mitte schei-
den wird«, stimmte Strittmatter an. In das Ave Maria stimmten
die Gläubigen von selbst ein. Dann drehte sich Strittmatter mit
seinen Ministranten um und verließ den Friedhof. Lisls Beerdigung war fertig.

Lisl ruht nun auf der linken Seite des kleinen Friedhofs. Dort,
wo die neuen Gräber sind.

Auf den letzten alten Gräbern kann ich noch »Wiedersehn«
lesen. Auf den neuen lese ich »Ruhe sanft« oder gar nichts.

Es war eines unserer Kinderspiele, auszurechnen, in welchem
Quadrat wir zu liegen kommen würden. Lisl hat nun Platz neben Leuten, die sie sich nicht ausgesucht hat. Die Plätze werden
nach Sterbedatum verteilt, heutzutage.

Auf dem Heuberg scheint die Sonne, während der Friedhof

und das ganze Himmelreich in ein dunkles Loch getaucht sind. Vergiss das neue Jahr.

Lisl ist jetzt oben.

Auf dem Schmittenbühl. Im Himmel. Auf dem Friedhof.

Man kann auch unten dafür sagen.

Der Schmittenbühl war schon mit dem Fahrrad eine harte Nuss.

»Du hast mich betört o Herr, und ich ließ mich betören.

Doch nur Spott und Hohn erntete ich für meine Liebe, und ich wollte nichts mehr von dir wissen. Sagte ich aber ›ich will nicht mehr an ihn denken‹, so brannte in meinem Herzen ein Feuer.«

Das war die Epistel am Sonntag vor meiner Abreise.

Vom Propheten Jeremia, der nicht Prophet werden wollte, und jenes unbekannte Wesen, das wir Gott nennen, zurückgewiesen hatte mit zwei kleinen Sätzen. »Ich kann ja nicht reden«, sagte er. »Ich bin ja noch zu jung«, sagte er. Aber es half alles nichts.

Ochs am Berg. Ein Kinderspiel

Ich spielte Ochs am Berg, sang vor mich hin und glaubte an Gott. Denn es war leichter, an Gott zu glauben, als an gar nichts.

Lernte Fahrrad fahren. Pfarrer spielen wie der Pfarrer auch.

Damals schon, von der Wiege weg, hat man mich auf den Arm genommen.

Wahrlich, Ochs am Berg.

Angefangen hat es als Kinderspiel: Du nimmst einen Ball in die Hand und fängst an zu zählen eins zwei drei. Die erste Runde ist die Spielrunde.

Ochs am Berg ist zuerst ein Kinderspiel.

Man steht mit dem Gesicht zur Wand und achtet schon von Anfang an, dass man nicht auf die Nase fällt.

Heute weiß ich: Das war nur für den Anfang, das war nur der Anfang, das war nur Anfang.

Du erinnerst dich noch an das Spiel, weißt aber nicht mehr, wie es geht, und musst ein Kind fragen. Es erklärt mir Ochs am Berg. Wie es geht, sei mein süßes Geheimnis.

Und an Regentagen der Versuch, unter dem Dach in die Ewigkeit vorzustoßen durch Zählen. Sich bis unendlich vorzählen, das war ein langweiliges Spiel und auch nur bei Regen, wenn nichts anderes möglich war, als im Schuppen auf das Ende des Regens zu warten. Die Katzen machten es ebenso, strichen an der Hauswand entlang und um uns herum. Nur meine Lieblingskatze hatte einen Namen, doch nicht einmal Gigi hörte auf mich. Sie verfolgte unser Zählspiel, das Ewigkeit hieß, am Rande und verschwand, ohne das Ende abzuwarten.

Ich spielte Ochs am Berg vor einem Scheunentor, auf dem haargenau mein alter Name stand, vor irgendwelchen Jahrhunderten dort angebracht im Querformat. Wenn ich vor diesem Scheunentor, das meinen Namen trug und mich nicht meinte, den Ochs am Berg zu spielen hatte, der ich war, der ich erst werden sollte, denn …

die Erinnerung ist schon fast über mich hinausgewachsen. Sie ist jetzt schon höher als unser Kirchturm und muss also, während der noch dick auf unebenem Boden steht, schon auf der Seite des Himmels, ja, ein Teil von diesem sein, dass ich hier sitze, so weit weg.

Als ich vom Friedhof zurückkam, vernahm ich einen Schmerz, und ich konnte gar nicht sagen, wo er war. Ich hätte, wenn ich hätte etwas sagen können: »überall« sagen müssen.

Und dann Dr. Schwellinger, Dr. Methfessel und der Aufbruch in Richtung Patagonien. Bis Frankfurt war es genau dieselbe Strecke, waren es dieselben Geleise, auf denen wir fuhren.

Ich bin wohl in mein Schicksal verliebt. Das ist meine Rettung. Zum Halbwegsverstehen geboren, bin ich mit der anderen Hälfte in mein Schicksal verliebt.

»'S soll kui G'schiechd drous werre«, sage ich mir.

Der verdrehte Weltschmerz hat mich ergriffen, die Flucht nach vorn. Ich muss umdenken.

Meine Art von Zukunft zwingt mich zum Umdenken. Wäre einer jener konfusen Alten geworden.

So bin ich schon einer jener konfusen Jungen.

Milder werden! (Vorgezogene Altersweisheit). Mich warm anziehen. Nicht mehr ohne Schlafanzug ins Bett.

Mit Hoffnung. Mit Schlafanzug.

Wie oft habe ich mich betrogen, wenn ich tot umfallen wollte. Ich wollte doch nur einschlafen.

Gehen kommt von Kommen,
Kommen kommt von Gehen

Sauldorf kommt von Sau, Suhle oder vom heiligen Saul. Irrendorf kommt von Irno, wie seine Einwohner behaupten. Irno soll ein Ritter gewesen sein, der zwei Feinde und zwei Frauen auf einmal konnte. Dafür hat er sich auch einen Namen gemacht bis in unsere Nachwelt hinein. Eine andere Etymologie will hingegen, dass Irrendorf mit irr zusammenhängt. Vielleicht hängt das eine mit dem anderen zusammen. Das will ich gern glauben.

Schwackenreute kommt von Svokan, einer alemannischen Gottheit. Dieser Svokan oder auch Schwokan wurde von den christlichen Missionaren, die sich von Gnaden des Schwerts in unseren Gegenden breitmachten, kaltgestellt. So folgte eine Gottheit der anderen.

Bittelschieß kommt von Bittel, ehedem Bittelo, der vor Ort schon viel geholfen haben soll in all der Vergangenheit. Dass 1420 nur das halbe Dorf verbrannt ist, wo es hätte das ganze sein können. Dass 1520 nur das halbe Dorf evangelisch geworden ist, wo es hätte das ganze sein können. Dass 1620 nur die eine Hälfte verhungert ist, während die andere Hälfte von den Schweden geviertelt, und so weiter. Dass aber alle Hexen, die es gab, wirklich verbrannt wurden. Dass es jetzt keine Hexen mehr gibt. Und so weiter aus den Taten der Heiligen, in unseren Gegenden abgebildet auf manch blutrünstigem Altar.

Hoppetenzell kommt von? – Verstehen *Sie* etwas von Etymologie?

Mindersdorf kommt von minnen und besteht daher heute noch.

Gallmannsweil kommt von geil, weil alle Männer geil sind.

Oberboshasel kommt von Oberboshasel. Keiner konnte sich darauf bisher einen Reim machen.

Name kommt von nehmen.

Haben kommt von Nehmen.

Au kommt von Aue oder von Zahnweh.

Ach kommt von Aha, althochdeutsch Wasser, oder von Kopfweh.

Lust kommt von Lassen, oberschwäbisch: »lau«.

Sein kommt von Haben, oberschwäbisch: »hau«.

Kommen kommt von Gehen, oberschwäbisch: »gau«.

Weh kommt von Vergeh, oberschwäbisch: »v'-gau«.

Gehen kommt von Verstehen, oberschwäbisch:
»v'-schdau«.

Liebe kommt von Triebe und reimt sich darauf.

Heimweh kommt von Wegfahren.

Tod kommt von Leben.

Gehen kommt von Kommen.

Kommen kommt von Gehn.

Der Heuberg ist schöner als sonst

Ich glaube, wenn ich genau hinschaue, sehe ich den Säntis zwischen den Wolken.

Die Blumen auf den Gräbern sind schöner als in den Gärten. Kein Wunder, sie sind gut versorgt.

Der Friedhof liegt erhöht und außerhalb. Sehr schön. Man hat von ihm aus den schönsten Blick über die Gegend.

Man sieht alles.

Ich weiß noch, dass ich im Herbst wie die anderen Drachen gebaut habe, die nicht fliegen wollten. Das dicke Pergamentpapier aus dem Küchenschrank, meine ungeschickten Hände und niemand, der mir gezeigt hätte, wie man Drachen baut, damit sie fliegen. Ich habe mit der einen und der anderen linken Hand zuerst nach den geeigneten Latten im Holzschopf gesucht, mit der Laubsäge falsch angesägt, das schwere Holz falsch zusammengenagelt. Das Pergamentpapier auf das Holz gelegt und einen Drachen herausgeschnitten. Zwei Mark aus dem Kuchekaschde genommen und bei Frau Burth zwei Rollen Bindfaden gekauft und einen Mohrenkopf für unterwegs. Zwei Rollen Bindfaden aneinandergebunden, in den hinteren Baumgarten gegangen und den Drachen auf den Boden gelegt. An die Schnur gegangen und meinen anderen zugerufen: Drachen in die Hand nehmen. Losgerannt und gerufen: Drachen endlich loslassen.

Doch der Drachen ist nie geflogen. Kein einziges Mal.

Es ist schön, diese Gegend zu verlassen

Ich bin fertig (fährtig, zur Abfahrt bereit).

Hinter meinem Rücken wird's weitergehn.

Die Dreckig sitzt auf der Stiege ihrer Bahnhofswirtschaft und wartet darauf, dass etwas los ist.

Fritz schifft gegen die Hauswand.

Strittmatter spricht vom Jenseits.

Der Auswanderer bleibt fort.

Lore steht am Fenster.

Strittmatter hat mir gesagt,

dass ich Staub bin und dass ich zu Staub zurückkehre.

Der Herr Doktor hat mir gesagt, ich solle das Leben genießen. Der Herr Doktor hat mir gesagt, ich könne jetzt nach Hause gehen. Ich solle noch etwas verreisen.

Mich meinen Dingen widmen.

Was soll ich noch?

Den Abstand, der mich vom Leben trennt, beschreiben?

Als ich nach Hause kam, ging ich zuerst zum Kühlschrank und habe meinen Durst gelöscht mit Bier. Dann habe ich geweint. Ich habe so laut geschrien, dass die Bilder von der Wand fielen. Aber es hingen keine Bilder an der Wand, und sie wären nicht von der Wand gefallen. Und ich hörte auch bald wieder auf zu weinen und machte etwas anderes.

Zweites Buch
Feuerland

Man geht nie weiter, als wenn man nicht mehr weiß,
wohin man geht.

Goethe, *Maximen und Reflexionen*

»Unruhig ist unser Herz, bis es ruhet in dir«

In der Nacht vom 20. zum 21. Juni warf sich der Sohn des Fellhändlers Antonio aus Pico Grande, Patagonien, vor den Zug. Es war sein erstes Lebenszeichen.

Trotz der Verspätung des Nachtzuges von Esquel nach Bahia Blanca wartete der Kandidat im Chevrolet seines Vaters, den er sich für diesen Zweck geliehen hatte, bis er den Zug kommen hörte. Dann schlug er die Tür des Lieferwagens zu, warf die Fahrzeugschlüssel zusammen mit seinem ganzen Schlüsselbund in die Pampa, rannte die wenigen Meter bis zu den Schienen und legte sich gegen die Fahrtrichtung, aber parallel zu den Geleisen, mitten auf den Boden. Es war eine Sache von Sekunden, und er hatte alles überstanden. Diese Bahnlinie war die einzige Verbindung der Gegend mit der Welt.

Das Lebewesen, dessen Identität aufgrund des stehengebliebenen Automobils bald festgestellt werden konnte, war nicht auf der Stelle getötet worden. Der Zug schob es noch ein Stück weit vor sich her wie ein Problem, das schließlich mit Gewalt gelöst wird.

Er hatte sich den kürzesten Tag des Jahres ausgesucht. Es war weit weg von jeder künstlichen Beleuchtung wirklich Nacht, und die Sterne hatten keine Kraft. Der Lokführer merkte außer einem dumpfen Widerstand, der sich aber bald verlor, nichts. Wahrscheinlich hatte er ein Schaf angefahren.

Gotische Hände! Der Chirurg des kleinen Krankenhauses von El Bolson wies entzückt auf die Hände, die für sich auf dem Tisch des Leichenhauses von Sant'Agata lagen. Die Ermittlung der Todesursache war schon abgeschlossen. Er war wohl nicht auf der Stelle gestorben, das zeigte auch die Blutspur, die sich am Gleiskörper entlangzog. Kein Verbrechen, nein, aber auch in diesem Fall kein sogenannter natürlicher Tod. Señor Antonio war durch ein Telegramm verständigt worden. Das Auto, das er zuerst vermisst hatte, sei bei El Bolson herrenlos an der Bahnlinie stehend gefunden worden. Antonio ließ sich von Mario nach El Bolson fahren, schnell und stumm, auf der ungeteerten Piste eine Wolke von Staub nach sich ziehend. Im Leichenhaus gab es nichts mehr zu sehen. Anhand der sogenannten sterblichen Überreste hätte der eine den anderen ohnehin nicht mehr ohne weiteres erkennen und somit identifizieren können. Dazu genügte ein Schuh, der vor ihn hingelegt wurde, zusammen mit den anderen Hinterlassenschaften, die am Ort des Geschehens gefunden worden waren.

Topographie des Todes. Er wollte sich doch die Stelle zeigen lassen, wo es passiert war. Sie ließen sich also die Stelle erklären und fuhren hinaus. Sie suchten und fanden auch bald das besagte Erkennungszeichen, die deutlich sichtbare Blutspur, die sich vom Rost der Gleise und von den Steinen dazwischen abhob. Das war also in etwa die Stelle, wo er mitgerissen wurde, und dort die Stelle, wo er zu liegen kam.

Man hätte doch nicht darüber reden können. Sie fuhren hintereinander nach Pico Grande zurück. Aber unterwegs zitterten seine Knie und seine Hände und alles. Er bebte. Sonst gab es keine Lehre aus diesem Fall. Es gab nur frühere und spätere Katastrophen.

Wie ich den Wind hasste

Wie ich den Wind hasste, die Gewalt von nichts über etwas! Ich stand nun in einer Landschaft, deren Berge keine Namen hatten, deren Seen nummeriert waren. Da stand ich nun. Aufgrund der blauen Briefe und der Bilder hatte ich mir ein Bild gemacht. Aufgrund meines Fernwehs.

Artig hatte ich ein Reisetagebuch anlegen wollen, *Notizen aus Südamerika* oder so. Ein Zeugnis, dass ich da war, da gewesen bin und da gewesen sein werde. Als wäre alles das letzte Mal. Und kein Wort von dem anderen in meinem Kopf, vom Befund. Aber der reiste dann doch wie ein Schatten mit, wie gesummt, wie gesungen, wie im ersten Lied der *Winterreise* »Fremd bin ich eingezogen, fremd zieh' ich wieder aus« … es zog »ein Mondenschatten als mein Gefährte mit«, und so fort.

Nur eine Reise. Nur ein Reisender. Ich war nur einen kurzen Sommer lang bei ihnen, ein paar Wochen, als Gast. Es ist nicht viel, was ich mitgebracht habe. Erinnerungen, Geschichten vom Ende der Welt.

Ich hatte mir ein Bild gemacht, aufgrund der Erinnerung der Schwester, mit der zusammen ich aufwuchs, wie sie in unserem Haus fortlebte. Ich wusste nur, dass Antonio (mein Onkel) fortgefahren war, fortgefahren und nicht wiedergekommen. Aus meinem Haus, meinem Zimmer, meinem Bett, nach Amerika, ein Amerikaner. Vom selben Bett weg, in dem er und ich, zwei Gesellen, schliefen und geschlafen hatten und im Schlaf wuchsen und gewachsen waren, wir zwei Feuerzeichen.

Ich werde ihn der Einfachheit zuliebe Auswanderer nennen, ihn und alle, die es nach Pico Grande verschlagen hat.

Am Anfang war eine Weltreise, das entsprechende Gepäck. Sein Onkel hatte 1898 eine Kolonie gegründet, Pico Grande, das zunächst Nueva Alemania hieß. Er hatte Land gekauft, ich weiß nicht von wem, viel Land, und Leute wie dich und mich in eine Gegend gelockt, die sie bis dahin nicht einmal dem Namen nach kannten.

Der Amerikaner, wie mein Onkel zu Hause von seinen Geschwistern und Nachgeborenen genannt wurde, fuhr eines Tages des Jahres '38 als ganz junger Mensch nach Amerika und blieb dort. Er lebte in einem Häuschen auf dem Gelände der Estancia Las Plumas (»Die Federn«), einem Gelände von 25 000 Hektar am Fuß der Anden. Las Plumas gehörte nun den Nachkommen von Don Eduardo, meinem Urgroßonkel, der ja auch aus meinem Haus stammte, und ich weiß nicht, was ihn hinausgetrieben hat, eine Hungersnot war es nicht. Seine Nachkommen waren keine richtigen Nachkommen, aber davon später. Mein Onkel, an den die Erinnerung in unserem Haus noch am lebendigsten war, hat es in der Neuen Welt zum Fellhändler gebracht, zu einer halben Indianerin, zu einer kleinen Fotosammlung, die das Leben in Pico Grande zwischen 1938 und 1973 dokumentiert und bald sehr wertvoll sein dürfte, und zu einem Sohn namens Angelo, der sich, ich weiß nicht, warum, das Leben genommen hat, damals zwanzig Jahre alt, genauso alt wie ich, kein Selbstmordalter, man macht es später oder früher, das weiß ich heute. Dass ich meinen Cousin nun nicht mehr kennenlernen würde, wusste ich aus dem letzten Brief meines Onkels, den ich noch vor meiner Abreise erhielt.

Der Krieg, wie es zu Hause hieß, verhinderte die Rückkehr. Das Einzige, was noch kam, waren Briefe. Nur noch aus Briefen wussten wir, was aus dem Onkel geworden war. Wir wussten nur so viel, wie in den Briefen stand. Eduardo war noch alle paar Jahre in die Heimat zurückgekehrt, bis zu seinem Tod kam er alle paar Jahre in sein Geburtshaus, mein Geburtshaus, auch nach dem Krieg ein letztes Mal noch. Antonio aber hat nur noch Briefe geschrieben. »Ich bin gut angekommen. Ich bleibe vorerst. Ich habe ein Halbblut geheiratet. Wir haben unseren Sohn Angelo getauft. Ich habe jetzt einen Fellhandel. Ich komme mit meinem Lastwagen in halb Patagonien herum. Angelo spricht schon Deutsch und Spanisch, wächst, ist ein ruhiges Kind, ist ein Träumer, hat sich das Leben genommen.«

Die Bilder landeten in unserem Album, in den Annalen einer nicht ganz namenlosen Familie vom Land mit ihren Äckern und Knechten und ihren Ferkelhändlern.

Amerika hatte sich früh in meinen Kopf gefressen, schon in einer Zeit, als ich Nord- und Südamerika noch nicht unterscheiden konnte. Mein Amerika war der Schauplatz eines kindlichen Fernwehs. Warum hatte es ihn aus meinem Haus, dem Zimmer, dem Bett, hinausgetrieben? Ich konnte ja nicht einmal die Gründe angeben, die mich hinausdrängten, oder den Grund der Gründe. Die ganze Kindheit habe ich gewartet und warten müssen. Ein ganzes Leben verstrich mit meiner Ungeduld. Die ersten Jahre waren Jahre, die nichts wert waren, die ich mit meiner Ungeduld verschlief, mit meiner Wut auf die Zeit, dass sie mich grundlos festhielt, allein deswegen, weil ich jung war. Zur Strafe musste ich zu Hause bleiben. Zu Hause war die Zeit gefüllt mit Leben und dem Bild, das ich mir von ihm gemacht hatte, machen musste, mit Messerimpfungen, Kinderschuhen, Kinderkleidern, dem Empfinden, noch nicht ganz in die Welt hineingewachsen zu sein, noch nicht ganz auf der Welt zu sein, so klein war ich, und mit leerem Magen, meinem Hunger und Durst, mit dem ausbleibenden Haar zwischen den Beinen, dem fehlenden Achselhaar, ich weiß schon, mit meiner Vorgeschichte und meinem Muttermal.

Kam ein blauer Brief aus Amerika, blieb ich an seinen Wörtern hängen, Wörter waren es, die mich verzauberten. Man las mir vor und sagte mir, dass im Grunde alles ganz wie zu Hause sei, die Anden als die Alpen meines Onkels, die Schafe als seine

Kühe, der Lago Verde, den meine Verwandten so getauft hatten, weil er bis dahin auch nur eine Nummer der Landvermesser gewesen war, als sein Bodensee.

Sobald ich schreiben konnte, schrieb ich von meinem Hunger und Durst und schickte ihn nach Amerika. Diese Briefe waren die ersten Aufzeichnungen aus einem Leben, das mir geschenkt wurde, wie man sagte, erste Spuren, die ich Jahrzehnte später am Fuß der Anden wiederfand. Mein Onkel hat alles aufgehoben für mich. Er hat alles für mich hingelegt und mich wissen lassen, dass ich alles zurückhaben könne, dass er mir meine Erinnerungen schenken wolle zur Erinnerung an ihn.

Er wusste alles. Ich hatte ihm meine Gefangenschaft geschildert, so wie ein Kind, das Wort Gefangenschaft fiel nicht. Aber er hat mich verstanden. Wenn ich zu straucheln drohte, besann ich mich auf meine Fluchtmöglichkeiten in die Kordilleren. Und er? Trostbriefe schrieb er mir, ich weiß. Schon der erste Brief war ein Trostbrief, ganz so, wie man einem Kind schreibt: »Hier schicke ich Dir eine Ansicht von Pico Grande. Die Estancia unseres Onkels liegt drei Kilometer nach Nordosten. Die Schneeberge im Süden bilden die argentinisch-chilenische Grenze. Die zwei Drahtzäune mit dem schwarzen Strich auf der Ebene deuten den Weg nach Chile an. Zwischen der Ebene und der Hügelkette läuft der Rio Pico. Der andere Weg führt zum Lago No. 3. Das große Gebäude ganz rechts ist unser Clubgebäude. Daneben die Kirche. Die Gebäude links sind die Polizeistation, die Schule, das Gefängnis und das Krankenhaus. Ganz links wären das Hotel und die Geschäftshäuser. Viele Grüße! Dein Onkel.«

Ich verstand alles: Ansicht, Estancia, Schneeberge, Nordosten, Drahtzäune, schwarzer Strich, Ebene, Weg, Hügelkette, Fluss, See, Kirche, Polizeistation, Schule, Gefängnis. – Grenze, dazu konnte ich mir meine Grenzen denken. Ich hatte ja gleich mehrere Grenzen zur Verfügung. Die Zeit türmte sich vor mir, je klarer die Sicht war. Je mehr sie als Fernsicht bezeichnet werden konnte, desto höher die Berge, die ich sah. Meine Menschen nannten mir Zahlen, die Höhe in Metern über dem Meer. Die Anläufe zu meinen Fluchten versandeten oder zerschellten und sind in meiner Vorgeschichte untergegangen.

Aber eines Tages hielt ich mein Ticket doch in der Hand. Ich war nun schon fast bis zu meinem dritten Siebenjahreszyklus gewachsen und hatte mich schon zum wiederholten Male abgestreift, hatte meine definitive Größe erreicht und würde von nun an wieder zurückwachsen. Doch die schwarzen Löcher trug ich immer noch und immer mehr mit mir herum, zusammen mit der ansteigenden Erinnerung, die sich mit dem Schmerz zusammentat, mich überwältigte und bald zu ihren Schauplätzen abkommandierte, und der Tod war mir zum ersten Mal im Präsens erschienen, in einem Satz im Indikativ, und ich reiste nun schon ohne mein Muttermal und mit einem zusätzlichen Phantomschmerz.

Da bin ich, adsum! Am Ziel. Ich hoffte, es würde doch noch alles ganz anders werden.

Doch zwanzig Kilometer vor Pico Grande musste ich diese Hoffnung endgültig aufgeben. Seit zweihundertfünfzig Kilometern war mir alles gleich trostlos erschienen, in Staub und Wind war die Maschine aufgeschlagen, mit Mühe noch gelandet. Ich hatte mich mit meinen Sommerhosen dem Wind übergeben. Eine armselige Oberfläche von Hütten, Treibgras und Disteldünen. (Den Himmel hatte ich zunächst übersehen.) Als es keinerlei Hoffnung mehr gab und die Außenbezirke von Pico Grande erreicht waren, Alto Pico Grande (eine Ansammlung von Wellblech) passiert war und sich eine Veränderung nicht einstellte, als ich schließlich das Schild Pico Grande – Provincia de Chubut hinter mir hatte: An dieser Stelle meiner Reise hätte ich weinen können. Doch ich dachte an den Brief, meinen Brief, den ich geschrieben hatte. Meine Hoffnung war nun, der Brief möge noch gar nicht angekommen sein. Wahrscheinlich war er auch noch gar nicht angekommen, denn ich hatte ihn ja erst vor einer Woche abgeschickt und dachte, meinen Onkel zu überraschen. – Und doch hoffte ich, die Nachricht an meinen Onkel, dass ich schon unterwegs sei, auf dem Weg zu ihm, abfangen zu können. Abfangen, an mich nehmen und zerstören. Aber so weit musste ich gar nicht mehr gehen.

Denn der nächstbeste Mensch, den ich nach Don Antonio fragte, sagte mir: »fallecido«. Was sich wie »gefallen« anhörte, ein Wort, das sich in meiner Sprache schlimm anhörte.

Er sagte: »fallecido«.

Endet so eine Auswanderung?

Ich schaute im Wörterbuch, das ich mit mir führte, nach, denn dieses Wort kannte ich nicht. Da stand es: »fallecido – verschieden.«

… Vor ungefähr zwei Wochen

Mein Don Antonio? Mein Onkel?

Endet so eine Auswanderung?

Mich zerriss es vor Schmerz, dass es mich nicht vor Schmerz zerriss.

»Macht nichts«, dichtete ich, etwas, einen Vers mit »macht nichts« und »c'est la vie« in der Mitte, den ich leider vergessen habe. Denn wenn es geblutet, so langsam wieder aufgehört hatte, dichtete ich immer, das war mein Bepanthen, meine Wundsalbe; und dann sollte auch noch ein kleines Heftpflaster helfen, sowie unsere Mutter, ein Mensch, der mir sagte, dass es halb so schlimm ist, war und sein würde, und mir die Haare aus dem Gesicht strich und alle Tränen abwischte.

Mich schmerzte mein Muttermal, und dich schmerzte mein Phantomschmerz, meine Mutter, mein Muttertier.

AUSWANDERER! Dein Bild ist blass geworden. Und du verfaulst nun anderswo. Aber auch als du noch mitten unter uns warst, haben wir nur aus Verlegenheit hinter dir hergewinkt und hergeweint. Wir wussten nicht, was wir dir zum Abschied sagen sollten. Der Chor sang *Nun ade, du mein lieb Heimatland* und blieb zurück. Der Auswanderer blieb fort. Wärst du noch einmal zurückgekehrt, wäre dein Bild noch einmal in unserer Zeitung erschienen. Wir hätten lesen können: dass du noch drei Schulkameraden lebend angetroffen hast und dass die anderen tot waren. Dass du ein paar Wochen in der alten Heimat bleiben möchtest und dann zurückfahren.

Aber du bist nicht zurückgekommen.

Doch ich will jetzt noch einmal zu dir. Zu dir und allem, was dich am Leben hielt.

Wie war es?

»Wie war es?
Es war Staub und Wind, von Drahtzäunen durchzogen.
Wie war die Kälte?
Sie war eingeteilt in Quadrate aus Wind.«

Die Wolken hingen für sich. Der Himmel war fern. Es regnete. Aber der Boden fehlte. Anstelle des Bodens Steine. Und dazwischen waren schon Gräser heimisch und erste Lebewesen, die sich von selbst fortbewegen konnten und unsichtbar blieben. Die Wurzeln fanden sich zwischen den Steinen zurecht. Manche lagen frei und rückhaltlos, von oben und unten geschunden, aber immer noch am Leben.

Die Flamingos, die Fragezeichen, grazil, einbeinig, rosarot.

Doch alles zog nur vorbei.

Die Tiere standen mit ihren Brandzeichen unter einem hohen Himmel. Bei einem Schaf lohnte sich das Brandzeichen nicht. Aber ein Kind bekam es schon beim ersten Einfangen. Die Schafe wurden einmal im Jahr zusammengetrieben, das genügte. Von den herumziehenden Schafscherern an den Vorderbeinen zusammengebunden und blutig geschoren. Bekamen sie nicht genug zu saufen, scherten sie die schönsten Schafe zu Tode und sagten »So geht das« vor sich hin und »Armes Schaf!«. Es war ein großer Haufen, ein Berg von Schafen, im Pferch zusammen blökend und den Schafschrei einer zerzausten Landschaft anvertrauend. Dann standen sie nackt unter freiem Himmel und Disteln. Allein ihre widerständigen Mäuler zum Fressen und

Blöken. Es war so kalt in der Welt. Die geschorenen Exemplare standen mit den ungeschorenen in Regen und Wind, die auf ihrer Haut brannten. Das eine und das andere Gerippe lag schon ganz ausgebleicht in Sonne und Wind. Auch am Ende der Welt gab es keine Gnade, am Ende der Welt gab es den Schakal. Der kam und lebte von den Resten an der Stelle, wo das Lebewesen zusammengebrochen war.

Die Schakale mit ihrem alles verwertenden Magen, mit ihrer Salzsäure im Bauch.

Das Land war sehr früh, kaum dass die Eindringlinge Fuß gefasst hatten, in Quadrate eingeteilt worden, Quadrate fünf Kilometer lang und breit. Nachdem der Boden unter den Füßen der Indianer weggezogen worden war (Nomaden, nichts als Nomaden), das Land stückweise an Interessenten, die nichts als den Lageplan kannten, verkauft worden war, kamen auch bald Horden von Tagelöhnern von überallher, Strategen, Landvermesser, später Fußvolk, und zogen die Zäune meiner Onkel und vielleicht auch Ihrer Onkel durchs Land.

Da ich nun einmal hier war, in einem Gelände aus Pappeln und Wind, glücklich gelandet, und auch, da ich nicht so einfach umdrehen konnte, dachte ich wenigstens das Grab zu suchen und zu besuchen, und auch jene Verwandten, die noch nicht gestorben waren.

Die Estancia stand prächtig am Ende eines Weges, der von Pappeln gesäumt war. Ihr Name aufrecht über der Tranquera, dem Eingangstor unten an der Straße, kilometerweit entfernt. Dann immer geradeaus, wurde mir gesagt, dann wirst du eine Anhöhe sehen, unseren Friedhof. Ich sah das schöne Gras, die vielen Schrunden, die offenen, mit altem Regenwasser gefüllten Stellen. Bald kam fettes Gras, das die Nähe einer Siedlung versprach. Bald kamen auch die Lupinen, doch diese blühten auch als Unkraut weiter, blühten an längst verlassenen Stellen. Das erste untrügliche Zeichen aber war ein abgeernteter Kirschbaum, ein patagonischer Krüppel, wie alle Kirschbäume, die ich noch sehen sollte. Dann folgte meine Stille bis zum Schrei des gelben Vogels mit den schwarzen Federn an den Flügeln, der zusammen mit dem Wind ohne Namen blieb.

Ich sah die Anhöhe. Ich kannte sie vom Foto. Es war wie ein Wiedersehen. Von hier aus wurde ich mit Fernweh versorgt, mit blauen Briefen.

Jetzt stieß ich auf ein Meer von Lupinen und gelben Rosen. Es war alles wie zu Hause und alles ganz weit entfernt davon.

Brachte ich nicht meinen Schatten mit?

Sollte ich zu Hause sagen: Es ist alles anders?

Erst war ich auf den nächstbesten Verrückten hereingefallen. Ihn nach dem Weg zu Don Antonio gefragt. Von ihm sogleich zum Friedhof geschleppt, zum falschen. Ich wusste ja nicht, dass mein Onkel tot war. Aber er lag nicht auf diesem Friedhof, Gottesacker von Pico Grande, der als letzte Ruhestätte nicht zu erkennen war, eher Müllplatz als Gottesacker, beides ein wenig. Nach außen keine Trennungslinie, keine Mauer, nicht einmal ein Zaun als Grenze zum Leben hin. Von den Toten kein Zeichen, nur der Verrückte und ich. Schon wollte ich zum ersten Mal auf dieser Reise mein Tramalfläschchen anbrechen, das mir immer wieder das Leben erleichterte. »Du bist der Sohn Gottes!«, stieß er aus und zeigte auf mich, »du bist gekommen, um uns zu erlösen!« Alles in einem schlechten Spanisch. Er warf sich mir zu Füßen und krallte sich fest. Es gelang mir, mich loszureißen. Willst du uns so weiterleben lassen!, schrie er mir hinterher. Er wollte wenigstens ein Trinkgeld für seine Führung haben.

Bald erfuhr ich: Mein Onkel war tot. »Fallecido« hieß hier das vornehme Wort dafür. Vorher schon hatte sich die Enttäuschung über alles, was ich sah und sehen musste, als Schatten über mich gelegt, zusätzlich zu dem von mir mitgebrachten Schatten. Das Fernweh war längst von der Erinnerung eingeholt. Das Reisefieber mit dem Beginn der Reise verflogen, und ich war längst nüchtern.

Ich musste mich mit meinen ferneren Verwandten begnügen, den Abkömmlingen meines ersten Onkels, der Pico Grande gegründet hat. Sie nahmen mich auf. Im ersten Augenblick wollte ich gleich wieder abreisen, irgendwo anders hin nach einigen Tagen. Aber sie sagten mir, ich solle bei ihnen bleiben, so lange, wie ich wollte, und das habe ich getan. Ich werde sie Onkel nennen, Tanten, Cousins und Cousinen, für immer, der Einfachheit zuliebe. Sie waren es nur weit entfernt und irregulär dazu, wie man mir sagte. Denn ich war nur der Verwandte eines Betrogenen.

Mein Aufenthalt begann mit dem Besuch der Gräber, ganz so, wie zu Hause die Feste begannen. Genau wie zu Hause lag auch der Friedhof meiner Verwandten auf einem Hügel, von dem aus man alles sah. Zu Hause war der Säntis unser Fujiyama, und hier war es ein genauso schöner Berg, dessen Namen sie mir nicht sagen konnten.

Da lag er! – In einer Reihe mit den anderen, das heißt, ich las auf einem Stein meinen Namen und sagte unhörbar »vorbei« vor mich hin.

Ein paar Tage nach diesem Besuch erfuhr ich von der Doctora, noch einem Menschen, den es hierher verschlagen hatte, als solche lernte ich sie kennen, wie es so weit gekommen war. In einem schönen altertümlichen Deutsch, wie sie es gelernt hatte, sagte sie mir »Meine Wiege stand am Dnjepr«. Sie kam nämlich aus Kiew, von wo sie schon als Kind geflohen war, und dann immer wieder geflohen, es waren Namen wie an einer Perlenschnur, die ich aus den Reisekatalogen kannte, die damals, wie der Atlas und die Wäscheseiten im Neckermannkatalog, im Himmelreich eine Erstversorgung in Sachen Sehnsucht sicherstellten: Kiew, Odessa, Berlin, London, Lissabon, Santo Domingo, New York.

Jetzt hier, Chefin der örtlichen Krankenstation, seit Peron war alles frei, die schöne Baracke nannte sich Krankenhaus, seit dreißig Jahren war sie hier, und machte sich seit den Kindertagen von 1920 über den Menschen und die Welt keine Illusionen mehr, und ich versuchte, alles in meine Sprache zu übersetzen:

Rosa, meine schöne Cousine, mit ihrem Gesicht, als wäre sie die Schwester von Joy Fleming, Geschwisterkindskind, mit dem ich in den kommenden Wochen mein Leben nicht teilte, meine Brieffreundin, die ich nun zum ersten Mal sah, wie sie lachte und lebte und traurig schauen konnte, hatte sich auf die Zeichen hin, dass es bei Onkel auf das Ende zugehe, an sein Bett gesetzt und ihm gesagt, dass er einen wunderschönen Tag vor sich habe: Schon in zwei Stunden oder noch früher könne er im Paradies sein. Ein frisch ausgeschütteltes Kopfkissen bekam er nicht, aber die Zusage, vielleicht in zwei Stunden schon Jesus persönlich vorgestellt zu werden. Sie war nämlich vor geraumer Zeit in die Fänge einer amerikanischen Sekte geraten, die den letzten Satz Jesu »Ich bin bei euch alle Tage bis zum Ende der Welt« ganz wörtlich genommen und es selbst bis Pico Grande geschafft hatte, wie ich auch. Mag sein, dass wir es uns mit allem etwas zu einfach machten, weiß nicht. Aber so viel konnte mir die Doctora mit Gewissheit sagen: Es war niemand da, kein Mensch, dem Antonio ein Zeichen geben konnte, dass er dies nicht wolle, dass er hierbleiben wolle, und sei es nur für ein einziges Mal noch.

Es ging nicht voran. Doch dann verpasste Rosa den entscheidenden Augenblick. Sie hatte gesagt bekommen, dass sie dem Sterbenden dabei ganz heftig ins Gesicht lächeln müsse. Aber mein Onkel starb, und es konnte nicht mehr festgestellt werden, wann er gestorben war.

Alle anderen verfolgten Rosas Rettungsaktion am Rande. Jetzt standen sie um einen Toten herum. Das alles hatte sich in einem gewöhnlichen Bett abgespielt.

»Dann war es für meine Medizin zu spät. Ich merkte nur, dass Don Antonio am kommenden Mittwoch nicht zum Tee kam.«

Soweit die Geschichte der Doctora zum Sterben meines Onkels. Es war ein schöner Grabstein.

Ich gab ihr ja recht, aber auch sein Grabstein, den ich sah, der mir gefiel, ein wunderschöner Grabstein, den ich von Anfang an mit Pico Grande verbinde, war doch nur der Beweis, dass einer tot war.

Mein Urgroßonkel, der Gründer von Nueva Alemania, am Ende des Ersten Weltkriegs in Pico Grande umbenannt, lag da neben seiner Frau, einer Schweizerin, einer Ehebrecherin namens Lys, lag da neben seinen Scheinkindern und neben allen, die hier lagen. Auch mein Onkel, der denselben Namen, Familiennamen hatte, der so hieß wie ich, lag hier. Es dürften schon fünfzehn Gräber gewesen sein, die ich sah. Der Familienfriedhof, Muttersprache Deutsch, auf dem weithin sichtbaren Hügel zwischen Pampa und Anden, war im Lauf eines halben Jahrhunderts auf die Größe von fünfzehn Einzelgräbern angewachsen. Diese stattliche Zahl hat allein ein Ehebrecher ermöglicht, zusammen mit einer Ehebrecherin. Sonst wäre unser Friedhof in Patagonien leer geblieben, bis auf das Grab meines Urgroßonkels, seiner Frau, meines Onkels und seines Sohnes, der sich das Leben genommen hat im Jahr, als er so alt war wie ich. Und kurz darauf war der Onkel dazugekommen. »Um's Numluege kaschd nimme rumluege«, so hieß das zu Hause.

Und zu Hause, zitierte die gescheite Sau-Marie, Tochter des Zimmermanns – sie hieß so, weil sie in die Ferkelhändlerschwanzdynastie eingeheiratet hatte –, wenn sie an einem frischen Grab stand, immer fast auf Hochdeutsch den Lebenssatz ihres Vaters: »Man muss beim Boue ouch ans Abreiße denken!« Ja.

Für alles hatten wir einen Satz parat, selbst für das Nichts.

Ich sah es.

Lys hatte immer wieder mit diesem Tucher geschlafen. Karl Tucher war ein Wildwestrüpel, der Nord- und Südamerika nicht auseinanderhalten konnte, der in Bremerhaven aufs Schiff und in Buenos Aires vom Zwischendeck aus an Land getrieben worden war. Er kam mit demselben Schiff wie mein Urgroßonkel. Er war von ihm mitgenommen worden, ich weiß, denn schon zu Hause war er unser Knecht gewesen, er hauste in der Stallkammer, bis ihn der Urgroßonkel mitnahm, gedacht für die Schneisen im Urwald. Karl Tucher war auch ganz entfernt richtig verwandt mit mir. Was unsere Blutsverwandtschaft angeht, war ich mit dem Urgroßonkel und Karl Tucher gleich nah verwandt, ich weiß, denn Tucher war einer illegitimen Verbindung des Vaters meines Urgroßonkels, meines Ururgroßvaters, entsprungen (sagt man so?), einem Verhältnis meines Vorfahren mit einer Stallmagd, die in einer unserer Stallkammern mit Karl niederkam (sagt man so?). Karl wurde Pferdeknecht auf unserem Hof und blieb es, bis ihn der Bruder meines Urgroßvaters, mein Urgroßonkel, im Jahr '98 nach Amerika mitnahm. Über diese Verwandtschaft wurde nie gesprochen, aber Karl und der Urgroßonkel wussten, dass sie ersten Grades blutsverwandt waren, Halbbrüder, und dabei blieb es, ohne Aussicht, im selben Stammbaum zu erscheinen.

Auf dem Schiff hatte mein Onkel, der zwar nicht in der Auswandererklasse reiste, eine bettelarme Schweizerin namens Lys getroffen, die gerade der Hungersnot in ihrem unwegsamen Tal entkommen war. Erst waren sie nach Deutschland geflohen, sie und ihre beiden Schwestern, die jüngste war gerade drei Jahre alt. Der Rest der Familie ging zugrunde und verhungerte. Es war die letzte große Hungersnot in der Schweiz, von der wir nichts mehr wüssten, gäbe es die Briefe nicht, die Hungerbriefe, die sprachlosen Briefe, die zwischen den Daheimgebliebenen und den Ausgewanderten hin- und hergingen.

Die Schattengestalten: Mein Onkel, Urgroßonkel, hatte Mitleid mit ihnen und heiratete die älteste der drei Schwestern, noch in Buenos Aires. Es folgte eine beschwerliche Reise von mehreren Wochen, bis der Tross (es waren gut zwanzig Auswanderer mitgekommen, die sich von meinem Onkel hatten anführen lassen) die Höhe von Las Plumas und schließlich das Gelände erreichte, das sich mein Onkel in Buenos Aires ausgesucht und vom Plan weg gekauft hatte, Platz und Arbeit genug für sich und seine Leute, Arbeitslose, die damals noch nicht Arbeitslose hießen, die mit ihm im Tal eines noch namenlosen Flusses Nueva Alemania aufbauen sollten.

Für sie waren Tod, Heimat und meine Sprache fast dasselbe

Rosa, Norma, Patricia, die ganze Verwandtschaft, alle waren vors Haus getreten, mir zu Ehren, ihrem aus einer fernen, niemals gesehenen Heimat aufgetauchten Verwandten. Das Gerücht, ich sei angekommen, man habe einen blonden Mann gesehen, der vom geistesgestörten Chico Mendez bei den Omnibussen abgefangen worden sei, war schon bis zur Estancia Las Plumas vorgedrungen. Da standen sie, um mich zu begrüßen, eine nahgerückte mythische Figur. Da stand ich, blonder als vermutet und sprachlos, die Küsse dieser Menschen erwidernd, mit ihren Wangen, Nasen und Bartstoppeln und ihrem Lächeln. Es waren wunderschöne Erscheinungen, dunkle Schönheiten, die ich schon abbildweise bewundert hatte. (Wir hatten unsere Bilder voneinander.) Jetzt, da sie vor mir standen, musste ich noch mehr an unserer tatsächlichen Verwandtschaft zweifeln. Einen ganzen kurzen patagonischen Sommer hierbleiben? Sich jedes Mal neu abschlecken lassen, wenn man sich an der Haustür begegnete oder unten im Pueblo, aus Freude an den wiedergefundenen unsichtbaren Chromosomen?

Es gab schon ein Foto unseres Urmenschen, von dem wir alle herrührten. Unser Vorfahr, ein wohlhabender Bauer, ein Herrenbauer, war ja nur ein Emporkömmling. Ihn, einen lustigen Tiroler, hatte es aus seinem Tiroler Seitental in unser Seitental geschneit.

Meine Ururgroßmutter, die, sagte man, von wenig gewinnendem, ja finsterem Äußeren war, wie auch das großflächige, allein von ihr übriggebliebene Foto belegt, konnte es sich aufgrund ihres Erbes (Mühlen, Felder, Wälder, Großvieh, Küchen- und Stall-mägde) leisten, einen schönen Mann aus den damaligen Wahl-möglichkeiten, Verhältnissen, Teichen herauszufischen, und hätte er auch außer seinem reizvollen Äußeren, seiner schönen Ober-fläche gar nichts mitgebracht. Dieser Vorfahr war auch schon eine Art Auswanderer, ein Vertriebener, den es aus den engen, verwachsenen Tiroler Tälern ins Himmelreich verschlagen hat, in das Haus meines Urururgroßvaters, in mein späteres Geburts-haus: Es war nur ein Müllersknecht, den sich meine Vorfahrin mit dem schleierhaften Gesicht erkoren hat. Diese Ehe dauerte zwar bis zu ihrem siebenten Kind, ihrem Tod, aber aus Leiden-schaft war er niemals zu meiner Vormutter gekommen. Ihn trieb es zur Stallmagd, die Tucher hieß und Tucherin gerufen wurde. Die Liebe hat sich also über die illegitime, die Seitenlinie fort-gesetzt.

Schon Tucher war ein Kind der Liebe. Und wieder alle ande-ren, hinter dem Rücken meines Urgroßonkels erzeugten Kinder waren Liebesprodukte. Die Liebe hatte schon seinen Vater zum Betrug gezwungen. Und auch wieder den Sohn, alles Liebes-erzeugnisse.

Ich hingegen stammte aus der genealogischen Hauptlinie. Ich war ein Kind, das sich nicht auf die Liebe zurückführen konn-te, war daher nichts und niemand, nur Namensträger. Oder nur etwas Halbes, denn immerhin muss meine Vorfahrin ihren Tiro-ler geliebt haben. Mochte er selbst auch aus Besitzgier gehandelt haben, mochte er auch aus der Gegend von Schwaz in Tirol auf meine Vormutter gestoßen sein, immerhin setzte er auch die Hauptlinie fort, die sich auf Liebe nicht zurückführen kann oder nur halb. Ich liebe dich, schwor er der Stallmagd, aber auch mein Blut färbte er rot. Bei meiner Vorfahrin hielt er bis zu ihrem Tod aus und setzte ihr auch einen Stein »Zu ewigem Gedenken«, der zu meiner Zeit noch zu sehen war.

Hochsommer war es, als ich ankam. Da war alles anders, als ich dachte, ganz wie zu Hause. Doch auch hier war es so kalt, dass alles erst immer im nächsten Jahr richtig blühte. Ich mit meinem Wahn, der Quellen oder wenigstens Spuren seiner selbst suchte, Blutspuren, hatte den Ozean überflogen (ohne die geringste Anstrengung zwar und das meiste sowieso verschlafen und verflogen), stieß nun auf Adern, in denen das Blut an mir vorbeifloss. Die anderen wussten alles, aber sie dachten anders.

Ich war der Einzige, der dachte wie ich.

Lys hatte sich immer wieder mit Karl ins Bett gelegt, dafür gelebt, sich unter ihn hinzulegen. Mein Vorfahr aus Tirol hätte dieses Verhältnis seines Kindes aus Liebe geduldet, ich weiß. Er war auch so, er wollte auch nur das Eine. Aber fotografieren ließ er sich doch nicht mit seiner Stallmagd, sondern mit meiner Vormutter, so wie sich auch Lys nur mit ihrem auf dem Papier ausgewiesenen Mann fotografieren ließ. Im Kaminzimmer hingen die Fotografien von allen, der ganzen rechtmäßigen Verwandtschaft: betrügender Vater, betrogener Sohn, da hing der alte Adam. Und jetzt lachten alle nur, wenn sie ihre Herkunft bedachten. Das Bild rückte von Zeit zu Zeit ferner, erlangte allgemeinere Bedeutung. Weit über den einfachen Ururgroßvater hinaus war er zum Blutzeugen geworden, zu meinem und unserem Beweis, dass wir Leben hatten und haben, dass wir aus dem Schoß Abrahams in die Welt hinein, hoch vom Mastkorb, vorübergehend – Muss ich von dieser Erinnerung geheilt werden?

Ich ganz allein, inmitten dieses Ozeans. Das Blut, das fließt, wie es will, der Betrug, geht über den Ozean, schwimmt mit, wird hinübergeschleppt, kommt an, und mein Blut hätte gefrieren können.

Lys lag mit Karl im Bett, während mein Onkel erste Schneisen durch den Urwald ziehen ließ.

Er stellte diesen Nachkommen von Frau und Halbbruder, seinen illegitimen Neffen, ein schönes Leben sicher, eine sichere Anwartschaft auf ein schönes Grab auf unserem Friedhof. Der Chef des patagonischen Zweigs unserer Familie … hat zwar keine richtige Familie gegründet, aber einen Familien-Friedhof, den hat er gegründet, ganz oben, auf dem höchsten Hügel zwischen Pampa und Südanden. Außerhalb von Pico Grande, nicht für die anderen, nicht wie die anderen. Die lagen unten, über die Pampa verstreut, in einem dieser Löcher verschwunden, die ich vor allem anderen gesehen hatte, von Un-Gras überwachsen.

Gleich am ersten Tag schleppten sie mich auf den Friedhof. Ich sollte vor allem das schöne Grab meines gerade gestorbenen Onkels, den auch schon aus El Bolson eingetroffenen Grabstein anschauen. Im Chevrolet-Konvoi fuhren wir den holprigen Weg hinauf. Ich wurde in die Mitte der Fahrzeugbank gesetzt. Von ferne eine Erinnerung an die Nächte zwischen den Eltern, die sich damals, als ich drei Jahre alt war, vielleicht sogar noch geliebt haben, so sehr, dass sie mich, ihr Geschöpf vor Ort, dazwischen duldeten.

Es war seltsam, da oben meinen Namen zu lesen, nur meinen Namen, nichts und meinen Namen, dieses Mal auf dem Hintergrund der Anden und des Pazifischen Ozeans, der durch das Gebirge kaum verdeckt wurde und mir immer hervorzuschimmern schien. Eine auflösliche Ehe, die hier gestiftet war, die Ehe zwischen meinem Namen und den Anden, die sich zwischen den Ozean und meinen schweifenden Blick schoben. Mein seltsamer Name, der mich blutrot werden ließ, diesen wohlklingenden Namen, über dessen Bedeutung sie sich keine Illusionen machen sollte, dessen Offenbarung ich mir für den Tag meiner Rückreise aufsparen wollte. Da wollte ich es Rosa, die so hieß wie ich, sagen. Schwanz hießen wir, alle.

Der Himmel dazu ein kalter Himmel, so kalt, dass die Augen froren. Der Wind biss sich ins Haar, ins Gesicht, »der ewige Wind«, hatte mein Onkel geschrieben, der eisige Wind duldete nichts neben sich. Die Toten trugen meinen Namen. Meine Gedanken schweiften.

Trotz des Windes, wegen des Windes und der Kälte sah ich, wie ihre Wangen glühten, als Rosa auf den Namen deutete. Da stand mein Name mit dem katholischen Zeichen für Ewigkeit auf dem mattschimmernden Grabkreuz. Mein Onkel hat dieses Zeichen noch gekannt, auch ich kannte es noch, aber Rosa hatte davon keine Ahnung. Aber sie fotografierte mich und meinen Namen mit dem katholischen Zeichen für Ewigkeit.

Auf einem gewöhnlichen Friedhof gibt es außer den Gräbern und den Namen nicht viel zu sehen, von der Aussicht einmal abgesehen, die in gewisser Weise jeder Friedhof bietet: Immer schon waren Friedhöfe kleine Aussichtspunkte, immer lagen sie mitten in der unverfälschten Natur.

Ich stellte mich allem, was ich zu sehen bekam, mit einer heiteren Miene.

Ein A und O auf brüchigem Holzkreuz oder auch wie bei meinem jüngst verstorbenen Onkel auf brüchigem Marmor, und der Name Schwanz dazwischen: Sollte das einer Ewigkeit aus Wind und Kälte trotzen?

Aber meine Verwandten waren stolz auf diesen Friedhof, diesen Namen, dieses neue Grab, das möglicherweise das einzige auf der Welt war, das die Verbindung unserer Familie dokumentierte. Unser Friedhof, sagte sie und zeigte auf sich und mich, ließ ihren Zeigefinger zwischen sich und mir hin- und hergehen, spielen. Er erinnerte mich an meinen Friedhof, den Heimatfriedhof, die Mutter aller Friedhöfe, die ich bisher in aller Welt betreten habe, immer aufrecht und niedergeschlagen.

Rosa, meine Cousine, die mich bald liebte, wie ich sie liebte, hatte sich wohl vom ersten Augenblick an auf meine Seite geschlagen. Sie war für mich da, solange ich in Pico Grande war. Sie glaubte unsere Bande durch unseren Friedhof noch enger geknüpft. Auf dem Rückweg saß sie neben mir und wollte von mir hören, welcher Friedhof der schönere sei, unserer hier oder unserer dort. Ich konnt' es ihr nicht sagen.

Vielleicht wollte mich Rosa auch nur bekehren. Und von ihrem Liebhaber, mit dem Lastwagen im Norden, wusste ich auch noch nichts. Sie hatte vielleicht diese Gene von ihrer Schweizer Urgroßmutter bekommen, die auch fromm und voller Verlangen war.

Die Un-Tante Lys hatte sieben Kinder bekommen, einen richtigen Wurf, dachte ich. Ihre Nachkommen lebten bis zum heutigen Tag. Du hast bei ihnen übernachtet, ein Pferd zum Ausreiten bekommen. Du bist mit ihnen zum Asado an einen der nummerierten Seen hinausgefahren. Du standest aufrecht auf der Ladefläche des Chevrolets und warst dem südargentinischen Sommerwind ausgesetzt. Aber den Stammbaum, den sie dir zur Vervollständigung der Familienannalen nachgeschickt haben, musst du zurückschicken.

Du wirst deine Geschichte neu schreiben müssen. Die Daten, die von den Auswanderern nachgeschickt wurden, löschen.

Es half nicht viel, mir klarzumachen, dass vor dem Chromosomengott das Blut nicht viel galt. Schon meinem längst verstorbenen Urgroßonkel war nichts anderes eingefallen, als dem Frevel seinen Segen und den Kindern von Frau und Halbbruder, deren Halbonkel er war, seinen Namen zu geben.

Sprechen konnte ich nicht mit allen.

Die dritte Generation sprach nur noch gebrochen Deutsch. Es kam immer auf die Mutter an. Über sie wurde die Muttersprache weitergegeben. »Friedhof«, »Grab«, »Grabstein«, »Grüß Gott!« und »Auf Wiedersehen!« konnten jedoch noch alle sagen.

Weihwasserkessel gab es in der Indianersprache, im araukanischen Dialekt, nicht, gewiss nicht. Aber meine deutschstämmige katholische Verwandtschaft war mit den letzten Dingen noch vertraut. Die wichtigsten Daten waren in fehlerfreiem Deutsch auf den Grabsteinen zu lesen, letzte Lebenszeichen.

Für sie waren Tod, Heimat und meine Sprache fast dasselbe.

Hier hatte ein Meteorit eingeschlagen.
Wie entkommen?

Das Loch im Himmel, das sich gegen den Boden hin fortgesetzt hatte, schien mir zu groß für ein gewöhnliches Loch. Ein Loch in Himmel und Erde, schien mir.

Das Loch ist mit Wasser gefüllt, der Kopf mit Erinnerungen, mit Wasser und Erinnerungen.

Ich erinnere mich, ich höre ihre schlichte Sprache, die mit den wenigen Worten nicht zurechtkam, sich selbst mit Händen und Füßen helfen musste. Auch noch für die einfachsten Dinge waren zusätzliche Zeichen nötig. Was für ein schlechtes Spanisch sie sprachen! Es war alles ganz wie zu Hause.

Das wenige, das aus ihrem Mund, ihren Augen kam, und schon auf eine vollkommene Stummheit hinausließ! Saß ich mitten unter ihnen bei einem Stück Torte, bei einem in Illustriertenpapier eingewickelten, mir geschenkten Fisch oder um das Grillfeuer herum, immer mitten unter ihnen, gaben sie mir zu essen und zu trinken, sagten sie einfach: Iss!

Wie entkommen?

Bei den Scheinzypressen, den als Samengruß von zu Hause geschickten Tannen, mit meinem gerade verstorbenen Onkel, oberhalb der Estancia, mitten in Patagonien, am Rand der Kordilleren, am Anfang des Endes der Welt, wo die Sonne im Norden stand (ihr Norden war mein Süden) und der Hochsommer auf Ende Dezember fiel, allein mit meinem Taschenatlas.

Mein Taschenatlas – eine erste Orientierung, die Erde vor mir, vom Flugzeug aus hatte ich den gleichen Blick.

Mit meinem Onkel habe ich nie ein Wort gewechselt, seine Stimme brachte mir ein wackeliger Kassettenrecorder. Ich musste mir alles dazudenken. Ich ergab mich dem Spiel meiner Erinnerung, der Erinnerung, die mit mir spielte.

Im Anfang war mein Fernweh. Wohin hätte ich fliehen sollen? Wo wäre ich vor ihm sicher gewesen?

Meines ersten, meines alten Bundes eingedenk – meiner Ehe von Fernweh und Weltrettung: Zuerst zum Ernteeinsatz in einen Kibbuz, zu den Jaffa-Orangen, zum Zeichen, dass ich aller Welt Freund war und sein wollte. Oder die Kriegsgräberfürsorge? Waren nicht so und so viele meiner Vorfahren auf dem Feld der Ehre liegen geblieben? Welche Möglichkeiten, meinem Gebirge zu entkommen, hatte ich noch? Wie konnte ich mein Fernweh mit meinem Drang, die Welt zu retten und alles mit allem zu versöhnen, verbinden?

Ich saß nun unterhalb unseres Friedhofs und oberhalb der Estancia des Onkels, mein Reiseziel, im Angesicht der Schneeanden, auf dem Gipfel meiner Fluchtbewegungen.

Selbst die entlegensten Ziele hatte ich ausgewählt, im Anfang, als ich den Weltrettungsgedanken mit dem Fluchtgedanken verband:

Die Gesellschaft zur Rettung Schiffbrüchiger hatte schon früh, von Anfang an, meine Aufmerksamkeit erregt und war auch immer eine Art Lebensgefährte geblieben. In aller Frühe hatte ich ein Auge auf sie geworfen, mein Auge, ich sah, dass es aufs Meer hinausging. Es hätte mich vom Schiff reißen können, so sehr bebte alles unter mir, aber ich war angetan mit meinem Teerzeug, das Salzwasser konnte meinen Stiefeln und Gummimänteln nichts anhaben; und schon zog ich meinen ersten Ertrinkenden aus dem Wasser. Zu dieser Zeit konnte ich allerdings noch nicht schwimmen, aber dafür hatte ich einen Willen, der über das Wasser gebot.

Es kam der Biermann. Der wöchentliche Besuch unseres Bierfahrers. Dann schwebte die Taube aus *La Paloma* über dem

Wasser meines Meeres. Schon damals war *La Paloma* mein Lieblingslied und blieb es und würde auch zur Musik gehören, die auf meiner Beerdigung zu hören sein würde, wie das Gegenstück: *In einem kühlen Grunde*. Jedem Element hatte ich ein Lieblingslied zugeordnet, dem Feuer und der Luft aber ein einziges, das *Veni Creator Spiritus* hieß.

Der Bierfahrer hat mich mit seinem Fernweh angesteckt. Es kam kein Schwan ins Haus. So ließ ich mich von meinem Bierfahrer mitreißen, mir von meinem Bierfahrer die Größe Wiens beschreiben, mit den Augen eines Soldaten, der den Wienerinnen die Hand geküsst, und wartete auf das Erscheinen des Düngemittelvertreters zweimal im Jahr. Auf diese Weise erfuhr ich sehr früh von jener nackt auf dem Tisch des Offizierscasinos tanzenden Diva mit einem anbetungswürdigen Arsch und Dinge, die ich niemals erfahren hätte, wenn nicht der Kunstdüngervertreter gekommen wäre. Er war im Geist Hitlers erzogen worden und hatte schon vor meiner Geburt seinen Glauben notwendigerweise verloren, hatte nichts mehr außer seinen halbseidenen Erinnerungen, die ich, ein Kind, aus ihm herauslockte. Ich habe ihn manches Mal zu seinen Erinnerungen verführt. Unmittelbar nach dem Ende gehörte er zu den Glücklichen, die, wenn auch als Flüchtlinge, um die halbe Welt gekommen sind. Sein Leben setzte er schließlich als Düngemittelvertreter fort, der Kunstdüngergott führte uns zusammen und führte uns wieder auseinander. Und auch der Biermann verschwand wieder aus meinem Leben und ließ mir seine Erinnerungen mit ihrem anbetungswürdigen Arsch zurück. Ich war daran hängengeblieben.

Er war schon ganz woanders, auf dem Friedhof von Tuttlingen, der Stadt von »Kannitverstan«, aber ich war immer noch bei diesem anbetungswürdigen Gegenstand, der sich bald in mir zu einem göttlichen Gegenspieler entwickelte, ja mehr denn je.

Einst durfte ich diese Gottheit nicht aufkommen lassen und versuchte, seine Anbetungswürdigkeit mit Gewalt aus mir zu vertreiben, so fromm war ich, dass ich keinen anderen Gott duldete.

Und dann? Erreichbar war die Schwäbische Alb, waren die halbhohen Gipfel des Allgäus. Auf sie hinauf, das ging. Aber ich hatte keine Lust auf sie, vom Tag an, als mir jener Arsch als anbetungswürdig aufging. Dennoch ging ich weiter zur Messe, ministrierte sogar und verstand schon im zweiten Jahr meines Lateins, wenn unser guter Pfarrer Strittmatter »lavabo inter innocentes manus meas« vor sich hin flüsterte und mich meinte.

Ich hatte es, damals, einst, und wie die Wörter hießen, die mir sagten, dass es vorbei war, gerade durch angeborene Frömmigkeit und Überredungskunst geschafft, über hundert Bildbände, die das Zweite Vatikanische Konzil unter dem Titel *Die Welt aber soll erkennen* festhielten, beinahe hundert Gläubigen aufzuschwatzen. Neunundneunzig von hundert Gläubigen kauften mein *Die Welt aber*. Dazu ging ich von Haus zu Haus wie ein längst in die Stadt gezogener Landstreicher. Von den Gläubigen waren schließlich neunundneunzig Prozent mit *Die Welt aber* versorgt, einige sogar doppelt. Es war mir gelungen, die Frömmsten von einem Ersatzband zu überzeugen.

Ich dürfte elf Jahre alt gewesen sein – Aber was ist aus diesen Büchern geworden? Der Titel meines Buches blieb mir auf immer etwas fremd, aber die fromme Tat ehrte mich und verschaffte mir einen kleinen Heilsvorsprung. –

Ich wundere mich, die Schneeanden zum Zeugen aufrufend, dass ich das alles gemacht und vermocht hatte, ohne die geringste Provision, alles umsonst, wenn ich von einem »Vergelt's Gott« absehe, dem katholischen Wort für »Vielen Dank«. Eine Geschäftsniete war ich, die aber die Gabe hatte, den anderen alles aufzuschwatzen, was ihnen von Schaden war, selbst Männern, die sich zwischen den Beinen kratzten, oder Frauen, die bis dahin nur an Gott und Kuchen gedacht hatten.

Schließlich saß ich so sehr fest, dass ich die Hoffnung, meinem Gebirge zu entkommen, vollständig aufgegeben hatte. Aber es hat mich doch noch hinausgeschleudert, der Nachtfrau zum Trotz, die mich im Bett haben wollte und im Dunkeln zu Hause. Es hat mich hinausgeschleudert, dachte ich.

Ich fahre immer noch, dachte ich, nun am Fuß dieser namenlosen Berge, die Nachtfrau konnte sich nicht durchsetzen, sondern der Bierfahrer. Er hat mich nicht mit Bier versorgt, sondern mit Fernweh.

Doch meinen Fluchtbewegungen, die durch die Gefangennahme vonseiten der Schule zum ersten Mal einen vernünftigen Grund bekamen, stellte sich von Anfang auch mein ererbter Gehorsam, meine Feigheit, mit der ich meinen Fatalismus zu kaschieren versuchte, entgegen. Mein von Anfang an erinnertes Leben als Leibeigener, als Höriger der Welt über mir und der Herren dieser Welt verhinderte mein Fortkommen und Blühen.

Hieß Blühen: sich verzehren?

Wenn ich mich nun wiederholt erinnerte und erinnern musste, wie es war, so sage ich, dass ich alles, was ich über meinen Biermann und den Kunstdüngervertreter von der Welt hörte, aufsog, gleichgültig, wie gut oder böse es war. Wenn es nur von weit her war.

Doch mein Gehorsam trieb mich außerdem auch noch ins Haus Gottes und in die Arme seiner Stellvertreter und ihrer Nachstellungen, mich, eine schließlich scheiternde Verbindung aus Demut (dienmuot) und Ehrgeiz, Fernweh (Weltflucht) und Welterlösungswillen, aus Feuer und Wasser, Erde und Luft. Ich, dieses Ich, ging schließlich in meiner Maul- und Klauenseuche auf (in diesem Fanalwort, ich weiß nicht, was für einen Namen es hatte, was mit mir war), die schlagartig ausbrach und alles, was ich war, gewesen war, zuschanden machte.

Also keinen Willen mehr, in See zu stechen, mich für die Gesellschaft zur Rettung Schiffbrüchiger in die Wogen zu stürzen oder für die Deutsche Lebensrettungsgesellschaft. Nie mehr mit der Deutschen Kriegsgräberfürsorge in die Bretagne oder mit Pax Christi nach Polen oder in einen Kibbuz zur Jaffa-Orangen-Ernte. Längst hatte ich meinem Treiben ein Ende gemacht. Und nun blieb mir auch nichts anderes mehr, ich hatte ja nicht einmal mehr mein Muttermal, und schon als Kind konnte ich jeden Abend, kurz bevor ich einschlief, nicht viel mehr denken als »wieder ein Tag weniger«.

Zuletzt trieb ich mich sogar im Überlinger Hauptbahnhof herum, um für die Bahnhofsmission Geld zu sammeln oder Seelen zu retten, die sich, gelegentlich sogar nachts, zu mir flüchteten, nachts in mein kleines Zimmerchen mit dem Alarmknopf unter dem Tisch. Vor mich hingesetzt hatten sie sich und wollten etwas zu essen von mir. Zweimal im Jahr ging ich mit meiner von oben genehmigten Sammelbüchse die einzelnen Restaurants, die Vorhallen und Nischen und anderen Örtlichkeiten durch. So viele waren das ja nicht in Überlingen. Auch die öffentlichen Anlagen sparte ich mit meiner frommen Büchse nicht aus, mit meinem Verlangen, meinem fromm fordernden Verlangen »nach einer kleinen Spende für die Bahnhofsmission«.

Diesen Satz habe ich tausendmal im Verlauf mehrerer durchaus erfolgreich gewordener Sammelaktionen vor mich hin gesagt. Er war mir mitgegeben worden von der Schwester, die mich mit einer Armbinde, die mich als Bahnhofsmission deklarierte, losgeschickt hatte, sodass ich sogleich als energisch fromm lächelnder Trottel vom Dienst zu erkennen war.

All diese Dinge behielt ich in Pico Grande fest bei mir. Überzeugt, dass gerade ein solcher Bericht etwas Neues gewesen wäre für Rosa, die alles wissen wollte und mich nach längst verflossenen Abenteuern ausfragte, dass das Herz wieder zu bluten anfing. Nein, die Bahnhofsmission und meinen frommen Wahn bis hin zu meinem Fernweh wollte ich bei mir behalten. Denn das hielt auch mich und diktierte mir nun meine Erinnerung. »Nicht einmal den Freischwimmer hast du geschafft!«, höhnte sie. Von wegen DLRG (Deutsche Lebensrettungsgesellschaft)!

Und wieder ging ich von Tisch zu Tisch und bettelte um eine kleine Spende für die Bahnhofsmission, ein Lächeln ins Spiel bringend, das sexuelles Wohlgefallen und einen Rette-deine-Seele-Eifer vortäuschte, alles aus Instinkt. Von Tisch zu Tisch lächelte ich undefinierbar, aber bestimmt, lächelte mich zwei

Tage durch, zweimal im Jahr, zwei Jahre lang. Am Ende hatte ich das zweitbeste Ergebnis. Die Büchse wurde jeden Abend von der Schwester ausgeschüttet. Ich zählte vor, sie zählte nach, und nach zwei Tagen war ich an zweiter Stelle. Besser war ein zukünftiger Geistlicher, ein gutaussehendes Exemplar, der deswegen und weil er schöner »Grüß Gott!« sagen konnte als ich über mich triumphierte. Er hatte mich abgedrängt, auf Platz 2 verwiesen. Ich war nur, du warst nur der Zweitbeste und der Zweitschönste.

Die ganze Zeit schon versuchte sie, die Erinnerung, mich an den Haaren zu ziehen, mir Lästerungen durch die Ohren … »Weiche, Satan!«, gebot ich ihr. »Apage Satanas!«, fluchte ich in meiner Erinnerung, so, wie ich es gelernt hatte.

Don Quixote von Pico Grande und ich

Fritz schlurfte mit herunterhängenden Hosen auf mich zu. Noch in der Tür sagte er mir, er sei krank. So sah er aus. Der Bademantel war vielleicht einmal ein Bademantel, deckte seine Blößen nicht zu. Ich sah blasses Fleisch, fern vom Leben. Haare, unnütz. Er hatte gar nicht bemerkt, dass auch seine Unterhose ganz am Boden, zwischen seinen Knöcheln und von innen nach außen – So öffnete er mir, ein Einblick in ein falsches Leben.

Wir sollten aber dennoch hereinkommen und mit ihm einen Whisky trinken.

Auch er wohnte etwas außerhalb, in einem kleinen Holzhaus, das in einer Mulde stand. An einem Wasserlauf, der aus kaltem, klarem Wasser bestand, von Pappeln gesäumt. Allein sie waren von der Straße aus zu sehen. Sein Haus war ein Holzhaus, aber voller Elektrogeräte, die ihm seine Schwester geschickt hatte. Nur Strom gab es nicht. Bis hin zu Mixer, Wäschetrockner, Brotschneider und elektrischer Zahnbürste war alles da. Fritz brachte es nicht übers Herz hinüberzuschreiben, dass er ohne Strom lebe.

Er nahm den Whisky aus der rattensicheren Waschmaschinentrommel.

Die Begegnung mit ihm riss ein Loch auf.

Bis ich ihn selbst kennenlernte, war er nur ein durch die Briefe meines Onkels Antonio geisternder Mensch gewesen. Elektrisches Licht gab es nicht, aber Bücher und Whisky gab es. Er tat sich mit dem Leben weh. Das war kein richtiges Leben, hinter seinen Büchern her, hinter ihren Fluchtgeschichten, ihrem Loch in der Straße.

Er las. Aber auch noch die Bibel war voller Ausflüchte, ließ er mich wissen: Adam floh aus dem Paradies ins Leben, Abraham aus dem Zweistrom- ins Gelobte Land. Die Israeliten flohen von den Fleischtöpfen Ägyptens zu den Heuschrecken in die Wüste. Jona flüchtete ans Ende der Welt, damals Tarschisch bei Gibraltar, jenem Felsen, den Fritz schon am dritten Tag seiner Fahrt und Flucht hinter sich gelassen hatte. Aber Jona kam nicht einmal nach Tarschisch. Er musste schon im Bauch des Walfischs aufgeben, blamables Ende einer Flucht. Immerhin folgte ein richtiges Leben mit Erlösung und Himmelfahrt.

Aber was war mit mir?

Es war wie im *Nachsommer*, dem ersten Roman, den ich gelesen habe. Wegen eines drohenden Gewitters kam mein junger Freund ans Gartentor des Alten, von da ins richtige Leben. Sein eigener Vater hatte eine leblose Figur abgegeben, zu vergleichen mit dem guten Josef innerhalb der Heiligen Familie. Vom Augenblick am Gartentor an gerechnet begann das richtige Leben. Der richtige Vater saß weiterhin tatenlos bei der Wiener Mutter, die die beste war, und weiter nichts, und bei der jüngeren, ebenfalls besten Schwester. Alle drei lebten von den Brocken, die der Sohn vom alten Herrn, der sich irgendwo am schönsten Ort in den Bergen niedergelassen hatte, nach Wien mitbrachte, jeweils, bevor der Winter einbrach. Gleich zu Beginn der Geschichte war der junge Mensch auf eine gottgleiche Figur gestoßen, die ihn am Gartentor belehrte, dass kein Gewitter zu erwarten sei. Und so war es dann mit allem. Der erste Streit blieb der einzige. Es folgte jene unbeschreibliche Richtigkeit der Dinge, das Nachsommerleben. Wie lange war das her!

Im Verlauf weniger Sommer hat der altkluge alte Herr seinem Gast alles beigebracht.

Und ich?

Hinter dem alten Herrn Fritz her, der mich in sein Haus und Leben zog, vor sich hin tappend, vor sich hin sterbend? Wie hatte der alterslose Freiherr seinen jungen Gast am schmiedeeisernen

Rosengitter empfangen! Aber ich wurde mit einer von den Farben des Lebens verfärbten Unterhose konfrontiert. Mit der Einladung auf einen Whisky am hellen Tag. Kann man sich denken, dass *Der Nachsommer* mit einem Glas Whisky beginnt?

Friedrich Wilhelm von Streng kam am 21. Juli 1909 als einziger Sohn des Generaldirektors Geheimrat Oskar von Streng und seiner Frau Helene, geborene Padtberg, in Berlin zur Welt. Aufgewachsen in verschiedenen Städten, die Sommer im Landhaus auf Rügen. Privatlehrer bis zur Sexta. Studium der Rechte in Kiel. 1932 jüngster Referendar im preußischen Staatsdienst, 1933 entlassen (Gesetz zur Wiederherstellung der Ehre des Berufsbeamtentums; außerdem drohte der Unzuchtsparagraph 175).

1936 hatte Fritz, als wäre es eine Lustreise, mit unbekanntem Ziel das Deutsche Reich verlassen.

Nach dem Krieg und dem Tausendjährigen Reich hat auch Fritz keine Entschädigung bekommen, als wäre so etwas möglich gewesen.

Fritz war ein schlechterzogenes Kind, hörte ich.

Seine Mutter hat ihn noch mit sieben Jahren von der Gouvernante im Kinderwagen herumfahren lassen. Die Milchzähne kamen auch erst im letzten Augenblick. Noch mit achtzig die süßen Sachen in Kinderportionen, mit Kindergäbelchen, zerschnitt das deutsche Stück Torte in zehn französische Teilchen, die er unter heftigen oralen Automatismen in sich hineinschob, das habe ich selbst gesehen.

Er war sein eigenes Haustier, hörte ich, trauriges Leben wie Tante Lotte. Erst die Katze überfahren, dann auch noch Oma gestorben. Das kann kein Zufall sein.

Streifte mein Gesicht, meine Augen, dann sah er sich auf einem Klavierhocker sitzen, die Beinchen baumeln, man hat ihn hinaufgesetzt. Dann schob die Frau den Hocker ganz nah an die Tastatur; und schon nach zwei Wochen war eine Melodie zu hören, die weniger war als *Hänschen Klein*, Fritzchen aber das Schönste schien, was er je gehört hatte.

Es folgten Erinnerungen ohne Chronologie.

Kennen Sie das Schmerzspiel?

Wir waren von selbst draufgekommen. Was uns so einfiel mit zwölf, dreizehn Jahren. Ein demokratisches Spiel, es wurde gewürfelt. Und dann wurde der eine an den Baum gebunden, und ein anderer durfte mit ihm machen, was er wollte, solange das Spiel dauerte. Süße Schmerzen und saure Schmerzen, laute und leise, leere und volle, oben und unten, innen und außen. Sieger war, wer am Ende keine Lust mehr hatte. Dann kam der Spielkönig und setzte sich noch eine Weile auf den Bauch unseres Opfers und ging mit seinen Knien gegen die Achseln. Noch ein paar Quieker, und schon war alles fertig. Das Spiel war in unserer Gegend wohl so alt, dass die Erwachsenen, die uns bei unserem Treiben beobachteten, selbst mit einer gewissen Wehmut alles von ferne verfolgten.

Dann hörte ich, wie es weiterging. 1936 fand er sich in der Neuen Welt, die er als Weltreisender getarnt erreicht hatte.

Rosa ließ mich wissen, dass bei ihm auch in der Liebe nicht alles in Ordnung sei.

»Einheimisches Fell!«, sagte er, streifte den Überzug, in dem ich ziemlich tief versunken war.

Dieses Haus, dieses Fell, dieser Sessel, in dem er saß: Alles verlangte eine Erklärung, glaubte er, angefangen mit der Überfahrt.

»Dieses Schiff! Die *Sierra Ventana*, ein richtiges Auswandererschiff. Ich war ja oben beim Kapitän, Auslauf genug, während die Auswandererklasse eng gedrängt, wissen Sie, ganz hinten und unten, im Schiffsbauch eingerichtet war. Möglichst viele Auswanderer sollten untergebracht werden, da, wo das Schiff am meisten schwankte. Bald nach dem Ersten Krieg haben wir wieder mit den Schiffen angefangen; und zwar mit größeren Schiffen als je. Ballin war zwar tot. Er hatte sich auf die Nachricht hin, der Kaiser habe abgedankt, einfach umgebracht! Stellen Sie sich vor: sich wegen dieser Figur auch noch umbringen! Der Engländer hat uns ja kein einziges Schiff gelassen«, sagte mein Vater, »nur den Hafentender *Grüß Gott!*. Mit ihm mussten wir ganz von vorne anfangen«, sagte er. Ein Schiff, kaum größer als Magellans 90- und 130-Tonner. Ein Hafentender! *Grüß Gott!* –

Vom ganzen Wilhelminischen Seeimperium blieb einzig die kleine *Grüß Gott!* Mit der *Grüß Gott!*, die eigentlich für Hafenrundfahrten gedacht war, wurde das abgeschnittene Ostpreußen versorgt. Aber dann wurden die großen Sierra-Schiffe gebaut: *Sierra Nevada, Sierra Ventana, Sierra Madre,* die allerdings nach dem abermals verlorenen Krieg wieder an England fielen. Meine Freundin Hazel schrieb mir, dass sie immer noch, unter anderem, falschem Namen zwar, fahren.

An die Überfahrt will ich gleich gar nicht denken.

Es hieß, dass auch der abgedankte Zogu von Albanien an Bord war. Zu sehen bekam ich ihn nicht. Jeden Tag gab es gedruckte Speisekarten.

Und Fritz kramte und fand bald eines dieser Relikte zum Andenken an einen längst vergangenen Hunger und Durst. Selbst in der Auswandererklasse gab es diese gedruckten Karten, wenn auch blasser und mit weniger drauf, sagte Fritz. Da stand einfach »Brot mit Butter« an der Stelle, wo bei uns »Mille Foglie« zu lesen war. Aus Platzgründen wurde da abwechselnd geschlafen und gewacht.

Das Meer war eine Zumutung für mich. Ich war dem Land entkommen, zu aufgewühlt, um einfach auf das Meer hinauszuschauen. Ich flüchtete mich in die Bibliothek. Aber da waren nur Bücher von und über Admiral Tirpitz, vom Ostafrikahelden Lettow-Vorbeck, dem Ozeanflieger Freiherr von Hünefeld, dem U-Boot-Kommandanten Paul König und von Zeppelin, den ich Ihnen nicht erklären muss. Auch eine Bibel. Die einzige Geschichte, die mit Hochseeschifffahrt zu tun hatte, war die mit Jona und dem Fisch. Das war noch einmal gutgegangen. Auch die langweiligsten Abschnitte der Heiligen Schrift waren schon halb totgelesen.

Da waren Leute unter den Auswanderern, die später wegen der Moskitos aufgaben. Auch Selbstmordversuche aus ähnlichen Gründen.

Müde? –

Dann zeigte er mir noch ein Bild der *Sierra Ventana*. Ein schönes Schiff, zweifellos, aber Rosa war längst ungeduldig und wollte mich wegziehen.

Dennoch hat Fritz mir noch zum Abschied den Haifisch erklärt, so wie er ihm erklärt worden war; und zwar von einem Geistlichen, der wie er, aber aus anderen Gründen, nach Amerika unterwegs war.

Eine Art Predigt folgte.

Zweiundzwanzig Tage zog ich auf der *Sierra Ventana* einen Strich durchs Meer. Unter mir wimmelte es von Haifischen. Sie zogen mit uns und unserem Abfall ein Stück weit in die Neue Welt. Irgendwann drehten sie ab und fanden ein neues Schiff.

Von der Überfahrt weiß ich nichts mehr. Ich weiß nur noch, dass ich weggefahren bin. Dann kann ich mich an die Haie und an einen Jesuitenpater erinnern. Er hat mir den Haifisch erklärt. Zunächst war ich überrascht, als er mir sagte, dass der Papst der Stellvertreter Gottes auf Erden, im Wasser aber der Hai sein Stellvertreter sei.

Haben Sie vom Untergang des Circus Hagenbeck gehört?

Wie sich das Blut mit dem Wasser vermischte, wie alles unterging? Hat einer überlebt, dann kann er erzählen.

Und der Hai? Der Hai ist zunächst eingesetzt, die Meere zu durchstreifen und mich daran zu erinnern, dass ich ein Landtier bin. Ich bin ein Landtier. Ich gehöre nicht ins Wasser. Ich bin ein Landtier. Das gilt auch für den Stellvertreter Gottes zu Lande, den Heiligen Vater, sagte er. Er fuhr in den Urwald, um eine Missionsstation zu übernehmen. Amazonas. Wissen Sie überhaupt, woher der seinen Namen hat? Da waren die ersten Spanier, die fuhren den Fluss hinauf und hielten die Indianer für Frauen, nur weil sie keine Haare auf der Brust hatten, stellen Sie sich das vor! Aber weil sie so kriegerisch waren wie die Amazonen, hat man sie ... Die meisten sind heute katholisch, aber es sind nicht mehr so viele.

Im Amazonas gibt es den Hai nicht, dafür den Piranha, einen entsprechenden Süßwasserfisch.

Nun folgte die Rechtfertigung des Haifischs aus dogmatischer Sicht.

Zunächst ist er einfach da! Sie können staunen! Ist es nicht wunderbar, was es alles gibt! Bald fallen Ihnen aber die langen, spitzen, in Bändern angeordneten Zähne, die ständig nachwachsenden Zahnreihen auf, und vielleicht wird Ihnen sogar ein Arm oder der Kopf abgebissen. Was sagen Sie dann? – Falsch gefragt! Dummkopf, der Ihnen noch nicht weggebissen ist! Sie müssen viel ursprünglicher fragen: Warum und wozu habe ich einen Kopf?

Genau. Denn ich soll nicht nur dumm staunen, nicht bei den Zähnen stecken bleiben, sondern hinter den Sinn, auch hinter diese Haifischzähne kommen. Weiterkommen. Dahinterkommen. Und ich gebe Ihnen, junger Freund, das erste Stichwort: Schöpfungsordnung, natürliche Theologie.

Das sind zwei Stichwörter. Streng gedacht ist der Haifisch eine Spur Gottes, die direkt zum Schöpfer führt. Nicht etwa durch den Haifischzahn, sondern durch den Menschen wird die Schöpfungsordnung durcheinandergebracht. Ich habe nie von einem perversen Haifisch gehört. In keinem einzigen Meer ist man bisher auf einen perversen Haifisch gestoßen, das heißt auf einen, der den Menschen, der im Wasser nichts verloren hat, nicht weggebissen hätte und stattdessen lieber anderen, ich möchte sagen: unnatürlichen Vergnügungen nachgegangen wäre, ich denke jetzt vom Hai und der Schöpfungsordnung aus.

Wir sind alle Stellvertreter Gottes, einerlei, wo wir als sein Geschöpf gerade stehen oder liegen, kriechen oder fliegen oder schwimmen. Der Hai ist der Bevollmächtigte Gottes unter Wasser. Überall werden seine Zähne seinen Namen verkünden. Ist das nicht herrlich! Wir sind schon fast in der Mystik. Wenn Sie wollen, haben wir hier auch schon einen ersten Gottesbeweis: dass du gefressen wirst, offenbart, dass es etwas Höheres gibt als dich. Auch der gottloseste Seefahrer könnte die Spur erkennen, die vom Haifischzahn und weiter zum Schöpfergott und letzten Grund aller Dinge führt. Aber oftmals will er nicht und stirbt einen blutig sinnlosen Haifischtod, was es für einen geistig Blinden auch tatsächlich ist.

Wirf mich ins Wasser! Es pikst vielleicht etwas. Du landest im Haifischmaul. Anders gesehen landest du aber im Paradies! Du zitterst zwar etwas, dir wird flau im Bauch. Aber vielleicht hilft dir die Vorstellung, dass du jetzt als Leckerbissen dienst. Das ist im Grunde ein wunderbares Geheimnis. Der Opfergedanke gehört strenggenommen in diesen Zusammenhang. Du opferst dich stellvertretend für diesen Haifisch und für alle Haifische deines Lebens.

Das Leben ist Leiden, aber der Mensch sträubt sich dagegen. Das Leben ist gefährlich. Aber schon das Karnickel will nichts davon wissen, obwohl es wissen müsste, dass das Leben nichts anderes ist als Leid und Gefahr. Aufgrund seines Instinkts, du aber? Hast du ein Gewissen und einen Schutzengel? Was also? Warum Gut und Böse, klein und groß, Wasser und Land, hier und dort nicht unterscheiden wollen?

Hast du dich in das Schmerzgeheimnis eingelebt, wirst du keine dummen Fragen mehr stellen. Willst du, dass dein Haifisch verhungert? Du wirst jetzt wissen, dass das Haifischmaul nicht eigentlich Schmerz und Tod in Aussicht stellt, sondern eigentlich Erlösung und ewiges Leben. Dein Verschwinden im Haifischmaul ist der Anfang deiner ewigen Herrlichkeit. Der Dummkopf sagt: Schmerz und Unsinn. Ich sage: Erlösung und Herrlichkeit. Es vollzieht sich vor deinen Augen, durch dich, in dir, mit dir eine Verinnerlichung grandiosen Ausmaßes, deren scharlachrotes Gesicht dich nicht schrecken kann. Alles fließt hier zusammen: Sinn und Unsinn, Seele und Blut, Schmerz und Opfer, Erlösung und Herrlichkeit, Hingabe und Vollendung,

Jüngster Tag und himmlische Liebe. Weißt du endlich, dass sich hier an dir ein letzter Akt der Liebe vollzieht?

Du weißt es nicht?

Eine dem Frieden dienende Liebesmission lässt ihn die Meere durchstreifen. »O Haifischzahn! Himmlisches Geheimnis! Sinngeheimnis! Himmlisches Heilswerkzeug!« Ich kann gar nicht genug glauben, verriet mir mein Pater. Er hatte sich in seinen Glauben hineingesteigert.

Aber ich, am Anfang evangelisch, habe nie wieder durch einen Geistlichen etwas besser verstanden. Alles war einleuchtend.

Sie fahren jetzt nach Südamerika. Wollen Sie sich nicht lieber gleich opfern?

Wollen wir nicht zusammen ins Wasser springen?

Aber dann haben die Indianer keinen mehr, der ihnen die göttlichen Geheimnisse verkündet.

Ich wollte lieber noch den Umweg über Patagonien machen, sagte Fritz.

Schön, dass der Mensch so weit fahren kann, sagte der Pater. Die Kreatur leidet, aber das Geheimnis ist herrlich! – Das war vom heiligen Laurentius von Schnüffis. Kommen Sie, ich will Sie segnen.

Er segnete mich.

Und zu Hause wartete man auf eine Beschreibung von Rio!

Ich stieß auf Galina Pawlowna

Eine Hymne auf die Füße von einst, bevor sie müd waren!

Nachdem sie hier angekommen war (in einem der Winter nach dem Krieg, Fritz wusste nicht mehr genau, in welchem), blieb sie auch gleich hängen, bis zum heutigen Tag, mehr als vierzig Jahre. Eine Russin, sagten sie in Pico Grande vereinfachend. Sie kam aus der Ukraine, von den Deutschen nach Deutschland geraubt, danach von den Engländern beschlagnahmt und ums Haar an Stalin abgeschoben, sagte mir Fritz. Vorher noch von den Engländern bombardiert. In Amerika unerwünscht, nach Argentinien abgeschoben, von Buenos Aires in den Süden abgeschoben, in die Südspitze Patagoniens.

Verstehen Sie etwas von der Welt?

Ich wusste nun schon fast alles, aber alles, was ich sah, war eine Frau, die ihre Haare hängen ließ, ihren Kopf, ihr Leben.

Sie leitete das kleine Hospital von Pico Grande, eine der Krankenstationen, die über Patagonien verteilt waren. Sie wurde in Pico Grande gebraucht. Nach ihr würde das Hospital Rural geschlossen werden. Mit ihrem Mario, dem Indianer, den sie bei sich aufgenommen hatte, als er ein Jahr alt war, sprach sie Russisch. Mit den Leuten Spanisch. Mit mir sprach sie Deutsch. Es war ein unendlicher Weg bis hierher, aber selbst in Pico Grande hatte sie noch Angst, entführt zu werden. Ihre Angst war konkret.

Umso zwingender war ihr Glaube, da sie sich aufzählen konnte, wie oft sie schon der Verfolgung entkommen war. Auf jedem ihrer Kontinente war ihr mindestens einmal nach dem Leben getrachtet worden.

Die Angst versandete, das Gespräch. Wir schwiegen. Die Welt holte sie an ihrem Ende ein und brachte einmal Kopfweh und einmal den Tod.

Sie lebte ja nur, weil sie verfolgt wurde, weil sie von den Deutschen nach Deutschland geraubt, von den Engländern ums Haar ans Messer geliefert und von den Amis im Schatten der Freiheitsstatue aufs offene Meer hinausgetrieben, weil –

auch war sie nie ganz gesund –

und Heimweh –

Amerika kam für sie nicht in Frage.

»Kommen Sie wieder!«, sagte sie.

Ich ging.

Jede Personenbeschreibung wäre ein Reisebericht.

Du bist aufs offene Meer hinausgetrieben worden. Die Freiheitsstatue wurde immer kleiner.

Auf dem Schiff konntest du ausruhen und atmen.

Das Geld für die Passage, auch das Kopfgeld, das bei der Einreise vorzuweisen war, hattest du in deinem geretteten Pelzmantel. Der erste Nachkriegswinter. Das alte Leben landunter und dein Glaube an Bord, dass ein Tag wie der andere sei, verflüchtigte sich bald wieder an Land.

Warum zitterst du?

»Ein gutes Schiff!«, sagte einer deiner Matrosen, die dich hinübergeleiteten. Aber dann kam ein Sturm. Da sagte dein kaum verständlicher Matrose, um dich zu beruhigen (das Schiff arbeitete schwer im Wasser, es schaukelte auf den Wellen, du zittertest), sagte der Matrose mit der Angst im Gesicht: »Ein gutes Schiff. The sea is closed by police, but this good ship!«, und er zeigte auf deine Füße, Galina, und auf den Boden, auf dem sie standen.

Du warst nicht die Einzige, die ein Leben wie deines führen musste. Es war so gut wie nichts, was du bei dir hattest, als du Ellis Island, die Einwandererinsel, betratest. Deine Sprache (Russisch), deine Sprachen spielten keine Rolle. Es war nicht die richtige darunter, du konntest kaum ein Wort Amerikanisch.

Für die Nacht wurde dir eine Pritsche zugewiesen. Vorher musstest du dich unter der Aufsicht von zwei Braunbehosten duschen, zusammen mit allen Frauen, die nach Amerika wollten. Deine Habseligkeiten wurden dir abgenommen. Du solltest dir deine Nummer um den Hals hängen. Über Lautsprecher wurde dein Name aufgerufen. Du solltest dich zur Abholung in den Schlafsaal bereitstellen. Da waren etwa zweihundert Betten in dem Raum. Nachts blieb das Licht an. Aber alles andere kam dir doch bekannt vor. Hast du nicht die schönsten Jahre in einem Lager verbracht?

Am nächsten Tag begannen die Prüfungen. Der erste Versager wurde schon auf das Beiboot getrieben, das alle, die nicht nach Amerika passten, auf das vor Anker liegende Schiff zurückbrachte.

Da hatte sich doch ein Aussätziger unter euch Einwanderer geschmuggelt. Er konnte die eine, die angefressene Hand notdürftig in einem langen Ärmel verschwinden lassen, aber auch die Nase war schon angefressen. Wie ein Clown war er zurechtgemacht, so wollte er angesehen sein. Eine weiße Salbe, die den Schmerz verdeckte, sollte Schminke vortäuschen. Keiner nahm ihm den Clown ab: ein Clown in Amerika? Woher der stammte? Pfui! hörtest du auf Deutsch im Vorbeigehn. Mit was für einem Schiff war der gekommen? Selbst in der Masse der Männer (er stand auf der Männerseite) fiel diese Nase auf. Ekelerregende Krankheiten hatten keine Chance, an Land zu kommen. Jeder, der ihn sah, wusste, dass für seine ekelerregende Krankheit kein Platz wäre in Amerika. Er kam aus Portugal. Die Nase hatte er sich in Afrika geholt. Seitdem blieb ihm ein Leben im Hinterzimmer. Man ließ ihn nur noch nachts ans Meer. Das war augenblicklich klar, jedem, der ihn sah. Seine Geschichte war in wenigen Sätzen erzählt.

Doch dich, Galina, erwarteten große Tafeln aus Blech: Willkommen in den Vereinigten Staaten von Amerika (so lautete der vollständige Name des Landes über dem Meer). Trotz der Kriegsjahre warst du schön und etwas mollig geblieben, aber nicht schwindelfrei. Auch deine Geschichte in Amerika war vergleichsweise kurz. Du bekamst einen Besen in die Hand, Tee aus Plastikbechern (die ersten Plastikbecher deines Lebens). Nach einer schrecklichen ersten Nacht zwischen diesen Einwanderern in Anstaltskleidung, die schon eine Runde weiter waren, die alles abgelegt hatten außer ihrem Körpergeruch, wurde dein Name erneut aufgerufen. Du hast dich nur an der Nummer erkannt, die aufleuchtete. Deinen Namen hast du nicht verstanden. Ein Komitee lächelnder Amerikaner solltest du überzeugen, dass die Staaten das Richtige für dich wären. Jetzt waren sportliche Fähigkeiten angesagt, nach dem Glauben an Gott und Amerika die wichtigste Eigenschaft eines Menschen. Zuerst solltest du eine Reihe von Purzelbäumen, vorwärts und rückwärts, nach deiner Wahl, vorführen. Du glaubtest an einen Scherz, schicktest dich dann aber doch an. Hinter dir standen schon mehrere Frauen im Trainingsanzug, die dicker waren als du und älter, alte Frauen, die den Krieg überlebt hatten und diese Sache nicht besser machen würden als du. Dann standest du vor den Hürden. Da war eine glatte Wand aus Plastik, die einen Meter hoch war und umfiel. Dein Sprung misslang. Die Mauer fiel einfach um und begrub dich. Doch deinen Plan hattest du zu diesem Zeitpunkt immer noch nicht aufgegeben.

Nach einer kleinen Pause wurden die Pioniertugenden getestet. Da kam eine Braunbehoste mit einem Huhn herein, übergab es dir zusammen mit einem Messer und deutete durch Zeichen und Laute an, in einer Stunde wolle sie ein kochfertiges Suppenhuhn mitnehmen. Nach dieser Stunde konnte das Huhn an die nächste Kandidatin weitergereicht werden. Am meisten versagtest du auf der Leiter. Warum warst du nicht schwindelfrei? Ein dreißig Meter hohes Gerüst aus Eisen, das wie ein Galgen im Hof stand. Da hinauf mit dir, bis zur zweitobersten Sprosse!

Schon auf der zehnten Stufe bliebst du hängen, kralltest dich fest und musstest mit Gewalt heruntergeschafft werden wie eine Selbstmörderin, die auch noch den Verstand verloren hat. Das war das Ende.

Mit dem nächstmöglichen Schiff wurdest du aufs Meer hinausgeschafft. Eines Morgens (ich übergehe, dass du unterwegs in Seenot warst) erwachtest du im Hafen von Buenos Aires.

Du lerntest Spanisch. Die ersten Worte konntest du schon in Russland. Nach drei Wochen hat man dir eine Gegend auf der Karte gezeigt, die du bis dahin nicht einmal dem Namen nach gekannt hattest. Dahin bist du gefahren, um dort den Rest deines Lebens zu verbringen. Einverstanden?

Die Schafe bissen nicht, die Gauchos sprachen nicht; und es war heiß und kalt, alles fast ganz wie zu Hause.

Jede Personenbeschreibung wäre
ein Reisebericht

Ich schweifte ihre Wände entlang, sah schließlich weiße Mäuse und Ameisen, fleißig wie die Bienen. Einige besonders schöne Ameisen, aber Ameisen.

Eine Müdigkeit hatte mich nun wieder erfasst, vergleichbar meiner kindlichen Müdigkeit, jener Müdigkeit vom Anfang mit ihrem Unwillen gegen Tag und Licht und Menschen. Den Leuten zusehen, wie sie ihr Käsebrot verschlingen, schmusen, Arm in Arm in der Nacht entschwinden?

Erinnerungen an Strände, an denen ich saß und gesessen hatte, gerade jetzt, vorbei, kein dummes Wort, und die von Homer erwähnt wurden. Miserere-Syndrom: Scheiße kotzen, aber kein Fieber, die Reise konnte weitergehn. Hagios Nikolaos, Seefahrerpatron, »der Ort ist sehr einsam«, las ich mir vor.

Das Abendlicht wird dir auch noch geschenkt, dachte ich, zum Fenster hinausschauend, als wäre es die Taiga, auf dem Samowar der Tee.

Aber die Kordilleren sind dir nichts als ein blaues Band. Du bist mit dem Flugzeug angereist, bist angeflogen und hast dich ebenso schnell abgefunden mit allem, was du zu sehen bekamst, dachte ich mir dazu.

Dir, mir genügte damals schon der Biermann, der in der Welt herumgekommen war, unser Biermann, ein Biermann, der Wien gesehen hatte, die Wolga, den Kaukasus, den Balkan, alles im Krieg. Jetzt hatte er eine Frau, die ihm Kinder geschenkt hatte, Wunschkinder, ein Haus, Summe eines verpfuschten Lebens, und war bald tot.

Bald war die Gegenwart in meinem Kopf wiederhergestellt, von Lord Byron und all seinen Gedenktafeln um das Mare Nostrum befreit und erlöst. Wer war dieser verdammte Kerl?

Ich kannte keine Zeile von ihm und wusste, an welcher Stelle er das Meer durchschwommen, an welcher Stelle des Wassers er den Tod gefunden und wo er in Rom seine Sandwiches verspeist hat. Erinnerungen, Ballaststoffe: Goethe trank schon zum Frühstück, seine Frau und sein Sohn gingen am Suff zugrunde. Währenddessen schritten unten, auf der einzigen Straße von Pico Grande, Liebespärchen an mir vorbei, als ob sie auf dem Weg ins Theater wären.

Früher (durfte so der Satz eines Menschen beginnen, der lebte?) stand ich an Allerseelen auf dem Heimatfriedhof herum. Jetzt bist du hier, sagte ich mir, am Fuß der Anden und trinkst Tee aus dem Samowar. Die anderen versuchen, eine Verbindung zu deinem Leben herzustellen, sie ziehen dazu ein Foto aus der Tasche und behaupten, du habest eine gewisse Ähnlichkeit mit deinem Urgroßvater. Und auch sie habe von dieser Ähnlichkeit, sagt Rosa. Es sei mir und ihr ins Gesicht geschrieben, woher ich sei und was. Ganz zu Beginn sagte ich mir: Stell dich auf ihre Fragen ein, sie wollen nur von dir wissen, wie es zu Hause ist. Sag ihnen: Es ist ganz wie zu Hause. Versuch, ihnen von der Heimat zu erzählen, unserem Friedhof mit der schönen Aussicht, dem Leben, das ihres sein könnte. Ich spannte also meine Flügel aus.

Sie wollen Fotos sehen, die ihnen mehr sagen, als ich sagen kann.

Sie wollen wissen, was es zu essen gibt, alles der Reihe nach.

Unsere Höhlen?

Sollte ich von der Bärenhöhle, den Tropfsteinhöhlen und allen Höhlen meiner Kindheit berichten oder einfach von meinen Höhlen, zu denen ich wenig später auch noch die Diktehöhle rechnen musste, wo Zeus geboren war, die Idahöhle, wo er vor seinem Vater versteckt wurde, damit der ihn nicht gleich zu Beginn der Geschichte auffraß? Oder von der Stelle, wo Europa an Land getragen wurde? Nicht weit davon, nur noch etwas südlicher, soll Kalypso beheimatet gewesen und Paulus an Land gespült worden sein.

Sollte ich Rosa von den Strandungsorten berichten, die auch noch ihr Leben erreichten? –

Früher (darf ich das sagen?) stand ich an einem solchen Tag auf dem Friedhof, ein Gemisch aus Chrysanthemen und Wintermänteln. Verstanden sie mich, eine Erinnerung aus Höhlen, Chrysanthemen und Wintermänteln? Die Bärenhöhle mit dem Bären, der seine Tatzen um mich geschlungen hat und sich mit mir im Arm, auf dem Arm fotografieren ließ, das war ein handfestes Bild, das ich aus der Tasche ziehen konnte.

Oder jenes Bild in meinem Kopf, das Röntgenbild vom Tag der Reihenuntersuchung?

Konnte ich mir an diesem Tag schon vorstellen, dass in Pico Grande alles ganz wie zu Hause war und sein würde? War ich als Tourist gekommen, mit seinen Lügen, und als Kundschafter mit seinem Bericht von den Menschenfressern, den Ruinen am Meer, am Meer der Erinnerungen und Armen Seelen?

Die Erzählung stockte, ich flüchtete mich zur Röntgenreihenuntersuchung und meiner Angst und Scham, die sich jetzt, inmitten meiner fernen Verwandten, in Gelächter auflöste. Alle lachten, mussten lachen.

Ich, der ich nun für eine gewisse Zeit meiner katholischen Herkunft hinter dem Berg und meiner Zeit hinter dem Berg selbst entflohen war und jene wie die Kleider am Tag der Röntgenreihenuntersuchung abgelegt hatte, konnte nun auch über die zu dicken und zu dünnen, die richtigen und die falschen Oberweiten auf der Frauenseite und mein wiederholtes Erröten mitlachen. Dies aufgrund meiner Vorstellung, denn ich war ja auf der Männerseite, hatte die andere Tageshälfte. Ich ließ mir, als alles vorbei war, sagen, wer einen gestopften Unterrock oder eine ausgestopfte Oberweite trug und den Schweiß auf der Stirn und unter den Achseln ins Gesicht geschrieben hatte. Meine Mädchen, die dabei waren, haben es gesehen und bezeugen diesen Nachmittag, und was sie bezeugen, ist wahr (die Männerseite war auf den Vormittag befohlen), sich ebenfalls in den Boden schämend, als sie zum ersten Mal in ihrer Reihe standen und auf die Durchleuchtung ihrer oberen Körperhälfte warteten. Schöne Grüße an dein Muttertier.

Als mich nämlich die Aufforderung erreicht hatte, der Befehl, zu dieser Untersuchung zu erscheinen, fielen mir sogleich meine Achselhöhlen ein, die fehlenden Haare, die Haare, die nach Geschlechtern getrennt gezählt würden, meine zu kaltem Schweiß geronnene Angst, das erste Mal das Wort negativ – das alles war jetzt, Jahrzehnte später, nur noch ein Gelächter wert und versetzte mir doch einen Stich im Augenblick, als es, nein: ich, als ich mir selbst wieder einfiel.

Schon damals musste sich mein Nebenmensch nicht schämen, dicke Haarbüschel quollen ihm aus den Ohren, aus den Achselhöhlen, aus dem Bauch.

Aber was war mit mir?

Ich war vierzehn und ganz mangelhaft. Das konnte ich jetzt in Pico Grande berichten. Der Stellungsbefehl, die Karte, die ich noch vor mir sehe und mir (zusammen mit anderen über die Jahre verstreuten Nachrichten) das Leben schwer wie ein Schatten machte, war durch die Zeit nicht viel mehr wert als eine Erzählung mit entsprechendem Gelächter. Meine Angst war zu einem Witz geworden.

Hätte zu einem Witz geworden sein können, wenn nicht das fehlende Muttermal gewesen wäre.

Aber am meisten gelacht wurde, als sich herausstellte, dass selbst in Pico Grande diese Untersuchung von Amts wegen alle Jahre wieder stattfand und genauso, als ob es zu Hause wäre, bis in die Einzelheiten der notdürftig verdeckten Scham auf der Frauenseite. Bis zum heutigen Tag sind alle, die diese Karte bekommen haben, ob sie lesen können oder nicht, erschienen, und die letzte Indianerin hat sich alles vorlesen lassen, hat ihr weißes Hemd, und was dafür galt, abgelegt und am Eingang des Röntgenwagens gewartet, bis sie an der Reihe war.

Alles ganz wie zu Hause, nur an der Stelle der indianischen

Brust und des indianischen Achselhaars meine Erinnerung an den durchsichtigen Schweiß unter meinen Achseln. Wir sind bei den meisten Dingen ganz unter uns, dachte ich, als hätte dies Tante Mausi gesagt.

Das Schweißzentrum meiner frühen Zeit, meine Nasszellen in den Tagen vor der Messerimpfung, das war noch ein Gelächter wert, bis es wehtat.

Nun kehrten wir zu vernünftigen Erwägungen zurück, zur Gnade des Personals, der Krankenschwester, die dem zu Durchleuchtenden das künstliche Gebiss im Mund ließ oder nicht. Das war nur zu Hause so, denn in Pico Grande gab es zwar Zähne, aber keinen Zahnersatz.

Die Stimme Rosas, die der eines Kakadus oder einer Italienerin glich, die aufgeregt von einer Wäscheleine zur anderen mit ihren dicken Oberarmen und ihrem Unterrock heiße Tage auf dem Balkon verbringt und ihr scharfes »E!« herausstößt, warf sich zu mir.

»Was war mit dir?«, wollte sie wissen. Wusstest du schon, was Liebe ist? Ich? Mit meinen Unterhemdchen und Unterärmchen?

Sie, meine Muse, sollte mir nun erst recht alles zeigen, alles, was es zu sehen gab, alles, was sie sahen.

Wollte sie erst mit der Höhle beginnen oder zu den Opfern der Maul- und Klauenseuche, die unverbrannt und unbegraben in einer natürlichen Mulde am Weg in die Kordilleren lagen, hinausfahren?

Ich entschied mich für die Kordilleren, denn ich habe das Leben unter freiem Himmel immer irgendwelchen Höhlen vorgezogen und hatte praktisch mein ganzes Leben im Freien verbracht, wo ich ganz frei war und nur der Gefangene meiner selbst.

Ich war immer gerne gefahren, das hieß doch: weggefahren, sodass mein Leben, wäre es verfilmt worden, ein Roadmovie gewesen wäre, in dem das Leben mit dem Sterben zusammenfiel.

Nach einer halben Stunde schon waren wir am Ziel, unweit von See No. 3. Nur die Geier, die aber nicht Geier hießen, sondern einen anderen Namen hatten, der mit Condor verwandt war, machten sich noch über die blauverfärbten, zu Monsterleibern verwandelten sterblichen Überreste her, und Neugierige, denen dieser Anblick nichts Gutes verhieß.

Alles war nur eine relativ kurze Zeit zu sehen.

Ich konnte Rosa verständlich machen, ihr versichern, dass es das auch bei uns gab. Ich ließ sie Maul- und Klauenseuche auf Deutsch nachsprechen. Maul- und Klauenseuche – das war nun wie das Geknurre eines Hundes, eines kleinen Hundes. Anschließend lachte sie kurz und hart über das Wort und wiederholte laut: »Mau- un-Klauenzeuch-« und wollte wissen, ob sie das richtig sagen konnte. Tatsächlich. Sie hatte die Oberarme einer Süditalienerin, einer Neapolitanerin, die im Unterrock am Fenster steht – es ist unbeschreiblich heiß und das Leben manchmal ein Fest.

Der Ausbruch meiner Maul- und Klauenseuche lag lange zurück. Als ich aber den ungeschützten Haufen sah und sah, dass die Zeit zugleich verging und nicht verging, schwindelte ich: nur eine kleine Schwäche.

Dies war das deutlichste Zeichen, das ich bisher in Pico Grande erhalten hatte.

Wir saßen wieder zu dritt vorne im Chevrolet, Mario, der Sohn der Doctora, saß am Steuer, nur die Scheiben und ein Sicherheitsabstand trennten uns noch von den auseinanderbrechenden Leibern. Aber Rosa wollte alles sehen und wollte mir alles zeigen, wollte von Mario ganz nah hingefahren sein, so nah, dass es für ihn anschließend ein Kunststück war, wieder herauszufinden, ganz nah. Die Scheibe hinuntergedreht, und wiederum war ein gewaltiges, abscheuliches »E!« zu hören, wie ich es selbst von Rosa noch nicht vernommen hatte.

Ich erschrak über alles, am meisten des Schreis wegen, der die monströse Begeisterung über das Entsetzliche nicht zurückhalten konnte. Des Anblicks wegen, der mich in die früheste, überwunden geglaubte Zeit zurückwarf, in meine Angst vor den Toten und die Todesangst.

Das ist alles ganz natürlich, gab ich ihr zu verstehen und dachte an mein tatsächliches Leben und versuchte alles mit dem Wort »natürlich« wegzuwischen, mit dem Schwamm der Vernunft. ... von allen Seiten natürlich, von oben, im Anflug, auf Augenhöhe, von unten her, schließlich von innen heraus – die Natur mit ihren vom Licht strebenden beziehungsweise alles durchdringenden, alles mit allem verbindenden, in allem aufgehenden Würmern und Elementen: »Nur natürlich«, sagte ich. Alles ganz natürlich, selbst meine wie die Maul- und Klauenseuche ausgebrochene Todesangst.

Habe ich das wirklich gesagt oder nur gedacht?

Ich sagte noch einmal das Wort »Maul- und Klauenseuche« vor mich hin, ein Wort, das jetzt ausgebreitet vor uns lag, ganz natürlich, selbst die so unnatürlich scheinenden und schimmernden Blautöne, blau, meine Lieblingsfarbe, ein Blau, wie ich es nie gesehen hatte. Die Innereien quollen nach außen, platzten in Blau und Rosa, in Schwarztönen, den hellen und dunklen Farben des Blutes.

Eine hochinfektiöse Angelegenheit, zu Hause wurden die zusammenbrechenden Tiere von Spezialviehhändlern mit Spezialviehwaggons abgeholt, von einem automatischen Gewinde ins Fahrzeug gezogen, die Menschen wurden wochenlang eingesperrt.

Am Rand der Kordilleren gab es keine automatischen Gewinde, keine Spezialviehhändler. Das war vielleicht der einzige Unterschied zu zu zu-zuhause.

Das Naturschöne und das Kunstschöne: Ich stieß auf to kalón.

Für Rosa selbst war das alles nur natürlich, mit einem kleinen Überbau aus den USA, dass nämlich Jesus bei ihr war, alle Tage – ich mochte gar nicht so weit vordenken.

Wir stießen zurück, fuhren schon wieder auf der Straße. Sie bot mir ein Drops an, sie führte immer etwas zum Lutschen bei sich. Ich spürte ihre dicken Arme. Fast alles spielte sich im Chevrolet ab.

Wir hatten schon wieder Appetit, das nächste Asado wartete schon. Am See, wir hatten alles dabei. Auf der Ladefläche unseres Pick-ups. Bald saßen wir um das Feuer herum.

Gleichzeitig oder nebenher gab es die Angst vor dem Urwald in meinem Kopf, in meinem neuronalen Durcheinander, vor den vereinfachend Wilde genannten Menschen, die mir als Kind das Leben zusätzlich schwermachten, obwohl ich niemals einen solchen Wilden zu Gesicht bekam, der irgendwo auf der Welt seinesgleichen bis auf die Knochen abnagt, und falls es mein Gott so geplant hat, mich, den Eindringling, bis auf die Knochen abnagt, aus meinen Oberschenkelknochen zwei Halsketten geschnitzt hätte, und selbst noch mein kleinster Fingerknochen hätte für einen Ohrring gereicht, mit etwas Gold vermischt, so geschickt waren sie.

Kein Zweifel, das waren die Gedanken eines Menschen, der zwangsläufig irgendwann bei Dr. Schwellinger landen musste.

Alle meine Vorstellungen hatten sich am *Tamtam* entzündet, einem Missionsheft für Kinder, das mir der gute Strittmatter zur Belohnung für meine treuen Ministrantendienste, und dafür, dass ich das *Confiteor* als Einziger fehlerfrei aufsagen konnte, geschenkt hat, einen ganzen Jahrgang ausgelesener Exemplare, ja, damals wurde noch gelesen, die Bücher der katholischen Borromäus-Bücherei alle mehrfach, wie auch die Schulbücher, die von Tintenfinger zu Tintenfinger weitergingen.

Ich hatte gelesen (nein: hineingelesen), dass sie sich damals gerade in der Gegend, an diesem See, aus lauter Lust einander aufritzten, die Araukaner, und so fort, denn der Tod war ein Fest, und ein Mann berauschte sich am Blut des anderen. Das Blut wurde nicht gesalzen und nicht versüßt, nicht gekocht und auch nicht zu einer Blutwurst gemacht oder sonstwie verfeinert. Man nahm einfach den nächstbesten Gefangenen, öffnete sein Herz mit einem scharfen Gegenstand, einer Art Messer, und schlürfte und trank in vollen Zügen und berauschte sich an Blut und Leben, bis alles aufgesogen war. Dann ließ der Berauschte ab, schon war er wieder nüchtern und versteckte sich hinter dem nächsten Calafatestrauch.

Die Frauen, die außerhalb in ihren Ställen zusammenhockten, warteten nur noch darauf, herausgelassen zu werden und die Innereien auszulutschen, dachte ich mir dazu.

Im *Tamtam* stand davon nichts.

Möglichst weit weg von der Natur!

Das wäre die Rettung, dachte ich jetzt; ich hatte keinen anderen Wunsch, als möglichst weit weg von der Natur, dem Naturschönen und allem, was mich in seinen Ketten hielt.

Genau an derselben Stelle wie im Urwald floss das Blut, und es gab dieselben Blutgruppen mitten im Urwald. Nicht nur die Sternzeichen wurden geteilt, auch das Blut. In jedem von uns, in unseren Flüssen, lichtlosen Flüssen, schwammen die ersten Regungen des Lebens mit.

Ich stand auf Menschenfresserboden.

Von dort hinten war er gekommen. Hier hockte er auf dem Boden, einst, dachte ich, und ich sah es jetzt, hier nagte er an seinem Knochen herum.

Ich hätte erschaudern können, doch wies mich meine eigene grausame Herkunft in die Schranken. Der KZ-Arzt Mengele kam ja auch von der Donau und lebte vielleicht immer noch, wie es hieß, in dem Land, in dem ich nun auch lebte, vielleicht ganz in der Nähe, und ich hatte auf dem Weg hierher in Buenos Aires möglicherweise neben ihm gesessen, und wir hatten zusammen gehört, wie Libertad Lamarque im Radio *El día que me quieras* sang.

Die Wilden, sosehr ich mich an ihrer Wildheit berauschte, beherrschten doch nur das kleine Einmaleins der Grausamkeit, während ich dem Großen Einmaleins entstammte.

Geradezu rührend die Geschichte vom Tod eines dieser Wilden, der sich schlafend stellte und seinen Lieblingssohn mit in sein Grabbett nahm. Und dass jede überzählige Frau getötet wurde, ich weiß schon. Ein paar wenige hat man in ihrem Stall zusammengesperrt und nur zur Arbeit herausgelassen. Tag und Nacht war dieser Stall abgesperrt. Die Frauen sprachen nicht und konnten auch nicht sprechen. Sie hatten nur eine kleine Stallsprache entwickelt, die kaum über ein Grunzen hinausging. Die kleinen Mädchen wurden wie die Hühnchen aussortiert. Nach ein paar Wochen schlug man ihnen den Kopf ab und machte eine Suppe aus ihnen. Noch bei den ganz Wilden regierte die Logik des starken Geschlechts. »Mögen andere von ihrer Schande sprechen«, dachte das Kind in mir, das alles wissen will und auf nichts eine Antwort bekommt.

Ich hörte von der wiedergeborenen Rosa, dass ihre hiesigen Vorfahren, denen sie sich ferner glaubte als ich mich den Germanen, aus Blut eine Suppe machten, die himmlisch schmeckte. »Ganz so wie den Japanern das aus einem lebenden Affen gelöffelte Hirn«, ergänzte ich.

Aber Rosa strafte mich mit ihrem Unglauben. Sie wollte es mir nicht glauben.

Aber so viel wussten wir: Die Geschichte, diese ganze Geschichte war für uns beide eine Zumutung, der Rest war Natur, und die hatte ihr Gesetz, von Gott so gegeben, über das der Mensch nicht hinauskonnte und niemals verstand.

Dies alles neben unserem Asado her, diesem himmlischen Grillfleisch, wie ich es nicht besser bekommen habe anderswo auf der Welt. Ja, ich biss hinein, und alles war gut.

Sieht jetzt mein rechter Schuh wie mein linker aus?

Bin ich eine Missgeburt, dass ich im Gleichschritt nicht gehen kann?, fragte ich mich.

Diese Fleischfresser! In die Wurst mit ihnen! Es war ein heißer Tag, ich gebe es zu.

Nun war ich da. Saß da und dachte, dass ich nun da saß.

Da saß ich nun.

Die Geschichte meines Heimwehs hatte ich bisher noch nicht

ins Auge gefasst, aber jetzt, an meinem Lieblingsplatz, auf meinem Friedhofshügel am Ende der Welt, konnte ich mir ein Bild machen, woher ich kam, und auch, wohin es mich zog.

Als Kind ließ ich die ganze Sonne hinter meiner kleinen Hand verschwinden, das war möglich. Ich hielt einfach meine schützende Hand vor die Augen. Woher rührte das Händchen? Es waren niedrige Verhältnisse, in jedem Fall funktionierten die Organe.

Ich erinnerte mich an das Geheul meiner Katze, die in der Katzennacht auf der Suche nach der großen Katze war. Meine Katzen, die sich eben noch um nichts in der Welt voneinander hätten trennen lassen, durch keine Haselrute und nichts sonst, jagten schon wieder auseinander.

Ein Stein genügte, und das Glück war in zwei Teilen.

Und doch

Man war mit mir angeln gefahren. Ich sollte angeln. Man hatte eine Angel für mich mitgenommen. Als wir (Galina, Mario, ich) am Fluss angekommen waren, der sich durch die Hochebene schlängelt und eine Verbindung zwischen diesen schönen kalten Seen und dem Pazifischen Ozean herstellt, hatte mir Mario von der Ladefläche weg gleich meine Angel entgegengestreckt und »deine Angel« gesagt. Ich hatte sie auch noch in die Hand genommen und war hinter Mario her die wenigen Schritte zum Ufer des Corcovado gegangen, hatte dann aber meine Angel auf den Boden gelegt. »Willst du nicht einmal sehen, wie er anbeißt?« Lustlos griff ich nun doch zu meinem Gerät, ließ mich antreiben von dem Mann neben mir und seiner Mutter hinter mir und versuchte, es zu machen, wie alle es machen, wie man es macht. Meine Angel – wir beide wackelten etwas, wir zitterten, es war eben das erste Mal. Mario machte mir vor, wie ich den Haken ins Wasser werfen, wie ich die Angel halten und wie ich hinsitzen und lauern und schweigen sollte.

Und so saß ich eine Zeit. Wie Mario es vorgemacht hatte, selbst in der Haltung einer elastischen Angel, warf ich dieses Gerät über mich hinaus, irgendwo in Richtung Wasser. Ich hatte meinen Gastgebern natürlich verschwiegen, was für eine unglückliche Figur ich immer schon, vom Schneeballwerfen an, gemacht habe. Jetzt konnten sie sich das denken. Zu meinem Unglück hatte ich plötzlich das Gefühl, dass etwas an meinem Angelhaken herumbiss. Ich wollte es vertuschen, aber Mario, der mich wie nebenbei beobachtet hatte, gab mir mit seinem ganzen Körper ein heftiges Zeichen, jetzt fest zu kurbeln und die Angel gegen mich zu ziehen, und auch etwas in die Höhe, so wie er's mir vorgemacht hatte. Doch ich ließ die Angel hängen und kurbelte in die falsche Richtung. Der Haken hing unsichtbar tief im Wasser.

War schon der Glaube Marios, der die einzelnen Spieler aller Mannschaften der Bundesliga auswendig aufsagen konnte, sein Glaube an den Kampfesmut (der sich ja zunächst spielerisch und sportlich zeigte), an den Kampfgeist der Alemanes durch meine Auskunft, ich sei noch nie angeln gewesen, habe bisher in Pico Grande nur einmal auf einem Pferd gesessen, um nach Sekunden schon wieder herunterzufallen, war dieser Glaube an eine Überlegenheit, deren Repräsentant ich sein sollte, schon gleich am Anfang meines Erscheinens und Auftretens erschüttert worden, so war er nun – vielleicht für immer – zerstört. Das sah ich, aber er schwieg freundlich und verlegen.

Ich hatte gehört oder gelesen, dass Frauen an sich die besten Lachsfängerinnen seien, die Experten hatten noch nicht herausgefunden, warum. Vielleicht dieses betörenden Aromas wegen, das auch auf diesen Königsfisch, der unter Wasser auf seiner Suche nach dem großen Fisch dem Albatros über Wasser entspricht, der, ich weiß nicht, warum, in der ganzen Welt herumfliegt, eine enorme Anziehung ausübt. Aber Galina, schon hungrig, saß zusammen mit Rosa hinten beim Grillfeuer. Sie waren für die Zubereitung der Beute zuständig, machten sich auch schon an den Gewürzflaschen und dem Brotkorb zu schaffen. Sie warteten auf den ersten Fisch, den Mario schließlich mit schon abgeschnittenem Kopf und Schwanz auf den Grill legte. Sie wollten ihn nur noch würzen, verfeinern und von Zeit zu Zeit von der einen auf die andere Seite drehen.

Ich sollte es noch einmal versuchen. Pustend und errötend streckte ich mich also noch einmal über mich selbst hinaus. Ich stand an der Kante des eiskalten Wassers, und es war ein Wunder, dass ich nicht hineinfiel. Das war geschafft. Nun versuchte ich wie Mario, wie ein Angler, wie ein Mann dazusitzen. Umsonst.

Es geschah nichts. Ich saß da, vermutlich so, wie ich im Krieg auf den Einschlag einer Granate gewartet hätte.

Es war ja nur mein Glück, dass nichts passierte. Schon war ich etwas aufgeheitert und wollte anfangen zu plaudern. »Ich« konnte ich gerade noch sagen, da machte Mario ein Gesicht, als ob ich ihm das Leben verpfuscht hätte.

Habe ich das tatsächlich, wenn auch nur augenblicksweise? Er hatte doch schon genug gefischt, die lautlosen Tiere mit dem Haken im Maul, dem Widerhaken, mit ihrem ganzen Gewicht und Leben an diesem Haken hängend herausgezogen, mit der Hand (die Hände sehr geschickt, der Fisch kaum blutend) den Haken vom Maul, das Maul vom Haken gelöst und den Lachs in die Wanne geschmissen, wo er sich etwas erholen konnte, verschnaufen, sage ich vereinfachend. Denn nicht jeder Fisch bekam sogleich eins hinter die Kiemen, nur die auserwählten Exemplare, die zu unserer Gaumenfreude vorgesehenen. Die anderen durften noch etwas im flachen Wasser weiterschwimmen. Dann hatte er doch genug gefischt, auch er die Lust verloren, so wechselte er bald von seiner Lust in die Politik und die Raumfahrt. Die Russen flogen schon seit Wochen wieder in einer Umlaufbahn, doppelt bemannt. Das war ein sichereres Terrain für mich. Allerdings haperte es bei mir mit der Sprache etwas. Dieser Satz war eine Steilvorlage für Mario, denn er war zweisprachig, mit seiner Mutter sprach er Russisch (sie war wohl die Einzige in Pico Grande und in der ganzen Provinz Chubut, mit der er diese Sprache sprechen konnte), und mit den anderen sprach er Spanisch. Dennoch hatte Mario aus diesem Kapital auf lange Sicht nichts gemacht. Die Fische verstanden genauso gut Spanisch, und mit Mario würde dereinst das Russische in Patagonien untergehen, seine Kinder sprachen kein Wort. Der Lachs schmeckte, nebenbei, gegrillt ausgezeichnet. Auch der Wein. Immer gab es diesen dunklen, erdigen, hinreißenden und hinabziehenden Mendoza. Das Fangen, Töten, Braten und Verzehren eines Lachses etwa und Wein dazu: kaum ein Vergnügen sonst gab es hier, es war so gut wie das einzige. Wir fuhren mit unseren Angeln, unseren vollen Mägen und unserer restlichen Beute nach Pico Grande zurück. Mario hatte einige überflüssige Lachse und Forellen zusammen in seine Wanne auf der Ladefläche geworfen, ein wenig Wasser dazu. Wahrscheinlich lebten sie noch.

Es war Teezeit. Ich sollte noch zum Tee bleiben.

Die gelben Rosen hingen als Leuchtzeichen vor dem Fenster. Wie steht die Mark? Umrechnungskurse gehörten zu den Gipfeln in ihrem Leben, Dollars, die Mark, aufladbare Batterien … Die Rosen blühten gerade da, wo man sie hingesetzt hatte, mit ihrem kleinen Schwergewicht, kurz vorher, kurz nachher.

Nach einer Weile fragte mich die Doctora, ob es stimme, dass Fritz, mit dem sie seit geraumer Zeit schmollte, »wie es nur Elefanten und Russen können«, sagte Tante Mausi immer, jetzt auch noch ein Kaninchen im Haus habe. Zusätzlich zu den Ratten, dachte sie, auch noch Kaninchen, die sich mit den Ratten zusammentaten, gegen den Strich und geschlechtsunabhängig, ganz zum Vergnügen, folgenlos.

»Wie war's?«, fragte mich Concetta, eine Halbschwester von Mario, die aber von der Doctora nicht adoptiert und auch nicht im Russischen unterwiesen worden war. Sie war als Hausmädchen angestellt, eine von den Tehuelche-Indianern, die es immer noch gab. Und den Tee im Samowar zubereitete, auf Russisch, so wie ihr das von Galina beigebracht worden war. Dann machte sie einen Knicks und zog sich zurück, als wäre sie in Sankt Petersburg.

Sodann sprachen wir wieder von Meier, mit dem ich nächste Woche nach Bariloche fahren sollte, ein Ereignis, von dem in Pico Grande schon jetzt gesprochen wurde, so flach war es im Münsterland, dass man schon am Montag sehen konnte, wer am Samstag auf Besuch kam.

Mochte Meier auch beschränkt sein, war er doch eine treue Seele, ein treuer Hund, wie das, glaube ich, auf Russisch heißt. Auf der ganzen Welt wussten vielleicht nur zehn, zwölf Menschen, wie es war. Das Traurige an jener Erkenntnis blieb für mich, den auf diese Welt der Verschwörungen Gestoßenen, dass diese wenigen die Welt wohl nicht retten würden.

Die Doctora hatte Beweise, dass es so war, wie es war.

Es war alles so sehr verquickt, deutete sie an, dass schon das Durchleuchten eine Sisyphosarbeit war, wie viel mehr erst das Nacherzählen oder gar die Rettung. Zehn bis zwölf Menschen auf der ganzen Welt waren in der Lage dazu, schätzte sie ab.

Mario nickte ermunternd. Aber es blieb unklar, ob er dieselbe Verschwörung meinte wie die Doctora. Man durfte nicht alles sagen und verraten. Wir waren uns einig, dass sich die Welt jetzt in einem besonders gefährlichen Augenblick befand. Es ging um alles.

Ab und zu schaute sie sich um, als ob sie eine Explosion befürchtete, hörte mir aber weiter zu, als ob nichts wäre.

Kuchen gab es keinen. Aber Galina war schon dabei, mir einen Schöpflöffel Marmelade in den Tee zu tun. Das war vielleicht in Russland, wo ich bis dahin nie gewesen war, so üblich. Ich konnte gerade noch »die Kalorien« sagen, doch es war zu spät. Wieder fragte sie mich nach Deutschland und nach dem neuesten Dollarkurs. Wir tranken Tee, aber ich schämte mich noch immer wegen der Angelschnur, die unglücklich im Wasser hing, und wegen meiner unglücklichen Figur, wie ich jetzt dasaß, wie sie mich anschaute, in mich hinein-, mich durchschaute. Sie hat dich durchschaut, dachte ich. Die unglückliche Figur an der Angel wurde nun von der unglücklichen Figur am Teetisch abgelöst. Unglückliche Figuren, die sich der Reihe nach herausstellten. Kam ich nicht schon ganz allein hier an, reiste ich nicht ganz allein durch die Welt, nicht einmal mit einem Hund unterwegs?˙

Aber sie dachte vielleicht gar nicht so weit, wie meine Angst reichte. Sie kam mit Wünschen auf mich zu, fragte nach den *Burda Moden*, dem *Spiegel* oder sonst einer Illustrierten, fragte nach aufladbaren Batterien. Stellten sie nicht über Drähte und Blech die Verbindung zur Welt her? Mario war hinausgegangen.

»Gehen wir bald wieder einmal fischen.« Es bedeutete das Gegenteil einer Frage. Ich atmete auf, suchte erleichtert nach ein paar Worten Russisch. Schon mein bald abgebrochener Russischkurs hatte mit einem Satz zum Radio begonnen: »Baris slusched radio« (Boris hört Radio). Sie wiederholte und verbesserte mich. Der Satz klang wie ein hohles Fass.

Ich hatte es noch nicht aufgegeben, nach meinem Onkel zu fragen. »Onkel war lieber Mensch, doch fir Medizin zu spät. – Ich merkte nur, dass Don Antonio am kommenden Mittwoch nicht zum Tee kam.« Sagte sie.

Das Leben in der Fremde verband sie. Doch irgendwie vernahm ich, dass es eine andere Fremde war.

Beide waren in Chatwins erstem Buch gelandet, als wären sie zwei von jenen schrägen Menschen gewesen, mehr Wracks als sonst etwas, die ich später an der Magellanstraße sah, die seine Welt bevölkerten; ich hatte bisher, in meinen wenigen Tagen, schon viel gesehen, nur solche Menschen nicht wie jenen irischen Missionar, der ein Leben lang in Neusüdwales am Meer saß, abwechselnd betend und schnorchelnd – oder beides zugleich? Und dann in Chatwins Buch gelandet war, und da saß er nun, verwandt mit allen schrägen Menschen, die irgendwo auf der Welt schräg auf ihrem Stuhl herumsaßen, als hätten sie auf nichts anderes gewartet als auf Chatwin.

Wenig später saß ich auf demselben Küchenstuhl wie Chatwin in Don Antonios verlassener Küche und sah durch dasselbe Fenster zum Friedhofshügel hin.

Und beim Lesen dachte ich, er habe meinen Onkel mit einem anderen Onkel verwechselt und die Doctora mit einer anderen, vielleicht mit Nadeschda Mandelstam. Dass er vielleicht seine Erinnerung durcheinandergebracht habe

Oder vielleicht der Verlag seine Seiten.

Bald war Chatwin tot wie Nadeschda (»Hoffnung!«) Mandelstam, die damals noch vor seinen Augen mit ihren Brüsten spielte. Tot wie die Mandelstam – Kann man das sagen? Ist das ein Beweis? Tot wie mein Antonio, »tot wie immer«, sagte ein Philosoph, tot wie immer, ist das deutsch?

Die Doctora war böse, als ich ihr mit diesem Engländer kam. Ganz Patagonien war böse auf Chatwin. »Wir sind doch auch Menschen!«, sagte sie. »Aber Fritz hat er nicht entdeckt! Seinen Braque hat er nicht gesehen. Dabei kam er doch von der Kunst!«

In Patagonien durfte ich Chatwins Namen nicht nennen.

Die Doctora erzählte mir, wie mein Onkel ihm von Wilson und Evans erzählte, den Banditen, damals in ganz Amerika gesucht und wenig später auf »unserem« Grundstück, dachte ich schon, begraben. Das Grab habe er ihm freilich nicht gezeigt. Chatwin hat einfach die Stelle fotografiert, wo ihr Onkel seinen Lieblingshund bestattete! Und das Bild kam als Banditengrab in sein Buch. »Bueno«, sagte sie.

»Wir sind doch auch Menschen!«, sagte sie.

Ich stieß auf das Tal des Todes

Das Tal des Todes war in meiner Karte grün verzeichnet, hart an den braun und weiß vermerkten Flächen, die den ewigen Schnee anzeigen sollten.

Mein schon zu Hause auf der großen Karte ausgemachtes Tal lag nur ein paar Meter über NN. Immer, wenn ich irgendwo war, schon zu Hause, wollte ich sehen, wie das auf der Karte aussah, wo ich war, und im Flugzeug, das einen Monitor hatte, ließ ich mir immer auch noch einmal zeigen, wo es war, wo wir gerade waren, wenn ich zum Fenster hinausschaute.

Kurze Begründung: ich suche ... Das Tal des Todes war ein Seitental von Pico Grande, und ich sagte ihr von meinem Befund nichts, und sie meinte, es wäre eine Traurigkeit um mich, wenn es war, was es war.

Sie wollte eigentlich nicht hin. Was gibt es da schon zu sehen, meinte sie. Nur weil es mein Herzenswunsch war, verschaffte mir Rosa eine Gelegenheit, in mein Tal zu kommen, dessen Name jeden, der am Leben war, abschreckte. Zu Fuß war es zu weit.

Ich, ohne Fahrzeug, war also auf ihre Hilfe angewiesen, und dann machten wir doch einen Ausflug, ganz stumm, ganz ohne Gelächter. Ich hätte abermals auf den Fisch zurückgreifen müssen, dieses Fleisch, dieses von meinem Fleisch entfernteste Leben, das nicht schreit, das du abstechen kannst und aufspießen, und es bleibt stumm wie ein Fisch.

Verklebtes Haar, die Augen flüchteten sich in die Araukarien vor dem Autofenster, und dann fuhren wir schon wieder zurück.

214

Nach dem Fest

Wir saßen zunächst auf einem Fest, nicht irgendeinem, ich feierte meinen Geburtstag, es war, glaube ich, mein einundzwanzigster Geburtstag, und nun waren, wie zu Hause an Silvester, bunt zusammengewürfelte Leute um mich, die sich das Jahr über gar nicht sahen, und vielleicht überhaupt noch nie gesehen hatten, und umarmten sich mit Sekt und wünschten sich ein gutes neues Jahr. Und in der Bar El Bolson versuchten sie nun *Happy Birthday* zu singen. Und es gab auch etwas zu trinken, sonnengeschwängerten Mendoza.

Es war ganz wie zu Hause, ich konnte es nicht verhindern.

Wir Menschen und Tiere, Rosas Hund, alle, die sich ungeregelt vermehrt hatten, saßen schon wieder bei Wein und Gelächter zusammen. Dabei hätte es doch gar nichts zu lachen gegeben.

Einer von den Gästen konnte zaubern, nebenher Witze erzählen oder umgekehrt, und der Mensch lachte.

Richtig gelacht wurde aber erst, als zum ersten Mal das Wort »ficken« fiel. Ein aufgekratztes, Empörung spielendes Gelächter auf der Frauenseite war es, kaum dass das erste Glas getrunken und dieses Wort aus irgendeinem Mund herausgeflutscht war.

Rosa beobachtete mich am genauesten, während sie am lautesten mitlachte.

Doch ich konnte darüber nicht lachen, ich war elektrisiert. Meine Ekstasen waren nie mit einem Gelächter verbunden.

In unseren Bäsle-Briefen, den Bäsle-Briefen, in denen ich ihr, meiner Cousine und Brieffreundin, von meinen Hobbys berichtet hatte (wobei ich das wichtigste, im Lauf der Jahre entscheidende Bedeutung gewinnende vorschwiegen hatte), war es niemals zu einer Doppeldeutigkeit gekommen. Ich konnte nicht wissen, wie Rosa im Leben war, ich wusste nur, wie sie in den Briefen war. Ich kannte ihre Stimme noch nicht, ihre schönen Oberarme. Aber die richtigen Bäsle-Briefe hatte ich auch im Reisegepäck. Nachdem ich ihr schönes Gesicht zum ersten Mal gesehen hatte, live, und zum allerersten Mal ihren schönen Arsch, ihr Gebirge, das anderswo eine Kapitalanlage gewesen wäre, das mir nicht einmal als Fotografie bekannt gewesen war, bekam ich Angst vor ihr, ihren Händen und Füßen, selbst ihren Sandalen mit den darin eingezwängten, nachlässig, aber rotviolett lackierten Zehennägeln. Ich gebe es zu.

»Ficken« – sie lachte von ganz unten her.

Die Bäsle-Briefe, die richtigen, die ich (als Simultanübersetzer und im Groben) vorlesen wollte, wies sie von sich, wollte sie nicht hören. Schon als bei Mozart das erste Mal das Wort »scheißen« fiel, brach sie ab: Lass mich mit den Bäsle-Briefen in Ruh! Sie lachte bei »ficken«. Hatte sie niemals eine Erscheinung gehabt, hatte sie nie gesehen, dass dabei die Nacht nicht mehr so dunkel war? Und ich?

Warum lachte ich nicht?

Eine Erscheinung … Niemals hatte die Madonna gelacht, wo immer sie erschien. Und Jesus selbst, damals noch meine letzte Instanz, hatte man nie lachen sehen. In der ganzen Bibel stand davon kein Wort.

Und so hatte es mir auf meinem Fest den Atem verschlagen, als ich sah, dass es ihnen nicht den Atem verschlagen hatte, dass sie das Gegenteil davon taten: Sie lachten, als sie das Wort »ficken« hörten.

Genug davon. »Ficken«, kein schönes Wort, aber schön, zum Zittern? Und an dieser Stelle stieß ich abermals auf das Tal des Todes.

Zurück zu den Gästen!

An den Tischen streunten die Blicke noch.

Jeder wurde von der Liebe hingehalten. Er hatte sich Lust angetrunken. Jeder Tag war Vatertag.

Es war Sommer. Im Fernsehen, das es erst seit kurzem gab, und nun schon die ganze Zeit nebenherlief, Cantus firmus einer weltweiten Langeweile, sah man dazu Badehosen.

In Pico Grande war es zu kalt fürs Wasser.

Die schwarzen Schwäne kamen von Norden her.

Man konnte sie abschießen und liegen lassen.

Ein Sommervergnügen.

Der Sommer, ein Handstreich des Himmels.

Die Menschen lebten auf, wuchsen über sich hinaus. Die Festsitzenden wurden grün vor Hoffnung.

Anfang Dezember dann die Rosenblüte.

Die patagonische Rose, eine wilde, eine gelbe Erscheinung.

So kamen mir Gedankenfetzen und halbe Verse in den Sinn.

Kam ein Gast, wurde er herumgereicht so wie ich. Brach ein Puma ein, sah ihn außer dem Opfer niemand. Das nicht richtig abgenagte Bein, zum Zeichen, dass der Hunger nicht so groß war.

Das Ende der Welt war eine Redensart

Von Pico Grande aus machten wir uns vorerst nach Rio Mayo auf, das in der ganzen Gegend als das Ende der Welt galt. Das wusste ich schon aus den Briefen, in denen ich (ein Kindskopf) nach Sehenswürdigkeiten der Gegend gefragt hatte. Das Ende der Welt – gewiss nur eine Redensart, denn hinter Rio Mayo ging es noch weiter, da waren noch Berge, Kondore, Schnee, schließlich Wind und Wolken. Sie waren zusammen mit dem Wind schon da, als wir wegfuhren. Der Wind legt sich gegen Abend vielleicht, nicht so schön wie das Abendrot, aber beständiger. Weitertreiben, dachte ich, vom Mitmenschen zum Yeti, ein schönes Bett finden, im Schnee, von ihm sich wärmen lassen.

Rosa, Patricia und Norma und ich, wir vier, darüber unser Himmel und seine Wolken. Die Straßenpiste, übertönt vom Kassettenrecorder und seinen wechselnden Kassetten, die alle auf die Liebe hinausliefen, ein milchgrüner See, ausgetrocknete und austrocknende Gerippe, Stunden um Stunden, dann schließlich das unspektakuläre Ziel, zuerst am Horizont, endlich – es mochte noch einmal eine Stunde vergangen sein –, aus nächster Nähe, die einzige Bar von Rio Mayo, zum Weinen.

Da – eine Dicke, der die zwei wichtigsten Zähne des Lebens fehlten, die sogenannten vorderen Schneidezähne, meine mitgereisten Frauen lachten. Schlimm sah es aus, aber nicht so gefährlich wie meinesgleichen mit seinem vollständigen Gebiss. Ein Teil ihrer Haare war auch verloren, der andere hing fettig und verstört in der Landschaft. Sie saß auf einem Eisenstuhl am Fenster, stierte von uns weg und zu uns her.

Sie wusste, dass das mitgebrachte Gelächter ihr galt, wem sonst. Es war wohl nicht das erste Mal, sie wehrte sich nicht.

Ich wollte in diesem Augenblick (das einzige Mal in meinem Leben) Zahnarzt sein, ein einfacher Zahnarzt, nichts als Zahnarzt, mit meinem Zahnbesteck zu ihr hingehen und sie bitten, den Mund zu öffnen. Während ich mit meinem Besteck und dem Spiegelchen, hätte sie mir ihr Leben – Doch das Einzige, was ich tun konnte, war dagegenlächeln, das Gekicher meiner Cousinen unschädlich machen, verflüssigen, die Salzsäure neutralisieren.

War sie nur Gast in der Bar, die auch noch einen Namen hatte und Las Plumas hieß? Wir standen schon eine ganze Zeit an der Theke, die Dicke (mein Oberbegriff, ich hätte auch die Fettige oder die Schneidezahnlose oder die Verlorene sagen können, sagen müssen) saß auf dem Eisenstuhl, sonst nur Männer.

Da trat durch einen Plastikvorhang diese Frau und errötete, als sie uns sah. Macht nichts, wir sind nur auf der Durchreise. Die Reisenden fragten nach Coca-Cola, um ihr das Leben nicht so schwerzumachen. Cola gibt es nicht. Am Ende der Welt verschlug es einer schönen Frau die Sprache, weil sie kein Coca-Cola im Haus hatte. Macht nichts, macht wirklich nichts. Sie wollte auf der Stelle tot umfallen, aber es ging nicht. Die Scham (darüber, dass ihr Leben so war, wie es war, ihre Selbsterkenntnis) schwappte in Wellen über den Raum hinweg und erreichte selbst noch die Dicke, von da die Unendlichkeit.

Die Cousinen hatten längst ihr Gelächter eingestellt. Sie standen nur etwas künstlich auf ihren Stöckelschuhen, so, als ob sie zeigen müssten, wie es ist, wenn man von der Stadt aufs Land fährt.

Wozu also Mut zum Leben?

Ich sah bald, dass sie jedes Mal errötete, auch wenn nur ein Hund zur Schwingtür hereinkam. Kaffee, Bier und Ginger Ale – alles war möglich. Die Männer um sie herum waren alle schon in der Welt, beim Militär, im Provinzgefängnis. Ihnen fehlte alles, aber in der Welt waren sie schon und hatten jenen Vorsprung, der das arme Mädchen zum Erröten brachte, dachte ich.

Sie muss hierbleiben und verblühen.

Ihr Wandertrieb reicht von der Küche zum Bett. Dazwischen der Tag hinter der Theke und einer weiteren Schwingtür. Zwischen Schwingtüren. Fahren wir weiter?

Doch inzwischen hatte sie sich gefangen, hatte sich gefangen und uns nach dem Woher und dem Wohin gefragt. Aus Pico Grande – Ach, sie war noch nie in Pico Grande. Ihr größter Wunsch, von dem ich erfuhr, war, einmal im Leben nach Pico Grande zu kommen.

Sie hatte von der Höhle gehört und den anderen Sehenswürdigkeiten, von denen ihre Lastwagenfahrer zurückkammen. Und dann, als die Cousinen schon hinausdrängten (sie wollten die Zeit nicht verschenken), wollte sie meine Hand haben. Sie wollte noch aus meiner Hand lesen. Gib ihr die Hand, was weiß sie schon von deinem Leben und Muttermal!

Aber jetzt wollten plötzlich auch Rosa, Norma und Patricia aus der Hand gelesen haben und hatten beide Hände (sie wussten nicht, welche von beiden die rechte war) lesebereit auf die Theke gelegt, kaum dass die Wahrsagerin beim unvermeidlichen, von allen erwarteten Höhepunkt, der auch am Ende der Welt mit dem Wort »Amor« benannt war, angekommen schien. Was war mit der Liebe bei mir?

Die Lebenslinien waren bis hierher vorgedrungen.

Um das Wort »glücklich« herum angesiedelte Wörter, war das alles? Rosa genügte es. Sie wollte nichts anderes hören. Die Liebe war ein Glaube, der Berge versetzte. Ich zog meine Hand zurück, unterbrach das Lesen. Ich lächelte, sie um Entschuldigung bittend.

Da war das Fenster zur Straße hin, von ihm her erhoffte sie Leben. Die Musik, die aufladbaren Batterien, die Lastwagenfahrer. Sie lächelte, als ob sie einen fehlenden Zahn verbergen wollte. Richtig zu lächeln hatte sie den Mut nicht, aber das wenige von ihr war so viel wie ein schöner Tag, wie eine Sonne, die über Lebenden und Toten aufging.

Der gewöhnliche Gast blieb zwanzig Minuten. Gäste auf der Durchreise so gut wie nie.

Wir sagten auf Wiedersehen und waren bald wieder unterwegs mit den Wolken.

Ich atmete, ich lebte

Kaum hatten wir das Tal des Todes verlassen, schloss sie ihr Herz auf, sagte: »Die Liebe ist ein Glaube, der Berge nicht versetzt.«

Ich atmete schwer, ich lebte.

Draußen muss man sich immer eine Steilwand von hundert Metern dazudenken. Am Fuß dieser Höhle lagen Pico Grande und ich, wir zwei. Das Innenleben der Schafe wurde den Geiern überlassen, die hier auch nur in der Mehrzahl auftraten, so wie die Verliebten und wir.

In der Höhle waren wir immer noch nicht gewesen. Oder soll ich es so sagen: Die Höhle hatte ich immer noch nicht gesehen.

Die Tage waren lang am Ende der Welt

Ich schaute wieder bei Fritz vorbei, die Tage waren lang am Ende der Welt.

Whisky? – Fritz hatte genauso viel gelesen wie meine Hauptfigur aus dem *Nachsommer*, die aus allem etwas zu machen wusste. Mein Risach verstand alles und half dem jungen Heinrich in allem.

Als ich auf Fritz stieß, las er gerade *Gott im Krieg*, das Buch des preußischen Pastors Remberti aus dem Ersten Weltkrieg. Er hatte die aktualisierte Ausgabe, die ohne viele Änderungen rechtzeitig zum Beginn des Unternehmens Barbarossa erschienen war. »Das war 1941!«, ließ er mich wissen. Er hasste das Buch, aber er musste es lesen.

An jenen herrlichen Nachsommernachmittagen saß der junge Heinrich beim alten Risach und wurde über alles belehrt, bekam alles in einer großartigen Weise von seinem Alten gesagt, wie es sich mit den Gewittern verhielt, mit den Rosen, mit den Nutzgärten, peruanischen Kakteen, Singvögeln, der Kunst des Zitherspiels und wie es sein soll und ist. Ich aber saß genauso alt wie Heinrich einem Alten gegenüber, der genauso alt wie der Freiherr von Risach war und ebenso viel wusste.

Fritz war vielleicht schon etwas verrückt, kein Wunder, ein Schicksal, das dem alten Risach zweifellos immer drohte und eingetroffen wäre, hätte er nur etwas länger gelebt. Schon seine Erzählung vom Jesuiten und dem Haifisch hatte Fritz aufleben lassen. Parabeln des Lebens: Seine Geschichten ließen ihn aufleben, sein Schmerz hielt ihn am Leben.

»Kann es sein, dass dieser Mann nicht mehr alle Tassen im Schrank hatte?«, hätte Tante Mausi erst recht nach dieser Geschichte gefragt, als wollte sie höflich sein.

Denn jetzt folgte auch noch *Gott im Krieg*. Nachher wusste ich nicht mehr, was mit Gott im Krieg war, ob vom Pastor oder dem alten Fritz oder von wem sonst. Es war wie damals, als die Israeliten gegen den großen Pharao allein mit ihrem Gott waren. Da war niemand sonst, der sie herausführte oder auch herauszog. Moses kommandierte. Hinter ihm stand sein Gott mit dem großen Gewehr, und sie folgten. Die Bestie von Pharao wollte das kleine Volk nicht herausrücken. Aber Fritz war jetzt mit *Gott im Krieg* zum zweiten Mal auf Seite 370. Ein schreckliches Buch, gewiss, sagte er, aber nachher wusste ich nicht mehr, wer und wer alles gesprochen hatte, *Gott im Krieg*, der Pastor, Fritz in der Wüste, nun schon länger als die vierzig Jahre der Israeliten. So kam der Marschbefehl von oben. Keiner wusste, wohin es gehen würde. Es folgten vierzig Jahre in der Wüste!

Fritz schnappte nach Luft.

Das Untier von Pharao hat sie verfolgt. Dieser böse Trottel, wusste er nicht, dass er unseren Gott zum Feinde hatte? Wusste dieser miese Speckwürfel nicht, dass gegen unseren Gott kein Sieg zu erringen ist? Unser Gott, Gott der Heerscharen, saß mitten im Himmel, riesige Heereskontingente um ihn herum, alle Gattungen.

Nach der luziferischen Palastrevolte hat er aufräumen lassen. Einmal hat Sabaoth geschlafen, das sollte nie wieder vorkommen, und dann wieder die alte himmlische Ruhe mit ihren Sphären- und Engelsklängen wie auf dem Bild der Brüder Eyck, die gestohlene rechte Tafel war immer noch nicht aufgetaucht.

Eine Präsenz von Erzengeln, Kommodores und Flügeladjutanten wird in alle Ewigkeit jeden weiteren Abfall ersticken, meinte Remberti. Michael, der Patron der Deutschen, wurde mit Luzifer fertig, das wissen Sie. Zum Lohn dafür hat er jetzt das Kommando im Himmel. Ein eifersüchtiger Gabriel muss seither im Außendienst Engel spielen, Botschaften von oben nach unten fliegen und umgekehrt, das wissen Sie alles. Remberti sagt in der aktualisierten Ausgabe, dass unsere Soldaten gerade Kiew erobert haben und manch wundertätige Ikone zurückbringen. Sie wird jetzt restauriert, denn das Kerzenwachs hat manches Heiligenbild fast ruiniert.

Aber wie ging es im Himmel weiter?

Und in der Wüste?

Da trieb der Pharao die Israeliten gegen das Rote Meer, um alle darin zu ersäufen. Aber das ließ der Allmächtige nicht zu, weil er später noch ganz anderes mit seinem Volk vorhatte! Unsere kleinen Helden haben damals gesiegt. Moses hat die eine Hand über sie gehalten, mit der anderen schlug er jeden Ägypterkopf, der sich näherte, in den Wüstensand, wo er noch etwas davon-kullerte und dann liegen blieb: Gott im Krieg. Die Gebetskom-mandos »Alle Mann beten« werden strikt befolgt. Von oben her verschiebt sich die Kampfeslinie plötzlich (ein Wort, das es bei Goethe nicht gibt, ließ mich Fritz nebenbei wissen). Der Pharao stutzt, das Rote Meer teilt sich. Zwei riesige Wände aus Meer-wasser, aber in der Mitte Platz genug für einen freien Durchgang der Mannschaft Richtung Sinai. »Da hinein mit euch!«, befiehlt Moses. Die Israeliten wollen nicht. Er muss mit Hochverrat dro-hen. Bueno, kann man verstehen. Und dann dieser Gehorsam! Der Pharao, der das ganze Spiel aus sicherem Abstand verfolgt, lacht sich halb kaputt. Er lehnt sich zurück und heißt seinen Hofschreiber, er solle das Spektakel für das Archiv in Memphis festhalten. Dort solle man den Unsinn nachlesen können, ver-stehen Sie. Aber es kommt anders. Was hier geschah, ist nicht in einem staubigen Archiv gelandet, sondern in der Heiligen Schrift, bitte schön! Was weiter geschah, kann jeder nachlesen. Auf dem Grund des Roten Meeres mussten sie sich noch das ägyptische Gelächter mit anhören. Moses, blind von Glauben, stürzt sich als Erster in diesen unheimlichen Schlitz. Und nicht umsonst. Es war ja nur Taktik von oben, den Ägypter in eine Fal-le zu locken. Nur möglich, weil man unten blind gehorchte. Und was lernen wir daraus? Alle Mann sind nun bereit, sich radikal zu opfern. Und dieser Idiot durchschaute den Schachzug nicht. Jetzt erst recht! Da hinein mit ihnen! Aber das Untier vom Nil verstand nichts vom richtigen Krieg. Wusste dieser Trottel nicht, dass ein Heer zu Wasser nichts verloren hat? Der Pharao hatte ja nicht einmal eine Flotte. Israel auch nicht. Aber dafür hatte es seinen Gott, bitte schön!

Pastor Remberti schildert nun sehr schön, wie der Pharao den Kopf verliert, wie sein Pferd ausschlägt und sich sträubt, weil er es mit vollen Sporen hinterhertreibt. Eine ganz unglückliche Figur macht dieser Pharao. Aber das Schönste kommt jetzt, und oft habe ich mich daran berauscht, schreibt Pastor Remberti. Moses folgt nicht den Trugbildern der Wüste, keiner Fata Morgana. Er hört nur und tut, was von oben kommt. Er soll so lange im Wasser bleiben, bis der letzte Ägypter, allen voran der Pharao mit seiner Gürtelrose, auf dem Grund des Meeres steht. Armer Pharao! Und jetzt Klappe zu! Und jetzt ersauf in deinem Roten Meer, Belial!

Fritz schnappt nach Luft, blickt verstört zu mir herüber.

Unsere Soldaten standen an dieser Stelle von *Gott im Krieg* vor Stalingrad. Der Pharao war tot. Fritz müde. Moses aber erreichte trockenen Fußes die Grenzen des Gelobten Landes, das er ja nie betreten hat. Fritz nickte ein, ich ließ ihn etwas bei sich, und schon erwachte er wieder. Er hat sich sogar die Stelle gemerkt, an der er müde geworden war, die Stelle im Meer. Vierzig Jahre in der Wüste. Was heißt das schon? Gelegentlich muss ein Schaf geopfert werden, das Blut fließt in den Wüstensand, dann geht es weiter. Eine unübersehbare Übermacht an Feinden. Es schießt von allen Seiten. Die Sonne blendet dich. Nachts die Kälte. Du kannst nicht schlafen, weil dein Feind in deiner Nähe hockt und mit seinem groben Eisen nur auf dich wartet. Am Ende bist du deinem Feind vielleicht ganz nah. Du musst ihm in die Augen sehen. Dann bete – ein Stoßgebet – und schlag zu, sagt Remberti an einer entscheidenden Stelle, sagt Fritz.

Sein Gesicht war der Schauplatz einer universalen Kriegsgeschichte, während er davon nur erzählte. Fing er an zu weinen?

Nach einer Pause setzt er seinen Kampf fort. »Unverdient kannst du dir den Himmel verdienen, du sündiges Stück Mensch!«, schreibt Remberti. Und was kam dann? Dann zogen sie weiter. Von Fall zu Fall eine Seuche, ein Geschwür und Blasen. Aber der verstockte Pharao glaubte Gott zu sein und ließ sich mit Gott anreden.

Ein paar dürftige Mumien, die die Gänge des Louvre füllen, beweisen, dass der Pharao für immer tot ist. Nur die Krokodile haben überlebt und beißen wie immer. Damals saß Frau Pharao auf einem kleinen Hocker hinter dem Thron, Frau Gott, unsichtbar, und flüsterte ihrem Gott ein, was er tun solle: die Zähne zeigen. Der verweichlichte Pharao saß indes untätig auf seinem Thron und spielte mit seinen Fingerringen. Er hätte nichts unternommen, wenn er nicht durch das Machtwort der Pharaonessa aufgeschreckt worden wäre. Sofort ließ er sich seinen Stab bringen und eilte von der Thronhalle zum Huldigungsfenster. Doch draußen sah er nichts als ein paar Karawanen, die mit ihren Kamelen vorbeizogen. Dann ließ er sich in die Hofkanzlei tragen. Der diensthabende Oberpriester lag schlafend neben seinem Knaben. Der Pharao erzürnte so, dass er den Schweinepriester auf der Stelle, noch im Bett, köpfen ließ. Den Kleinen ließ er für eine spätere Verwendung beiseiteschaffen.

So landeten wir bei der Liebe. Die Liebe ist alles, sagt Paulus. Aber liegt sie mit einem Lustknaben im Bett? Was ist die Liebe? Eine größere Liebe hat niemand als der, der sein Leben hingibt für seine Schafe und umgekehrt. So, jetzt gehen wir noch in den Garten.

Meine Maul- und Klauenseuche

Da wir schon bei der unausweichlichen Rettung der Welt waren, erinnerte ich mich Rosa zuliebe an ein Unternehmen, an dem ich seiner Größe wegen schließlich auch scheiterte:

Es war die Bekehrung Mao Tse-tungs.

Was wäre schwieriger (aber auch großartiger) als die Bekehrung eines Politikers?

An dieser Stelle fing meine Maul- und Klauenseuche wieder an zu brennen, mein fehlendes Muttermal, die Erinnerung aus meinem hohlen Bauch, mein nie gestillter Hunger, die Angst vor dem Licht der Welt, vor dem Tag- und Nachtlicht, vor dem dunklen und hellen Licht.

»Libera me de ore Leonis, rette mich vor dem Maul des Löwen, dem Löwenmaul«, betete ich anstelle von Mao Tse-tung, stellvertretend »libera me«, betete ich. Meine kleinen, durchbeteten Nächte, Rosa!

Sein Schutzengel lag schon ganz unten, war am Ersticken. Seine Seele, eine Flamme, war am Verglimmen, eine verdunkelnde Seele kurz vor dem Ende.

An dieser Stelle setzte mein Rettungswerk ein.

Ich musste mich mit seinem Schutzengel verbünden, ein telepathisches Bündnis, gewiss, aber das einzig mögliche. Schon machten sich Mächte und Gewalten über die Schutzengel wie über die Anwesenheit einer wirkungslosen Schutzmacht lustig. Das schwarze Element hatte es beinahe geschafft und hatte alles Lichthafte aus Maos Seele hinausgedrängt. »So wenigstens dachte ich damals«, sagte ich, und alles, was ich sagte, sagte ich, um nicht sagen zu müssen, wie es um mich stand.

Von dramatischen Erzählungen einer Klosterschwester angestachelt, die Welt zu retten, von ihr angetrieben, die Welt, die doch verloren war – diese Welt –, aber die Redemptoristennonne verlangte dennoch eine Bekehrung von ihr.

Eine ganz vertrottelte Erscheinung. Sie war meine erste Muse. Diese siebzigjährige Nonne war damals meine Erzieherin und geistige Führerin. Sie war vertrottelt, gewiss, aber ich glaubte ja an die Macht der Einfalt. Der Satz von der geistigen Armut hatte sich dermaßen in mich hineingefressen, dass ich ihn schließlich auf meine Nonne übertrug. Je einfältiger sie daherredete, desto mehr glaubte ich ihr. Je dümmer sie in die Welt blickte, desto weiser und weltklüger wurde sie von mir angesehen und erachtet. Diese Person hatte Macht über mich. Sie kannte nichts von der Welt, aber sie kannte mich und stiftete mich zu einer Rettungstat an. Auf Mao kam ich selbst, ich entfaltete ihr meinen Plan, und sie gab mir auch gleich ihren Segen.

Ich hatte sein Bild gesehen, die olivgrüne Mütze, den roten Stern, das satanische Gegenzeichen meines heiligen Kreuzes. Ich hatte gesehen, wie er mit der Mao-Bibel vom Platz des Himmlischen Friedens herunterwinkte und lästerte. Die erste Stufe meines Heilsplans war die Beschaffung der Mao-Bibel. Lesen konnte ich schon, aber in einer Buchhandlung war ich nie gewesen.

Das Unternehmen musste geheim sein und bleiben, eine versteckte Aktion nach allen Seiten hin. Ich konnte nicht einfach nach Meßkirch fahren, wo es in einem Geschäft neben Eiskrem und Zeitungen auch Bücher zu kaufen gab. Mit dem Schienenbus erreichte ich die Universitätsstadt Konstanz, am Lago di Cotanza, sagte ich, unerkannt und unbeobachtet, um die Mao-Bibel zu kaufen.

Und dann sollte ich Rosa Universitätsstadt erklären! »Studieren, Bücher lesen, viel Sex …« Mit dem Schienenbus, meinem Pferd, verstehst du.

Währenddessen betete ich den Rosenkranz. Mein Heilsprogramm war ja von einem ausgeklügelten, von der Nonne abgesegneten Gebets- und Fastenzyklus begleitet, ich verschwieg Rosa die heute auch mir unverständlichen Einzelheiten, die wenig später noch überboten wurden durch meine Zeit in Rom.

Im Schienenbus betete ich jedenfalls den Rosenkranz. Die bösen Elemente mussten unten gehalten werden, dazu gab es den Rosenkranz, der mich auf dieser nach dem Prinzip der Wallfahrt organisierten Reise nach Konstanz begleitete.

Nicht erst von meiner Nonne und anderen geistlichen Leithammeln angestachelt, war ich früh, wahrscheinlich vor dem ersten Erscheinen meiner Erinnerung, in diese Via Regia des Gebets eingewiesen worden. Ich betete abwechselnd den Freudenreichen, den Glorreichen und den Schmerzensreichen, der als König der Rosenkränze gilt. Einen Rosenkranz, still vor mich hin geleiert, schaffte ich in fünfzehn Minuten. Es war nicht verboten, dabei zum Fenster hinauszuschauen, der Rosenkranz war auch so gültig, nach katholischem Weltbild.

Man sagt doch beim Baby »füttern« wie bei Tieren?, warf Rosa ein. »Fittern« sagte sie, das war der Akzent ihres Vaters.

Ich besann mich auf füttern. Erinnerte mich an keine einzige meiner Fütterungen. Ich muss doch gefüttert worden sein, gewaschen, gewickelt – nicht die Spur einer Erinnerung. Warum habe ich mein Leben vergessen? Füttern, das Kind füttern, gefüttert werden mit Kreuzzeichen, ersten Kindergebeten, Weihwasser. Windeln wechseln, Erbsünden abwaschen, taufen. Füttern, das Kind füttern, die Schweine.

Der gültig gebetete Schmerzhafte Rosenkranz war eine Sache von fünfzehn Minuten, die arme Seelen aus dem Fegefeuer zog, an diesem Gebetsseil herauszog, so dick wie das Seil, an dem ich hing, dem Glockenseil. Die Kirchenglocken hatten Macht über mich, zogen mich vom Boden weg in die Höhe, zogen mich vom Boden unter den Füßen weg. Das alles ist nur eine Erinnerung, Rosa, an eine Zeit, da die Erinnerung noch eine Zukunft hatte.

Bei *Gloria Patri* verneigte ich mich tief, kniete auf dem Schienenbusgang, gleichgültig, was die Welt an diesem Tag von mir denken mochte, die Welt draußen, die Berufsschüler, die mit ihrem Gelächter in eine andere Richtung fuhren als ich. Ich sah die Welt, wie sie über mich lachte, aber das gehörte zum Heilsplan, der besagte, dass der Gerechte viel leiden muss. War ich nicht gerettet, hatte mich mein Engel nicht aus der Welt, dem Schmutz, dem Meer herausgefischt? Ein Kind sollte die Welt retten. Wer war mehr Kind als ich? Ich hatte mich längst in meinen Glauben hineingefressen, Rosa. In einer Vision sah ich mich schon auf dem Platz des Himmlischen Friedens, Mao mit der Taufkerze neben mir, ich als sein Pate die Taufformel sprechend, ich, fragend: »Widersagst du dem Satan?« Er antwortend: »Ich widersage«, mitten in China, alles auf Chinesisch. Und dann in Rom mein Triumph: Ich hätte vor den Heiligen Vater hinfallen und ihm die Füße küssen dürfen, zum Beweis, dass Gott durch mich Großes getan hatte.

Mit dem Schmerzhaften Rosenkranz ging ich auf die Stadtmitte zu, den Schatten, über den ich springen musste. An schauerlichen Läden vorbei, mit mir nie zu Gesicht gekommenen Nebenräumen und Hinterzimmern, an denen zur Straße hin »Ehehygiene« stand. Ehehygiene, verstehst du? Es war ein unaussprechliches Wort für Rosa.

Es war völlig ungewiss, ob ich die Mao-Bibel bekommen würde. Die nächstbeste Buchhandlung, die ich betrat, hatte sie nicht, das heißt, ich, gefragt, was ich wünschte, konnte nur »Das *Konradsblatt*!« aus mir herausstottern.

»Du bist immer noch derselbe!«, sagte wenig später Tante Luz zu mir, Tante Luz, ich nannte sie auch nach Jahrzehnten noch Tante, sie war nur Flüchtling in unserem Haus und hat mich damals gefüttert: »gefittert« – sagte sie –, ich vergaß es. »Du hast dich überhaupt nicht verändert!« Dann ging ich weiter, das geliebte *Konradsblatt* bei mir, auf der Zunge Bibelstellen, Vitamine, die mich weitertrugen. »Wer nicht für mich ist, ist gegen mich« – oder, als ich zu straucheln drohte: »Der Herr ist mein

Licht und mein Heil: vor wem also noch Angst!«, sagte ich trotzig und unhörbar vor mich hin. Denn vor mir lag die Aufgabe, in irgendeinem Regal die Mao-Bibel zu entdecken und zu entwenden, denn ich durfte kein Geld für Satan ausgeben, das war mir durch innere Stimmen aufgetragen worden, aber ich musste einen Einblick in die Gewalt des Bösen gewinnen, Rosa.

Es war also in dem mir befohlenen Erlösungswerk so vorgesehen, dass ich erst einmal die Gesetze dieser Welt durchbrechen musste. Die Mao-Bibel! Da entdeckte ich sie, ihn, Satan, schwarz und rot. Ich schob sie in mein *Konradsblatt*, »Der Herr ist mein Licht und mein Heil!« vor mich hin flüsternd. Mein Glaube machte alles leicht, »aber du hast dich überhaupt nicht verändert!«, wie Tante Luz sagte. Denn ich färbte mich rot, mein Ich einer früheren Auflage färbte sich rot, rot beim geringsten Wind, fein eingestelltes Ich, mit empfindlichsten Reaktionen auf die Welt. Der Kopf füllte sich mit meinem Blut gegen sie. Mein Glaube, aberwitziger Glaube, machte das Krumme gerade, das Schwere leicht. Ich hatte Sätze gegen die Welt bei mir. Aber mein Glaube, ein Glaube, der Berge versetzte, half nichts. Es war ein Glaube, der Berge nicht versetzte, und »als ich später einmal nach Peking kam« (ich reise viel, gab ich Rosa zu verstehen), »konnte ich das Mausoleum, das meinen wiederholt gescheiterten, dann aufgegebenen Heilsplan enthielt, ihn barg, besichtigen. Mao lag in einem Glassarg. Ich hätte weinen können. Dies alles auf dem Platz des Himmlischen Friedens, einen Tag bevor ich zum ersten Mal die Chinesische Mauer bestieg. Mao lag einbalsamiert, ungefähr so wie die heilige Maria Goretti in ihrem Glassarg, die ich auf meiner ersten Wallfahrt gesehen und die mich an Schneewittchen erinnert hatte, und andere, deutlich sichtbare Heilige, deren Namen ich vergessen habe.«

Sagte ich. Erzählte ich. Denn wieder einmal waren die Pferde mit mir durchgegangen, denn der letzte Teil der Geschichte war komplett erfunden und erdichtet. Ich hatte das alles nur geträumt. Wie hätte ich auch noch nach Peking kommen können!

232

Gewiss, Rosa hatte noch nie eine Weltkarte gesehen, und dachte, durchaus zu Recht, dass dieses China gar nicht so weit entfernt wäre von uns. Trotzdem, sie hätte Verdacht schöpfen können.

Ich log und erfand immer den Menschen zuliebe.

Während Mao im Glassarg lag, war seine Witwe gerade zur Todesstrafe auf Bewährung verurteilt worden, eine Verurteilungsart, die der grausame Osten noch kennt.

Um ihn zu retten – mein Rettungsversuch forderte von mir, dass ich das Gesetz doppelt durchbrach. Immerhin war ich schon fünfzehn und hätte nach den Gesetzen dieser Welt verurteilt werden können: Diebstahl in einem einfachen Fall (der im Grunde höchst kompliziert war). Und dann noch das Entscheidende: Ich hatte gegen den Heiligen Vater verstoßen und war dabei, die Mao-Bibel zu lesen, ein Werk, das auf dem Index stand.

Die Mao-Bibel war, wie schon der Titel sagte, ein böses Gegenstück, ein satanisches Machwerk, das zu meiner Zeit in eine äußerste Konkurrenz mit meinem Wort Gottes trat. In einen Endkampf. Bedrohliche Zahlen waren mir zu Gesicht gekommen. In der Zeitung hatte gestanden, dass die Mao-Bibel die bis dahin führenden Bücher, die Bibel und *Onkel Toms Hütte*, bald überrundet haben würde.

Ein Kind musste die Welt retten, das Kind war ich. Warum nicht mit einem Paradox beginnen, das »ich« hieß?

Ich war kein richtiges Kind mehr, wollte aber das Kind, das auch schon ich geheißen und ich gesagt hatte, nicht verlassen. Haare waren es, nichts als Haare, die schließlich mein erstes Leben beendeten.

Aber auch Swjetlana Allelujewa, die Tochter des von meiner geistlichen Führerin und Päpstin als Gegenstück zum papsttreuen Hitler aufgebauten Stalin, hatte sich bekehrt und flüchtete zum Heiligen Vater. So musste sich auch Mao bekehren, und zwar durch mein Beten und Arbeiten.

»Bald werde ich achtzehn sein, aber vielleicht komme ich jetzt schon durch die Schleusen«, dachte und sagte ich nicht.

Ich wollte *Flesh* sehen. *Flesh* lief im Kino.

Ich erklärte Rosa den Film nicht, träumte nur ein wenig im Nachhinein davon, vergegenwärtigte kurz die Handlung, die in einem Arsch gipfelte, ja, aus einem einzigen Arsch bestand, den man (und sonst nichts) eine Viertelstunde lang besichtigen konnte. Deswegen die ganze im Film gezeigte Geschichte eines so gut wie Stummen, dessen Arsch sein ganzes Kapital war. Die Bekehrung Maos lag hinter mir. Und immer kam etwas dazwischen, und es sah so aus, als hätte ich den Plot vergessen.

Doch die Geschichte hatte ihr Nachspiel. Der Griff ins Regal verfolgte mich. Die Papiertiger des großen Vorsitzenden ließen mir keine Ruhe. Ich musste wiederholt mein »Fürchte dich nicht!« gegen sie schleudern. Nun hörte ich mein Herz ganz nah bei mir, mein Herz schlug im Kopf, der das Zentrum meines Unglücks barg, den Gedanken, dass ich sterblich bin, über den ich nie hinauskam.

Die Mottenkugeln, deren Besorgung meine Reise in die Universitätsstadt nach außen hin rechtfertigen sollten, gab es nicht. Mottenkugeln konnte ich nicht auftreiben. Es hatte keinen Zweck, Rosa auch noch zu erklären, was es mit Mottenkugeln auf sich hatte. Sie war schon mit Maul- und Klauenseuche überfordert, rein sprachlich.

»Du warst dazu berechtigt!«, flößte mir mein Engel ein. Ich verließ die Buchhandlung mit meinem blutroten Gesicht.

Zu Hause schloss ich mich ein, die Mao-Bibel in mich hineinzufressen.

»Jetzt singt er auch noch!«, hörte ich im Schienenbus auf der Rückreise. Ich hatte das *festina!* (Gott, eile, mir zu helfen!) vor mich hin prosodiert. Meine oralen Automatismen, meine Grimassen waren Gebete. »Rette mich! Libera me!«, betete ich stellvertretend für Mao Tse-tung.

Hat der einen Sonnenstich?

So wollte ich es unbedingt schaffen und am Ende bewusstlos wie von Marathon her den Sieg melden und sterbend zusammenbrechen.

Ich ertrug alles, wie es mir aufgetragen war, Rosa.

Schmerz, mein Schmerz, lebendiger

Bruder meiner Erinnerung, die, im Gegensatz zu ihm, niemals ein Leben hatte, immer nur eine Geschichte hatte sie.

Schöne, kugelsichere Weste

Zum Geburtstag bekam er eine schöne, kugelsichere Weste geschenkt, erzählte mir Meier, der Fahrer, auf dem Weg zum Länderspiel. Ja, im selben Jahr war wieder einmal eine Meisterschaft. Er war ein Nachkomme eines jener Auswanderer, die es nicht geschafft hatten, im Tross meiner Urgroßonkel hier für die nächsten hundert Jahre oder mehr gestrandet.

Immerhin hatte er den Führerschein geschafft, wie ich annahm, aber ich weiß nicht, ob ein solcher in dieser Gegend überhaupt nötig war. Fahren konnte er auch so. Nebenher erzählte er mir unentwegt dieses und jenes, auf dem Weg nach Bariloche de los Andes, wo Deutschland und Argentinien aufeinanderstießen. Oder war es umgekehrt? Er erzählte, und der Wagen fuhr eigentlich von selbst?

Der reinste Zufall, dass mein Aufenthalt mit diesem wichtigen Spiel, wie Meier es bezeichnete, zusammenfiel. Unterwegs hoffte ich all jene Tiere zu sehen, von denen ich bisher nur gehört hatte, die schwarzen Schwäne vor allem und die Flamingos in der Lagune von Sarmiento. Dass für Meier alles umsonst war (Fritz bezahlte), beschwingte Meier dermaßen, dass er glaubte, uns dafür auch noch unterhalten zu müssen mit seinen an Haaren herbeigezogenen Sätzen über das Befinden am Ende der Welt, den idiotischen Tod, das vermutete Heimweh der Doctora nach Russland und die Ehe im Allgemeinen.

Meier war im Streit mit der Doctora auf der Seite von Fritz, als Fahrer und Faktotum hätte er auch nicht viel mehr Möglichkeiten gehabt als ein Hund.

Draußen vor der Windschutzscheibe, die durch ein Stahlgitter vor Steinschlag geschützt werden sollte, war es die Windschutzscheibe oder waren es wir?, und so alles in Tausende von kleinsten Schwarzweißquadraten einteilte, als wäre die Welt ein Testbild, muss man sich trotz allem etwas so Schönes und Unbeschreibliches dazudenken, wie es der Mensch, der ich war, nie gesehen hatte, es war wie nirgendwo auf der Welt. Vielleicht hätte der Reisende in einem anderen Jahrhundert auch zu Hause noch etwas Ähnliches gesehen wie diese Anden, vorausgesetzt, er hätte Augen für so etwas gehabt.

Und nichts half, kein Dokumentarfilm, keine Fotostrecke und kein Roadmovie, und keine Erinnerung, um dieses Patagonien wiederzugeben, das war alles nichts gegen die Augen, die ich damals hatte, mit denen ich sehen konnte, was ich sah.

Im Verlauf dieser sechs Stunden in seinem (Doctoras) Falcon, einem in Amerika produzierten und in Europa völlig unbekannten Wagen, der für ihn zweifellos mehr wert war als wir alle zusammen, kamen von Meiers Seite mehrere halbseidene und ganz seidenlose Witze, die wir nicht hören wollten, die jeweils in seinem Glaubensbekenntnis mündeten: Scheiße schwimmt oben.

Wir lachten, gequält. Als wäre es eingeblendet. So wie einer, der lachen muss, dessen natürlicher Lachvorrat schon erschöpft ist, lachte ich.

Unberufen und zufällig wurde ich mit dem Sinn des Universums, meinem Sternzeichen, den Prognosen hinsichtlich des Sommers und mit dem wahrscheinlichen Verlauf und Ende des Fußballspiels und der Welt konfrontiert; sowie mit dem Eindruck, den die letzte Südamerikareise des Papstes auf ihn gemacht hatte.

Auch über das Essen, die Vorzüge der patagonischen Küche allen anderen Küchen gegenüber, die er freilich nur vom Hörensagen her kannte, wusste er Bescheid. Meier bewies nun mit Händen und Mienenspiel, dass speziell die Küche von Pico Grande so reich sei, weil sie die Vorzüge aller europäischen, dazu der amerikanischen und der bodenständigen Indianerküche in sich vereinige. Ein Argument, das ich auch schon aus den Vereinigten Staaten von Amerika in Bezug auf die dortige Küche gehört hatte; und zwar wiederholt. Die Indianerküche ...

Früher sei der Asado allerdings noch um ein paar Brocken Menschenfleisch angereichert, verfeinert worden. Das schmecke heute niemandem mehr, und er erwartete von mir abermals ein kurzes, anerkennendes Auflachen. Ich hatte ganz andere Erfahrungen gemacht, was die Küche von Pico Grande anging. Mag sein, dass sie einmal gut war, die Indianerküche, eine Nomadenküche bei nie ausgehendem Feuer unter offenem Himmel (daher Feuerland), aber das Fleisch wurde doch roh gegessen oder verschlungen. Es gibt davon keinen Film.

Ich fotografierte alles: namentlich die Asados und Grillfeuer, und die diversen Verwandten mit dem Stück Hammel in der Hand mir zu Ehren sind reich dokumentiert. Mich erinnerten diese Fotos von fleischfressenden Schlünden aus Fleisch, das von meinem Fleisch war, an Buddha, den ja schon der Anblick einer schlafenden (wohl auch schnarchenden) Frau dermaßen schreckte, dass er für immer für diese Welt verloren war.

Meine Fotos von den Fleischabenden mir zu Ehren würden die zu Hause gebliebene Verwandtschaft, eine weitverzweigte Familie, meine Ferkelhändlerdynastie, aus der mit Recht schon einige Vegetarier hervorgegangen sind, so sehr schrecken, dass sie alle glücklich wären, nicht ausgewandert zu sein und von diesen Verwandten möglichst weit weg zu wohnen.

Vielleicht hätten auch den einen und die andere die Gesichter selbst geschreckt, die jungen wie die alten, Rosas Gesichtsausdruck beim Wenden des Fleisches von der gegrillten auf die rohe Seite mit der eigenen Hand, wie sie an das Fleisch heranging, ohne sich die Finger zu verbrennen. Dabei hätten sie ja niemals ihre Stimme hören müssen, wie sie »carne« oder »sangre« sagte.

Schon nach drei Wochen in Pico Grande konnte ich mich

nicht mehr aufrecht aufs Pferd setzen, mein Pferd, das ich gleich nach dem ersten Ausritt Argentino getauft hatte. Gemüse gab es gar nicht, alle Vitamine fehlten. Man lebte von Fleisch, Blut und Rotwein.

Nun gut, Meier war auch längst bei den Problemen der Überbevölkerung und beim damals bevorstehenden Malvinaskrieg, bei der Jungfrauengeburt und beim Tod auf Verlangen. Künstliche Hüftgelenke wurden in Buenos Aires schon jahrelang eingebaut, und Schönheitsoperationen, dass Europa dagegen alt aussah, wurden durchgeführt, sagte er mir, zur Auflockerung der Nachrichten aus aller Welt. Auch die künstliche Befruchtung, der allergische Schnupfen und die Entdeckung des Ozonlochs waren schon zu Meier vorgedrungen – was eben so gesprochen wird unterwegs.

Der Regen draußen und die Geräusche des Scheibenwischers beanspruchten mich ebenfalls. Man sah zwar so gut wie gar nichts mehr, fast wie auf Blindflug, aber wir fuhren ohne Irritation weiter Richtung Norden. Während seiner Ausführungen saß Meier in einer Haltung am Steuer, die verriet, wie sehr er in Fahrt war, wie sehr ihn alles beflügelte. Die Körperhaltung eines kleinen Mannes, der sich nach oben ausstreckt, in die Regionen seines leicht gepuderten argentinischen Weltbildes.

Zu allem kamen seine schwarz-weißen Lackschuhe, mit denen er die unteren Armaturen in aller Eleganz bediente. Auch sein Spanisch kam mir sehr gewählt vor. Jedenfalls ließ er Worte fallen, die ich vor Ort nie gehört hatte. Vielleicht sprach er etwas gekünstelt, mag sein. Er fühlte sich, glaube ich, mir gegenüber nicht nur als Repräsentant Argentiniens, sondern auch des männlichen Geschlechts. Er war außerdem ein begeisterter Anhänger seiner Mannschaft (vergaß welche), vom Fußball an sich, von gutem Essen, der Frauen und vom Wein, des Freiheitsgedankens der westlichen Welt und der Todesstrafe.

Saß ein Betrunkener am Steuer?

Und dann: Die Kapelle hatte sich zum Abspielen der Nationalhymnen mitten auf den Platz gestellt.

Fritz nestelte ungeduldig in seiner Hosentasche. Da – die Hymne. Und wie! Schon die Flagge war verkehrt herum aufgezogen.

Nachdem das Spiel angepfiffen war, die Köpfe dem einen Ball folgten, ergab sich bald eine richtige Schlacht, mit »Schuss!« und »Volltreffer!«. Sie schienen ihr Leben einzusetzen, alles aus sich herauszuholen.

Dieses Spiel hatte Südamerika mehr Tote gekostet als alle Kriege des Jahrhunderts zusammengezählt. Das Geschrei der Schlachtenbummler vermischte sich mit dem Schweiß auf den Rängen und den Urlauten der Kämpfer auf dem Feld der Fußballschlacht. Gelegentlich zogen sie aneinander vorbei und spuckten sich ins Gesicht.

Die stärkere Seite gewinnt. –

Mein alter Urgroßvater, ein entschiedener Verfechter der stärkeren Seite, hatte mir noch diesen Satz aufschwatzen wollen, ohne Erfolg. Also – ich fasse zusammen – wurde die Siegerhymne gespielt.

Die deutsche Hymne, sie hätte auch als Kammermusik präsentiert werden können, aber »die Italiener«, wie Fritz für ganz Argentinien sagte, bliesen sie mitten im Stadion in ihren grellen Uniformen wie eine Improvisation von *Alle meine Entchen* herunter.

Unsere Sieger sahen ganz so aus, als ob sie eine Schlacht gewonnen hätten, noch mehr die Schlachtenbummler, die damals noch so hießen. Ihr Anhang grölte auf den Rängen und drohte den Verlierern, allen, die in diese Niederlage verwickelt waren, mit dem Tod. Sie machten Anstalten, alle auf der Stelle zu vernichten. Siegerrituale, der Fuß im Nacken, die Gesten der Unterwerfung wurden schon angedeutet. Es fehlte auch hier nur ein Haar, aber der einsetzende Regen verhinderte das Ende des Spiels: die Ausrottung aller Feinde.

Es gab zum Glück keine Toten. Aber der Platz sah nachher doch wie ein Schlachtfeld aus.

Die Trostlosigkeit einer Siegesfeier.

Der Wind hat den Augenblick des Sieges davongetragen. Der Regen hat ihn zugeregnet. Die Sieger müssen vor Freude schreien. Sie haben gesiegt. Sie haben in der Arena nichts mehr verloren.

Sie können jetzt nur noch *So ein Tag, so wunderschön wie heute* singen. In ihrer Verzweiflung beginnen sie, *So ein Tag, so wunderschön wie heute* zu singen und zu schunkeln. An der Stelle des Sieges das leere Spielfeld.

Und du?

Sie besaufen sich, können sich besaufen, und dann kommen ihre Frauen, ziehen sie von Mann und Biertisch weg, und das Leben muss weitergehen. Schon auf dem Fußballfeld, schon nach dem Siegestor war dem strahlenden Helden nichts anderes eingefallen, als sich auf den Boden zu werfen.

Als sich auf den Boden zu werfen, dahin, wo die anderen schon lagen, sich übereinanderzuwerfen aus Freude und liegen zu bleiben und dann wieder aufzustehen.

Und du?

Auch auf der Straße setzte sich das verzweifelte Gegröle von *So ein Tag!* fort. *So ein Tag!* –

So ein Tag. Sonst nichts, in alle Ewigkeit. Auch Fritz summte mit. Und ich, der alles mit angesehen hatte, summte schütter dagegen.

In den Händen bald ein Gefühl,
kein Gefühl mehr zu haben

Da fiel auch schon wieder ein Regen. Er hielt mich im Zimmer fest. Er verhinderte, dass ich überhaupt vor die Tür kam. Es regnete mich ein, mich an, mit diesem Tag war nichts mehr zu machen. Rosa lag neben mir. Kein Zauberer war da, der sie von mir weggezaubert hätte. Denn ich wollte mit einem Mal allein sein, ich hatte einen Patagonienkoller bekommen von diesen vielen Bildern und Geschichten, arme Rosa. Es lag an mir. Sie konnte nichts dafür.

An ihrer Stelle hätte ich mich in den Regen hinausgeschickt, aber dieser Regen fiel wie flüssige Scheiße vom Himmel herunter. Meinen ärgsten Feind hätte ich nicht in diesen Regen hinausgeschickt.

Verstehst du? Ich konnte meine Hand nicht heben, so schwer war mir alles. Im Taschentuch Klexogramme aus Schweiß und Sperma, Schweiß, der bald zerfließt, vertrocknendes Sperma. Ihre Oboen-da-caccia-Stimme zuzeiten, die Erinnerung an erste Orgasmen gar nicht lange her, und jetzt diese Ebenerdigkeit. Noch auf dem Boden.

Wenig später waren wir schon wieder auf den Beinen und aufrecht im Leben. Das Essen ging weiter, musste zubereitet werden. Ein Stück Hammel hing bratfertig an seinem Haken.

Das Gewöhnliche musste es sein, an das wir uns halten konnten, alles, was das Leben einfach und sicher machte, nur keine Ausnahmen!

Wir klammerten uns an das Leben an seinen gewöhnlichsten Stellen. Der Hammel, wenn er knusprig gemacht ist. Der eine sagte, was alles dazugehört, die andere, wie man es macht. Die Nacherzählung bis zu der Stelle, wo er auf den Tisch gestellt wurde, füllte das Leben und gab ihm Sinn.

Schon nach einer Woche war es fast schon zu Ende. Denn ihr Mann und Liebhaber war von seiner Lastwagentour für drei Tage zurückgekehrt.

Und alles, was bisher gewesen war, hatte in einer Woche und fünfzig Seiten Platz gehabt oder überhaupt nicht.

Ich schlich um ihr Holzhaus herum wie ein Stalker, der noch nicht zur Einhaltung der Sperrmeile, »nicht näher als tausend Meter«, gerichtlich verurteilt ist.

Es war für patagonische Verhältnisse fast heiß, und ich stand mit freiem Oberkörper an ihrer Tür: das bin ich. Schau her! Ich war an jener Stelle vis-à-vis im Gebüsch von Fritz, an der Stelle, wo sie mich sehen konnte, auf einmal Exibitionist und Voyeur. Ich sah, wie sie mich sah.

Sie strich sich das Haar aus dem Gesicht und schlug das Fenster zu. Was willst du?

Auf dem Diwan lag er und schlief den Rausch aus.

Ich war keine Führernatur. Ich konnte diese Menschen nicht an mich reißen und nicht an mich binden.

Und was war mit ihr? Ich musste schon auf ihr liegen, doch selbst da war sie bald ganz weit weg.

Drinnen schon wieder ein Gelächter zwischen bellendem Hund und betrunkener Frau.

Ich wartete nur darauf, dass eine Tür zugeschlagen würde, nur auf ein Lebenszeichen.

Ich hing an ihr. Mit dem Recht des kopflos Verliebten blieb ich stehen.

An den sonderbarsten Stellen schlug mein Herz: hinter den Ohren, in den Nasenflügeln.

Das ist alles nur eine Erinnerung.
Die Liebe war ein Glaube, der Berge nicht versetzte.
Ich atmete, ich lebte.

Es wäre nun nicht mehr weitergegangen, wenn es so weitergegangen wäre

Dachte ich. Es muss Whisky her, das wäre doch gelacht, auf meinem Weg nach Mandelay! Am anderen Morgen fuhr ich mit Mario zu Frau Madefsky.

Ich entdeckte sie, ihr kleines Backsteinhaus, das sie zusammen mit ihrem Mann am Ortseingang des sechzig Kilometer entfernten Nachbarortes Gobernador Costa gebaut hatte, als wären sie hier zu Hause.

Da ist es! Und Mario nahm die eine Hand vom Lenkrad und zeigte auf das Haus. Noch ein Ausflug.

Dieses Mal fuhr ich mit Mario, denn Rosas Liebhaber war immer noch da, auch wäre sie gar nicht zu Frau Madefsky gefahren, die noch weniger Spanisch konnte als ich, das wusste ich, der jede Gelegenheit wahrnahm, etwas zu sehen, was zu Fuß oder zu Pferde nicht möglich war, von ihr.

Ich wusste nicht, ob sie ein gewöhnlicher Flüchtling oder eine Vertriebene war. Dabei glaubte sie, zu den Auswanderern zu gehören, denn irgendeine Heimat musste der Mensch haben, und wäre es jener Küchentisch mit der Plastikdecke drauf, und der Eckbank, von der aus ich lesen konnte, was sie sich selbst ausgesucht oder geschenkt bekommen hatte. »Seitdem ich die Menschen kenne, liebe ich die Tiere«, las ich, eingerahmt in ein Arrangement aus Rosen, ja, der Rahmen war ein Kranz geflochtener Plastikrosen, und eine Kuckucksuhr entdeckte ich auch noch, noch so ein Geschenk, das sie an die schwarzen Wälder erinnern konnte, an den Schwarzwald, dabei kam sie aus Ostpreußen, »Zur steten Erinnerung!«. Ein Geweih, allerdings nur ein

Zwei-Ender, ging vom Neun- und Drei-Uhr-Zeichen im rechten Winkel ab, und dann noch eines vom Zwölfer und Sechser, und bildete so ein Kreuz, doch den Glauben hatte sie ziemlich verloren, kein Wunder.

Es war alles ganz wie zu Hause, und bald saß ich am Küchentisch, als gehörte ich dazu.

Während Mario seine kleinen Besorgungen machte, sollte ich mit Frau Madefsky etwas plaudern, das Neueste von zu Hause erzählen, meinten die Verwandten.

Da war noch jemand, der Deutsch sprach und sich über mich freuen würde, aus dem einen Grund, dass ich von zu Hause kam. Ich war gar nichts und niemand, aber auch Frau Madefsky begann zu weinen, kaum dass ich »Guten Tag!« gesagt hatte.

Warum war sie weggefahren? Sie begrüßte mich überschwänglich, mit ihren Tränen, mit ihrem rollenden R und ihrem Glanz in den Augen.

Ich war nun schon mehrfach auf diese Weise von Menschen, denen ich wildfremd war oder hätte gewesen sein müssen, begrüßt worden. Sie umarmte mich, was, wäre sie zu Hause gewesen, nie geschehen wäre. Da saßen wir auch schon in der Küche, und nach dieser ersten Aufwallung gab es einen Kaffee, und es war ganz so, als ob es sich bei ihr um einen Menschen handelte, der zurückgekehrt ist. So erzählte sie mitten aus ihrem Leben, das hieß bei der alten Frau: aus ihrer Vergangenheit.

Sie hätte auch zu Hause bleiben können, dachte ich, warum so schweifend? Aber dann strafte mich meine Erinnerung mit dem Gedanken, dass Frau Madefsky jetzt ohnehin nicht mehr in ihrem Häuschen in der Nähe von Elbing säße, ob mit oder ohne Auswanderung.

Heute wäre sie eine gewöhnliche Vertriebene, heute säße sie vielleicht in der Gegend von Nürnberg, so wie ihre Schwester, oder wäre einfach tot. Ihr Haus wäre angezündet worden und abgebrannt. Sie hätte nur das Wichtigste in einen Koffer stecken können, mitten im Winter, übers Eis, so wie ihre Schwester. Die Fluchtgeschichten unterschieden sich nur geringfügig.

Nur im Detail, dachte ich.

Die Schefskys! Sie wollten nicht mit, blieben einfach in ihrem Haus. Sie hatten gedacht, dass es nur halb so schlimm kommen werde, und wollten abwarten. Aber dann ging es zu Fuß Richtung Sibirien. Wie weit sie kamen, weiß ich nicht. Die ganze Familie, meine Schwester und ihre sieben Kinder, zu Fuß, alle blond. – Kein Zeichen mehr. Zu Hause noch vergewaltigt, selbst die Großmutter noch – und dann getötet, wie von Großwildjägern.

Frau Madefsky wollte mich nicht zu sehr in ihre Geschichte hineinziehen, so fing sie von ihren zwei Enkeln an, wie sie vor ihren Augen groß wurden und immer noch wuchsen. Von ihren Töchtern im besten Alter. Blonde Sehenswürdigkeiten, die sich vom weltweiten Schwarz abhoben. Ich bekam sie nicht zu Gesicht, aber ich ließ mir sagen, dass die eine das Kolonialwarengeschäft führte und die andere mit einem Lastwagenfahrer verheiratet war (das hieß hier meist: zusammenlebte), der bis nach Santa Cruz und Feuerland hinunterkam, in den argentinischen Teil der Insel.

Ich müsse sie unbedingt kennenlernen, beide, ich solle wiederkommen. Sie würden für mich kochen. Traute sowieso, aber auch die Jüngere, Erika. Das glaubte ich gern, und ich bedankte mich. Ich hatte das Gefühl, dass ihr auch die Töchter etwas entglitten waren. Sie standen auf eigenen Beinen, kamen nur noch zu Besuch. Kamen zur Tür herein, wohl ohne große Anmeldung, aber nur noch gelegentlich.

Frau Madefsky machte alles noch selbst: aufstehen, waschen, kochen, zu Bett gehen und was zu einem Leben gehört, und kannte die Welt aus der *Bunten*. Von drüben bekam sie mit einiger Verspätung die Illustrierten zugeschickt, die *Bunte*, die unter den Auswanderern eindeutig bevorzugt wurde und sie mit dem schönen Leben in Deutschland verband. Sie führte mich durch ihr Haus. Ich müsse noch das Haus sehen. An den Wänden des Wohnzimmers und des Schlafzimmers die unvermeidlichen Bilder und Fotografien. Aus der Zeit von *Es dunkelt schon in der*

Heide ein Foto ihres verlorenen Hauses auf dem Nachttischchen. Und das Bild ihres Mannes. Ich sah, dass er sie wahrscheinlich auch in Ostpreußen betrogen hätte. Was zwischen ihnen war, setzte sich auch hier fort. Jetzt war er lange tot. Es gab keinen Streit mehr. Sein Bild hatte einen Ehrenplatz. »Der gute Fritz!«, sagte sie. Er hatte sie einfach mitgenommen. Sie wollte nicht weg, aber was blieb ihr anderes übrig, als ihm zu folgen! –

Hier war er mit abgezogenen Fellen, mit Strohballen, Wein, mit allem, was die Jahreszeiten boten, herumgefahren, ein Landhandel. Er konnte auch bald die Umgangssprache, während sie damit gar nicht angefangen hatte und in fünfzig Jahren nicht über »Buenos dias« und »Gracias« hinausgekommen war. Über den Handel mit den Landprodukten kam er zu seinen Frauen. In jeder Hotel genannten Absteige am Weg konnte er eine haben, dachte ich.

Nach Pico Grande war sie früher zweimal im Jahr gekommen. Zur Kirschernte bald nach Weihnachten. Und dann sonst noch einmal, wenn Fritz dort etwas zu tun hatte. Aber jetzt hatte sie niemanden mehr, der mit ihr hinüberfuhr. Gelegentlich kam der aus Königsberg stammende und nun in Pico Grande immer noch lebende Fritz (»Kennen Sie Fritz?«) herüber. Er ließ sich gegen ein Trinkgeld von Meier fahren. Dann plauderte man etwas Deutsch, so wie heute, mit einigen ostpreußischen Brocken dazwischen. Und wenn Meier mit seinen Besorgungen fertig war, klingelte er auch schon.

Meiers Mutter war eine Kreuzung von einem Solothurner Gebirgstäler mit einer Araukanerin. Das klang nach Vieh- oder Hundezucht, war aber ein – vielleicht noch größerer – Zufall. (Wie hätte diese Kreuzung als Viehsorte geheißen? Jura-Araukan vielleicht?) Es war leicht, auch er machte es mir leicht, eine Geschichte dazuzudenken.

Frau Madefsky war eine schöne Frau gewesen, gewiss. Die Welt war voll von schön gewesenen Frauen.

Spuren zeugten davon bei Frau Madefsky. Ich konnte das erschließen, die Falten wegdenken, alle Veränderungen rückgängig machen. Dann blieb nur ein Lächeln. Ihre Töchter, sagte sie, sprachen noch den ganzen Tag deutsch und waren so blond wie immer. Aber die Enkel! Das wurde von einem Blauschwarz durchkreuzt. Sie hatten sich auf die einheimische Seite geschlagen. Die alte Frau erkannte ihre Enkel, die sie liebte, nicht wieder. Elbing war umgetauft worden, hieß Elblag, ein kleiner, unverzeihlicher Unterschied. Bald werden die Enkel so groß sein, um in der argentinischen Armee zu dienen. Ihr Vater wurde noch durch preußische Kartoffelfelder gejagt. Kartoffelfelder gab es hier nicht. Für wen beschrieb sie ihre untergegangene Welt?

Hinter dem Haus war die berühmte Tankstelle für die Camiones, die einzige zwischen hier und dort, ein Hotel für Arbeiter, zu den Ölfeldern in der Provinz Santa Cruz unterwegs.

All ihre Sätze fingen mit »Ich weiß noch« an; und kein Tag verging ohne Erinnerung, eine Medizin, die zum Tode führt.

Meine Zeit bei Frau Madefsky war um. Mein Fahrer kam, um mich nach Pico Grande zurückzubringen. Er riss mich heraus, noch ein Loch, nur ein kleines unter dem Dach des Backsteinhauses. »Grüßen Sie Don Fritz und die anderen, alle grriessen!« Mit dem festen Versprechen, wiederzukehren, ging ich.

Ihre Enkel waren ihr über den Kopf gewachsen (sah ich auf dem Foto) und hatten ganz andere Kopfschmerzen.

So verlief die Geschichte. Negro verlor schon seine Milchzähne, und das tat weh.

Er spielt noch immer mit dem Bären. Später wird er Lastwagenfahrer oder Architekt. Wahrscheinlich Lastwagenfahrer.

Ich brenne, hätte sie gesagt, hätte sie einer gefragt, wie es ihr gehe

Wieder einmal an allem vorbei, was immer war und nie, zwischen Himmel und Erde oder Hölle – und dies noch träumend, waren wir auch von diesem Ausflug zurück, als hätte mein Leben aus Ausflügen bestanden.

Im Chevrolet saß man ziemlich oben und zu dritt. Und hinten, auf dem Pick-up, dieses und jenes, und Menschen im Freien, die sich nicht erkälteten.

Nun waren wir wieder in Pico Grande, und ich sagte auch bald »wir« und »da«, als wäre es zu Hause.

Elena, Rosas Mutter, kam, was in Pico Grande das Selbstverständlichste war auf der Welt, gerade um die Ecke geritten. Ihre Erscheinung erinnerte mich an schön verblühenden Flieder. Es gab sie noch zum Beweis, dass es sie gegeben hatte. Zwar saß sie zu Pferde, ließ sich wie immer aus dem Sattel gleiten, küsste mich pflichtschuldig als von weit her angereist und verwandt, und so steht sie vor mir.

Damals war sie, so sagt man, in Brand gesteckt worden von ihm. Jetzt lag einer neben ihr im Bett, der schnarchte und seine Füße nicht gewaschen hatte und sich nur mit seinen graubraunen Socken schlafen legte, sonst war er haarig und nackt. Das war noch so einer.

Er hatte sie überfallen und ließ sie liegen. Seit fünfzehn Jahren ließ er sie liegen. Geschnarcht hat er von Anfang an, aber die Zähne fielen erst im Lauf der Jahre aus. Jetzt lag sie wach. Jetzt brachte er kleine Tierchen von seinen Besuchen in der Stadt mit ins Bett. Sie stachen zusätzlich. Es gab vor Ort kein Heilmittel gegen diese Liebe. Diese Tierchen füllten sich mit ihrem Blut. Das sah sie mit bloßem Auge. Doch sonst hatte sie nichts von ihm.

Sie fuhr über seine haarige Brust. Jetzt war das Loch doch alles. Es fehlte etwas, mittendrin fehlte etwas. Das, was fehlte, war ganz in der Mitte. Das Loch war leerer, als die Nacht schwarz war.

>Nach innen ist mein Aug jetzt nur noch wach
Für alle Dinge die von außen sind versagt es
halb den Dienst halb ist es schwach
nur scheinbar sieht's
tatsächlich ist es blind
erfüllt von dir nur und von nichts
begnügt<

Jetzt lag sie offen. Er fern neben ihr. Von der Pampa kam: der Nachtwind. Nur die Toten schliefen, sie aber musste wach liegen. Es roch nach gelber Scheiße. Schon bald, nachdem sie zu ihm gelegt worden war, roch es nach gelber Scheiße. Seine Lebenszeichen vermischten sich mit den Laken. Ihr geliebter Mensch machte ins selbe Bett, in dem sie lag. Diese Wahrheit war mit der Zeit zur einzigen, zur unumstößlichen Grundlage ihrer gemeinsamen Existenz geworden, zu einer Art Mittelpunkt ihrer Beziehungen. Nur wenn er sehr betrunken war, schlug und vergewaltigte und liebte er sie. Die paar Ohrfeigen nahm sie in Kauf.

Die kleinen Tiere sind überall. Der Schmerz beginnt schon lange, bevor er sichtbar wird. Das Blut schimmert schwarz hinter der dünnen Haut dieser Untierchen. Der Schmerz ist farblos.

Hinter dem Pueblo die kleine Lagune mit den rosaroten Flamingos, deren Fleisch nicht schmeckt, bitteres Flamingofleisch, klares, kaltes Wasser.

Der zerzauste Himmel schön anzusehen, aber zu weit weg.

251

Am Morgen sitzt er auf seiner Kartoffelkiste und schlürft Mate, nachmittags will er seinen Kaffee, abends seine Ruhe.

Ihr Leben drehte sich vor Schmerz im Kreis. Er, der eine, hielt sie, die andere, am Leben.

Ich brenne, hätte sie gesagt, hätte sie einer gefragt, wie es ihr gehe.

Schrecklich, dachte ich,
ein Wort aus der Alltagssprache,
das seit hundert Jahren nicht aus der
Mode gekommen war

Auch wenn ein offizieller Besuch kam, war es ganz wie zu Hause. Reiste der Provinzkommandant an, stellten sich die wichtigsten Männer von Pico Grande an der Plaza Mayor auf und hatten eine dicke blau-weiße Schärpe um den Bauch gebunden. Die Schulkinder sangen die Nationalhymne wie jeden Morgen, nur vielleicht etwas frischer, und steckten tief in ihren Uniformen, weiß-blaue Ebenbilder waren sie. Der Polizeichef überreichte der Frau des Provinzkommandanten, die mich an Jovanca Broz-Tito erinnerte, ein Gebinde rot-weißer Nelken und verhaspelte sich bei der Übergabe, ganz wie zu Hause. Auch das Gelächter. Keiner weiß, woher die schönen Blumen kommen.

Im Holzhaus war es schön warm

Fritz lag auf seinem Diwan. Man ließ ihm seine Knaben, die Fotos und die Hefte. Sie wurden ihm sogar ins Haus geschickt, zu fragen, was er nötig habe, Vorwände waren es nur. Dann zeigte er auf den Zettel auf dem Esstisch. Der Junge las vor sich hin, leicht über den Tisch gebeugt, viereckig, grobschlächtig, ein Gesicht wie ein Leuchtfeuer, so ungeschickt wie reizend. Seine Augen arbeiteten. Geh zum Schrank, nimm dir einen Schein, nein, da, im obersten Fach. Der Junge war verlegen, aber das Geld nahm er doch. Magst du dich nicht setzen? Nicht in allen Holzhäusern war es so gemütlich. Da hingen Felle an der Wand von überallher, auch einheimische Felle, Vizcaja, klein, wenig bekannt und böse, zu einer Felllandschaft zusammengenäht aus Hunderten, ein Jaguar in Katzengröße, aber auch ein richtiger Puma, die Umrisse des Kopfes hingen von der Wand herunter, während das Fell selbst fest an die Wand genagelt war. Ein schönes Tier.

Eine Zeit lang lebte er deswegen ja im Provinzgefängnis. Ein einziges Mal fiel ein Stein durchs Fenster und traf ihn. Damals war es ein kleiner Wanderarbeiter, der hinüberrannte ins Hospital Rural, und Mario und Meier hievten den schweren Körper auf eine Bahre, während der Kleine zu erklären versuchte, wie alles gekommen war. Ein kleiner Wanderarbeiter, sie tranken zusammen einen Brandy. Im Sommer half er im Hochwald, im Herbst half er in Mendoza bei der Weinernte, ein Wanderarbeiter auf dem Diwan mit Fritz.

Über dem Diwan die Ostseelandschaft, von der Schwester mit

der Post geschickt, mit dem Schiff und seither hier an der Wand, ein unerkannter Stellvertreter von zu Hause.

Nun ja, ein kleiner Selbstmordversuch. In christlichen Zeiten tödlich, da nahm der Henker das Hackbeil, das der Priester zuvor gesegnet hatte, und schlug dem Verbrecher den Kopf ab. Jetzt glich die Geschichte nur noch der Beschreibung der Nähe des Geliebten, der tot neben ihm auf dem Boden lag. Seinem Leben, die mitgeschleppten Selbstmordversuche mitgerechnet, die überstürzte Flucht per Schiff, die Stelle im Garten, wo er aufgeschlagen war und beide Beine gebrochen hatte. Neben der Erinnerung an die Bezahlung von Lebensrettung und Krankenhaus hatte er nur die Erinnerung zweier lange hinkender Beine, zusätzlich zu den anderen, schon vor dem Selbstmordversuch bestehenden Beschwerden des Lebens.

Warum war er hierhergefahren? Das konnte ich mir immer weniger vorstellen.

Und Onkel?

Vielleicht wollte er möglichst weit weg von allem, und es war ein Skandal, der ihn forttrieb, von dem zu Hause so wenig gesprochen wurde, der so sehr oder so lange totgeschwiegen wurde, bis keiner mehr davon wusste.

Jetzt muss ich mir alles durch den Kopf gehen lassen, das Bild, die Horizonte, Winterreisen, den weiten Weg, die optischen Täuschungen. Die vom Himmel begrenzten Landstriche, das Herauswachsen aus den gierigen Zeiten, aus Hunger und Durst. Der Abriss der Anden. Die Lust flackerte noch in vertrottelten und beinahe zahm gewordenen Leibern. Sie schlich sich erinnerungsweise über die sieben Berge zurück. Dreizentnerschwere Dein-ist-mein-ganzes-Herz-Sänger kamen nicht mehr. Aber sonst kamen alle. Und dann wird eine nackte Frau in die Mitte von Pico Grande gestellt – es kann auch ein Mann sein – und zum Mittelpunkt des Universums erklärt. Zwei Beine, und schon kippt der Mensch um.

Nachmittags kam das Postauto aus
Cobernador Costa angefahren.
Es brachte keine Post

Also legte sie sich ins Krankenbett und wartete, bis sie an der Reihe war. Es war so gekommen: Da konnte man ihren dicken Rauch sehen. Dagegen gab es nur eine lange Nadel, einen Widerhaken und eine Schüssel, die alles auffing.

Die Kirche hat Fiebermesser geschickt. Doch in ihrer Hütte, einer Verbindung aus Wellblech, Himmel und Rost, gab es nachts kein Licht. Ihre Tage aufschreiben? Schreiben war für sie so viel wie Malen. Hätte ihr irgendjemand gezeigt, wie das geht mit dem Fiebermessen, auch nur eine einzige Nonne, die ihr das gezeigt hätte. – Jetzt ist der Fiebermesser ein Spielzeug für die Kinder.

Jetzt sticht man ihr in den Bauch wie immer schon. Die Kirche? – Die Kirche, das ist für sie der Lastwagen, der alte Bettdecken und gebrauchte Kleider aus Europa bringt, ein ganz alter Camion aus Richtung Comodoro Rivadavia. Sie ist nur eine Indianerin. Sich taufen lassen für eine alte Bettdecke und den Himmel, das Himmelreich?

Wieder ein Loch mehr auf der Welt, sagt man in Pico Grande, wenn ein Mädchen geboren wird. Auch sie möchte nicht noch einmal geboren werden und leben, um immer wieder den Bauch gefüllt zu bekommen mit Schmerz und Leben. Sie weiß nicht, wie lange es schon in ihr gegen die Bauchwand ausschlägt, ohne dass sie etwas dazu tut, so selbständig wie ein knurrender Magen.

Nebenher läuft das Transistorradio. Es ist viel schlimmer, als sie dachte. Sie kann sich an einen ähnlichen Stich nicht erinnern.

Es ist wie eine Geburt, aber nachher bleibt das Leben aus. Die Hilfsschwester trägt den Kübel zum Abfall. Sie kann noch etwas liegen bleiben. Ob es schlimm war, fragt man sie. Sie bekommt eine Tasse Tee, falls sie will. Auch etwas Kopfweh hat sie noch. Dieser blaugefärbte Rest, dazu konnte man nicht Mensch sagen, konnte man dazu Mensch sagen? Die Höhle war eine Steinhöhle. Und drinnen lagen überall nur Knochen herum.

Das Krankenhausschwein sah, wie Concetta mit dem Kübel kam und ihn ausschüttete und wieder verschwand.

Ich rauchte gerade meine erste
Veni-Creator-Spiritus-Zigarette

Es war morgens, in aller Frühe, saß am Küchenfenster, schaute nach Patagonien hinaus, diesseits und jenseits der Grenze. Drüben lag Chile. Ich schaute zum Fenster hinaus und stieß nun wieder auf jenen Unfall auf dem Weg, auf einem meiner Wege auf dem Weg zum Flughafen.

Ich, der Erste der Entronnenen, stand nun wieder mit den Toten vor mir, mit diesen Zufallstoten ganz allein. Eine blutrote Landschaft, in die mich meine Erinnerung tauchte. Allein neben meinem Beifahrer stand ich neben dem Toten ohne Totenschädel und bei den Schreien, die aus den Wracks drangen. Wir rissen an der Tür mit aller unserer Gewalt. Bald befreiten wir ein schreiendes Kind, zogen es durch diese Tür zurück ins Leben, während in nächster Nähe zwei Stumme saßen: Beiden hatte es die Sprache verschlagen, der einen mit, dem anderen ohne Kopf, den man bald im Straßengraben fand. Ein Familienausflug, hörte ich.

So etwas hat man schon tausendmal sehen müssen, sagte der zu spät eingetroffene Samariter vom Rettungsdienst. Ich rauchte meine Zigarette und ließ mir sagen, dass der Fahrer gewichst habe.

Der Schuldige war ein Lastwagenfahrer, der vom Weg abgekommen war, auf die Gegenfahrbahn, unsere, geraten, weil er aus Langeweile zwischen Ärschen und Titten hin und her blätterte, wie es unter Lastwagenfahrern auf der Autobahn üblich ist. So war er vom Weg abgekommen, auf mich zu. Doch alles kommt ans Licht, sagte Tante Luz, und ich, der Erste der Entkommenen, konnte nachher in der Zeitung lesen, wie es so weit gekommen war. Meine Autobahn, stand sie mir einst für die Ferne, so steht sie mir jetzt für den Tod.

Später hörte ich auch noch von einem zu schnell fahrenden Leichenwagen, der in eine Radarfalle geraten war, oder las es in der Lokalzeitung. Welches Recht kam hier zur Anwendung? Galt das Tempolimit für LKW oder PKW? Was ist ein Leichenwagen? Ein juristisches Problem, dachte ich. Überstürzt fuhr er, raste über die Autobahn, vielleicht zu dem in einer anderen Stadt gelegenen Krematorium, dem Heimatkrematorium, wo die Toten verbrannt sein wollten. Eine Überführung, möglicherweise testamentarisch verfügt: so in die Radarfalle. Dies wurde den Toten wohl auch noch in Rechnung gestellt, aber das konnte uns gleichgültig sein, und auch den Toten wuchsen keine grauen Haare mehr darüber. Ein Toter auf Reisen … Doch ich war schon erschlagen, als ich den neutralen Leichenwagen – nicht schwarz, nicht weiß – davonfahren sah.

Ich sah ins Feuer – und schon hörte ich die Geräusche des Mittagsschlafs zweier Verliebter. Dieser Boden. Darum hatte der Peon (der Cowboy) seine hochhackigen Stiefel, seine Reiterhosen, sein Pferd, sein Gewehr. Dieser Boden, in den man sich verstrickte, der an Hosen und Strümpfen hängenblieb.

Und wie wir das Leben vor den Anden ausbreiteten! Wie wir es in Mittagsschlaf und Nachtisch, Liebe und Zahnschmerzen aufteilten!

Das Innenleben der Schafe wurde den Geiern
überlassen, die hier auch nur in der Mehrzahl
auftraten, so wie die Verliebten und wir

Die Gegend um Pico Grande war voller Höhlen.

In den meisten war gar nichts zu sehen außer Steinen und
Knochen, die nicht viel anders herumlagen als im Museum für
Vorgeschichte.

Wahnsinnig, die roten Hände, tausendfach eine wie die andere waren sie über uns ausgestreckt. In unmittelbarer Nachbar-
schaft dazu Tiere, alles ganz primitiv. Köpfe, Beine, Hörner und
Schwanz, der berühmte Tiermensch mit seinem Schwanzzei-
chen in der Mitte: Das war zu sehen. Aufgerichtete und liegende
Figuren, kreuz und quer. Das war Gruppensex, Hordensex, freie
Liebe. Schon damals hatten sie die Geschlechtsteile über die Verhältnisse groß gemalt. Das hatte ich bereits in der heimatlichen
Bärenhöhle beobachten können. In die Mitte der menschlichen,
menschenähnlichen Figur hatten sie ein Riesengeschlecht gesetzt,
das vom Oberschenkelzeichen bis zum Mundzeichen reichte,
mit Leben gefüllt, nach oben gerichtet, ermannt, erigiert, eine
unbezweifelbare Ausrichtung, Aufrichtung zum Himmel hin.
Da war noch ein hingemaltes Riesenloch, fast so groß wie der
Eingang zur Höhle, eine gigantische Möse, die den Raum füllte
und geschlossen war. Das sagte nur so viel: dass das Universum
einen sichtbaren Mittelpunkt hatte.

Hielt ich mich bei einer alten Geschichte auf?

Rosa trug Stöckelschuhe, wie bei uns eine Fremde in den Bergen. Sie war hinter mir her, ich mit meinen Ansätzen zum Free
Climbing hing zwischen den Wänden. Zunächst sah es so aus,
als ob ich sie töten wollte. Sie witterte, was ihr blühte, spielte

mit. Nur wenn ich sie getötet hätte, wäre ich ihr noch näher gewesen.

Ich sah auch, dass der Mensch ein Geschlechtsteil hatte, das nach außen oder innen verlief, und er wusste nicht, wohin damit.

In Afrika schrien sie in den Urwald. In Afrika schnitzten sie an einem Gott herum, den sie dann mit etwas Glück verkaufen konnten, wenn nur ein Schiff kam. In der Südsee tanzten sie Hula-Hula und setzten sich zum Sonnenuntergang ans Meer. Ich erinnerte mich an die Menschen in den Gebirgstälern bei uns, die mitten in ihrem schönen Tal von ihrem schönen Tal sangen und sich am Bier berauschten. Sie mussten nur vor ihr Haus, und da war auch schon ein Misthaufen. Sie konnten kotzen, und alles war gut. Ich sah die Lappen am oberen Band meiner Erinnerung. Sie fanden für sich und ihr Vieh die Weideplätze, an denen sie eine Zeit lang leben konnten. Das Rentier graste überall, wo der Mensch in der Nähe war. Selbst die Nomaden fanden ihr Glück unterwegs. Sie zogen mit ihren Sternbildern. Dann und wann schlugen sie ihr Zelt auf und waren mitten in der Wüste die glücklichsten Menschen auf der Welt. Die Nomaden wussten nichts voneinander. Auch die Sesshaften wussten nichts voneinander, und wie schon! Doch sie teilten ihre Sternbilder, es war ein Glück, das sie trieb.

Früher war der Boden unter meinen Füßen ein Nomadenboden, ließ ich mir sagen. Jetzt saßen Tagelöhnergestalten vor ihrer Hütte, deren Vorfahren im Tross der Eroberer hierhergekommen waren und ihre Geschichte an den Nagel gehängt hatten. Nachfahren von Existenzen, die an den Rand des damals bekannten Endes der Welt abgedrängt worden waren. Er kroch am Boden. An meine Tiroler zurückdenkend, an meine grauen, lustigen Vorfahren, an meine Nomaden und ihre Sternbilder, den Zulu mit seinem Speer, seinen glücklichen Zähnen von der Jagd zurück, selbst an mich: Ich, auch ich musste mir sagen, dass jeder, der hier ankam, ein verdrängter Mensch war, von den sonnigeren Weideplätzen, vom Licht in der Geschichte, vom ersten Haus am Ort.

Wie erst ihre Kinder und Kindeskinder. Immerhin, den gröbsten Willen musste einer noch haben, mit dem er am Leben hing, um hier zu sein und zu leben, was dasselbe war.

Sie wussten nicht einmal mehr, dass sie starben. Sie wussten es, aber es war ihnen egal.

Draußen muss man sich eine Steilwand von hundert Metern dazudenken. Am Fuß dieser Höhle lag Pico Grande.

Patricia und Norma lagen in Zimmern für sich, deren Fenster auf das Anwesen von Don Fritz hinüberzeigten. »Alle im heiratsfähigen Alter, doch mit keiner war es weit her«, sagte Fritz, eine schrieb sogar Gedichte. Die Kleine wurde mir als gute Köchin präsentiert. Graziella könne schon Königsberger Klopse zubereiten (nach dem Rezept von Fritz). Auch wasche sie wunderbar sein Auto an der Lagune.

Als aufrechte Gottheit war vor kurzem das Fernsehen eingezogen, thronte über den vollkommen verstummten Köpfen. Schwieg es einmal, dann wurde es zugedeckt wie zum Schlaf. Den ganzen Tag kamen Bilder aus Paris, aus Parfüm, mitten im Leben, mitten in der Wüste, Filme wie *Über den Dächern von Nizza*, *Der Stadtneurotiker* oder *Wie angle ich einen Millionär?*.

In unmittelbarer Nähe zu ihrem Leben tauchten da Gesichter auf, die niemals hierhergefunden hätten, Frauen, die sie nie zu Gesicht bekommen hätten mitten in ihrem schäbigen Zimmer, und lächelten auch noch ein steriles Lächeln.

So stöhnten sie, die Menschen, als wäre ihre Lust nur verdoppelt, nicht gelöscht.

Angesichts der Maul- und Klauenseuche sagte sie: »Bleib! Bleib!«, sagte sie

Zu meiner Zeit stand noch in der Hansestadt Bremen der Roland in der Mitte der Stadt; und in der Mitte des Rolands, etwa auf der Höhe der Lenden, unterhalb von Ave Maria und Requiem, die Gürtelschnalle, jene erstaunliche Gürtelschnalle mit dem singenden, dem musizierenden Engel; und hinter dem Engel, deckungsgleich, im Grund, das Geschlecht Rolands, aller Rolande dieser Welt, sein Gewehr, mein Gewehr, ein für alle Mal, ein Denkmal, zum Zeichen, woher wir rühren, dass wir aus Liebe sind. Mein Gewehr, meine Erbschaft, mein Testament. Ich, ein Kind mit Erbansprüchen, als Kind Karls des Großen mit meinen Erbansprüchen und mit meiner Erblast, mit allem, was mir zustand:

So musste ich Rosa gegen Ende meines Aufenthalts auch noch eröffnen, woher wir beide kamen. Zumindest versuchen musste ich das.

Ich hatte die Tabelle bei mir und rechnete.

Anhand der Tabelle war klar, dass ich ein direkter Nachkomme, ein Kind Karls des Großen war und sein musste.

Von wegen »alte Ferkelhändlerdynastie« und Schwackenreute – nur der Name stimmte – halbwegs.

Das konnte ich mit Gewissheit an Rosa, die meine Einsicht ja ebenso betraf, weitergeben. Ich sagte es ihr, fügte freilich gleich mein »Halte mich nicht für verrückt!« hinzu. Ich fing ganz von vorne an: mit meinen Eltern, zwei Eltern, mit meinem Friedhof, Friedhof Unserem, seinen vier Großeltern und, an selber Stelle acht Ur-Groß – immer noch, immer wieder: Eltern.

»Was hast du?«, fragte sie, denn ich war mit einem Mal verstummt. Was ich habe? Nichts. Meine Entdeckung, dass mir die Krone gehörte, die Krone des Heiligen Römischen Reiches, mir, und nicht der Wiener Schatzkammer, dass ich ein Recht darauf hatte, diese Krone zu tragen, wann immer ich wollte, oder sie zu verschenken, ganz wie ich wollte, mit meiner Krone umzugehen, ohne verrückt sein zu müssen, oder auch auf die Krone zu scheißen, und abzudanken, wann immer ich wollte. Wie sollte ich das Rosa erklären? Selbst auf die Grabkammern und ihren Inhalt hatte ich ein Recht. Ein unendliches Vermögen, ein unabsehbarer Besitz, der auf mir lastete: Die Grabkammern all meiner Vorfahren gehörten mir.

Ausgerechnet auf diesem Friedhofshügel, unserem Liebesnest, lagen nur wenige von meinen Menschen, lag so gut wie nichts von mir, wenige Tote nur, mit denen ich meine Vorfahren teilte, aber kein einziger Mensch, von dem ich abstammte, dessen Kind ich war.

Alle sie hätten, genauso wie ich, ihren Stammbaum einsehen, sich Gewissheit verschaffen können, woher sie waren, wenn auch nur durch ein Verfahren, das an den Glauben und den Unglauben grenzte. Die Einsicht, das Resultat, war so unvorstellbar wie das ewige Leben als Paradies.

Man hat mir meine Gräber ausgeraubt. Immer wieder waren die Grabkammern geöffnet worden. Aus reiner Neugier. Das Grab meines Vaters Karl immer wieder. Zuerst von Otto, der im Gegensatz zu mir gar nicht von Karl abstammte. Er wollte nur sehen, was aus ihm geworden war, und hat ihn, aus einer gewissen Schadenfreude, einem gewissen Respekt, aber auch aus einer gewissen Enttäuschung, dass er fast nichts anhatte, nur noch Fetzen in Braun und Bräunlich, neu einkleiden lassen. Er lag in den Farben des Todes da, vor ihm ausgebreitet. Otto hat damals triumphiert: Das war also der Beweis, dass er tot war, das Grab war gefüllt, gefüllt mit seinen traurigen Resten. Gut so. Aber jetzt noch eine Krone draufgesetzt, wenn auch nur den Reif aus Eisen, etwas Samt dazwischengeschoben, Samt auf den verblichenen Schädel des Alten. Mein armer Vorvater! Kaum dreieinhalb Jahrhunderte später kam Barbarossa und hat sich noch einmal Einblick verschafft, sage ich. »Wer war Barbarossa?«, will sie wissen. Der Name gefiel ihr. Barbarossa? Ein Kaiser, ein Ertrunkener, ein Toter. Er kleidete ihn noch einmal ein, diesmal alles aus Gold, selbst die Nägel des Sarkophags aus schwerem Gold. – Das alles gehört mir!, fiel mir wieder ein, einen Augenblick lang in der Geschichte versackt. War ich nicht der Einzige, der seine Abstammung kannte und daraus Schlüsse zog, die normalerweise als verrückt gelten mussten?

Ich als der Einzige, der seine Väter und Mütter kannte, von denen er wusste und nicht wusste, die in ihm lebten wie immer, wie ein Hund, die tot waren in ihm, für immer. Darauf war ich gestoßen, auf diese Hunde-wie-Menschen-Gräber, auf mich.

Das kam zu meiner ganzen Geschichte hinzu. Nein. Das ging ihr voraus. Das war die Bedingung ihrer Möglichkeit.

Ich sagte Rosa, dass sie dies verstehen müsste, wenn sie mich verstehen wollte, auch wenn sie und ich, wir, die Namen im Einzelnen nicht kannten und kennen mussten. Dass es um uns ging, um unsere Herkunft und Zukunft, um unser vorläufiges, weiteres Überleben.

Unsere Geburtstagsbriefe waren ja nur Ausgrenzungen der Umstände, unter denen ich und sie lebten.

Verstand sie mich, verstanden wir uns?

Unser Mundgeruch kam von tief unten. Wir wussten nicht, woher er kam, ein Geheimnis wie die Dinge, die unter dem Boden in meinen Gräbern vorgingen. Ein Mundgeruch war auch schnell vergessen, die Erinnerung hatte keine Präsenzpflicht. Aber jetzt vermischte sich ihr Mundgeruch mit ihren Fragen und meinen Antworten und meinem Mundgeruch.

Sie fragte, warum wir Licht der Welt sagen. Kind! Wenn ich das wüsste!

Nichts als Vorfahren, die nichts als Vorfahren hatten, ich mit nichts als Vorfahren, sagte ich ihr. Ein kleines philosophisches Mitbringsel, als kleines Memento meiner Erinnerung, ihr zuliebe diese kleine Ouvertüre, die das Generalthema, mein Memento, meine Frage, meine Erinnerung, Erinnerungswunde, das Loch im Kopf auch nur andeutete. Andeutungsweise: »memento«, »memoire«, »mori«, »mourire«, »mousse au chocolat«, »latoflex«, »Placentubex C«, »Vitamin C«, »Leben«. Ich spielte mit Wörtern und meiner Vermutung, welche Wörter sie schon kannte, kennen könnte, andeutungsweise. Schließlich gehörte sie der Romania an, auch hier unten noch, jenem weiten Feld, wo sterben nichts weiter als »mori« heißt, eine Ableitung von »mori« ist, das sich auch in »bleiben« verwandeln kann, je nachdem, wie gut du Latein kannst.

Es bleiben: die Toten, die Erinnerungen, die Überlebenden.

Es bleiben nicht: die Kinder, die Kinderbilder, die Schwalben.

Rosa lacht, aber ich schwindle.

Kehren wir zurück?

Wir legten uns noch schnell in den Windschatten, ich sah eine Weile nur noch rot lackierte Fuß- und Fingernägel über mir. Ein Rot, das recht hatte, immer wieder recht bekam, und ich war drinnen und draußen. Schließlich waren wir auf dem Friedhof, der sich neben der Höhle zu unserem Treffpunkt gemausert hatte, und irgendwann mussten wir doch zurückkehren, das Essen wartete – und mein Leben lag mit der Schwere seines Schattens über mir.

Ich war eigentlich die ganze Zeit nur dabei gewesen, ihr und uns zu erzählen, woher wir kamen, ein Versuch. Was mit uns war, weiß ich bis heute nicht.

Mein Schmerz, ein Schmerz, der ein Schatten ist.

Dir zuliebe muss ich mich erinnern.

Erst einmal musste ich ihr Karl den Großen erklären. Erst einmal den Hosenstall zurechtgerückt und weiter in der Geschichte: Der Fall Pyrrhus lag ähnlich, erklärte ich. Erst die Nebenbuhler ausgebootet, dann per Elefant in den Sieg, ein Pyrrhussieg, die Arme der Frauen, die Nachkommen, sieh mich an!

Karl der Große, sein Harem, seine Frauen Gisela, Gislinde, Berengaria und wie sie alle hießen, seine (durch Barbarossa erzwungene) Heiligsprechung …

Aber ich hätte auch mit Pyrrhus dem Großen anfangen können. Was wusste ich von Pyrrhus, außer, dass ich von ihm abstammte, in gerader Linie?

Karl der Große – ein Augenzwinkern, und schon hatte Rosa alles verstanden. Deine Urgroßmutter hatte sechzehn Kinder, von denen allein drei nach dem seligen oder heiligen Laurentius von Schnüffis getauft worden waren. Erst der dritte Laurentius überlebte, um dein Urgroßvater zu werden, sagte ich mir. Sechzehn Kinder! Ich sagte Rosa, dass man heute schon vier Nachkömmlinge ungestraft als Wurf bezeichnen dürfe.

Sogar mit H. bist du verwandt, wenn auch nur weitschichtig. Es hatte keinen Zweck, ihr auch noch diesen Namen auseinanderzulegen. Nicht einmal den Namen des Weltberühmten hatte sie gehört. Jetzt erfuhr sie von mir, dass sie mit ihm auch noch verwandt war. In einer Minute erklärte ich ihr, was Philosophie heißt, und auch die genealogische Beziehung, welche von einer gemeinsamen Mutterfigur herrührte, Lina Muffler aus Schwackenreute, die 1811 gestorben ist, du, ich und dieser Mensch können uns auf diese gemeinsame Tote zurückführen.

Hatte es einen Sinn, sie in all dies hineinzuziehen?

Es hätte schon genügt, Rosa klarzumachen, dass bei einem derart beschränkten Teilnehmerkreis von etwa 1000 im Zehn-Kilometer-Radius um Schwackenreute angesiedelten geschlechtsreifen und an diesem Verkehr teilnehmenden, nie in die Welt gekommenen, immer noch: Menschen, jeder von jedem abstammt, wie man vereinfachend sagt. Trotz der allgemein betriebenen Unzucht und Inzucht, die immer wieder zum Ausfall von Vormüttern führten, welche immer wieder in sich selbst zusammenfielen und den prächtigen Stammbaum schrumpfen ließen, war es selbstverständlich, gebot schon der Verstand, dass wir miteinander verwandt waren, auch wenn wir dies gar nicht aus den Akten wussten.

Zwei Eltern, vier Großeltern, acht Urgroßeltern, 16 Ururgroßeltern, 32 Urururgroßeltern: Im Jahr von Linas Geburt hattest du schon 256 Mütter und 256 Väter, immer gleich viel Mütter wie Väter. Noch eine Null dran, und du kannst sagen, dass du von allen abstammst, herrührst, weiterdämmerst: Väter-Mütter, Väter-Mütter, Väter-Mütter …

Ich habe jene Schweizer Tante nie gesehen. Rosa hat sie auch nie gesehen. Ihre Urgroßmutter war lange tot. Wir saßen ganz für uns, die Genealogie ausgefallen, bis auf zwei, drei noch lebende Vorfahren war alles tot. Alles tot, wir nur Reste am Ende einer nicht abreißenden Linie, die fast komplett dem Totenreich angehörte. Wir, fast ausgebrannt, wir, an der Stelle des Glimmens eines Fadens. Nur ich und du leben, sind am Leben, leben noch. Die anderen sind im Universum, in uns, alle tot, nur ich und du und unsere Erinnerung, Müllers Kuh …

Wir hätten zum Mittagessen zurückgehen müssen, aber ich war auf Müllers Kuh gestoßen, hing an ihrem Seil mit allen, blutsverwandt. Abraham a Sancta Clara, noch ein Name, der spanisch klang. Die gemeinsame Mutter um 1650 aus einer Zahl von bis dahin 4096 Müttern. Er teilt mit seinen an der Pest gestorbenen Brüdern eine Gruft. Zu Fuß nach Wien … unbeschuhte Augustiner-Eremiten. Ich bet' für dich! Behüt' dich Gott aus Kreenheinstetten. Unbeschuht, barfüßig, ab nach Wien. Ein Leben auf der Kanzel, dann die Gruft der Unbeschuhten Augustiner, Pater Abraham, eingekalkt, 1709 ein Pestjahr, Maul- und Klauenseuche, sage ich zu Rosa, damit sie mich versteht.

Zur Zeit der Entdeckung Amerikas hattest du 128 000 Väter und ebenso viele Mütter, einige davon wurden als Hexen verbrannt. Die Erinnerung ist untergetaucht, aber alles tut weh vom Gehen. Der unbekannte Soldat, auch er war von dir, du kannst ihn zu deinen Vorvätern rechnen, Vater zu ihm sagen.

Als mein Vater Karl gegen meine sächsischen Väter zog, gegen meine Millionen …

Ein abscheuliches Zahlenspiel. Ich hörte auf mit dem Zählen. Ich wusste nun, woher ich gekommen war, und konnte mir denken, wo es hinging. Es zog »ein Mondenschatten als mein Gefährte mit«.

Trotz allem: Das Mittagessen wartete auf mich. Das patagonische Schnitzel, kaum paniert, viel Fleisch, mein trotz allem gefräßiges Maul, das sich über die Welt und alles hermachte.

Es ist an der Zeit, dass wir unseren Namen preisgeben. Für wen halten uns die Leute?

Du heißt Rosa, Rosa Schwanz heißt du, nach deinem Vater, einem Schwanz wie ich. Wir alle stammen von jenem Schwanz ab, der aus Tirol in unser Haus kam, nur ein Müllersknecht.

Das ist die Wahrheit.

Sie wusste zwar, dass sie Rosa Schwanz hieß, doch was das noch hieß im Deutschen, wusste sie nicht.

Nun konnte ich Rosa verraten, dass man schon in Chile über mich gelacht hatte, als ich als Ziel meiner Reise Pico Grande nannte, wörtlich übersetzt: Groß-Spitz, metaphorisch: Groß-Schwanz, etwa so als deutsches Bild. Rosa wusste weder, dass man in Chile jenen Teil, der bei uns topographisch-metaphorisch Schwanz genannt wird, als pico bezeichnet, noch wusste sie, dass die Schwanz-Familie, die Schwanz-Seite (die Mutter war ja eine Indianerin), auf die sie sich so stolz berief, zu Hause nur ein Gelächter eintrug. Ganz zu schweigen von ihrem vollständigen Namen.

Am Tag zuvor hatte ich mal wieder Geburtstag und war bis dahin exakt 300 000-mal errötet, nur wenige Male meines Namens wegen.

Im Grunde erschrak ich nur deshalb, weil ich Schwanz gerufen wurde, weil man einfach Schwanz zu mir sagte, Schwanz, schon in der Schule war ich nur der Schwanz und sonst nichts. »Schwanz in die Ecke! Schwanz an die Wand!« Beim Fußball wurde ich immer als Erster vom Platz gepfiffen: »Schwanz raus! Schwanz raus! Schwanz raus!«, brüllte es von den Rängen.

In alle Ewigkeit werde ich als Schwanz durch die Welt laufen müssen.

Ich werde zurückkehren und mit all meinen Feinden verschmelzen, Schmerz, mein Schmerz, Urahn meiner Erinnerung, und liegen, auf dem Heimatfriedhof, jenem gleichschenkligen Dreieck, »bein mit beine«. Dachte ich, der Einzige, der dachte wie ich. Ach.

Für alles hatte ich einen Satz parat, selbst für das Nichts.

Auf Feuerland war ich nie

Am Ziel. Hu Kiu Dsi Lin: »Welches ist das erhabenste Ziel des Wanderers? Das erhabenste Ziel des Wanderers ist, kein Ziel zu haben …«. Ich stand nur einmal an der Magellanstraße, hin-überschauend, ganz in der Ferne sah ich Feuerland – ein Strich in meiner Landschaft, mehr nicht. Magellanstraße hieß dieser Teil von der Welt, das Wasser konnte nichts dafür. Cabo Virgenes: nach der heiligen Ursula und ihren 11 000 Jungfrauen. Ich weiß nicht, ob Magellan noch daran glaubte, aber am Fest dieser Unzahl von sonderbaren Heiligen stieß er auf diese Stelle, auf dieses Kap an der Südspitze Amerikas vis-à-vis von Feuerland.

Mein Blick hinüber. Das war alles. War alles ganz wie zu Hause.

Ich nur ein Ausflügler. Schwarzweiße Pinguine waren es, die Rosa sehen wollte. Aufgeregt watschelten sie davon, kaum dass wir sie erblickt hatten. Heute sind sie wahrscheinlich schon tot, alle, auch die damals noch gar nicht ausgebrüteten. Tot – oder gar nicht erst ausgeschlüpft.

An dieser Stelle fiel mir Moses ein. Schwamm über die Geschichte. Es war nur ein Ausflug. Auf dem Rückweg wurde kaum gesprochen.

Ich wäre am liebsten ohne Rosa gefahren, die nun, nach unserer Höhlengeschichte etwas verstimmt, ein Gesicht machte, wenn wir uns sahen, als wollte sie »Tomate« sagen, so schaute sie, wie die arme Dreckig auf der Treppe vor der Bahnhofswirtschaft von Sentenhart.

Auch nachdem ihr Mann wieder abgereist war, wurde es nicht mehr wie bis dahin. Und ehrlich: Es war ja auch nicht gar nicht so viel gewesen. Es war nicht viel. Doch es war alles.

Sie hatte das Auto, und außer mir gab es in Pico Grande noch zwei andere, die etwas von der Welt sehen wollten, Touristen, Deutsche, zwei, die auch ihr Futter haben wollten und etwas sehen, die genau wie ich auch nach Pico Grande gefunden hatten, das hätte ich längst sagen können, denn diese zwei waren von Anfang an auch da oder dabei. Er Chirurg, sie Zahnärztin, Verwandte von Fritz, die Tochter seiner Schwester in München. Zusammen wollten sie sich nach dem Erbe umsehen. Doppelt so alt wie ich waren sie und doppelt so klug und geizig. Sie hatten alles ausgerechnet, und so, mit Rosa und mir, kam es am billigsten.

Die Fahrt nach Feuerland hatte ich mir aber als Höhepunkt ausgedacht.

Zwischen Gobernador Costa und Trevellin auf halbem Weg ein nicht identifizierbarer Gedenkstein, der in der Mitte eines Ossariums stand.

Zuletzt ging die Straße in eine Fährte über, dann waren wir an der Magellanstraße. Es folgte ein Essen mit viel Weißwein und die Erinnerung an das Beinhaus.

Es war ganz wie zu Hause: Das nicht zu Verschmerzende wurde mit Wein hinuntergespült, das schwer Verdauliche, das Schweinefleischleben.

Ehrte es die Toten, dass sie tot waren?

Tod, wo ist dein Stachel? Die Gebeine der Indianer waren spurlos verschwunden wie die Indianer selbst. Kein einziger Indianerknochen lag da im Beinhaus, nur in jenem letzten Gemetzel umgekommene Sieger, will sagen deren Knochen. Der Ort war traurig, namentlich das Gebeinhaus von innen, wo es außer einer Wand aufeinandergeschichteter, längst ausgebeinter Schädel nichts zu sehen gab. Sie waren geschützt vor der Nachwelt, damit nicht doch noch irgendwann ein Indianer aus dem Urwald gerannt kam. Ein grobschlächtiges Gitter verschaffte den Köpfen dahinter eine relative Sicherheit.

Das Beinhaus, im Windschatten des Beinhauses ein kleines Gotteshaus. Da hatte wohl noch vor kurzem ein kleiner verstreuter Haufen von Nonnen ein brüchiges, windschiefes Ave Maria vor sich hin gesungen und war nun auch tot, bis dahin bezahlt von frommen Nachkommen gottesfürchtiger und siegreicher Soldaten, Granden und Infanten, als hätten sie für mich gesungen, so schwarz war nun alles. Der Himmel schwebte derweil über dem Abgrund, meine Seele, meine Todesstunde.

Dann wieder die hingefleckten Siedlungen mit ihrem Blut, den Menschen aus Blut, von der Straße aus, die Etappenziele mit ihrer roten Vergangenheit.

So lag es schließlich vor mir, das Kap der Jungfrauen.

Und Schiffwracks lagen auch noch da, als wären es Gerippe oder Windeln der Erinnerung.

Auf dem Rückweg wurde kaum gesprochen. Rosa war so mundfaul, dass sie den Fahrer von Zeit zu Zeit auf den rechten Handrücken schlug, zum Zeichen, dass er vom dritten in den vierten Gang schalten sollte, schließlich saßen wir in ihrem Fahrzeug. Das war alles. Außerdem haben wir noch ein Schaf angefahren, zwei Schafe, die uns ins Schleudern brachten und beinahe auf den Kopf gestellt hätten. Wir kamen zum Stehen, sahen uns an, ob alles in Ordnung war mit uns und dem Wagen, wir tasteten uns ab. Nur ein paar Schrammen.

Aber da lagen noch die Schafe auf der Fahrbahn, zwei Schafe, Mutter und Kind. Wir wussten erst nicht, ob wir einfach weiterfahren sollten, zwei Schafe zählen ja nicht. Aber sie lebten noch. Erst das Kleine, dann die Mutter, die vor sich hin stierte, wahrscheinlich alle Knochen gebrochen hatte und gerade dabei war, von innen her zu verbluten … »Scheiße«, sagte ich an der Stelle von »Ach Gott!« und »Du lieber Himmel« vor mich hin, ein Stoßgebet, »scheiße, scheiße«. Als ob alles darauf hinauslaufen müsste.

Der Todesfahrer, der zudem ein Chirurg war, solle das Töten übernehmen, während die zwei Frauen etwas abseits hinter dem Auto warten sollten – oder die Zeit für ihr Geschäft nutzen, schlug ich etwas kopflos vor.

»Du bist Chirurg!«, befahl ich.

»Aber ich bin doch kein Metzger!«, antwortete er eingeschnappt und überheblich.

»Du kommst doch vom Land! Mach du!«, herrschte er mich an.

»Töte du!«, verlangten auch die zwei Frauen von mir.

Aber dann haben wir uns gefangen. Dann haben wir alle zusammen geholfen. Die eine trug den Stein herbei, den der andere verlangt hatte. Ich hielt den Kopf, die andere rückte ihn zurecht. Erst das Kleine. Die Tiere waren uns nicht so fremd wie die Pinguine. Wir wussten in etwa, wo ihre Adern verliefen, wo wir schneiden mussten. Erst der Schlag, flash!, Schlussbild. Jetzt das Messer, ein einfaches Schweizer Taschenmesser, das Norm-Messer, mit dem wir uns beim Picknick das Brot vom Laib schnitten. Dann das Alte. Als alles tot war, zogen wir die beiden zur Seite, auf die Seite gelegt, sah man ihnen fast nichts an, sie hätten so auch leben können, nur etwas Blut aus Maul und Ohren, das sich seine Bahn durch den dichten Schafspelz suchte, hellrotes Blut. Wir hätten es doch nicht fertiggebracht, diese Lebewesen, die uns noch wie Sterbende anstarrten, einfach liegenzulassen. So zogen wir die beiden zur Seite und ließen sie nebeneinander an Ort und Stelle. Der Wagen war noch fahrtüchtig.

Mit einer von niemandem bemerkten Verspätung kamen wir in Pico Grande an.

Ich schaute auf die Uhr,
bald würde es schneien

Nun, da meine Maul- und Klauenseuche ausgebrochen war (die Diagnose kam von mir, keiner konnte mir sagen, was mir fehlte), o ja, ich wusste es ganz genau … Bald wäre ich wieder bei Dr. Methfessel.

Hatte ich mich nicht längst an meinen Schmerz, mein Leben gewöhnt?

Ich nannte nun das, was mir fehlte, was ich hatte oder was war: Maul- und Klauenseuche, meine konsumierende Krankheit, tödlich und unheimlich wie sie. Hatte mich Medizinern anvertraut, jenem Beruf, der vor hundert Jahren noch wissenschaftlich begründete, dass man an Onanie starb, und aufzählte, wer alles an dieser Krankheit schon gestorben war, wäre auch ich gestorben, denn was war meine Krankheit gegen die unschuldige Onanie!

Eine letzte Stunde bei Fritz, ganz allein, ohne die Verwandten, die verschreckt waren von dem, was sie zu Gesicht bekommen hatten, und vielleicht noch von allem, was man nicht sehen konnte, und was es doch auch hier gab, wie ich auch.

Ich habe, ganz am Ende, eigentlich nur wissen wollen, wie es zu Hause war. Seine Reise lag nun schon wieder viele Jahre zurück. Und warum er nun wieder hier lebte.

Von seiner Schwester war er schon mehrfach genötigt worden zurückzukehren. Schließlich war Fritz einfach ein Flugticket (open end) zugeschickt worden. Er solle kommen und sich alles anschauen, alles, was sie sich im Verlauf einer nun schon vierzig

Jahre dauernden Nachkriegszeit angeschafft hatten, nachdem die Flüchtlingsgeneration alles verloren hatte und überhaupt wieder einmal nur die Robustesten mit dem Leben davongekommen waren.

Die Schwester wollte ihn noch einmal sehen, ja, sie schrieb von »Platz genug« und »immer bleiben«, was für Fritz nur heißen konnte, er solle nach Hause kommen zum Sterben. Sie hatte ihm die elektrischen Geräte geschickt, den Braque, von dem die Doctora sagte, das Bild sei nichts anderes als ein gerahmtes Poster, die Ostsee, die Kopie seines Meeres, das an seiner Wand hing.

Dann fuhr er doch.

Aber kaum in München, wurde er krank.

Vielleicht brach seine Krankheit auch nur aus. Fritz, der sein Leben am Rand von Pico Grande verbracht hatte (nur einen kleinen Teil davon im Provinzgefängnis von Comodoro Rivadavia wegen Unzucht), musste schon am zweiten Tag seines Aufenthalts in ein Münchner Krankenhaus eingeliefert werden. Seine Schwester, im Berufsleben ein hohes Tier beim Deutschen Roten Kreuz, hatte ihm sogleich einen der im Deutschen Krankenhaus so zahlreich auftretenden Spezialisten verschafft, sodass er zunächst annahm, trotz allem in guten Händen zu sein, in einer Lage, die er in seinem ersten Brief nach Pico Grande als Glück im Unglück beschrieb.

… »Das gab mir zu denken …«

… im Münchner Krankenhaus entfernte man mir zunächst einmal ein kindskopfgroßes Geschwür aus dem Unterleib. Man hat mir dieses Geschwür nicht gezeigt und auch nicht gesagt, wo es schließlich verschwunden ist (wohin mit dem chirurgischen Abfall?) – aber hätte ich nicht ein Anrecht darauf gehabt, es wenigstens zu sehen? War es nicht mein Geschwür? Als Kind konnte ich doch meinen Milchzahn auch in ein Taschentuch wickeln und vom Zahnarztstuhl weg mit nach Hause nehmen. Kindskopfgroß behauptete eine Assistenzärztin, die mich betreuen sollte, auf mich angesetzt war und immer wieder mit großen Schritten ungefragt und ohne Gruß hereintrampelte. Wir mussten fast alles entfernen! Der Professor hat Sie gerettet! Meine Operation war nach unergründlichen, über Nacht einsetzenden Schmerzen unvermeidlich, wie mir gesagt wurde. Kein einziger dieser in Massen auftretenden vernünftigen Menschen bezweifelte den Eingriff, aber ich war es, der unterschrieb, der die Verantwortung auf sich nahm. Meine Schwester hatte mir schon vor dem Eingriff eingeflößt, wie dankbar ich sein müsse, von einer solchen Kapazität behandelt zu werden. Das Bild eines Lebensretters wurde mir aufgedrängt, die Vorstellung eines großen Menschen, eines Übermenschen, dessen Schwächen, sofern sie bekannt waren, als klein entschuldigt wurden. Er opferte sich so sehr auf, dass er nicht einmal Zeit fand, mich zu begrüßen. Er verzehrt sich für seine Patienten, hörte ich. Ich hörte von Geschenken pflichtschuldiger Geretteter. Die nicht Geretteten schwiegen in ihrem Grab.

Ein Bauchplatzer! Nach diesem Zwischenfall hat sich der berühmte Chirurg nicht mehr sehen lassen bei mir. – Ob er so berühmt war, weiß ich gar nicht. Überhaupt halten sich die Ärzte für berühmter, als sie sind, aber der einzige weltberühmte deutsche Arzt des zwanzigsten Jahrhunderts heißt Mengele, getauft nach dem heiligen Josef, dem Ziehvater Jesu und Patron der Arbeit. Beide ausgesprochene Handwerker. – Ich hatte nichts mehr in Händen als Gedärme, meine eigenen Innereien. Einfach einschlafen, tot umfallen? So schnell geht das nicht. Der Tod lässt sich Zeit mit uns. Plötzlich lag ich im eigenen Blut, zufälligerweise auf der Intensivstation, auf der Stelle wurde ich ohnmächtig. Wir sind schwach, unser Gewebe ist schwach, die Narbe, je länger sie ist, desto eher reißt sie auf und will nicht verheilen. Ich bin noch einmal davongekommen.

Gerade am Rande des Todes, aber die Assistenzärztin machte schon wieder ein Gesicht, als ob mir ihr berühmter Chirurg das Leben gerettet hätte, wo er mich doch nur noch einmal in Todesgefahr gebracht hatte. »Das durfte nicht vorkommen!«, hörte ich. Und sogleich wurde auch bestritten, dass es vorgekommen war. Meine Schwester eilte bestürzt ans Krankenbett. So etwas komme in der heutigen Medizin, die doch die beste sei, die es je gegeben habe, bei hunderttausend Operationen nur einmal vor, behauptete sie. Schuld sei nicht der Arzt, sondern mein schwaches Gewebe. Schön, dass du lebst! – Und dann?

Zu meiner Zeit konnte noch jede Schneiderin ihren Knopf annähen, ein Scherenschleifer schliff seine Schere zurecht. Der Metzger wusste nicht nur, wie er sein Schwein aufschneidet und ausbluten lässt, er wusste auch noch über alles Bescheid, was dann kommt. Sogar ein Meteorologe war zuverlässiger als jener Chirurg, der mir einfach den Bauch aufschnitt, den Kopf, das Herz, und nichts damit anzufangen wusste. Ich lag in meinem Krankenzimmerbett, am Ausbluten. Der Facharzt kam herbeigeeilt und wusste nichts anderes mit mir anzufangen, als die Wunde, die er mir beigebracht hat, noch einmal zuzunähen. Ich hätte mit meinem Bauch zu einem Medizinmann gehen sollen. Er hätte mir mit seiner Hand, mit seinem Herz, mit seinem Blut geholfen, er hätte mich gerettet. Aber mein Doktor, der mir auch meinen Totenschein ausgestellt hätte, ohne mit der Wimper zu zucken, ließ mich einfach liegen, mir hätte der Tod blühen können. Aufschneiden, zunähen, den Totenschein ausstellen, aber vorher bin ich, ein Vierzuteilender, zwischen Leben und Tod, Operationssaal und Tiefkühltruhe hin- und hergerissen worden. Es kann ganz lang oder ganz kurz dauern, je nach Zufall, Tageszufall, in wessen Klauen einer geraten ist. Ich hatte Glück, ich lebte, lebte noch mit meinem Bauchplatzer, meinen Händen, meinem Gedärm in den Händen.

Es gibt auch einfachere Fälle. Nehmen Sie ein gewöhnliches Raucherbein. Ihnen wird alles vom Fuß bis zum Oberschenkel abgeschnitten. Das Raucherbein wird entfernt, in die Chirurgentonne damit! Und so sollen Sie für den Rest Ihrer Tage auf der Welt herumlaufen? Vor Scham lässt sich der Chirurg kein einziges Mal mehr sehen. Ihr Bein, mit dem Sie doch laufen lernten, kommt als chirurgischer Abfall ich weiß nicht wohin. Das Raucherbein ist nun wirklich allein, bis zum Ende wird es seinem Verlust nachtrauern, bis zum Ende wird es hinter seinem Bein herlaufen, das ihm vorangegangen, ihm voraus ist.

Diesem Arzt verdanke ich mein Leben! Wie oft habe ich diesen Satz gehört. Das Gegenteil konnte ich freilich nie hören. Grenzenlose, uferlose Dankbarkeit der Überlebenden, die Tränen in den Augen des Raucherbeins. Selbst es schreibt noch einen Dankbrief, den ein Chirurg aus Scham nicht zu Ende liest. Es will seinen Retter doch wissen lassen, dass es schon wieder auf den Beinen ist und alles essen kann. Die Rollstuhlindustrie wächst ins Unermessliche.

Wer reinigte die Fleischmesser?

Die Putzfrauen kratzen das Operationsfleisch aus den Ritzen und Bohrern und Zwischenräumen. Menschenfleisch ist süß, süßlich. Das wissen Sie alles.

Mein Chirurg sah das freigelassene Stück Haut, die Oberfläche, und malte ein Operationsbild auf meinen Körper, er zeichnete den Schnittweg. Ich, der Patient, der Fall, das Objekt, war längst weggesackt, im Glauben, geheilt zu werden. Doch außer meinem Röntgenbild kannte mein Chirurg nichts, wusste er nichts von mir. Er kam nicht mit mir, nur mit meinen Röntgenbildern in Berührung. In einem Großbetrieb kommen die Röntgenbilderakten immer wieder abhanden. Auch ganze Menschen verschwinden in diesem Schlachthof, der Krankenhaus heißt, in der Mangel von Knochensägern, die Chirurgen heißen, Schwestern ausgeliefert, die keine sind, von Krankenpflegern zu Tode gepflegt. Nur der Kranke, nur ich hatte meinen Namen zu Recht.

Spätestens als sich der Krankenhausgeistliche neben mein Bett setzte, wusste ich, dass man mich aufgegeben hatte. Immerhin bescherte mir die Unfähigkeit der Ärzte einen Anstaltsgeistlichen, der sich an mein vermeintliches Sterbebett setzte und fromm auf mich herunterblickte. Das war ein verdecktes Geständnis, dass sie nicht Herren über Leben und Tod waren. An dieser Stelle wusste ich endgültig, dass Arzt und Versager dasselbe ist, war und sein wird. Denn wie konnte es gleichzeitig Ärzte und Sterbebetten geben?

Wenigstens der Anstaltsgeistliche hatte sich in den Kopf gesetzt, mich zu retten. Was wäre so ein Geistlicher ohne das Sterbebett, sein ganzes Kapital? In meinem Sterbebett hatte ich Zeit, über das Leben nachzudenken. Das Sterbebett, diese heimliche Bankrotterklärung des Arztes, war andererseits auch sein ganzes Kapital: sein Monopol auf den am künstlichen Leben erhaltenen Patienten, die goldene Zitrone. Eine gemeinsame Kapitalanlage, wenn auch ganz unterschiedlich investiert: für Arzt und Geistlichen ist das Sterbebett eine Goldgrube. Ein gutes Bett wirft jeden Tag so und so viel ab. Gleichgültig, wie groß die Schande, Arzt und Priester wollen, dass sie erhalten bleibt, dass dieses Bett seinen Platz in der Welt behält und immer wieder neu gefüllt und ausgenommen werden kann.

Dann und wann gelang es dem Geistlichen sogar, dem Kranken einzureden, dass er verloren war, sei und sein werde. Der Fisch biss an, der Kranke begann zu weinen, zu reden und zu bereuen, zu singen, er verriet alles, sein Leben, und wollte nur noch erlöst sein. Aus dem Handköfferchen heraus wurde ihm die Letzte Ölung erteilt. Ich hätte »ja« sagen sollen zum Tod. Der Priester wollte mich für den Himmel haben, mich für die ewige Seligkeit buchen. Danke schön, heute nicht. Ich verriet ihm, dass ich nicht katholisch war, in meinem Leben nicht. So viel konnte ich gerade noch aus mir herausstöhnen.

Der auf mich abgerichtete Arzt saß derweil in der Teeküche. Man hatte mich offensichtlich aufgegeben. Von den Ärzten ließ sich keiner mehr sehen. Man hatte mich an den Geistlichen abgetreten. Aber auch der war verschwunden. Kaum als ich abgelehnt hatte, war er eingeschnappt aus meinem Sterbezimmer verschwunden. Mein Fall war fast abgeschlossen.

Doch mein Blut verfärbte sich nicht. Wasser und Blut blieben eins. Irgendwann stand eine ganze weiße Horde an meinem Bett. Man zeigte auf mich, und die Assistenzärztin meldete ein Wunder: Der Chefarzt hat Sie gerettet. Gott und der Chefarzt, warf der zurückgekehrte Geistliche ein, der sich das Wunder nicht nehmen ließ. Ich wurde nicht in die Tiefkühltruhe geschoben. Mein Fall war doch nicht abgeschlossen. Man rief meine Verwandtschaft nicht an, ich sei tot, sondern ich sei am Leben. Man könne mich jederzeit abholen.

Das war Fritz.

Und wer war ich?

Für den kleinsten Schmerz, den kleinsten Schnitt verlangte ich schon nach einer vollkommenen Betäubung. Ich nahm auch lieber den Tod in Kauf als ein paar Stiche ins eigene Fleisch, die ich als solche wahrnahm. Ich war schmerzscheu, immer wieder musste man mich einschläfern. Und so dachte ich, von Fritz bestärkt, nun bis zum Ende meiner Reise.

Eigentlich wollte ich gar nicht sterben, so viel war mir klar, ich wollte doch nichts anderes als einschlafen und nie mehr erwachen, schon gar nicht im Himmelreich.

Sie wollten mir noch etwas zeigen, die restliche Zeit noch füllen

Sie schleppten mich am letzten Abend noch in einen Dia-Vortrag, ganz wie zu Hause, heimatlos, ein fahrender Geselle, mit seinen Bildern nach Patagonien abgedrängt. Hätten es Bilder von mir sein sollen, von zu Hause, von meinen Frauen und Kindern, von meinen sich verlierenden Vorfahren und Vormenschen? Doch ich kam nicht mit ihnen.

Aber dann trat an meiner Stelle ein anderer fahrender Geselle auf, ein verhauenes Gesicht, eine Erscheinung wie ein Viledawischlappen, doch die Leute klatschten, sie wollten Bilder sehen.

Ich war noch drei Tage hier, driftete wie ein Beiboot auf Wasserfall und Abreise zu.

Ich war hier, das erinnerte mich an eine Weisheit vom Klo.

Zuletzt wussten sie aber nichts mehr mit mir anzufangen.

Sie schleppten mich ins Klubgebäude, um die Zeit zu vertreiben, ganz so, wie ich es schon sehr früh zu Hause mit meinen Gästen machte, die ich, statt ihnen etwas zu bieten, in einen Sexfilm mitnahm.

Er war der letzte Mensch, den ich in Pico Grande kennenlernte. Wie hatte er hierhergefunden?

War er vermittelt worden, oder hatte er es aufgespürt? Gesagt bekommen: Da leben auch noch welche, zu denen kannst du noch, die haben dich noch nicht gesehen, denen kannst du zeigen, was du willst?

Und er machte sich den Weg durch die Massen frei, die Reihen, die wenigen, halbvollen, ich bangte, als wäre ich schon ein Schriftsteller, der die Reihen durchgeht und die leeren Plätze zählt, oder kurz vorher noch, den Satz des Veranstalters »Es hat keinen Sinn mehr zu warten. Fangen wir an!« gehört hat, und es war ein kleiner Sprung, schon war er auf dem Tanzboden, und seine Assistentin (Gottes Ebenbild) war auch schon vorgestellt und beklatscht: Nun hörte ich »Rio de Janeiro«, »Santiago de Chile«, »Montevideo«, »Buenos Aires« und »Paris« heraus. Er nuschelte gekonnt, sie aber hatte mit einigen Handbewegungen gegen das Publikum hin und vom Publikum weg schon die Leinwand entrollt.

Der Friedhof war mir gezeigt worden, die nummerierten Seen hatte ich hinter mir, das Muttermal, die Maul- und Klauenseuche, und die Assistentin gab nun ein Zeichen zum Klatschen. Sie machte es vor, ein heftiges Lächeln stand in ihrem Gesicht, die weiß lackierten Schuhe ihres Meisters erinnerten mich an Meier, mit dem ich zum Fußballspiel nach Bariloche gefahren war und der mit mir über die möglichen Daten des Endes der Welt spekulierte, sich im Wissen wiegend, dass er dies nicht mehr erleben müsse.

Sie war in Rosa getaucht, ging in Rosa unter, alles an ihr glitzerte, ein Mensch, der sich selbst abhandengekommen war, so das Bild des Abends. Sie schleppte den Zeigestab hinter ihm her, er eilte zum Apparat, einem vieleckigen Monstrum. Totenstille, denn mit einer einzigen Handbewegung über die Köpfe hinweg hatte sich der kleine Mann schon von Anfang an Ruhe verschafft. Er gebot über sie. Auftritte im Zoo und beim Militär waren wohl vorausgegangen.

Sie ging mit dem Hut herum, kam zu mir, sah mir ins Gesicht, doch sie ließ mich nicht aufkommen, schließlich kam sie aus Rio, Santiago, Montevideo und von überallher, während ich von nirgendwo kam. Sie zählte mich zu denen, die nicht zählen. Schade um dich, du warst nie in Paris, du wirst Paris nie sehen, so schaute sie mich an. Sogleich wurde sie wieder energisch, rückte ihre Mähne zurecht, kam in der Gegenwart an: Es soll jetzt losgehen!

»Señores! El Maestro!« Eine leere Stimme, ein leeres Grab,

doch sie machten ein Fest aus sich, ganz weiß, ganz rosa. Er hatte ein unbestimmbares Alter erreicht. Alles an ihm glänzte in einem letzten Stadium der Zerknitterung, die mich an einen bösen Witz erinnerte, der um das Wort »verreckt« herum angelegt war.

Eine Art Partnerlook war es, die fehlenden Zähne bei ihr und bei ihm an der gleichen Stelle.

Sie hatte den Mangel großzügig ausgeglichen, mehr als ausgeglichen, wettgemacht durch ein hinreißendes Rot auf den Lippen, ein zerfließendes Rot wie in den Filmen einer anderen, besseren Zeit.

Dann das erste Bild. Ich hatte mir sagen lassen: ein Vortrag über den Kongo, von den Negern und wilden Tieren und von den Menschenfressern.

Sagte nicht einer, »Geschichte ist die Sinngebung des Sinnlosen«? Wollte ich nicht »Geschichte« durch »Schreiben« ersetzen? Konnten sie von der Natur und der Geschichte gar nicht genug kriegen?

Es war noch einmal ganz wie zu Hause, wo es Menschen gab, die am liebsten Tierfilme sahen und wie der Tiger ins Netz ging und der Elefant zur Strecke kam. Und der Höhepunkt jenes Films war, wie die Tigermeute, die auch ihren Hunger hatte, es schließlich doch geschafft hatte, diesen König der Savanne, dem sonst auch ein Tiger nichts anhaben konnte, der gerade noch ganz gemählich zur Wasserstelle getrottet war, an all diesen hungrigen Mäulern vorbei, der sich wieder, der Durst war gestillt, ganz gemählich auf den Heimweg machte, wie dann aber, von einem unbeschreiblichen Augenblick an, in dem sich wohl das »Geheimnis des Lebens« verbarg, wie all jene glaubten, die selbst in dieser Geschichte noch einen Sinn sahen, ohne Zyniker zu sein – wie nun Bewegung in die Geschichte kam, die Tiger waren ihm auf der Fährte, er sah es im Rückspiegel seiner Sinne. Wie der Elefant nun zu laufen begann, erst ganz gemächlich, immer mit der Ruhe, mit einer Elefantenruhe, und wie schnell er laufen konnte und immer schneller, und wie der frechste Tiger nun zum ersten Mal in diesen Elefantenfuß biss.

Nun ging es nicht mehr lange. Aber noch lange genug, so lange, dass auch diesem Elefanten nun klar wurde, wie lang der Schmerz und wie kurz das Leben war. Nun bissen diese Tiger abwechselnd von rechts und links, einmal mehr oben, einmal mehr unten, bissen sich in ihren Nachbarn hinein, der es damals auf der Savanne für ganz und gar ausgeschlossen gehalten hätte, dass dies einmal geschehen würde, dass seine Savannennachbarn einmal so mit ihm umgehen würden, und der Elefant rannte immer noch weiter, als wüsste er, wohin. Und zuletzt hatte es einer der Tiger geschafft, auf diesen Elefanten, der immer noch lief und lief, hinaufzuspringen, ihn zu erobern, und wie im Zirkus der Akrobat, eine Zeit lang so das Gleichgewicht zu halten, im Laufen, bis der Elefant das Gleichgewicht verlor und – nun war es nicht mehr weit. Die Geschichte war bald zu Ende. Das ist schon fast die ganze Geschichte, das die Zeit seines Sterbens über vollkommen stumme Tier (nur sein eingeblendetes Schnaufen hörte man durch den Lautsprecher, wie auch die wie ein Trommelfeuer einschlagenden Bisse) wurde nun vom Helden des Tages zu Fall gebracht, fiel um, schrie auf, als wäre es ein Todesschrei.

Da lag er, der Elefant mit seinem Elefantenhirn. Das hätte er nie gedacht, dass er einmal so daliegen würde und dass es aus wäre. Es folgte der Weltuntergang, und nun hätte es eigentlich ein Erdbeben geben müssen.

Und dann war Schluss, Sela, Psalmenende. Das Lebewesen lebte zwar immer noch. Aber das Weitere, nachdem der erste Hunger der Tigerfamilie gestillt war, sah man nun nicht mehr, und mit den blutverschmierten Mäulern und dem immer mehr in ihnen verschwindenden Elefanten endete diese Geschichte, und der Film ging an einer anderen Stelle weiter, mit Stimmungsbildern, Naturimpressionen, Landschaften voller rosaroter Flamingos, wie ich sie gerade an der Lagune von Sarmiento nicht schöner gesehen hatte.

Es war alles ganz wie zu Hause.

Und wie zu Hause, wo meine Freunde, je nach Charakter, bei der Augsburger Puppenkiste schon gelacht hatten, wenn der Bösewicht vom Pferd gestoßen wurde, und noch mehr, wenn er unter Fluchen und wilden Schreien totgemacht wurde, so war es nun auch hier.

Und wie es damals, im Himmelreich und in Meßkirch war, so war es auch im Kongo und hier: Die einen lachten, und die anderen weinten. »Darin glichen wir uns, dass wir uns nicht glichen. Darin waren wir uns ähnlich, dass wir uns nicht ähnlich waren.«

– Mir war es mit Pico Grande zu viel geworden, auch wegen dieser Leute, die auch nicht schlimmer waren als ich. Es gab auch hier Menschen, die lebten vom Tod und vom Waffenhandel, irgendwie waren diese Dinge aus Texas und Überlingen schließlich hierhergekommen. Die Einheimischen hatten längst vom Menschenfresser auf Schnellfeuerwaffen umgestellt, dachte ich.

Da hatten diese Bilder von den Menschenfressern, die nun folgten, etwas rührend Unbeholfenes, als wäre es die gute alte Zeit gewesen, verglichen mit heute, dachte ich.

Er versicherte gleich beim ersten Bild, dass er es selbst aufgenommen habe. Die Vorgeschichte des Bildes war schnell erzählt, wenn auch kompliziert. Er berichtete von der abenteuerlichen Hinreise und dann auch davon, wie es ihm gelungen war, wieder zu entkommen. Schon die Ausführungen zum ersten Bild waren vom Entsetzen der Zuhörer gezeichnet. Als der erste Neger zu sehen war und zum ersten Mal das Wort Menschenfresser fiel, musste ich doch wieder, um meinem Entsetzen zu entkommen, in das damals abgebrochene Programm des autogenen Trainings fliehen, und ich wählte irgendein Wort zur Beruhigung, das mir einfiel, und ich sagte lautlos und litaneiartig »ichtys, der Fisch – puella, das Mädchen« vor mich hin: »ichtys, der Fisch – puella, das Mädchen.«

Auch der Mensch von Pico Grande hatte sich tatsächlich schon vom ersten Bild berauschen lassen, das einen Schwarzen zeigte, der in Kriegsschmuck und bunter Bemalung die Besucher des Lichtbildervortrages anstarrte, während ich weiter, um mich abzulenken, unsinnige Sätze vor mich hin sagte, wie »Ich esse gern Verkochtes«, was im Hinblick auf den falschen Menschenfresser doppelt unsinnig war.

Genüsslich hatte die eine die Gesichter gelesen. Die Begierde, die schon das erste Bild auslöste, würde ihr gelten. Sie würde profitieren, die Lust abkassieren, absahnen. Es genügte schon ein gefärbtes Haar. Im Mai war man vielleicht schon in Feuerland.

Die Bilder aus Afrika, den Kriegsschmuck, die bunte Bemalung konnte ich mir nicht erklären, vorerst nicht erklären. Der Vortrags-Reisende, der in der Pension von Marquez, im Stall von Marquez, Stall von Pico Grande untergekommen war, erklärte seinerseits die Geschichte seiner abenteuerlichen Reise, die Yacht, die Tage der Überfahrt, die Ankunft in Accra, die weiteren Stationen Lome, Cotonu, Lagos. Schließlich den Niger hinauf bis nach Timbuktu und wieder hinab nach Kulikoro und Bamako, denn der Niger verläuft wie der Arsch der Venus, erklärte er den staunenden Zuhörern, zuerst den Männern von Pico Grande. Ganz wie zu Hause –

Aber ich war niemals bei Menschenfressern zu Besuch.

Ich lebte nur im braven Mesopotamien, wir waren Leute, die das Jahr über bei MTU arbeiteten, Waffen und Waffenzubehör produzierten, Leute, die irgendwelche Rädchen waren und fertigten, waren wir, Exportweltmeister bis auf den letzten Kriegsschauplatz, und an Weihnachten wurden wir ganz besinnlich und spendeten für die Opfer von Streubomben und für Adveniat. So war es im Jahr, als ich ohne mein Muttermal nach Patagonien aufgebrochen war.

Und ein paar Jahre zuvor, als ich noch festsaß, kamen Menschen zu mir und infizierten mich mit ihrer Sehnsucht bis zum heutigen Tag, die mich erst in die Welt führte, dann zu Dr. Schwellinger, schließlich zu Dr. Methfessel, und jetzt war ich immer noch hier.

Meine Reisenden kamen vom Volksbildungswerk. Sie waren mit Lichtbildern von der Blauen Grotte unterwegs. Sie zeigten mir, wie die kleinen Boote mit der bloßen Hand durch ein Loch in die Blaue Grotte geschubst wurden, während die anderen mit geduckten Köpfen schon in unsichtbarer Bläue verschwunden waren. Denn Fotografieren war in der Blauen Grotte verboten. Mir wurden nur Bilder von hemmungslosen Italienern gezeigt, die mit geöffneter Hand eine kleine Spende für den Matrosen verlangten. Mein erster Matrose –

Und bald, es war gerade ein paar Monate her, sah ich alles selbst.

Unerreichbar nah war bis dahin alles, was mir den Winter über vom Volksbildungswerk im Nebenzimmer der Gastwirtschaft gezeigt wurde. Alles, was mich traf und von außen und weit weg in mich hineinstieß, war unerreichbar nah, aber die Anden tauchten an diesem Horizont nicht auf, niemals kam ein Lichtbildreisender mit den Anden zu mir, kein Lichtbildreisender – nur Briefe und Fotos in Schwarzweiß von meinem Onkel.

Aufgestachelt und erregt war ich schon durch die Bilder vom Eingang der Blauen Grotte, vom Grottenloch, vom Zauber des nicht fotografierbaren Nordlichts, von Spitzbergen und den Wäscheseiten aus dem Neckermannkatalog.

Jetzt dies. Kurz vor dem Ende: dies.

Der Mann hatte einen Schwanz wie ein Pferd, ein richtiger Pferdeschwanz war es, kein Vergleich mit den einheimischen Pferden, ihren Gauchos und ihren Gewehren, die zu den Lichtbildern angeritten kamen und sich in der Masse der angerittenen oder angeschlurften Unglücksraben, ihren Lenden, ihren hängenden, ihren wachsenden, ihren milchtreibenden Brüsten verloren.

Die Bilder liefen nacheinander ab. Der Meister schlug energisch mit seinem Stock, und die Schwanzbilder wechselten mit Menschenfresserbildern, gelegentlich trat das eine, dann das andere in den Vordergrund, gelegentlich beides zugleich.

Immer Frauen in Rand und Schatten, verheerende Bilder, wenn auch verwackelt und somit entschärft.

Eine Gänsehaut überzog Pico Grande. Die Zuschauer des schrecklichen Geschehens waren erleichtert, als ihnen unser Maestro versicherte, das Ganze habe sich so gut wie am (anderen) Ende der Welt abgespielt.

Wahrscheinlich waren die Fotos ohnehin gestellt, vom Maestro in Buenos Aires aufgetrieben. Aber ich wollte meinen Verwandten, meinen Lieben, meinen Indianern, den Glauben an den Schrecken nicht nehmen, ihnen die grässlichen Bilder, von denen sie noch lange zehren würden, nicht verderben. Ich musste ihnen ihre Aufschreie lassen, ihr Entsetzen, ihr Bier, ich konnte und wollte sie nicht um dies alles bringen … Ich wollte ihnen kein Unmensch sein, enthielt ihnen also vor, dass es vor hundert Jahren bei ihnen genauso gewesen war, dass dann aber Eindringlinge kamen, die sie um alles betrogen hatten: den Kindern den Spielknochen wegnahmen, den Erwachsenen die gegrillte Hand, den Liebespaaren das Blutbad, und alles.

Man hatte ihr Land und ihr Leben verzäunt, ihr Fleisch und Blut, sie darin eingesperrt, sie, eine Mischung aus Eindringlingen und Nomaden, aus Mördern und Menschenfressern.

Sag ihnen, sie sollen jetzt nach Hause gehen. Dachte ich.

Doch es ging noch weiter. Die Bilder gingen aus, aber der Meister ließ seine Assistentin hinter einen Vorhang gehen. Der Vorhang fiel, auf dem Tisch lagen Kassettenrecorder und andere elektrische Geräte. Es gab noch keinen Strom für alle, aber die Dinge erregten großes Interesse. Der Meister sagte, sie könnten im Voraus kaufen, was man hat, hat man, sagte er auf Spanisch und tat schon beleidigt, als sich keine Hand rührte. Die Dinge waren wohl gebraucht, aber sie glänzten doch. Und dann wurden noch aufheizbare Bettdecken gezeigt. Er konnte die Sachen leider nicht vorführen, aber mit Händen und Füßen erklären. Er machte ihnen vor, was für ein Segen eine aufheizbare Bettdecke war und sein würde.

Und der Rasenmäher? Wo war das Gras?

Es war alles ganz wie zu Hause. Das war mein Hauptsatz geworden, der sich in meinem Menschentiergehirn nach vorne schob auf die Neuronenplatte meiner Muttermalexistenz, die von keinem anderen Trost wusste als diesem, dass es keinen Trost gab, und jenem vielleicht, dass meine Hoffnung nicht umsonst wäre, dass es einmal aus wäre mit allem.

Warum war er hierhergefahren?

Ich wollte auf der Stelle weg von hier. Wollte heim. Diesmal, wenn möglich, ins Nirwana oder in ein anderes Niemandsland, anderes Ende der Welt. Auch mir war es mit Pico Grande zu viel geworden, auch wegen dieser Leute, die auch nicht schlimmer waren als ich.

Als alles vorbei war, wurde ich durch Rosa noch dem Maestro vorgestellt. Ich wurde ihm gezeigt. Ich sollte mich mit ihm über Europa und Afrika unterhalten, über unsere Gemeinsamkeiten und alles, was wir gesehen hatten. Er war zweifellos ein gebildeter Mensch, seine Assistentin auch, weit gereist, etwas Besonderes, ich gab Rosa recht. Er und ich, wir waren die Einzigen, die etwas gesehen hatten von der Welt, die Mammutzähne, Schrumpfköpfe, Buschneger, Tigermäuler, Menschenfresser, alles. Doch bald merkte ich, dass es andere Buschneger, Mammutzähne, Schrumpfköpfe, Tigermäuler und Menschenfresser waren als meine.

»Übermorgen geht er zurück nach Europa!«, warf Rosa ein.

»Übermorgen geht es zurück nach Europa«, wiederholte er.

Sagte mir, dass er jetzt müde sei und ins Hotel müsse. Nichts hatte er verkauft. Ich hätte Mitleid gehabt mit so einem, hätte ihn auf einen Mendoza eingeladen. Aber er zog sich zurück, formvollendet wie nur ein Herr von Welt am Ende eines langen Lebens.

Ich sagte Adiós

und was man sonst noch so sagt, wenn man nicht weiß, was man sagen soll. Meine Verwandten standen noch einmal wie Spalierobst, ich war auch ihnen nicht näher gekommen, hätte schon auf ihnen liegen müssen. Und ich winkte und weinte nicht, als ich mit Rosa hinausfuhr, erst von der Estancia, dann aus dem Tal von Pico Grande und dann auch schon wieder die Schafe links und rechts. Rosa brachte mich zum Nachtbus nach Esquel, und auf dieser vierstündigen Fahrt stellte sich heraus, dass wir uns nie verstanden hatten, und es fehlte nicht viel, und ich hätte diesen Filmsatz auch noch von mir gegeben, als wäre er gar nicht von mir. Wir, wir wussten gar nicht mehr, was wir noch miteinander reden sollten, hätten reden sollen. Es, es war wie bei einem Ehepaar, nachdem der erste Rausch vorbei ist, und nun hätten die Mühen der Ebenen vor uns gelegen, da waren wir zum Glück in Esquel. Dort aßen wir noch ein Eis und versicherten uns, dass es schön gewesen und dass wir kaum glauben konnten, wie schnell die Zeit vergangen war, tatsächlich, in der Nacht vor meiner Abreise hatte es zum ersten Mal geschneit.

»Erfüllt von dir nur und von nichts begnügt«

Ich stand schon an einem der Busbahnhöfe irgendwo in der Provinz und hatte Rosa und Pico Grande schon Adiós gesagt, saß irgendwie »erfüllt von dir nur und von nichts begnügt« wieder einmal zum Umsteigen, auf dem Weg nach Buenos Aires, nach Hause.

Da sah ich noch eine Dicke, wie sie an der Peripherie meines Weges saß. Sie hatte wohl nicht immer etwas Richtiges zu essen. Hier hungerte man nicht wie anderswo. Ein Stück Fleisch gab es immer. Auch Freunde, aber alles immer sehr einseitig. Die Armut, ihre Armut. Ich sah, sie hatte abgenagte Fingernägel. Nicht unbedingt ein Zeichen von Hunger, aber ein aufgewühlter Mensch.

Da entdeckte ich zwischen diesen Bussen, Kisten, Plastikkoffern und Reisenden meinen Maestro und seine Assistentin. Sie wollten mich nicht gleich erkennen, unter so vielen Menschen, aber dann gab ich ihr das Stichwort Pico Grande. Und schon begrüßten sie mich wie einen alten Bekannten oder einen Freund, es war wie ein Wiedersehen zu Hause nach einer langen Zeit in der Welt. Der Maestro nickte müde, so wie einer, der alles weiß, mit dem man nicht mehr sprechen muss. Er ist heiser und muss sich schonen, sagte die Assistentin. Ein rosaroter Schal grenzte ihn von den anderen ab.

Es folgte eine dieser Weiterreisen bei Nacht. Schenkel an Schenkel, nur etwas Viskose und Ersatzseide dazwischen. Noch bevor es ganz dunkel war, hatte sie schon begonnen, mir ihr

Leben zu erzählen, das sich von nun an für immer mit ihrem Parfüm und ihrem Körpergeruch vermischte.

Kurz vor dem Ziel schreckte sie auf. Wo sind wir? An der Peripherie von Buenos Aires, so gut wie am Ziel.

Und auch ihr Mann fiel bald danach aus. Sie konnte nun mit keinem mehr von der Liebe sprechen. Mein Herz blieb stehen, sagte sie, etwas übertreibend. Es war ihr so, als ob sie von einem obersten Stockwerk hinuntergefallen wäre. Man muss ja nicht immer gleich tot sein. Tot war kein Wort mehr, es war nicht mehr wert als erinnern, nachtblau, Winterkleid.

Ihr Gesicht war zerknittert vom Schlaf, den grobgewobenen Poncho, den ich als Geschenk aus Pico Grande mitschleppte, hatte ich gegen die kühle Nacht um meine Schultern gelegt. Er zeichnete sich um ihre Halsgegend ab. Noch gar nicht wach, sprach sie von den Schafen und dem traurigen Reichtum des Südens, dass auf hundert Schafe nicht einmal ein halber Mensch komme und so weiter.

Kennen Sie Pico Grande? Es war für sie der traurigste Ort auf der Welt. Waren wir uns einig?

Nie zu jung

Besuch dieser Stripbar mit Backrooms in Buenos Aires auf der Heimreise, die jener von Friesenheim ähnelte. Besuch eines Bordells, zum ersten Mal, zum Abschied. Premiere und Last Tour fielen zusammen.

Erst dieses Plüschgewitter, rubinrot, und dann die Person auf der Bühne, ganz ungeschickt. Dazu diese verrohten Menschen ringsum im Zeitalter von Free Climbing. Ihr Versuch von Free Climbing, pickelig, unschön. Aber die Angereisten steigerten sich in diese Oberfläche hinein. Zu allem auch hier die Verheißung eines tiefroten Lippenstifts, rot lackierte Fuß- und Fingernägel. Als sie gar nichts mehr anhatte, nur noch diese Farbe.

Doch zuvor glänzende Gewänder mit viel Platz für alles. Dolores, heimatlose Erektionen, Tagträume und Schwänze aus der Pampa, Uruguay, Mesopotamien, Fleckviehgau, Schwänze und Schwanzgeschichten.

Ich sagte, »bin noch zu jung«. Und sie lachte.

»Nie zu jung!« Und sie, die auch einen Namen hatte, im Leben einen anderen als hier, lachte dreckig und vielversprechend und verheißungsvoll wie in einem Film.

»Zu jung!« Das wollte sie nicht gelten lassen und nahm mich mit.

Zum ersten Mal sagte ich »Zieh dich aus!« und werde mich nun ein Leben lang an diesen schönen Satz erinnern.

Gerüche und Geräusche von Dingen, die hinter mir lagen

Auf dem Flughafen. Vor mir noch einmal eine Art Panorama. Ein Geruch wie über dem Hafen von Heraklion, dem Hafen, über den ja schon der Verkehr des Labyrinths von Knossos lief. Gerüche und Geräusche von Dingen, die hinter mir liegen.

Die Enttäuschung Rosas, kurz nachdem sie mich erblickt hatte: und erst, als sie mich durchschaut zu haben glaubte.

So stöhnten sie, als wäre ihre Lust nur verdoppelt, nicht gelöscht. Aber es war doch immer nur ein Ausflug, von dem sie ernüchtert erwachten, und dann die Erinnerung an einen Riesenkater.

Und noch weiter zurück zu jener Frau, die mir erzählte, was für miserable Liebhaber sie in der Pampa vorgefunden hatte. Sie begnügte sich ja mit: fast nichts, meine Engländerin auf Reisen, die etwas Spanisch sprach und keine großen Ansprüche stellte. Das letzte Hemd der Liebe war schon abgelegt, eine Zustandsbeschreibung nur noch, ein impressionistisches Unglück, jenseits meiner eigenen Sinnlosigkeit, aber so, dass ich den Unsinn als solchen noch begreifen konnte.

Oder das Leben von Tante Lotte in ihrer Hütte, ins Feuer starrend, *Wiener Blut* nie gehört, kein Radio, nie in der Stadt, nur in der Hütte, kein glanzvoll vertuschtes Elend, Mendoza, Feuer, Feuerland, ein weißer Fleck, keine Geschichte, nur Rotwein, nur ihre indianische Mutter und was vorher war, kamen Gauchos, Russen, Deutsche, Juden, alles Strandgut?

Die Stelle, wo das Herz war, markierte sie mit einem Kreis. Auf ihre Briefe malte sie ein Herz. Ein Herz, das wie ein Hinterteil aussah, wie ein blühender Arsch.

Sie war in diesem Boden nicht verankert. Sie lebte grundlos an der Oberfläche. Ein Wind genügte. Sie war weniger als ein Strohhalm.

Jede Personenbeschreibung wäre ein Reisebericht.

So geht es jedem. Ich zähle zusammen, ich überschlage: mein Muttermal, mein Stück Fell, meine schwarze Herkunft, meine weiße, braune Stelle auf der Haut, meine Vorgeschichte, das Tier in mir, das nicht leben kann mit seinen Händchen im Wasser, nie richtig schwimmen gelernt hat im Leben, nicht richtig schwimmen kann im Leben, mit den Händchen im Wasser, die das Muttermal zudecken wollen, wie die Frau mit ihrer Hand vor dem Gesicht, die mit der Hand vor dem Gesicht lacht. Das Muttermal kommt von der Mutter. Du kommst vom Storch. Ich legte also noch ein Stück Zucker auf den Fenstersims, und dann brachte der Storch tatsächlich eine letzte Schwester zu meinen fünf anderen. So fängt ein Kind an zu glauben.

Mein Muttermal! Hinaus in die Welt mit dir! Hinaus zu den anderen!

Nun ade, du mein lieb Heimatland!, sang der Chor und blieb zurück. Der Auswanderer blieb fort, fort, und ich, an dieser Stelle über dem Meer angekommen, sah, dass ich nichts als Vorfahren habe, dass ich bis zu diesem Augenblick alle überlebt habe, bis zum Augenblick, der die Erinnerungen löschen wird.

Saß ich nicht auf meinem Aussichtspunkt wie über dem Meer und schöpfte aus ihm Hoffnung? Lächerlich, ich weiß, aber so war es.

Fritz ist fort

Jetzt kommen Leute ins Haus und nehmen die Sachen, so viel sie tragen können. Die elektrischen Geräte. Die Sofas, auf denen einst schöne Jungen schliefen. Ein Magazin, ein Pornoheft für Anfänger, fast nur Bilder, kommt in die Hände einer Frau, die nicht lesen kann und Söhne hat so alt wie in den Heften. Die Musikinstrumente, alles, was eine Band brauchte, die Gitarren, Schlagzeuge, ein paar Mal kamen sie und taten so, als ob sie üben wollten.

Die Ostseelandschaft nahm Mario mit. Als ich nach dem Bild fragte, hieß es, das sei nur ein billiger Druck gewesen, nur eine Kopie, die Kopie einer Landschaft, die Braque gemalt hatte. Ich werde nie wissen, was mit dem Bild war. Zweifellos, die Kälte Patagoniens hatte ihn an die Ostsee erinnert. Mehr hat er zu diesem Bild, auf dem ein Fischerboot dargestellt war, wie es hochkant und frontal in einem leeren Hafen lag, über dem – anscheinend zufällig – leere Netze übereinanderhingen, nicht gesagt. Nur, dass dies für ihn eine vertraute Szene war, gleichsam mit Leben gefüllt.

Das Wort Müdigkeit stand aufrecht
wie eine Skulptur

Aber das Meer fiel mir doch nur auf den Kopf, und das Wort »Müdigkeit« stand aufrecht wie eine Skulptur vor mir, und das Wort »fatigue« lag breit daneben, weich und faul wie eine Geliebte lag es neben mir. Amateur war ich, Liebhaber oder Matador, wohlklingend wie Sarkophag. Meine Reden vom In-See-Stechen, Maden und Seeräubern straften mich, es strafte mich mein Fernweh und die Erinnerung, die rührenden Geschichten von einst, dass der Königsalbatros fünf Jahre übers Meer zu seiner Geliebten flog und so weiter.

Ich müsste mich an alles erinnern, was selig machte und keinen Bestand hatte.

Eines Tages stand ich in der Pampa. Die Geschichte begann. Immer noch wie ein Todkranker, der mit dem Gedanken an Schönheitsoperationen und Weltreisen spielt?

Das Fernweh und die Zugvögel, der Atem und das Blut, der Staub und das Leben, und eine Erinnerung bleibt noch, die ihr ganzes Gewicht in die Waagschale wirft:

Ich stoße auf eine Wildsau, wie sie im Wald verschwindet. Man kann sie gerade noch sehen, ihren Arsch, der ja zum Leben sagt, immer wieder ja sagt, wie er in den Wald hineinrennt und im Wald verschwindet, überstürzt, und in den Wald hineinscheißt, aus dem Wald herausfrisst, sich begattet, müde wird, immer wieder müde wird und ja sagt, ja zum Leben, ja, ja, ja, zügellos wie mein Leben selbst, das ohne Ziel ist, außer dem Ziel, kein Ziel zu haben.

Ich, ein junger Mensch, da war ich eingesperrt, ich, ein Erwachsener, da spiele ich mit dem Revolver, ich ein Alter, werde die ganze Zeit im Bett liegen mit einer Krankheit, die nicht heilbar ist, die ich mein ganzes Leben schon mit mir herumgetragen habe, mit meiner konsumierenden Krankheit, die zum Tode führt: mit meiner lebenslänglichen Maul- und Klauenseuche und meinem Muttermal.

So wurde ich in die Theologie hineingetrieben, bei dieser Vorgeschichte!, dachte ich mir dazu. Als hätte ich vergessen, dass ich einmal Priester werden wollte und dann Papst.

Da würde es enden, noch so eine Geschichte, und dann – der Muttermalträger, so dachte ich gelegentlich schon in der dritten Person, wenn ich an mich dachte, wer weiß, wie lange er noch zu leben hat, und dann würde er plötzlich da stehen, vor Gottes Thron. So sehr hatte ich davor Angst, »ich« zu denken, dass ich auf das »er« auswich, als wäre das ein anderer.

Warum war er hierhergefahren?

Das war die Geschichte von meiner Reise bis zu jener südlichsten Stelle auf der Welt, die trockenen Fußes erreichbar ist. Und nicht weiter, wo es weitergegangen wäre.

Das war die Geschichte von meinem Onkel, die keine Geschichte war. Und so enden alle Geschichten.

So endeten alle Geschichten, und die Geschichte von Fritz endete so: Da kam ein Brief aus Deutschland. Er solle nach Hause kommen, wenigstens zum Sterben. Nicht sofort, irgendwann, bald, sagt der Brief. Bald darauf verlädt Fritz das Wichtigste, aber nicht alles kann mit. So lässt er das meiste an Ort und Stelle. So lässt er das Haus zurück, mit allem, was drinnen war. Mario drängt zum Einsteigen. Im Hof läuft der Chevrolet warm. Hat er nicht genug Zeit gehabt? Er muss noch einmal zurück. Hat er vergessen abzuschließen? So eine Abreise! Jetzt war er so lange hier, aber zu einem richtigen Abschied bleibt keine Zeit mehr. Dann fahren sie los.

Was machst du so früh auf den Beinen, alter Freund?

Es ist Nacht, als sie die weite Landstraße hinausfahren. Der Rest ist schnell erzählt. Die Fahrt zum Flugplatz. Die Maschine nach Buenos Aires. Derselbe Weg wie damals. Weiter nichts. Ist er so still, weil er so bewegt ist?

Wir fahren seit etwa zwei Stunden. Die Sonne ist längst aufgegangen, ein Tag wie immer. Auf dieser Straße, der einzigen, die Patagonien mit der Welt verbindet, ist nichts los. Transamericana, keine Umwege, immer geradeaus, das macht müde.

Die Pappeln aufrecht wie immer. Vom kleinsten Rinnsal weg Pappeln in den Himmel. Wir nähern uns einem Camion. Was er geladen hat? Schweine. Es sind Schweine, Kostbarkeiten, sehe ich. Der einzige Schweinetransport, der in dieser Gegend, deren Boden den Schafen und deren Himmel den Wolken gehört, sagte er immer, unterwegs ist.

Ein Vermögen fährt vor uns her. »Schau hin!«, sage ich noch. Doch Fritz reagiert kaum. Er ist wohl am Einschlafen. Wir fahren nun direkt hinter dem Lastwagen her und können die Tiere schon riechen. In diesem Augenblick löst sich das Gatter. Ein einziges dieser schlachtreifen Exemplare verliert das Gleichgewicht und fällt von der obersten Etage durch unsere Windschutzscheibe, direkt auf die Stelle, wo Fritz eingeschlafen ist, und trifft den alt gewordenen Mann im nächsten Augenblick. Armer Auswanderer!

Und so hatte es dann auch im Brief gestanden, den mir die Doctora schrieb, auf Russisch, jener Sprache, die sie liebte, und nicht auf Deutsch, jener Sprache, vor der sie Respekt hatte. Ich fände schon jemanden, der mir das alles übersetzte. Der letzte Satz hieß: »Swinje moja eschatlogice salvirne y mazakrirnje y dwa mojim, Fritz me kaputki.« Das hieß auf Deutsch:

»Das Schwein kann noch gerettet und notgeschlachtet werden. Er aber ist tot.«

Interrail

Wie schreibt man: Liebe?

Was ist »lieben«?

Ist es ein Tu-Wort?

Es musste eine natürliche Begabung sein, ein Trieb der Natur, denn niemand hatte uns gesagt oder gar gezeigt, wie man sich liebt. Wir wussten alles schon, so wie eine gerade aus dem Ei geschlüpfte Seeschildkröte, die ins Meer davonschwimmt und erst wieder zurückkommt zum Eierlegen. Und so wie ein Neugeborenes, das von selbst anfängt zu schreien, als ob es das immer schon gekonnt hätte.

Wir nahmen uns in den Arm, in den Mund. Im Anfang war unsere herrliche Oberfläche, unsere Haare und Härchen. Und wir, in dieser Landschaft, waren wir Menschen? Und ich, war ich ein Mensch? Meine Erscheinung, meine Haare, mein Schweiß, mein Bauch an ihrem Bauch, mein Atem, mein Wehleid, meine Lust, mein Bauch an ihrem Bauch, ihr mein Körper auf Zeit, meine gnädige Frau – nahm Besitz von Ihnen, auf Zeit, leasing. Doch sooft wir uns schon wiederholt hatten und im Leben vorangeschritten waren, die alte Besinnungslosigkeit stellte sich ein. Auf einmal war sie: da: da: da. Und nun? Aug um Aug, Mund um Mund, Geschlecht um Geschlecht. Wir nahmen uns gegenseitig in die Augen, in den Mund nahmen wir uns, als ob wir Hunger hätten. Wir bissen uns aber nicht ab. Wir spielten nur, wie kleine Katzen spielen, mit sich und ihrer Maus spielen. Wir nahmen uns nur zwischen die Zähne und verschluckten uns nicht. Wir hatten ein Ziel. Unser Ziel war anzukommen. Tief. In der Tiefe.

Doch wie oft waren wir auf dem Weg dahin schon gestrauchelt. Da nahmen wir unser Handtuch von gestern und wischten uns unsere Liebe vom Bauch. Es war auf der Höhe des Bauchnabels, der die Verbindung zur Welt einst hergestellt hatte, und wir schliefen schon wieder ein.

Drittes Buch
Mein Hund, meine Sau, mein Leben

Der Auswanderer blieb fort, und ich kehrte aus Südamerika zurück, und kein Feuer und keine Kohle brannte so heiß wie der Tod, der mir in Aussicht gestellt ist und war und blieb, und wie die Liebe, die stärker war als er.

Doch ich hatte während meiner – es waren ja nur eine Handvoll Wochen, die, wie das Leben, so ganz anders geworden waren als erdacht oder erträumt, keinerlei Todessymptome, wie von Dr. Schwellinger und Frau Dr. Methfessel prophezeit, an mir bemerkt, außer jenen, die ich immer schon hatte, eher bei den anderen, selbst bei den Bäumen. Dazu kam der Tod selbst, und wir »waren überall lachend die Seinen«.

Dort abreisend war es Herbst, die Pappeln standen bald leuchtend gelb die Wasserläufe entlang auf dem Weg zum Flughafen, und baumlos selbst die kleinsten Erhebungen, welche für einen hellen Himmel sorgten, der über allem lag, und ich war eine einzige Elegie.

Wie hasste ich, außer dem Wind, das verdunkelnde rabenschwarze Grün auf der Höhe des unbarmherzigen Juni, und wie liebte ich den Himmel um Mariae Lichtmess herum, Tage voll des Lichts, und sonst nichts, wo ich atmen und sehen konnte bis zu jenem Blau als Grenze, nein als Verbindung, und in der Nacht, wie liebte ich sie!, gab es zwischen den Sternen und mir, der Milchstraße und mir, keinerlei Grenze, und ich dachte manches Mal auf dem Nachhauseweg, mit Erika Burkart im Kopf, auf meiner Dorfstraße unterwegs, und sah, wie sich die »Milchstraße mit der Dorfstraße kreuzte«, ja, ich dachte, selbst ein Weltraumkörper, ein Stern zu sein, mitzufliegen, und alles war gut.

Der Brief an Onkel, der meine Ankunft meldete, lag da: »Zurück an Absender, fallecido«, … ich ich, ich wusste nun, was das hieß, und noch einmal zerriss es mich vor Schmerz, dass es mich nicht vor Schmerz zerriss.

Unter diesem Eindruck des drängenden Todes hatte ich in Pico Grande meine letzte, letztwillige Verfügung formuliert, mit dem Blick auf die Anden in die eine Richtung, und in die andere auf mein Ende. Ich hätte nun mein Testament lesen können, das vor allem aus letzten Gedanken bestand, aus »Glaubst-du-an-den-Tod-Sätzen«, weiß noch, weiß noch, und unlösbaren Wünschen, was die Zukunft des Hauses mit dem Schmerz als Grundriß betraf, Zumutungen hinsichtlich der Gestaltung der Trauerfeier, Wahl der Lage des Grabes, der Musik und der Gäste, die ich dabeihaben wollte, alles eine Peinlichkeit – und dazu recht unverfroren, denn zu vererben – wenigstens etwas, das dieses Wort verdiente – gab es nichts.

Im Flugzeug sitzend war es mir dann doch sehr recht, nicht abzustürzen. Im Flugzeug oder sonst einem Verkehrsmittel hatte ich immer Angst davor, nicht im Bett zu sterben, und lag ich zu Hause in meinem Bett, so war mir klar, dass so ein Tod im Bett nichts Ruhmreiches an sich hat. Und in Amsterdam Schiphol gelandet, war ich dann doch wieder irgendwie glücklich, nicht als Held gestorben, in tausend Teile zerrissen, abgestürzt und in den *Bild*-Zeitungen dieser Welt gelandet zu sein, sondern in Amsterdam, und noch einmal, wieder einmal davongekommen zu sein. Und mir schwante wieder einmal, dass es nichts Ruhmreiches war, zu sterben.

So viel Post war es nicht.

Es kamen Mahnungen, Rechnungen und ein Brief von der Raiffeisenbank, von Bantle, wie hätte es anders sein können.

Als ich nun wieder im Himmelreich war, sagte man mir, dass die Kreuzlinger Tante schon begraben sei. Nicht ich, dessen Tod unterschwellig mitgereist war, sondern die Kreuzlinger Tante.

Das musste, wie ich ausrechnete, genau in jener Nacht gewesen sein, da ich wieder einmal alle heimatlosen Erektionen mit einem »Gewitter der Lust« (Entschuldigung, ich wollte kein Enzensbergergedicht zitieren) beendete; und die es nicht besser wussten, sagten »Liebe« dazu, ja, es herrschte eine große Gleichzeitigkeit auf der Welt, und einer hätte schon Gott sein müssen, um alles zu verstehen. Daher sagten die Dichter »Verstehen gibt es nicht« und sie dichteten wie Ingeborg Bachmann oder versuchten es.

Die gute Kreuzlinger Tante!

Von ihr erbten wir nun endlich die Pferdemetzgerei Rössle, mit Seesicht. Das übriggebliebene Blut, das in den See floß, verfärbte manchmal diese und jene Stelle desselben ganz dunkelrot, und mittendrin lernten die kleinen Seehasen, wie die Menschen vom Bodensee sich selbst nannten, wie es war, zu schwimmen. Dieses Erbe haben wir leider aufgrund des Drucks von Bantle sehr schnell und »undurchdacht«, wie die Experten sagten, die es, wie die Meteorologen, im Nachhinein immer besser wussten, verkaufen oder verscherbeln müssen. Aber so viel war es doch, dass es fast bis zum Ende dieser Geschichte reicht. Die Schulden konnten bezahlt werden, und nun konnten wir wieder von vorne anfangen.

Und noch einmal auf Jahre hinaus weiterleben.

Auch der Wetterbericht, von dem die Menschen heute so abhängen und in eine permanente psychische Schieflage geraten, dürfte, dachte ich immer, dürfte erst im Nachhinein geliefert werden. Das grobe Fernsehen dürfte eigentlich nur zeigen, wie es war, das Wetter. Kurz: Es reichte bei weitem nicht dazu, wovon ich ein Leben lang, am Ende vielleicht doch vergebens, träumte: saniert zu sein.

Ja, es stand, auch nach dem Tod der Kreuzlinger Tante, deren Tod für die Größe unserer Schuld nicht reichte, nach wie vor nicht gut um das Haus mit dem Schmerz als Grundriss.

Immerhin hatten wir nun etwas Luft, wie Bantle sich ausdrückte. Die Tante und ihr Tod retteten uns immerhin, vorerst und bis auf weiteres, bis zum großen Finale, das Leben.

Die Post von der Raiffeisenbank, die ich nun las, konnte ich getrost verschmerzen.

Die Raiffeisenbank meldete sich, dass die Überweisung von DM 5225,– irrtümlich erfolgt sei und dass ich unbefugt darüber verfügt hätte … und das Konto, trotz mehrfacher schriftlicher und fernmündlicher Kontaktnahmeversuche, wäre noch immer nicht ausgeglichen. Eine Frist wurde mir gesetzt, die, falls ich sie überschreiten sollte … und so fort »unverzüglich« las ich, Wörter wie »Maßnahmen« und »Gerichtsstand«, »Eintragung in die Schufa«.

Doch wegen des Briefes aus der Praxis Dr. Methfessel, der da auch noch lag, und da ich unangenehme Post immer hinausschob und manchmal auch überhaupt nicht öffnete, vergaß ich dann glatt, dem nachzukommen, das mir gar nicht zustehende Geld artig zu überweisen (hätte ich »ohnehin« nicht gemusst, wie sich mein Anwalt ausdrückte). Also kam prompt der Gerichtsvollzieher, der auch schon früher immer wieder einmal vorbeigeschaut hatte.

Die Spende an die Gesellschaft zur Rettung Schiffbrüchiger konnte ich auch nicht rückgängig machen.

Der Brief aus der Praxis, dessen Lektüre ich auf den nächsten Tag verschob, den ich mir vornahm zu öffnen, als wäre es ein Kontoauszug, warf alles über den Haufen.

Er enthielt die Nachricht (der, wie Frau Dr. Methfessel schrieb, zahlreiche vergebliche Anrufe vorausgegangen waren), dass ich nämlich nicht sterben würde, wenigstens vorerst nicht, und auch nicht an einem malignen Karzinom, das sich gar nicht, wie ich die ganze Zeit geglaubt hatte, mittlerweile fast schon bis zu seinem Ziel vorgefressen hatte.

Sie hatte natürlich alles ganz anders formuliert, gar nicht for-muliert, sondern festgehalten wie in einem Geschäftsbrief. »Ein bedauerlicher Irrtum! – Die Proben wurden verwechselt.«

Also hatte es einen anderen getroffen, und nicht mich.

Gerettet! –

Doch ich wusste zunächst gar nicht, was ich mit dieser Nach-richt, die mich verstörte, anfangen sollte. Ich hatte mich schon eingelebt in den Gedanken, dass ich sterblich bin, und sterben werde, über den ich nie hinauskam.

Gerettet! – Es ging also weiter. Das Leben ging weiter. Was tun?

… eigentlich war ich das ganze Leben schon in die Theo-logie hineingetrieben worden, bei dieser Vorgeschichte … von meinem ersten »Widersagst du« an, ach, und nun beschloss ich, doch das zu tun, wovon ich spätestens seit der Erfahrung, die zu Dr. Schwellinger geführt hatte, geträumt hatte: Theologie zu studieren, um alles herauszufinden, wie es war, ist und sein würde. Wo hätte ich hierin weiterkommen können als in der ka-tholischen Theologie?

Noch ein Satz zum guten Göld! – Ich hatte, trotz der Bank … immer ein gutes Händchen, in das hinein trotz allem von allen möglichen Seiten etwas floss … und außerdem gab es immer noch Tante Mausi.

Und das Erbe aus Kreuzlingen müsste, überschlug ich, bei ei-ner moderaten Lebensführung die nächsten Jahre hinreichen.

Rechtzeitig genug müsste und würde ich wieder die Wörter »aushelfen« und ähnliche Vokabeln aus dem Wortschatz eines Menschen benutzen müssen, der das Talent zum Hochstapler hat und doch nur sterben wird wie die anderen, wie du und ich.

Doch ich konnte nun nach Rom gehen. Und das Himmelreich hatte nun etwas Luft, auf Jahre hinaus.

Rom: Es gab ein kleines Stipendium vom Opus Sanctorum für mich, der große Rest jedoch kam aus Kreuzlingen, erwirtschaftet über Jahrzehnte, über die Metzgerei, ein blühendes Geschäft war es immer gewesen, und so stand es im Testament, die Tante sprach ja nicht von Metzgerei, Wörter wie »blühend« konnten wir da lesen.

Aber warum musste es gleich Rom sein? Theologie? Herausfinden, was aus meinen drei Lebensgefährten geworden war? Was aus mir werden könnte?

Ich habe es im Grunde doch vergessen.

Don Quixote von Rom und ich

Ich hatte in Patagonien, im Fiat 500 meiner Cousine Rosa, ein Gelübde abgelegt: »Wenn du davonkommst« … und so fort.

Es war schließlich auch Dankbarkeit, dass ich nach Rom aufbrach. Mein Schutzengel war im Spiel gewesen, ein wenig der Zufall oder das Schicksal und auch andere Heilige, die ich regelmäßig um Hilfe anging, der heilige Antonius von Padua, zum Beispiel, Kronzeuge dafür, dass einer, wenn er sich wirklich sucht, auch finden kann.

Mit einer Empfehlung des Präses der Katholischen Landjugend, Monsignore Sandfuchs, der mich auch nicht davon abhalten konnte, denn er wusste genauso wie meine Klostertante und alle anderen, die es gut meinten mit mir, dass das für mich im Grunde doch nichts war, und auch mit einem Geleitschreiben meines Bischofs versehen, den ich in der ersten Euphorie aufgesucht hatte und ihn von meinem weiteren Leben überzeugte, stand ich, nein, es waren meine Füße, standen sie also mitten in Rom.

Ich war jung, das ist wahr, und der eine oder die andere schauten bald ganz sehnsüchtig auf mich hinab oder zu mir hinauf und dachten daran, was sie alles falsch gemacht hatten in ihrem Leben, und sahen mich, einen, dem dieser Weg hoffentlich glückte, der so stark wäre, die drei Gelübde zu halten und darüber hinaus auch noch alle zehn Gebote. Sie waren alle gutartig, jene Menschen, mit denen ich zu tun hatte, sie meinten es damals gut mit mir, selbst Bantle.

Kurz: Es war alles viel einfacher, nach Rom zu kommen, in den nächsten Umkreis des Stellvertreters Gottes auf Erden, viel ungezwungener, als man es sich vorstellt. Rom war ein Tummelfeld für Scharlatane und Hochstapler, Querulanten, Spione, Rechthaber und Juristenköpfe, Automechanikerseelen bis in die oberste Spitze hinauf, es gab auch eine Menge wohlmeinender Verrückter; sowie einen Rattenschwanz mitläuferischen Fußvolks und von Presseleuten. Sie alle hatte es nach Rom getrieben. Oder sie hatten, wie die Motten, das Licht gesucht wie ich auch. Und trotz allem war und blieb sie, die Kirche, jener Fels. Dass es sie trotz allem immer noch gab, war der schönste Beweis, für … Bitte, sag mir: wofür!

Kaum mit dem prachtvollen Schreiben, gekrönt vom vielkordeligen Wappen eines Erzbischofs in der Ewigen Stadt, wie das schöne Rom mit einer gewissen Übertreibung seit tausend Jahren genannt wurde, angekommen, hatte sich auch schon Monsignore Franz Sales Obernosterer mit mir angefreundet. Wieder ein Zufall, der mich auf meinem (schiefen?) Weg ein schönes Stück weiterbrachte.

Wie kam ich überhaupt zur Theologie?

Theologie interessierte mich doch gar nicht. Theologische Fragen auch nicht. War es wirklich nur das Gelübde und der Umstand oder die Tatsache, dass ich vor dem Leben stand und auch nicht so recht wusste, wie es weitergehen sollte? Oder war es auch noch, wovon bisher nicht die Rede gewesen war, eine Möglichkeit, der Bundeswehr zu entkommen? Galt es auch für mich, was Tante Mausi von ihrem unheimlichen Nachbarn behauptete, der ihr abwechselnd Küchenabfälle und Whiskyflaschen und kleine Liebesbotschaften über die schöne Gartenmauer warf wie der große Horst Janssen der guten Frau Stapelfeldt im Elbknick?

»Der Mann hat einen Korken«, sagte Tante Mausi von jenem Nachbarn, und beide sind längst tot. Vielleicht hat sie damit zugleich auch mich gemeint und wollte es mir auf schonende

Weise beibringen, dass ich doch noch darauf käme, wer ich sei, war und sein werde.

Ich aber lebte einfach weiter und wollte, gewiss, ich wollte immer noch wissen, was mit Caro, Gigi und vor allem Frederic jetzt war. Und was mit mir war und werden würde.

Gewiss wollte ich damals auch noch die Welt retten, das habe ich immer gewollt, doch der Geist war immer williger als mein Fleisch, das dalag und liegen blieb, während Frau Armbruster am Samstagmorgen schon um zehn alles durchgeputzt hatte, waren bei mir immer noch die Rollläden unten. Ja, es war eher ein frommer Wunsch, die Welt zu retten, der mich ehrte. Und auch, dass ich mich retten wollte, dass ich nicht mit mir einverstanden war, das ehrte mich doch. Oder nicht?

Meine diffusen Anstrengungen richteten sich also einerseits ganz auf hier, andererseits ganz auf dort aus. Das Ergebnis insgesamt, die Summe war so dürftig, dass ich sie vergessen habe.

Mich retten – dazu musste ich möglichst weit weg vom Himmelreich und mir. Und auch von der Welt mit ihren Experten und Fehldiagnosen. Ich musste ans andere Ende der Welt meiner selbst. Ich sah, dass ich, um mich zu retten, weg von mir musste, dass ich mich verlassen musste, weg von so einem Menschen wie mir. Ich habe es versucht.

Auch war ich fromm, aber ich wusste nicht, dass dies nichts mit Theologie zu schaffen hatte, weil ich auch ein wenig dumm war. Weil ich wohl ganz schön dumm war. Dazu mit dem Ehrgeiz eines Kindes ausstaffiert, das in den Himmel kommen wollte.

Die Fahrt nach Rom war wie eine Fahrt ins Blaue. Eines Morgens fuhren wir (ich war nämlich nicht der Einzige) los, eines Morgens kamen wir an. Unsere Nonnen wiesen uns unsere Zimmer zu. Das Leben als zukünftiger Priester konnte beginnen.

Was aus den drei anderen geworden ist, weiß ich nicht. Ich habe sie aus den Augen verloren. Möglicherweise endeten sie als Priester? Vielleicht beten sie nun für mich. Das zumindest

haben wir uns damals doch versprochen, dass wir füreinander
beten?

»Die Aufklärung hat den Himmel verdunkelt!« Mit diesem Satz
von Heidegger (ich glaube, er war von Heidegger) wurde ich vom
Direktor des Päpstlichen Kollegiums auf Deutsch begrüßt. Mir
zu Ehren begrüßte er mich mit einem Heideggerwort, denn aus
den Unterlagen wusste er, dass ich aus der Heideggerstadt Meßkirch stammte. »Seid Ihr mit dem Denker verwandt?«, fragte er
in seinem altertümlich-kirchlichen Deutsch. »Gewiss!«, antwortete ich ihm. »Wir sind alle mit ihm verwandt!«, entgegnete ich,
worauf er sich vor mir verneigte.

Der Zufall wollte es auch, dass der größte Denker seit Platon
(wie in der *Bunten* zu lesen stand) ausgerechnet während meiner römischen Zeit verschied, ich greife vor.

Franz Sales, der nichts um mich herum leiden mochte, selbst
noch auf meinen entfernten alten Verwandten eifersüchtig war,
war damals in mein Zimmer (von dem aus ich die halbe Ewige
Stadt überblicken konnte. Wie oft habe ich, allein, zu diesen zwei
Fenstern hinausgeschaut!) geplatzt, um mir den Tod Heideggers
zu melden: Er hatte es in den Abendnachrichten von *Rai Uno* vom
26. 5. 1976 erfahren und hatte sich allein deswegen von seinem
Chauffeur zu mir auf den Aventin heraufbringen lassen. Er hatte
eigens dafür die von uns scherzhaft so genannte »Tunica Prae-
textata« (die »verbrämte Toga«), das feinste Ausgehgewand des
höheren römischen Prälaten, übergestreift. So stand er vor mir,
ganz euphorisch. Vor lauter Freude wechselte er von der einen
Sprache in die andere, gab mir in allen Weltsprachen die Nachricht des Tages bekannt: Lateinisch, Mandarin-Chinesisch, Sans-
krit, Arabisch, Hochdeutsch, in seinem niederösterreichischen
Dialekt, Französisch, Italienisch und so weiter: »Heidegger ist
tot!«, trumpfte er auf: »Dood issa! Mortuus est! Il filosofo è mor-
to!« Ja, er versuchte es sogar auf Holländisch – ich habe es vergessen. Und er äffte den Heiligen Vater nach, wie er von seiner
Sedia herunter verkündete: »Ich sage euch, der Herr ist wahrhaft

auferstanden!« In dem weinerlichen Tonfall des Papstes (mit dem er auch noch die angeblich höchste Freude verkündigte) plärrte Franz Sales: »Omnibus dico: Heidegger vere mortuus est!«, und er machte Anstalten, mich zu segnen … Ich aber weinte und warf ihn hinaus. Ich weinte, denn ich glaubte oder wusste, dass nicht nur ein entfernter, merk-würdiger Onkel gestorben war, sondern dass nun etwas zu Ende war. Ich nahm *Sein und Zeit* § 48 und las über »Ausstand, Ende und Ganzheit«. Ich nahm die Cointreau-Flasche und kippte das Zeug in mich hinein und las und soff bis zuletzt … denn ich glaubte, dass ich nun etwas für immer verloren hätte. Aber wie bei einer Scheidung nach vierzig Jahren die Frau zu ihrem Mann sagt: Ich habe dich nie verstanden!, so, so ähnlich ging es auch mir … Doch abgefallen von Heidegger, wie es in der Heideggerstadt bald hieß, abgefallen bin ich nie.

Vorausgegangen war die Vorstellung beim Direktor, die Prüfung unserer Person aufgrund unserer Erscheinung, eine alte und gewiss auch naheliegende Methode – und nicht die schlechteste.

Dann beim Rektor der Päpstlichen Universität dasselbe Verfahren, auch ihm gefielen wir. Wir durften bleiben und studieren. Wir bekamen unseren Studienplatz zugewiesen, unsere Stelle zum Hinknien in der Kapelle gezeigt, man gab uns die diversen Ober- und Unterkleider. Erscheinen, Vorstellen, Einkleiden, Hinknien, Beten: Dies alles erinnerte mich etwas an meine zwei Wochen bei der Bundeswehr.

Am ersten freien Sonntag gingen die drei Bayern in Lederhose aus, in der kurzen. Mich nahmen sie so mit, als etwas, das nicht ganz dazugehörte, nicht ganz richtig auf der Welt war. Und ich, daneben, vergesse nie, wie sie nach ihrem bayerischen Auftritt, der mitten in Rom ein Verkehrschaos auslöste (eines von vielen, die ich sah), schamrot von der Straße in den nächsten Bus geflohen sind, und da ging der Aufruhr weiter. Zum Papst hätten sie so kommen können, der Heilige Vater hatte schon manche Delegation aus Altbayern empfangen, aber nicht zu den Römern. Das sind nur Stichworte.

Franz Sales hatte bald ein Auge auf mich geworfen. Schon war ich zum gemeinsamen Rosenkranzgebet nach San Isidoro eingeladen, damals eine der feinsten Adressen für geistliche Vespern. Er hatte mich am schwarzen Brett stehend auf Italienisch angesprochen, mich sogleich für einen Tiroler gehalten, aber noch nicht mit dem Tirolerischen kommen wollen, von da Italienisch, und mich zum Rosenkranzgebet nach San Isidoro eingeladen. Franz Sales war eine dicke, aufgeschwemmte Person unbestimmten, gar unbestimmbaren Alters, mit der ich einfach Mitleid hatte.

Ich sagte: gut, schön –, ich wusste ja nicht, was daraus folgte.

Franz Sales Obernosterer (ein österreichisch klingendes Pseudonym?) stammte, wie es hieß, wohl aus dem Waldviertel, war wahrscheinlich bei den Benediktinern von Kremsmünster erzogen worden, wo er möglicherweise schon bald als begnadeter Zeremonienmeister auffiel, eines Tages nach Rom geschickt, wo er offensichtlich beim Heiligen Vater landete, denn Franz Sales war mittlerweile einer der obersten Zeremonienmeister zu St. Peter. Ein Gerücht, das mir bald zugetragen wurde, besagte allerdings, dass Franz Sales gar kein Österreicher sei, und schon gar nicht aus dem Waldviertel. In Wahrheit handele es sich um einen Konvertiten aus Bielefeld, der seinen hohen Posten bei Oetker aufgrund einer Vision aufgegeben und sich für die Welt seine österreichische Geschichte zurechtgelegt hatte. Franz Sales, der, das wusste ich von Fotos, durch Kardinal König geweiht worden war, hatte sich bald ein feines, aber wenig differenziertes Wienerisch zugelegt, auch ein Schauspielkünstler, sodass ich als Laie ihn von einem anderen Wiener nicht hätte unterscheiden können. Er hatte übrigens auch engen Kontakt zu Ingeborg Bachmann, die kurz vor meiner römischen Zeit in ihrem Bett verbrannte und mit Blut aus den Priesterseminaren – wir mussten alle Blut spenden – noch eine Zeit lang am Leben gehalten wurde. Franz Sales hatte dies vermittelt. Doch all dies nur nebenbei.

Erst als er mir die Hand zum Kuss reichte, wusste ich, dass ich

318

einen bischöflichen Rang vor mir stehen hatte. Und dann sah ich auch noch das Brustkreuz und die Seidenschuhe … Einer der Mesner des Heiligen Vaters, mit dem Recht, den Papst zu wecken, mit freiem Zugang zu den päpstlichen Kleiderkammern!, flüsterte mir mein Freund zu, von dem ich auch nicht weiß, was aus ihm geworden ist. Ich muss ihn als vermisst aufgeben, denn ich bin seither ohne Lebenszeichen, wo wir das Leben damals doch geteilt haben, darf ich das sagen?

Als Bischof (wenn auch nur Titular-) hatte Franz Sales das Recht auf ein Wappen, auf Nennung seiner Namen und Titel in den Annalen des Heiligen Stuhles. Das höchste Vorrecht aber war nach eigener Auskunft, den Papstmessen (also den höchsten gesellschaftlichen Ereignissen, die es für unsereins auf der Welt gab) in Violett beizuwohnen; und zwar in vollem Ornat. Wie andere auf die Oscar-Nominierungen warteten, so wartete man in Rom auf die Kreierung genannte Ernennungsliste. Franz Sales hoffte schon geraume Zeit auf das Kardinalat, den Purpur der Eminenz, wie er mir gegenüber ganz offen gestand. Im Päpstlichen Jahrbuch, dem Vorbild für den *Gotha* – die ersten fünf Seiten bestanden nur in einer Aufzählung der päpstlichen Titel, vom Diener der Diener bis zum Stellvertreter Gottes –, war auch er verzeichnet. Sein Bistum war zwar nur ein sogenanntes Titularbistum, aber dafür eines der ältesten überhaupt, verwaist seit der Eroberung durch die Araber im Jahr 734, und lag irgendwo in Nordafrika. Die ganze Welt (seit neuester Zeit: die Weltkugel) war aber nach wie vor von Rom in Bistümer aufgeteilt; die Weltkarte bestand aus nichts anderem als aus einer Ansammlung von Bistümern oder Diözesen, wie die kirchlichen Provinzen in Anlehnung an einen Terminus technicus aus der römischen Militärverwaltung offiziell hießen. Die ganze Welt gehörte also in irgendeiner Weise zu Rom, selbst die Sahara war in mehrere Diözesen aufgeteilt, ohne einen weißen Fleck.

Franz Sales zeigte mir eine Karte von Nordafrika mit den Verhältnissen von 379. Er konnte sämtliche Städte und Siedlungen seiner Diözese aufsagen, und zwar mit den alten Namen. Er hatte schon eine Schattenregierung, in pectore, alles war vorbereitet für einen feierlichen Einzug, bis hin zu den Gewändern. Gott ist kein Ding unmöglich auf der Welt, dachte er. Franz Sales unterstand nur dem Erzbischof von Carthago, ebenfalls einem Titularamt, aber seit der gescheiterten Afrika-Expedition Mussolinis vakant, und dem Heiligen Stuhl, in Liebessachen aber der Madonna, die gleich mehrfach anwesend sein Zimmer füllte – und vielleicht mir.

Bald war mir klar, dass ich ihn darüber hinaus nicht verstehen würde. Aber dazu waren wir nicht auf der Welt, in Rom.

Bald saß er oftmals bei uns in der Bibliothek und schaute uns beim Lesen zu, so wie eine Großmutter ihren Enkeln beim Spielen zuschaut. Und auch, wenn wir am selben Ort Federball oder Räuber und Gendarm spielten, schimpfte er nur zu Beginn, uns von Anfang an bewundernd, am Ende hob er sogar die Bälle für uns auf und suchte sie mit einer Leiter zwischen den Folianten.

Wenn wir nicht Federball oder Räuber und Gendarm (das sich über die ganze Etage unseres schlossähnlichen Gebäudes hinzog) spielten (wir waren immerhin schon über 20 und aus dem ersten Spielalter heraus), lasen wir uns gegenseitig aus dem *Codex Iuris* vor, freilich in seiner deutschen Fassung, die schon durch ihre Übersetzung bis zur Unverständlichkeit lächerlich war. Aber wir (er und ich, nicht Franz Sales, der ja schon über die meisten Vorrechte verfügte) waren doch ergriffen. Abwechselnd lachten wir laut oder waren bis zur Gänsehaut ergriffen, wenn wir im Kirchenrecht etwa von den Privilegien eines Kardinals lasen, dem allein es zusteht, auf hoher See zwei Messen am Tag zu lesen, dem übrigen Klerus stand nur eine Messe pro Tag auf hoher See zu. Außer dem Papst natürlich und den weiteren drei sogenannten Großen Patriarchen, die auf hoher See, was die Messen angeht, keinerlei Einschränkung unterworfen waren. Die sogenannten Kleinen Patriarchen (von Lissabon, Venedig und Goa) allerdings hatten diesbezüglich keinerlei Vorrecht, sofern sie nicht den Kardinalshut trugen, was mit dem Amt des

Patriarchen von Venedig seit 1719 und mit dem des Patriarchen von Lissabon seit 1846 automatisch verbunden war, lasen wir.

Davon träumten wir doch? War das nicht unser Ziel? Was ein sogenannter vernünftiger Mensch irrsinnig genannt hätte, schien uns geistlich und gottgefällig. Wir glaubten uns auf dem Weg Gottes.

Dabei wäre es doch das Einfachste gewesen, in unserer Freizeit zu den Frauen (oder Männern, denn die meisten dieser Frauen, mit denen die Männer Roms in ihren Kleinwagen dem Verkehr frönten, waren ja Männer, irrsinnig geschminkt wie Sophia Loren und blond wie Marilyn Monroe) an der Via Appia Antica hinauszufahren, so wie die anderen, so wie man das immer schon machte. Ein Auto hatten wir doch und sogar Liegesitze! Stattdessen schlichen wir in der Gegend des Pantheons mit ihren kirchlichen Konfektionsgeschäften von einem Schaufenster zum andern, mit ihren hohen und höchsten Mitren, Bischofsstäben und Ringen, mit ihren hohen und höchsten Messgewändern, die uns in allen Farben des Kirchenjahres entgegenleuchteten. Wir betraten auch manches Mal ein solches Geschäft, obwohl wir offensichtlich noch keine Kardinäle waren und noch nicht einmal als Sekretäre eines solchen gelten konnten. Dies geschah alles hinter dem Rücken von Franz Sales, der ein solches Auftreten (weil es uns nach dem des *Codex Iuris* gar nicht zustand) niemals geduldet hätte, ich weiß. Drinnen standen die Herren Verkäufer, die ebenfalls einen päpstlichen Titel führten, den ich vergessen habe. Nur vorne, das heißt: in den vorderen Räumlichkeiten, bedienten fromme Laien mit hochkatholischem Leumund, hinten aber bedienten geweihte Verkäufer (Priesterweihe). Schließlich passten sie hohen und höchsten Würdenträgern, angefangen mit Provinzbischöfen aus Schwarzafrika bis hinauf zu den Kardinälen der Päpstlichen Familie (das waren die Kurienkardinäle, aber auch alle Bewohner des päpstlichen Palastes, sogar die Küchennonnen, und auch Franz Sales) Ober- und Unterwäsche an, die diversen Unterröcke, die in konzentrischen Kreisen um den geistlichen Leib getragen wurden und noch von Michelangelo

321

entworfen worden waren. (Michelangelo war ja auch der größte Modeschöpfer seiner Zeit.) Da konnte man nicht einfach einen Verkäufer von der Straße oder gar eine Frau in ein solches Geschäft hineinstellen. Wir träumten, ich träumte davon, später einmal solche Dinge zu tragen. Uns stand ja als Seminaristen des Päpstlichen Collegiums De Sacra Propaganda Fide die Farbe Purpur zu. Mein Haus trug ein purpurnes Oberteil, das Unterteil war gewöhnliches Schwarz. Aber dennoch wurde ich von ganz Unkundigen immer wieder für einen Kardinal gehalten. »So jung und schon Kardinal!«, wurde manches Mal hinter mir hergeflüstert. – Ich genoss es. Dieses alles ist aus mir verschwunden, als ob es, als ob nichts, gar nichts gewesen wäre. Erinnerung, Advocatus Diaboli meiner Gegenwart!

Alle, die mein Leben in der Ewigen Stadt bezeugen könnten, sind verschwunden.

Clemente Kardinal Buffi ist auch verschwunden. Keinen liebte ich so wie ihn. Einmal habe ich ihm den Ring küssen dürfen, Franz Sales hat es vermittelt. Ich musste mit ihm dafür zwei Tage nach Nettuno (deutsch: Neptun) fahren. Man sieht, wie unsinnig mein Leben war. Ich war auf dem besten Weg zum Theater.

Auch seine höchste Aufgabe war es, den Heiligen Vater zu wecken. Das heißt: Er wurde vom Papst gerufen, ihn zu wecken, nachdem dieser erwacht war, dies alles nach dem streng vorgeschriebenen altpersischen Zeremoniell. »Er wecke Uns!«, lautete die Formel, freilich in Hauslatein. Naturgemäß war Buffi als päpstlicher Stallmeister auch der Erste, der den päpstlichen Tod feststellte und den Fischerring zerbrach. Das silberne Hämmerchen dazu musste Kardinal Buffi immer mit sich führen. In der Nacht des päpstlichen Todes (ich nehme an, dass es dabei Nacht war) meldete Buffi den Tod des Stellvertreters Gottes! Das war bisher nur einmal vorgekommen, ein Ereignis, das neben der Krönung der Höhepunkt jedes Pontifikats war. Bald wusste ich all diese Einzelheiten.

Bald wusste ich, dass Kardinal Buffi aus kleinstem Anlass,

zum Beispiel nach der Genesung von einem Schnupfen, tausend (1000) Dankkarten verschickte, um sich Stimmen im Konklave zu sichern bei der Papstwahl. Auch noch die Haushälterin und der Chauffeur einer papstwahlberechtigten Eminenz wurde zu Namens-, Geburts- und Todestag (der Eltern) mit Anteilnahme von Buffi bedacht; er verfügte über die größte Datenbank in der Ewigen Stadt. Zehn Priester waren allein damit beschäftigt, Glückwunsch- und Genesungsschreiben zu versenden. Er verfügte über die ersten Computer Roms. – Weil er Papst werden wollte, wie ich, Stellvertreter Gottes auf Erden. Aber er hat es ebenso wenig geschafft, obwohl er schon viel weiter war als ich, der immerhin auch ein ganzes Stück vorangekommen war. Nach Rom hatte ich es immerhin geschafft! – Was für ein herrlich glattes Gesicht! Nicht der Schatten einer Falte! Göttliche, sorgenfreie Miene, die zuzeiten so besorgt dreinschauen konnte wie nicht einmal der Heilige Vater, sosehr sich dieser auch anstrengte und am Papstkreuz festklammerte und zwischendurch immer wieder zum Petersplatz hinschielte, ob wir auch schauten, wie er schaute und litt.

Kardinal Buffi hatte ich auch wiederholt im L'eau vive gesehen, war ihm dort als Begleiter von Monsignore Obernosterer wohl auch aufgefallen. Dieser junge Herr – wer ist dieser junge Herr? Nun ja, das war ich. Buffis Sekretär kam gleich unter einem Vorwand an unseren Tisch und bestellte uns zu einer Privatmesse in seinen Palast an der Via della Conciliazione. Das L'eau vive war übrigens das kirchliche Feinschmeckerlokal. Auf dem Nachhauseweg (durch den Circus Maximus) wurde ich dann noch zusammengeschlagen und ausgeraubt (damals schon!), aber im L'eau vive war ich gewissermaßen der geistliche Mittelpunkt. Alle schauten zum Tisch von Monsignore Obernosterer, an dem nur er und ich saßen. Von verschiedenen Tischen wurden Einladungen zu Privatmessen herübergereicht, die Franz Sales alle an sich nahm, sich süß – oder eher säuerlich – bedankend. Ich habe nichts mehr von diesen Einladungen gehört. Nur Kardinal Buffi insistierte. Ich beobachtete, bewunderte ihn, schließlich betete ich ihn an. Wie er die Speisen zu sich nahm! Wie er den Wein trank! Es gab ja keine Speisekarten. Die L'eau-vive-Nonnen (das Lokal bestand nur aus geistlich-weiblichem Personal) flüsterten die Leckerbissen des Tages ins Ohr des Sekretärs, dieser gab alles ins Kardinalsohr und so weiter. Alle tot.

Aber die Italiener beherrschen doch nur den primo piatto!, wandte er schon bei unserem ersten gemeinsamen Lokalbesuch in einer Trattoria in der Nähe des Elefantenbrunnens ein, niemals aber den secondo piatto!: Er verwies mich schon ganz zu Beginn meines römischen Lebens auf den verbrannten Fisch auf meinem Teller und auf das missglückte, *milanese* genannte Wiener Schnitzel auf seinem. Franz Sales sprach von der Weltherrschaft der Nudel. (Pizza gab es damals in einem ausländischen Lokal noch nicht.)

Slipij war nicht so. Der Großerzbischof von Lemberg, der ein Leben lang – vergebens – auf die Ernennung zum Patriarchen der Ukraine wartete (nachdem sich der Vatikan von ihm schon die einmalige Konstellation eines Groß-Erzbischofs hatte abringen lassen), saß in den Papstmessen herum, in der ersten Reihe, ohne hinzuhören, mit mehreren Kreuzen, Ketten und turbanartigen Mitren ausgestattet – und keine fiel herunter. Wir hörten immer wieder, dass der Heilige Vater ihm gegenüber nicht günstig gestimmt war, nicht nur, weil Slipij während der päpstlichen Ansprachen in seinen Gebetbüchern blätterte, kein Wunder, denn Italienisch verstand, wie ich damals glaubte, Slipij, der in Rom im Exil lebte, überhaupt nicht. Das hatte die Kirche nun davon, dass sie, selbst im Petersdom, auf Provinzsprachen umgestellt hatte! Auch in der Sache war der Papst gegen den Großerzbischof. Slipij war ohne jede Aussicht auf ein Patriarchat.

Wie habe ich Slipij, wie so vielen, damals und auch später noch, immer wieder Unrecht getan, denn dieser Mensch sprach schon seit seinem Studium in Rom ein ausgezeichnetes Italienisch. Und außerdem war dieser Mann gerade achtzehn Jahre im Gulag gewesen, von Stalin, der dies bei den Millionen gar nicht mitbekam, dahinein verfrachtet. Sein Leben wurde dann verfilmt: *In den Schuhen des Fischers* hieß der Hollywoodfilm, aber man muss sich erst das Leben in Sibirien dazudenken. Meist ging es nicht so gut aus wie im Film und auch bei Slipij, der zwar schon 74 Jahre alt war, als er Sibirien verlassen konnte, und immerhin noch einmal davonkam. Aber nun saß er in Rom, im Exil, und hatte das Leben dort auszuhalten, was für so einen Menschen und Martyrer auch nicht so einfach gewesen sein dürfte in der Zeit von Dolce Vita.

Das traurige Beispiel von Kardinal Mindszenty hätte ihn schrecken müssen und tat dies wohl auch. Der war von einer Nacht auf die andere als Primas von Ungarn abgesetzt und nach Wien verbannt worden, dies mit 83 Jahren, und warum, weiß ich nicht, aber es geschah und stand in der Zeitung. So konnte doch nur Rom handeln oder ein anderes totalitäres System – aber selbst die Sowjetunion musste damals auf ihre Dissidenten mehr Rücksicht nehmen als Rom auf einen alten, ausgebooteten Kardinal und Großerzbischof, dessen Leben ein einziges Martyrium gewesen war. Vielleicht starb der Heilige Vater eines Tages aus Gram darüber, dass Slipij in seinen, wie ich glaube, altslawischen Gebetbüchern las, während er in seinem norditalienischen Akzent predigte und mit Agnelli Schach spielte. Einmal in der Woche kam Agnelli im Privatjet nach Rom geflogen, um mit dem 263. Nachfolger Petri, der einst barfuß und mit bloßer Hand als Fischer begonnen hatte, im Blauen Salon des Päpstlichen Palastes Schach zu spielen. Schon mit 85 starb dieser Papst, wo doch das statistische Papstlebensalter seinerzeit mit exakt 89 Jahren, 5 Monaten, 3 Tagen, 4 Stunden, 26 Minuten und 3 Sekunden errechnet worden war. All dies (auch im L'eau vive hatte man ihn nie gesehen) interessierte Slipij überhaupt nicht.

Und mich? Ich war von einem Käfig in den anderen geraten – oder wie unsere Schweine von einem Schweinekoben in den nächsten, bis hin zur Schlachtreife.

Derweil reiste Casaroli, »eine der schlimmsten Figuren des zwanzigsten Jahrhunderts« (Franz Sales), in der Weltgeschichte herum. – Aber ich hätte Franz Sales filmen wollen, wie er sich vor Casaroli – schon von ferne – verneigte und verbeugte und verbeugen musste, laut Hofzeremoniell, und verbog: Einen Haltungsschaden hatte Franz Sales auch noch. Er konnte gar nicht mehr aufrecht stehen, das kam bei ihm nicht nur vom vielen Essen. Es kam auch von den Verbeugungen. Gewiss war er auch zu dick, um aufrecht hinzustehen und sich ohne Verrenkungen zu verbeugen, und dennoch musste er sich immer wieder verbeugen, auch vor Casaroli, denn er war noch nicht ganz oben, war nur im Rang eines Bischofs, aber kein residierender, nur Titular- einer längst verwaisten Diözese am Sahararand. Franz Sales, der bei seinen Verbeugungen gar nicht beachtet wurde und dieses Nicht-beachtet-Werden auch nicht sah oder sehen konnte, da er, nach unten gekrümmt, nur seine Bauchbinde und sein Schuhwerk sehen konnte – oder lieber gleich die Augen schloss –, Franz Sales verbeugte sich immer wieder, schnaufend und schnaubend. Das gehörte zum römischen Verbeugungsritus, der noch aus dem altpersischen oder altägyptischen Hofzeremoniell stammte. (Der römische Ritus war ja ein Gemisch aus altrömischem, altpersischem, ja altchinesischem Zeremoniell.) Der eine musste sich zwar verbeugen, der andere durfte aber gar nicht hinschauen, ging an ihm achtlos vorüber und musste so an ihm vorübergehen. Das war vorgeschrieben. Der eine hatte aber das Recht, den anderen zurückzustoßen, ja umzustoßen, ganz, wie er wollte – ein Vorrecht, von dem Rom allerdings nach Pius IX. († 1878) keinen Gebrauch mehr machte. Franz Sales drohte jedes Mal umzukippen. Das war auch schon tatsächlich vorgekommen, schadete ihm aber nicht weiter, da dies, was ihm als Schwäche und Untauglichkeit hätte ausgelegt werden müssen, niemand von der Päpstlichen Familie bemerkt hatte. Es war, einmal so weit nach oben geschritten wie Franz Sales, die schwierigste Hürde nach ganz oben, bei diesen Verbeugungen nicht umzukippen. Und die höchsten Kardinäle, befragt, was denn – außer der Gnade, die ich hier voraussetze – an eigenem Anteil das Schwerste war, nach oben zu gelangen, antworteten immer gleichlautend: Es waren die Verbeugungen, der Schwindel, bis hin zum Sich-Übergeben, die Angst umzukippen und das Umkippen selbst, ohnmächtig vor den höchsten Würdenträgern auf dem Boden zu liegen, allein wegen der Vorschrift, der Verbeugungsvorschrift aus dem altpersischen Hofzeremoniell, die besagte, der Kopf müsse bis zum Schoß hinunter. Und während auf der ganzen Welt dieses Zeremoniell abgeschafft ist, hatte es sich in Rom gehalten und lebte weiter.

Dies alles zu meiner Zeit. Ich hatte mich bald in meinem Collegium mit all seinem Gepränge eingewöhnt. Das spricht doch für meine Resistenz und meine Stärke (trotz Muttermal, Maul- und Klauenseuche, Asthma und allen vegetativen Dystonien).

Aber was blieb mir anderes übrig auf der Welt?

Bis vor kurzem war ich ja noch Sonntag für Sonntag in Schwackenreute gewesen, der Mostonkel hatte uns (als Quasi-Höhepunkt dieser Fahrten) in den Stall gedrängt und auf seine prämierten Tiere mit den Plaketten an den Stalltürchen gewiesen. Jetzt saß ich beim Sonntagsdiner oftmals neben Kardinal Furstemberg. Unser Monsignore hatte die Angewohnheit, bunt zu mischen, wie er sagte, das heißt: neben ein hohes Tier ein junges zu setzen, übersetze ich. Gerade am Sonntag, wenn Mario, der Tischdiener und Chauffeur unseres Herrn, bei seiner Familie war (das einzige Mal in der Woche, sonst war er bei uns), kam oftmals ein hoher Gast zum Essen. Dann musste einer von uns Mundschenk spielen. Die Wasserkanne wird aber nur auf Anordnung gereicht!, wurde ich von Monsignore eingewiesen. Man bietet den Gästen kein Wasser an! (Begründung: dass es bei der Hochzeit zu Kana auch kein Wasser gegeben habe.) Es kamen auch hochgestellte Gäste, die gar nicht mehr wussten, wo sie waren, die nach Wein verlangten, denen ich Wein einschenkte: »Was für starke Arme!«, riefen sie bewundernd aus oder auch »Wie ungeschickt!«, wenn mir etwas aus der Hand fiel. Zitterte ich? Von diesem Haus, von der Ewigen Stadt, von der Theologie sind mir vor allem die Essen in Erinnerung geblieben, als ob es zu Hause nichts anderes als Speck gegeben hätte! War ich, was das Essen und die materielle Versorgung angeht, nicht schon von zu Hause her verwöhnt? Hatte ich nicht alles, was ich wollte, und mehr, als ich brauchte? Ein Fahrrad, bevor ich Fahrrad fahren konnte, ein Motorrad, bevor ich den Führerschein hatte, und schließlich ein Auto, um in die Schule – diese Schule – zu fahren, zu einer Zeit, als die anderen noch nicht einmal zum Führerscheinunterricht angemeldet waren. In unserem Collegium auf dem Aventin war jedoch alles um das Essen herum angesiedelt: Selbst noch die Gebete, die Tischgebete, schienen Zutat, ein weiterer Gang, ein Zwischengericht zu sein. Nach dem Schlussgebet folgte die Zigarrenkiste (man ließ nur das eine Laster aus), und vor dem ersten Tischgebet war schon ein Aperitif gereicht worden, im Salon des Monsignore, aber nur sonntags. Monsignore ist auch tot. Das habe ich den Zeitungen entnommen. Er war noch, kurz bevor er sich zur Ruhe setzte (mit 81), zum Kardinal ernannt worden und dann gestorben. Alles war Seide an ihm, er hatte eine Vorliebe für schwarze Seide und Monte Cristo No. 3, wie ich auch.

Er war ein wunderbarer Mensch in meinem Leben, ich verdanke ihm viel, der Reihe nach: den Rotwein, den Weißwein, die Jakobsmuschel, die Gänseleber, die Madeirasauce, den Riz Kasimir, das Filet Stroganoff, den Gourmetlöffel.

Ja, ich war nun in kürzester Zeit scheinbar am weitesten weg von dem, was mich gequält und am Leben gehalten hatte. Doch man nimmt sich überallhin mit, das ist noch eine Binsenweisheit von Tante Mausi.

Nur dem Rotwein bin ich treu geblieben. So viel zum Essen und Trinken.

Es wird Zeit für ein anderes Thema.

Zu unserem Haus gehörte in den Sabiner Bergen ein Weingut, von da der Wein. Von da die Müdigkeit, die mich am frühen Nachmittag, zur Zeit des Mittagsdämons, überfiel, sodass ich mich seit Rom auch noch mittags ins Bett lege. Seit Rom – es hat den Anschein, als ob Rom mein Leben verändert hätte.

Schon die Sonnenbrillen der hohen Geistlichen waren ein scharfer Kontrast zu meinem bisherigen Leben. Die höchsten Würdenträger waren von gewöhnlichen Mafiosi nicht zu unterscheiden, für mich. Zumal, wenn sie auf ihren Tribünen saßen, bei den Messen unter freiem Himmel, auf dem Petersplatz, zusammen mit dem zum Päpstlichen Hofdienst verpflichteten römischen Adel, mit den Militärs und mit den gewöhnlichen Mafiosi. Als Bischöfe, Kardinäle, Päpste verkleidete Bischöfe, Kardinäle, Päpste ... »Der Kommunismus ist eine Eintagsfliege vor Gott und seinem Stellvertreter!«, trumpfte Franz Sales manches Mal auf, ich glaubte ihm. Warum konnte ich damals nicht darüber lachen?

Franz Sales hat mich in alles eingeweiht, was er Geheimnis der Kirche nannte. Heute bin ich eher geneigt, Unsinn dazu zu sagen – oder heiliges Theater. Aber vielleicht war ich damals auch schlicht zu dumm für alles, und ohne Gnade für diese – seltsamen – Geheimnisse Roms. Der Heilige Vater! Laut Hofzeremoniell mussten ihm die katholischen Könige, also nicht nur die spanischen mit dem entsprechenden Titel, alle katholischen Könige, sofern es sie noch gab, und darüber hinaus alle Souveräne huldigen. Der Heilige Vater war ja nicht nur der Stellvertreter Gottes, das konnte im Grunde jeder sein und war jeder, sondern er war König der Könige. Laut Hofzeremoniell taten dies freiwillig (und waren hierin durch geheime, aber regelmäßige, im Kirchenrecht vorgeschriebene Ad-limina-Besuche auch geübt): der König von Spanien, der König von Belgien, der Großherzog von Luxemburg, der Fürst von Liechtenstein, der Fürst von Monaco, der (neuerdings in die Liste aufgenommene) König von Tonga. Die Apostolische Majestät Zita von Österreich kam bis zu ihrem Tod auf eigenen Wunsch, an sich hatte sie seit Madeira Dispens. All dies konnte ich bald auswendig aufsagen. Für Franz Sales gehörten diese Dinge zu den zentralen Wahrheiten der Kirche, gewiss zentraler als die ohnehin vagen Aussagen zur Auferstehung der Toten etc. Franz Sales fragte mich auch bald ab, er prüfte mich, ob ich die katholischen Souveräne auch alle aufsagen konnte; und zwar in der richtigen Reihenfolge, vorwärts und rückwärts. Auch die ausgefallenen musste ich aufsagen können, also jene, die es zweifellos auch gab und die die Hoheit des Papstes leugneten. Auch die Abtrünnigen waren dem Heiligen Stuhl unterworfen; und dies, selbst wenn sie es gar nicht wissen sollten oder gewusst hätten; und das ist bis zum heutigen Tag so. Ich weiß nicht, ob sich die abgefallenen Souveräne dem Zeremoniell des Heiligen Stuhles gemäß hätten verhalten können, waren sie doch gewiss nicht in Übung. Die Pflicht bestand jedoch, auch für die Königin von England (die Gegenpäpstin, oder einfach: die Päpstin beziehungsweise Papula, das Päpstlein, »die für uns das Hauptärgernis war«, Franz Sales), die Königin von Holland, sie bestand für die skandinavischen Häuser, auch wenn sie nicht kamen, sie galt auch für den damals noch regierenden Schah von Persien, König Idris von Libyen, für den von Mohammed abstammenden Hassan von Marokko, für den von der Sonne abstammenden Kaiser von Japan und so fort – ob sie dies nun wussten oder nicht. Denn laut Kirchenrecht war die ganze Welt, gerade in den weltlichen Dingen, dem Heiligen Vater unterstellt. Es gab nur Abfall oder Nichtwissen dieser Wahrheiten. Ich staunte, als ich das erste Mal davon hörte. Aber Franz Sales, der diese Wahrheiten zu Ende gedacht hat, wie er immer wieder versicherte, hätte an mir gezweifelt, hätte ich an ihm (und seiner Hierarchie der Wahrheiten) gezweifelt. Also fragte ich nicht mehr im Großen und Ganzen, sondern nur noch in den Details, welcher Art die Verpflichtungen der Welt dem Heiligen Stuhl gegenüber wären, und ließ mir interessante Einzelheiten erklären: Selbst die Größe des Gliedes eines neugeborenen Thronfolgers musste, laut Kirchenrecht, noch nach Rom gemeldet werden. Und der Heilige Stuhl besteht darauf? Fragte ich. »Selbstverständlich!«, ließ mich Franz Sales wissen. All dies gilt bis zum heutigen Tag, ich möchte nicht alles preisgeben ...

Der Unsinn hatte Hand und Fuß. Eines Nachts nahm mich Franz Sales in die Sixtinische Kapelle mit, um mir die Bilder Adams bei Nacht zu zeigen, »es sind ja Nachtbilder«, sagte er,

»Michelangelo hat sie für die Nacht gemalt!« Die Bilder Adams: der Erste war auch gleich der Schönste, ein Wunder, »kein Wunder!« frisch nach der Schöpfung. Ja, die Kapelle sei schöner als die Schöpfung selbst, sagte er, hätte der dumme Michelangelo nicht auch noch die Architektur hineingemalt, die barbarische Renaissance-Architektur. Franz Sales hatte ja überallhin einen Schlüssel. Dass der Heilige Vater durch unsere Taschenlampen möglicherweise aufgeschreckt wurde – er lag doch gleich neben der Kapelle! –, störte Franz Sales nicht, im Gegenteil. Die Kurie drangsalierte bisher jeden Papst, um den Pontifikat zu verkürzen, meist wenig erfolgreich. Es gab ja ein kuriales Sprichwort: Das Ende eines Pontifikates ist so sicher wie das Amen in der Kirche, und doch musste man in Rom auf den sogenannten natürlichen Tod des Stellvertreters in der Regel unverhältnismäßig lange warten.

Franz Sales missfiel die Architektur dieser Kapelle, ganz zu schweigen von den Hosenmalern. Er war gegen die Hosenmaler. Hierin unterschied er sich von der offiziellen Linie.

In der Ewigen Stadt bin ich auch Benvenuto begegnet, dem Sekretär von Franz Sales, den ich für dieses Leben auch aus den Augen verloren haben dürfte.

Franz Sales hatte ihn aus dem Süden zu sich in sein Vorzimmer geholt. Aus ärmlichsten Verhältnissen Pescopaganos, wurde er bald nach dem fünften Lebensjahr der Kirche übergeben. Tatsächlich hatte es Benvenuto geschafft, einen Platz auf der untersten kurialen Ebene zu bekommen, noch bevor sein Arsch nach unten fiel (Redensart aus dem Viehhandel oder chinesisch). An dieser Stelle war Franz Sales auf Benvenuto gestoßen. Obwohl beide etwa einer Generation angehört haben dürften, so hielt man sie doch für ganz verschiedenen Zeiten, ja Welten zugehörig. Franz Sales hatte nicht viel von Benvenuto: Das Einzige, was er von ihm hatte, war, dass er nichts von ihm hatte. Ich wusste es, konnte aber auch nicht helfen. Es wurde ja niemals über diese Dinge gesprochen.

Dennoch half es nichts, dass wir unsere Soutanen bis ganz unten zugeknöpft hatten (wie es ja auch Vorschrift war) und, ohne dies miteinander abzusprechen, mit fettigem Haar und manchmal sogar ungewaschen, mit unserem eigenartigen Körpergeruch an Franz Sales herantraten und ihm irgendeine Dummheit ins Ohr sagten, die mit Liebe nichts zu tun hatte. Es half nichts, auch wenn wir uns in den Andachten immer so setzten, dass wir in unseren weiten Soutanen kein Ärgernis für ihn sein konnten. Wir waren doch eines. Auch wenn man sich kaum denken konnte, auch wenn man sich ausdenken musste, dass da noch etwas war, da, hinter den dreiunddreißig Knöpfen, so sehr waren wir zugeknöpft; und jeder Knopf bedeutete ein Jahr im Leben unseres (damals dreiunddreißigjährigen) Erlösers. Beim Hinknien und Aufstehn konnte man unsere Körper kaum ahnen. Ja, nicht einmal beim Sitzen sah man etwas von uns, so geschickt hatten wir uns drapiert, solche Soutanen hatten wir gewählt, um ja kein Ärgernis zu erregen, schon gar nicht im Gottesdienst.

Wir wollten nicht vom Altar ablenken und den Menschen, der hinter uns saß, mit unserem Nacken oder mit der Form unseres Hinterteils verwirren. Das waren unsere Überlegungen. So verging unsere Zeit. Währenddessen biss Franz Sales wohl manches Mal in sein Kopfkissen, aus Gram darüber und über alles. Selbst bei den höchsten Andachten drehte sich der dickleibige, arme Mensch nach uns um, immer unter heftigen oralen Automatismen, grimassierend. Liefen wir an Franz Sales vorbei zusammen zur Kommunion, wandte er sich mit einem Ruck gegen uns, reihte sich hinter uns ein, obwohl er schon kommuniziert hatte. Stand er, heftig atmend, neben uns an der Kommunionbank, grimassierte er gegen uns und von uns weg, spielte mit seinem Gebiss, schob die untere Prothese in kurzen und heftigen Bewegungen immer wieder nach vorne, schob sie mit der Zunge zwischen seine Lippen und biss sich fest – aber alles sehr gekonnt, ohne dass etwas herausfiel.

Es war ja gar nichts mit uns, wir spielten doch nur zusammen

Federball in der Bibliothek! Und dass wir uns bei den Papstmessen sahen, und auch, dass wir uns sahen, konnte er nicht
verhindern. Du siehst, wie unnütz mein Leben in Rom war …

Ich hätte ihm gegenüber ja auch einmal reden können, mit
der Wahrheit kommen, auch wenn sie in diesem Fall nur eine
Selbsteinschätzung, möglicherweise eine Lüge gewesen wäre:
Ich hätte ihm gegenüber behaupten können, dass ich schlecht
im Bett sei, und wie schlecht; hätte ihn warnen können, wie es
wehtat, wie es biss – eine Drohung, die ich zeitlebens immer
wieder einsetzen musste, nicht immer mit Erfolg. Er hätte meine
Sprache in diesen Dingen nicht verstanden. Wir waren damals
noch sprachlos. Wir arme Schweine wollten rein bleiben, mit
diesem Floh im Ohr lebten wir. Das war unser Opfer, unser
Anteil an der Rettung der Welt. Andere arbeiteten daran und
lebten, wir opferten und beteten. Andere liebten, wir flohen. Die
Liebe gab es ja, sie war Dynamit, rein theoretisch, bis zum Zusammenbruch, bis zur Explosion.

Dennoch trachtete Franz Sales nach uns, er konnte uns abwechselnd Engel und Satan nennen. Einen anderen Wortschatz
hatte er dafür nicht, das arme Schwein. Nur in Rom waren diese
Wörter, »trachten« etwa, noch zu Hause, auch »widersagen«
und andere Fügungen.

Mein Trieb- und Gebets-, mein Lust- und Angstleben liefen
nebeneinanderher. Mein Leben – ich versteckte mich mit ihm
in meiner Soutane. Es gab mich nun nach außen hin, gegen
das Leben hin nicht mehr. Ich war nicht mehr außer meinem
Schwarz und Rot.

Aber es gab mich doch, er, es bewegte sich doch. Dieselben
betenden Hände rutschten gelegentlich wieder nach unten, aber
nur, wenn es ganz dunkel in mir war, sage ich zu meiner Vertei-
digung. Und dann die Nachtgespenster. Mit dieser Welt hatte ich
nichts zu tun und wollte nichts zu tun haben, so sehr nicht, dass
ich davor nicht schlafen konnte. Dann fielen mir auch noch die
Verbrannten ein, die von uns Verbrannten, und ich hatte gehört,
dass auch im Islam darauf der Tod stand: drei Todesarten: den

Kopf vom Leib, Steinigen oder Hinabstürzen von einem hohen Ort. Hatte sich das alles Gott ausgedacht? Hatte sich das wirklich ein Gott ausgedacht? So lag ich in meiner Sünde, und Nachtgespenster machten sich über eine arme Seele her, bis ich an einer unbedachten Stelle vor Erschöpfung einschlief. Am anderen Morgen hatte ich glücklicherweise alles vergessen, und es konnte weitergehen mit mir.

Was war mit Franz Sales? Zuzeiten hatte er wohl Phantasien, die eines Heiligen würdig waren. Wallfahrten bis ans Ende der Welt, alles zu Fuß, bei seiner Statur! Auch er träumte wohl von Martyrium, Weltrettung und Apotheosen und neidete Kardinal Slipij dessen Martyrium so sehr, dass er es in Zweifel zog. Dann aber war er, sage ich heute, so schlagartig, so unbeschreiblich geil, dass er in diesem Zustand das Schlüsselloch ausgeleckt hätte, hinter dem sich das Leben vor ihm verbarg. So war es ja auch bei den Heiligen, zumal bei den größten. Ich wusste, dass der heilige Johannes vom Kreuz bei seiner Vision mit einer Erektion herumlief oder -lag, wie alle Mystiker bei ihren Visionen – die Ekstase der heiligen Teresa (von Bernini) hatte ich selbst gesehen.

Spät erst wurde das Wort »Wüste« in die deutsche Sprache eingeführt. Die ersten Bibelübersetzer kannten das Wort Wüste noch nicht. Sie sagten »sinwald« – Urwald, für die Zeit, die Jesus in der Wüste verbrachte. Unsere Vorfahren kannten das Wort Wüste und die Wüste selbst noch nicht. Erst später wurde die Wüste erfunden. Wüste – sagt es nicht alles? Braucht es noch ein neues Wort?

Warum Franz Sales so gegen die Italiener war, weiß ich auch nicht. Die Tatsache, dass er Schuhgröße 48 trug, konnte doch nicht genügen. Die italienische Abneigung gegen den großen Fuß und Schuh: Dafür musste Franz Sales bis nach Bozen hinauf- oder am besten noch darüber hinausfahren. Das auch noch mit seinen Hühneraugen!, einer Erscheinung, die mir seit den Schrott-Weibern nicht mehr begegnet war und heute, da ich dies erinnere, mir abermals vollkommen fremd ist. Hühneraugen? Was ist das für ein Wort? In Rom wurde er wegen seiner großen Schuhe, in denen seine großen Füße und die Hühneraugen steckten, wahrscheinlich verachtet. »Die Italiener mögen den groben deutschen Fuß nicht! Von allem, was deutsch ist, verachten sie diesen Fuß und die dazugehörenden Schuhe am meisten!« »Und keiner weiß es!«, ergänzte Franz Sales, »weil es in keiner Zeitung steht und auf keinem Staatsbesuch zur Sprache kommt.« Nur die guten Beziehungen kommen zur Sprache, nicht aber der Ekel vor diesem großen Schuh und Fuß. Und auch ein Bundespräsident, der alles weiß und überall dabei war, weiß davon nichts. Man müsste es ihm einmal sagen, damit er es bei einem Staatsbesuch zur Sprache bringt. Franz Sales aber wusste von diesem Abscheu und schaute deswegen auch gar nicht bis zu seinen Füßen hinunter.

Ich selbst habe in ganz Rom kein einziges orthopädisches Geschäft entdeckt und habe niemals einen Rollstuhl gesehen, nur, nur, nur Designerschuhe und Designerstühle. Wer in Italien diese Schuhgröße hatte, galt als krank und musste zur Strafe zu Hause bleiben oder barfuß ins Leben.

Das ist wahr.

Keine einzige orthopädische Werkstatt in Rom! Kein Schuh für Franz Sales – und dies, wenn man bedenkt, dass Italien in Schuhen Marktführer war und ist.

»Non siete Romani!«, warf er den Römern vor. Den Irrglauben, von den Römern abzustammen, habe ihnen noch einmal Mussolini eingeimpft. »Der Italiener glaubt ja, er habe die Kartoffel erfunden! Den Kompass ohnehin! – und Amerika entdeckt!« Ein wenig erinnerte mich Franz Sales immer auch an Fritz.

Seitdem seine Mutter gestorben war, hingen in seinem (bescheidenen, nachlässigen, für ihn gleichgültigen) Zimmer nur noch Mutter-Fotografien herum, verschiedene handsignierte Fotos verschiedener Päpste.

Ach, von seinem Leben habe ich nie viel erfahren.

Schon im Mai fuhren wir nach Ostia hinaus. Die Dünenmargeriten blühten. Wir lagen nebeneinander gegen das Meer hin. Franz Sales haben wir nur einmal mitgenommen. Er wollte mitkommen, mit uns im Meer schwimmen, wie er sagte. Aber dann ging er nicht einmal mit den Füßen ins Wasser, ja, er zog sich nicht einmal aus, worüber uns ein Stein vom Herzen fiel, saß nur die ganze Zeit auf halber Höhe, einem Campingstuhl unter einem Sonnenschirm, mit seiner Sonnenbrille, um uns herum. So saß er im Sand, in seinem Ornat, eine Tante, die auf die Kinder aufpasst. Gingen wir ins Wasser, hatte er Angst, dass wir nicht zurückkamen. Kamen wir zurück, atmete er wie ein Geretteter auf. Etwas später machte er uns die schwersten Vorwürfe und ließ das Wort »Todesangst« fallen.

Ich hatte meine Hebräischgrammatik dabei und drehte mich von Zeit zu Zeit von der einen auf die andere Seite. Franz Sales drehte sich mit.

Es dauerte anderthalb Jahre, bis ich »Franz Sales« sagen durfte. Und in der Öffentlichkeit musste ich bis zuletzt »Exzellenz!« zu ihm sagen. Armes Schwein! Was für eine traurige Erscheinung warst du mir auf diesem Campingstuhl!

Es ging ja nach außen hin um Geld, aber eigentlich ging es im Istituto per le Opere religiose, dem IOR, der Vatikanbank, zu der mir Franz Sales Zutritt verschafft hatte, um alles.

Oftmals stand ich da zum Geldwechsel in einer langen Schlange am Schalter, vor und hinter unscheinbar dicken Nonnen in braunen Gewandungen (»Braun, eine Farbe, die dick macht«, Lucy), die mit ihren unscheinbaren Geldtaschen aus Baumwolle ankamen, den Einnahmen aus ihren Pilgerhospizen, ich erinnere namentlich die dicken Einkaufstaschen mit den Lirescheinen darin, in Zeitungspapier gewickelt, wie ausgepackt und nachgezählt wurde, nach der Methode unseres Viehhändlers, die Scheine wanderten sehr geschickt zwischen Zunge, Händen und Tisch hin und her, es muss ein Zaubertrick dabei gewesen sein, so schnell ging alles. Diese Einkaufstaschen! Die Lira war ja auch damals schon ziemlich inflationär, man bekam fast nichts mehr für dieses Geld, für 300 Lire noch nicht mal eine Mark. Ich selbst hatte kein Konto in diesem Institut, dafür war ich noch nicht Bischof oder dergleichen hoch genug, ich kam ja nur zum Geldwechseln, der Papst bot sagenhafte Kurse, die mir ein Schlemmerleben in Rom ermöglichten. Die Unkundigen halten ja den Banco di Santo Spirito für die Vatikanbank. Natürlich stand ich in meinem Talar in der Schlange, ich sah nur Ordenstrachten und Talare, kaum einmal eine Zivilperson. Wenn ein höheres Tier kam, musste der Rest Platz machen: alle Rassen, schwarze, gelbe, weiße, ja rote Priester, denn die Kirche (die einzig wirkliche, die katholische, versteht sich) ist die einzige wirkliche Internationale, sagte auch Franz Sales. Man kam aber nicht recht ins Gespräch, die unscheinbaren Tragtaschen, das Stehen in der Schlange, das anstrengende Entree.

Hatte ich es einmal geschafft, hier zu stehen, war ich lange im vatikanischen Labyrinth unterwegs gewesen. Es gab die wunderbaren Schneckentreppen für die Pferde, aber keinen Aufzug. Ich hätte mich verirrt, wären die Tragtaschen nicht gewesen, denen ich folgte, die braunen Nonnen. Irgendjemand muss hier doch zu Hause gewesen sein, und sei es auch nur der Heilige Vater, einen oftmals kurzen Pontifikat lang? Wegweiser oder gar Wandbeschriftungen, Deklarationen, wo man sich aufhielt, wovor ich stand, gab es nicht. Das ist der alte Modus, erklärte mir Franz Sales und brachte den Vergleich mit dem scholastischen Zitieren: keine Hinweisschilder, kein Quellenverzeichnis in den Büchern der scholastischen Gelehrten, nur keine Namen! – »Es ist wie bei deinem Heidegger!«, verdeutlichte mir Franz Sales.

Nur zweimal in der Woche hatte ein exquisiter Kreis Zutritt zum »Institut«. Das »Institut« war noch exquisiter als der »Kreis«, der Zugang zum Vatikan-Supermarkt bekam. Da gab es alles, was mein Herz begehrte, ich weiß noch. Auf dem Weg zum »Institut« stand an jeder Ecke mindestens ein Soldat der Schweizergarde, auf manche Ecken kamen zwei oder mehr, damit man sich in der Tür nicht verirrte. Die Palastwachen, die Säbel, der alte Modus, keine der Türen war wohl abgeschlossen. Ein ausgeklügeltes Passagierscheinwesen beziehungsweise -system: An jeder Tür gab es eine Unterschriftenkontrolle, eine Schriftprobe, ein graphologisches Schnellgutachten, alles von höchster, undurchschaubarer Raffinesse: Das war das Institut für die Religiösen Werke bald nach der Mondlandung, das war meine Kirche, in diesen Gewölben habe ich mich damals beinahe verirrt. Die Garden werden heute durch zeitgemäßere Waffen als den glattpolierten, den glänzenden, den einfachen Säbel geschützt sein, irgendwo werden sie ihre Pistolen haben, das weite Pludergewand Michelangelos bietet Platz für vieles. Möglicherweise habe ich da auch einmal Marcincus gesehen, Gelli von der Loge P2, ohne es zu wissen, und vielleicht auch den einen oder anderen Direktor des Banco Ambrogiano, eines sehr befreundeten Instituts, vielleicht jenen, den man später unter einer der Londoner Brücken fand, erhängt, ein Erhängter, ein Papstfreund, ein Katholik, dessen Namen ich vergessen habe. Franz Sales hat mir das Entree verschafft, zu allem. Was das Institut betrifft, so musste ich nur – einmal in meinem Talar an den Garden der Porta Sant'Anna vorbeigehuscht – eine Nummer sagen und eine Zahl, die mir Franz Sales in seiner schnaufenden Art aufgeschrieben hatte, ich musste sie memorieren, darin war ich als Katholik ja geübt, die Beichte, die auch nicht abgelesen werden durfte, umfasste bis zu hundert einzelne Punkte. Oder mehr? – Über eine Stunde musste ich an diesem grauen Ort warten, einer Büroecke gleich rechts von Sant'Anna, dann wurde – von unsichtbarer Hand – der Passierschein durch eine Luke geschoben, eine kleine Bocca di Verità. Insgesamt musste ich an verschiedenen grauen Ecken gegen zwei Stunden warten, beinahe hätte ich es bei diesem ersten Mal gar nicht geschafft, bis ins Allerheiligste vorzudringen, das ich ein Geschoss unter den päpstlichen Wohnungen lokalisiere. Genau weiß ich ja bis heute nicht, wo ich landete, hier und überhaupt, wo ich damals hinter meinen braunen Nonnen mit den Jute- und Baumwolltaschen stand. Es waren so viele Treppen und Ecken, so viel Hinauf und auch Hinunter, sodass ich beim besten Willen nicht sagen kann, wo ich war, und ich weiß, dass niemand weiß, wo wir uns aufgehalten haben. Es muss aber im Palast des Papstes gewesen sein.

Doch jenes Dunkel lohnte sich: Kam ich ins Freie, hatte ich Geld bei mir. Kein größeres Geheimnis in der Kirche als dieses, noch ein Geheimnis im Geheimnis, vertraute mir Franz Sales an. In der Geheimnishierarchie der Kirche war das Institut über mancher Wahrheit angesiedelt, stand zweifellos über der Unfehlbarkeit, ich weiß noch, »noch denket das mir wohl«.

Alles ist nur der Erinnerung zulieb festgehalten.

Ich kann ja gar nicht recht beschreiben, wie ich da hineinkam, hineinschlitterte. Es war ja ein Labyrinth, manchmal ganz dunkel, dann wieder überhell, eine Lichtflut, manches Mal schien es mir dunkel zu werden, dann wieder heller. Das Ganze hatte System.

Ich habe es nicht durchschaut, nie durchschaut, wie ich da hineinkam, ich kann meinen Weg nicht rekonstruieren. Das System siegte über mich. Es muss ein Stockwerk unter den päpstlichen Gemächern, von denen ich einige sogar betreten habe (eine Audienz), gewesen sein, gewesen sein, gewesen sein – da konnte man wieder ins Stottern zurückfallen. Weiß nur, dass ich, einmal den Kreuzweg hinter mich gebracht, in einer Schlange stand, die ich im päpstlichen Palast orte, die hier endet, sich irgendwie auflöste, was weiß ich. Vielleicht täusche ich mich auch, es gab ja Unterführungen, Geheimgänge, spanische Wände, Falltüren. Der Vatikan hatte zwar nur ein Staatsgebiet von 0,44 Quadratkilometer, immer von der Oberfläche her gerechnet, aber es ging in die Tiefe!

Es war eine Art Manhattan nach unten hin.

Ach, ich habe ja unterschrieben, über all dies zu schweigen. Ich habe ja, gleich nach der Porta Sant'Anna rechter Hand, unterschrieben, dass ich nie hier war.

Es war ein Teufelskreis, in den ich hineingeraten war, wie die anderen auch. Aber die anderen haben es geschafft, sich darin zu behaupten. Sie konnten alles miteinander zu einem geistlichen

Leben runden, mit seiner Geilheit, seinem Hunger, mit seinem Durst, mit Fellini.

Da blieb ich auf der Strecke. Mit meinem Geld von der Vatikanbank zurück, überfiel mich schon auf dem Nachhauseweg ein »Gewitter der Lust«. Das war kein Gedicht, meine Damen und Herren.

Was war mit den Frauen?

Frauen gab es nicht in Rom. Aber gelegentlich fuhr ich (doch) zu den Frauen der Via Appia Antica hinaus, aber nur zum Vorbeifahren, der alten Straße wegen, auf der vor mir die Römer fuhren. In keiner Weise hatte ich bis dahin ein besonderes Verhältnis zu Frauen als solchen (die Begriffsschärfe verdanke ich meinem Unterricht in scholastischer Philosophie) entwickelt; Interrail und Feuerland waren ja nur ein Ausflug, was zählte, war die Hebamme, die nach der Schere rief. Was fuhr ich also zu den Frauen hinaus? Ich wollte einfach sehen, wie sie dasaßen und warteten. Ich wollte nur das Feuer sehen, das sie entzündet hatten und entzündeten. Ich wollte nur sehen, wie sie leuchteten, mehr nicht.

Von hier zurück in die Stadt Rom (Circus Maximus, nachts). Ich hatte gehört (immer nur: gehört. Das machte nichts, wenn die Sanduhr nicht wäre), dass sich dort einer unserer Kandidaten gegen Lire anbot, damals noch bei einem Kurs von 1:4! – um sich das Geld, das von der Kirche für die höheren Weihen gefordert wurde, zu verdienen. So sehr hing er (wie hieß das Kind nochmal?) an seinem Wahn, Priester zu werden, dass er nichts dabei fand, zwischen den dunklen Büschen … die mittlerweile verschwunden … deswegen … ja … dass er keinen anderen Ausweg sah, als sich dahinein … denn er war schön … Franz Sales konnte mir nur in Andeutungen davon erzählen, in Dreipünktchensätzen. Er stockte ja immer, wenn wir auf dieses Gebiet kamen.

»Wie ging die Geschichte weiter?«, fragte ich, »hat er es geschafft?«

»Jaaa!«, stöhnte Franz Sales – »aber jetzt geht er immer noch

hin … Das weiß ich … von verschiedenen Seiten …« Was soll
ich tun!? Er wurde geweiht, hat das Geld aufbringen können,
aber jetzt geht er immer noch hin. Ich fragte, ob das vielleicht
mit Sündenmystik zu tun haben könnte. Davon hatte ich im
Unterricht gehört, wenn auch nur andeutungsweise. Da legte
sich ein Kirchenvater zu einer (namentlich nicht bekannten)
Kirchenmutter ins Bett, um die Sünde mit der Sünde zu vertreiben, wie es hieß.

So wie Lina Boos, die Mystikerin aus Garsten? Hatte sich
von ihr nicht schon Pius IX. Rat einholen lassen, als es um die
Unfehlbarkeit ging? War es nicht zu erotisch-mystischen Exzes-
sen gekommen? Hatte sie nicht mit zwei Redemptoristenpatres
»zur Sühne für die Sünden der Welt« geschlafen – ein geistliches
Sandwich, das als »Geheimnis im Geheimnis« in die Geschichte
der Sündenmystik einging?

Franz Sales lief zu seinem Vogelkäfig, er grimassierte. Damit
war diese Geschichte zu Ende.

Auch ich hatte an so etwas gedacht, um mein geistliches Ziel
nach Möglichkeit noch zu steigern, diese Möglichkeit aber dann
doch wieder verworfen. Ich konnte ja mit dem fehlenden Geld
nicht unbedingt kommen, ich hätte ja ganz auf das Modell der
Sündenmystik zurückgreifen müssen. Ich hätte ja meinen Wagen
als Arbeitsfahrzeug einsetzen können? Auch im Winter, denn die
Heizung funktionierte, im Gegensatz zu den Heizungen in den
römischen Häusern. Und im Sommer draußen bei Ostia? Aber
ich war doch keine Hure oder dergleichen; und nicht einmal
homosexuell: Ich war ja nicht homosexuell, ein Umstand, der
allerdings wieder den Opfergedanken gesteigert hätte, ihm zu-
gutegekommen wäre. Nicht homosexuell, ein Wort, das aus dem
neunzehnten Jahrhundert stammte, ein Sammelbegriff, der, auf
mich angewandt, keinen Sinn ergab.

»Homosexuell« – totalitäre Formulierungen erschreckten
mich. Die Sprache schüchterte mich ein. Sie ging über Leichen.
Die Sprache war meine erste Fremdsprache.

Es war ohnehin eine Krisenzeit, in die ich bei Franz Sales hineinplatzte. Denn er (mir hatte er sein Herz geöffnet) musste nun auch noch mit Drohbriefen leben, in denen stand, dass durch Enthüllungen, die ihn, Franz Sales, betrafen, der Vatikan einstürzen könnte. Das arme Schwein!, dachte ich wieder einmal, überschätzt sich, aber auch seine Sünden. Immerhin musste er schon einen Imbissstand gleich an der Vatikanmauer linker Hand, wenn ich von der Via della Conciliazione herkommend vor den Berninisäulen stand, finanzieren. Vielleicht war's die erste richtige Imbissbude Roms. Der Inhaber, ein Sizilianer, hatte lange in Deutschland gelebt, gelegentlich Franz Sales empfangen, beichtete er mir. »Dieser Imbissstand ruiniert mich!«, habe ich Franz Sales oftmals vor sich hin sagen hören, selbstvergessen, »dieser Imbissstand frisst mich auf!« Immer wieder lag der Imbissstand an seinem Weg nach Hause, aber auch an meinem.

Ach, zu allem wurden wir auch noch vollkommen falsch ernährt in Rom. Dies gerade im Blick auf unser geistliches Ziel. Die falsche Ernährung muss ich doch auch mitverantwortlich machen dafür, dass ich gescheitert bin. Es waren ja nicht nur die Kalorien, das Gewicht auf der Waage, von diesem Übergewicht in den päpstlichen Häusern Roms will ich gleich gar nicht reden. Ach, unsere Nonnen wussten ja nichts von Hormonspiegel und Geilheit, nichts von der Geilheit, die über die Speisen in den Leib kommt und, von den Speisen dirigiert, vielleicht gerade erst durch sie ausbricht. So wurden wir gefüttert, ganz kontraproduktiv im Blick auf unser geistliches Ziel, denn was wir so in uns hineinfraßen, waren Kalorien und Geilheit, die jeweils mühsam abgearbeitet werden mussten. Nur kein Salz! Niemals Sellerie! Und vor allem keine Eier! Von wegen Schweinefleisch! sagte schon damals eine weise Küchennonne in unserem kleinen Meßkircher Spital. Sie kannte die Folgen. In Rom mussten wir uns aber auch noch damit herumschlagen, als ob genug nicht genug gewesen wäre – und keine Stunde nach dem Mittagessen kam schon der Versucher, und wir mussten uns, kaum der Gegenwehr fähig, nach einer kurzen Zeit mit ihm ins Bett legen. So etwas ging schnell. Aber um die Nachtgespenster zu vertreiben, folgte nun der Schluck aus der Cointreau-Flasche. Nachschub war kein Problem, wir hatten ja mit unserem Ausweis Zugang zum Vatikan-Supermarkt. Dieser Berechtigungsschein für den Vatikan-Supermarkt, der mitzuverantworten hat, dass es im Vatikan nun das größte »Alkoholproblem« (ein Wort aus den USA, daher als Zitat) von ganz Rom gibt.

Kurz, mitten in Rom, war und blieb ich und wäre der einsamste Mensch geblieben. Rom war ein Apparat, der einen armen Menschen vernichten konnte.

Auf der Dachterrasse unseres Hauses (zwischen dem überfüllten Polenseminar und dem Lateran) auf und ab spazierend, mit einem geistlichen Buch, nehme ich an, sah ich dann auch noch jenes Liebespaar, ich, der ich nun so lange widersagt hatte. Nichts als Voyeur geworden, sah ich nun von der Dachterrasse des päpstlichen Hauses aus eine Art Liveshow, wie ich sie in Buenos Aires nicht professioneller gesehen hatte, und ich beschloss, in meinen Leben zurückzukehren und mit Rom vorerst Schluss zu machen.

Sie lagen unten, in einem Graben vor meinen Augen – una cosa terribile! Das konnte so nicht weitergehen. Ich musste zurück ins Leben. Ich verließ die Dachterrasse, die Begegnung mit dem Unaussprechlichen zwang mich ins Bett, das ich zeitlebens mit einem Menschen nicht teilte.

Wie gerne hätte ich nun wieder »Zieh dich aus!« gesagt.

Das, das Bett, war wieder der gewöhnlichste Ort meiner Einsamkeit geworden. Das konnte so nicht weitergehen.

Nachts parkten die Cinquecentos unter meinem Fenster, die Lust drang bis zu mir in den dritten Stock, bei den Menschen unter mir verflog sie bald. Ein gnädiges Schicksal gab es, dass ich immer gleich einschlafen konnte. Auf dem Weg zur Päpstlichen Universität rutschte ich manches Mal auf den Parisern aus, die auf dem Gehsteig vor dem Seminar lagen, so verträumt war ich. Das hatten wir nun davon, dass wir in einer dermaßen feinen Gegend wohnten; in einer parkähnlichen Landschaft lebten wir, dass halb Rom in seinen Cinquecentos zu uns kam und sich vor unseren Augen liebte. Lucy: Sie sprach immer von: »eine freie Existenz führen«. Jetzt verstand ich sie.

Ich musste weg. Die schönen Tage von Rom gingen langsam zu Ende.

Was bleibt also von Rom?

Eine gescheiterte Entführung der englischen Königin, beziehungsweise: nur ein Entführungsplan, den sich Franz Sales, mein Don Quixote, und ich im L'eau vive ausgedacht hatten. Genauso war die Bekehrung von Mao Tse-tung gescheitert, die ich noch als Kind ins Auge gefasst hatte. Es ging immer um alles, dachte ich, bis ich alles aus den Augen verlor.

Die Entführung war lange vorbereitet worden. Wir fuhren sogar einmal im Sommer nach Schottland und kundschafteten das Gelände um Balmoral aus. Die Reise war als Pilgerreise zu den Klosterruinen von Jona getarnt. Wir fielen nicht weiter auf: Franz Sales sah wie ein normaler anglikanischer Geistlicher aus, unförmig und kurzsichtig, vielleicht etwas tuntig, schwarz wie sie; und ich daneben, eben ein jüngerer Freund eines normalen anglikanischen Geistlichen, wir zwei, auch nicht lächerlicher, nicht tuntiger als sie, und es lachte auch niemand, kein Mensch, nur ich muss lachen oder weinen, wenn ich heute die Fotos sehe, ein paar Schafe, Balmoral, das Meer, Franz Sales, mich.

Eines Morgens erblickten wir die Königin, wie sie wohl zu einem ihrer Schafställe gefahren wurde. Sie saß auf einem Traktorsitz und winkte uns zu, lächelte, auch nicht viel anders als der Heilige Vater, und wir machten einen Knicks und verbeugten uns, so, wie wir das auch in Rom hielten, wenn der Heilige Vater vorbeigetragen oder vorbeigefahren wurde. Die Person trug ein Kopftuch und Gummistiefel. Es war lange vor dem Annus horribilis, sie sah wie eine unserer Putzfrauen aus, an ihrer Handtasche erkannten wir sie. Sie konnte ja nicht wissen, dass die zwei, die da zurücklächelten, angereist waren, um alles für ihre Entführung vorzubereiten.

Wir hassten sie, sie verkörperte das Böse, und dazu waren wir ja angehalten, das Böse zu hassen. Sie, eine Erscheinungsform Satans, fuhr scheinbar arglos mit einem Traktor zu den Schafställen hinauf, mit einem Kopftuch, einer Handtasche, so harmlos schien alles, wir zweifelten schon an unserem Glauben. Wir wussten ja schon aus der *Neuen Post*, dass sie oftmals zu diesen Schafställen hinauffuhr, zuweilen mit ihrem ständigen Begleiter Lord Porchester *(Neue Post)*. Wir wussten, dass sie wusste, dass wir wussten, dass diese Person unter dem Kopftuch auf dem Traktorsitz jene Person war, die sich auf dem kleinsten Penny als Defensor fidei ausgab. Diesen Titel hatte sie noch von unserem Heiligen Vater bekommen, das heißt: einer ihrer Vorfahren, der ein notorischer Ladykiller und auch noch, wie Franz Sales hinzufügte, ein notorischer Anthropophag war! Anthropophag: Heißt das nicht Menschenfresser? Franz Sales wollte wieder einmal über Andeutungen nicht hinausgehen, aber er verwies auf das päpstliche Archiv und wollte sich, im Angesicht der Papula, der als Päpstin der Anglikanischen Staatskirche ausgewiesenen Usurpatorin, in seinen Groll nicht weiter hineinsteigern. Sonst hätte er vielleicht noch mit einem groben Stein nach dem Traktor gezielt, danebengetroffen, und das eigentliche Vorhaben – und auch unsere Wallfahrt (die Reise gedachten wir als Wallfahrt zu opfern) – wäre schon ganz zu Beginn gescheitert. Der Defensor fidei (Verteidiger des Glaubens) fuhr uns auf dem Traktor davon, trug ein Kopftuch und Gummistiefel und hatte eine Handtasche bei sich. Ich habe nie erfahren, was in ihr war.

Wir beteten Psalmen in unserem Zorn, wir weinten, weil der Gerechte so hilflos war und wir nicht einschreiten konnten gegen diese Usurpatorin, weil uns dieser Satan einfach mit einem Traktor davonfuhr, während unsere Hände gebunden waren. Franz Sales kippte um, schlug mit den Fäusten gegen diesen Boden, ohnmächtig, weil das Böse herrscht, wie er wusste. So lag er ausgestreckt im Gras, und ich, hilf- und hoffnungslos, stand wieder einmal allein auf der Welt. Es blieb mir nichts anderes übrig, als mich über ihn zu beugen, Franz Sales die Stirn abzutupfen und abzuwarten, ob er nun sterben würde oder nicht. Der Traktor war einfach davongefahren, er musste den Zusammenbruch doch noch im Rückspiegel gesehen haben, umsonst. Obernosterer atmete schwer, kalter Schweiß rann ihm aus seinen Schweißzentren, ich fürchtete, er würde an dieser Stelle ins Gras beißen, wie die Redensart dafür lautete. Eine ganze Zeit lag er mit offenem Mund ohnmächtig auf dem Boden, ein furchtbares Bild, dann aber kam er wieder zu sich, wie man sagt, zu sich, so gut dies bei Franz Sales eben möglich war. Er hatte es ja auf dem Herz und ich weiß nicht, wo. Ihm fehlte ja viel, wenn nicht alles, außer dem Glauben vielleicht. Wir reisten als Diplomaten; so waren wir überhaupt erst ins Sperrgebiet von Balmoral gekommen. »Es geht wieder!«, meinte Franz Sales. Er hatte sein Zuckerchen aus der Hosentasche genommen und unter heftigen oralen Automatismen sich einverleibt, der Zusammenbruch war ja auch ein sogenannter Unterzuckerungsschock, so erklärte ihn sich Franz Sales selbst. Das war auch sonst schon vorgekommen, von da führte er immer ein paar Zuckerstücke in seiner Gewandtasche mit sich.

Jetzt mussten wir nur noch das Gebiss finden, das ich ihm aus Furcht, er könnte ersticken, ganz schnell und, da unter Schock, ganz ohne Ekel herausgenommen hatte, und nun irgendwo im Gras lag.

Es blieb uns gar nichts anderes übrig, als vorerst zurückzufahren, und das taten wir auch. Immerhin hatten wir das Objekt unseres Vorhabens zu Gesicht bekommen und wussten nun auch, dass es für unsereins gar nicht so schwierig sein würde, sich des Defensor fidei zu bemächtigen. Eine Nacht mussten wir noch in Schottland bleiben. Wir teilten übrigens nun zum ersten Mal ein Zimmer. Ich sah dabei, und staunte, dass Franz Sales eben keine geistliche Unterwäsche, sondern eine Art getigerte Badehose trug, eine Art Stringtanga. Ganz dick und natürlich bewegte er sich darin, als ob nichts wäre, er ging herum so wie die Dicken am Nacktbadestrand in einer Erscheinungsform natürlicher Schamlosigkeit, warum nicht!

Schlimmer war, dass er, wie man sich denken kann, auch noch schnarchte.

Was uns am Defensor fidei so sehr empörte, war der Umstand, dass diese Existenz, die doch offensichtlich auf einer Lüge gründete, dennoch allgemein anerkannt, gar bewundert wurde. Was uns damals, damals ... empörte, war, dass niemand die Wahrheit wissen wollte – ein Rätsel, ein Geheimnis, das uns in unserem Glauben, dass hier der Satan am Werk sei, nur bestätigte. Keinen interessierte es anscheinend, dass sich dieses – einstige – Imperium auf Menschenfresserei gründete. Der Urvater dieser feinen Bande war doch ein Menschenfresser, Heinrich VIII., man hätte alles in den Geheimarchiven des Vatikans nachlesen können. Als ob es nicht genug gewesen wäre, dass dieser Kerl so viele Prinzessinnen geheiratet hat, um sie zu töten. Jetzt erfuhr ich auch noch, dass er sie gefressen hat; und zwar, was den Fall vollkommen absurd macht, als tote, so wie die Geier lebte er vom toten Fleisch seiner Königinnen und hat dafür auch noch eine Art Kühlschrank erfunden. In Verbindung mit dem Bösen fallen die Erfindungen nicht so schwer, ja, wir dürfen davon ausgehen, sagte Franz Sales, der sich auch als Satanologe einen Namen gemacht hat, dass die Erfindung des Kühlschranks auf eine Inkarnation Satans in Heinrich VIII. zurückgeht.

Dies alles neben einem Essen im L'eau vive her. Franz Sales wollte sich vielleicht nur aufspielen vor mir, wollte mir auch einmal imponieren, wusste genau, dass wir über unseren gemeinsamen, uns verbindenden, in unserer Liebe zu Rom, dem Heiligen Vater begründeten Hass gegen alles Englische und sein Gepränge nicht hinauskommen würden. Ja, wir waren unserem Hass nicht gewachsen. Und doch: Franz Sales würde das nächste Mal, nachdem Lord Porchester, der ständige Begleiter, beiseitegeschafft sein würde ... zupacken, die Gegenpäpstin mit ihrem Kopftuch knebeln, er würde zwar bestimmt zittern und vielleicht in die Hose machen und möglicherweise mit seinen

Schweißhänden auf dem Gesicht oder Kopftuch unseres Ent-
führungsopfers ausrutschen. Mochte sie ruhig cool bleiben, so
wie damals, als ein Verrückter in ihr Schlafgemach eindrang
und sich zu ihr aufs Bett setzte. Von da wussten wir, dass es viele
Mittel gab, sich des Defensor fidei zu bemächtigen, mochte er
auch unter dem Schutz der satanischen Gegenmacht stehen. Wir
hatten Weihwasser! – Wahrscheinlich würde mich Franz Sales
auf dem Weg zum Schafott blamieren, mit dem Gebiss spielen
und so weiter.

Darauf stand ja noch die Todesstrafe, wir wussten es. Ich hatte
aber schon das Schnurmaterial gekauft, mit dem wir sie fesseln
würden. Und zwar von oben nach unten!, schärfte ich Franz
Sales ein. Die Schnurrollen hatte ich preisgünstig bei Raiffeisen
in Meßkirch bekommen und nach dem Spring Break nach Rom
geschleppt, dort gab es so etwas ja nicht.

Was wollten wir eigentlich von der englischen Königin?

Unsere Forderung lautete: Abdanken als Päpstin, sie insbeson-
dere zum Verzicht auf den einst von Rom verliehenen, längst
aber aberkannten und nun sündhaft geführten Titel Defensor
fidei zwingen.

Hätte sie schriftlich eingewilligt (Franz Sales hatte in seinem
Köfferchen eine entsprechende Schriftrolle vorbereitet, zweisprachig, da der Defensor fidei über mehr Latein gewiss nicht
verfügte) und unsere Bulle unterzeichnet, hätten wir sie laufen
lassen, nicht aber ohne ein weiteres Schriftstück, das uns freies
Geleit zugesichert hätte.

Als Lohn hatten wir uns ein einfaches »Vergelt's Gott!« aus
Rom gedacht.

Sie fuhr also gerade mit Lord Porchester (einem Waschlappen,
wie ich aus der *Frau im Spiegel* wusste) von der Schaffarm Richtung Balmoral zurück, diesmal allerdings im Landrover. Sie saß
selbst mit Kopftuch und Gummistiefeln am Steuer. Wir stellten
uns in den Weg, taten so, als ob wir auf einer Wanderung in
Not geraten wären. Sie hupte, aber wir wichen nicht. Sie konnte
gerade noch anhalten. Wie die Reifen quietschten! Es war nass

und kalt. Die Frau im Kopftuch stieg aus. Wir wussten: Es war der Defensor fidei. Porchester blieb zunächst einfach im Wagen sitzen. Die Königin kam auf uns zu, etwas misstrauisch. Sofort bemächtigten wir uns ihrer. Wir warfen unser Seil wie ein Lasso über sie. Franz Sales begann, sie von oben her zu knebeln und auch etwas zu piesacken, sie etwas zu traktieren, aus Wut und auch Schmerz darüber, was sie uns die letzten 450 Jahre angetan hatte.

Ich begann von unten her. Sie strampelte und schlug aus wie ein Pferd, mir fiel ein, dass sie ja eine große Pferdeliebhaberin war. Wir mussten sie auf den Boden, in den Graben stoßen. Jetzt erst wurde Porchester aktiv. Aber die Schrotflinte auf dem Rücksitz, nach der er greifen wollte, hatte ich ihm längst abgenommen. Und so verfügten wir auch über eine Waffe. Wir hätten schießen dürfen, wir hatten uns für alles eine päpstliche Dispens verschafft – auch sie lag im Köfferchen. Franz Sales kam überhaupt nicht voran, sie biss ihn mehrfach in die dicke Hand. Da entdeckte sie plötzlich den bischöflichen Ring und wusste nun offensichtlich, was los war. Sie unterschrieb sofort. (Ein anderes Mal bockte sie stundenlang, schien eine Erklärung abgeben zu wollen, der wir aber wegen ihres Englisch nicht folgen konnten. Doch schließlich unterschrieb sie; schließlich ging durch diese Unterschrift ihr Leben wie bisher weiter, ja, wir hatten den Eindruck, dass sie im Grunde erleichtert war, die angemaßte Rolle nicht weiterspielen zu müssen.) Porchester lag mittlerweile ohnmächtig auf dem Rücksitz seines Rovers.

So hatten wir uns das ausgedacht. Doch unser Kartenstudium, die Royality-Literatur (einschließlich der Balmoral-Bände), die wir uns angeschafft hatten, unsere strategischen Essen im L'eau vive waren umsonst.

Denn wir kamen, in Rom, einfach nicht voran.

Wegen jeder Kleinigkeit mussten wir ins Ausland fahren, schon wegen der Schnüre. So dachten wir auch daran, die mit uns befreundete Mafia einzuschalten, verwarfen die Idee aber wieder.

So blieb es bei Plänen und dem Groll gegen alles Protestanti-sche, namentlich Englische, der in jüngster Zeit noch verschärft worden war durch eine zweifelhafte Lebensführung unter den Nachkommen Heinrichs des Anthropophagen.

»Was ist ein Stringtanga?«, fragte mich Franz Sales bei einer un-serer letzten Begegnungen. »Hast du von so etwas schon einmal gehört?« Jede Frau weiß, was ein Stringtanga ist, kokettiert da eine zukünftige Erzherzogin in der Yellow Press, die Nacktbilder brachte, die gar keine waren, weil sie eben einen Stringtanga an-hatte!, behauptet sie. Und der Heilige Vater wurde jetzt in diesen Fall eingeschaltet! Denn das Heiligsprechungsverfahren für den zukünftigen Schwiegergroßvater dieser Person lief schon.

Heilige Unschuld! Wir forderten eben zu viel voneinander in Rom. Die Ansprüche waren ja schon an einen gewöhnlichen Mann oder Menschen sehr hoch. So verlangte das Kirchenrecht vom Mann ein erektionsfähiges Glied, die Ejakulation und den fruchtbaren Samen, während bei der Frau, um die Gültigkeit einer Ehe zu garantieren, »eine zur Aufnahme des männlichen Gliedes geeignete Scheide« (ich habe diese Formulierung aus dem Kirchenrecht auswendig gelernt) genügte.

Derlei gab unserem Leben Sinn, ja Gesprächsstoff.

So hatte mir Franz Sales von einem jungen Mann erzählt, der gerade von Rom abgewiesen wurde. Schon mit den niederen Weihen versehen und im Begriff, Priester zu werden, hatte der zuständige Arzt, ein Pater von der SJ, bei der vorgeschriebenen großen Schlussuntersuchung eine Phimose festgestellt, die bis heute zu den echten Weihehindernissen zählt. Die meisten Fälle zogen sich so lange hin, dass sie überwiegend auf natürliche Weise, auch einschließlich der sogenannten unechten Weihehin-dernisse, wie man dafür im Vatikan sagte, gelöst wurden.

»Nostra Signora Morte« (»Unser Herr Tod«, sagte man im Vatikan) stand noch über dem Heiligen Vater. – La Morte, etwa zwischen Papst und Gott vorzustellen, vom Vatikan her gedacht. Eine Phimose: ein geregelter Geschlechtsverkehr (Kirchenrechtsprache) war so nicht möglich, würde so nicht möglich gewesen sein, denn man dachte in Rom bei diesen Dingen im Konjunktiv und Futur II, ein möglicher Geschlechtsverkehr, der Bedingung der Möglichkeit der Zulassung zum Priesteramt war. Franz Sales zerbrach sich den Kopf über diesen Fall. Ein kleiner chirurgischer Eingriff hätte dem zukünftigen Priester (das heißt dem Mann, der darauf verzichten sollte, einer zu sein) helfen können. Aber diese Lösung galt als Beschneidung und war den Juden und den Heiden überlassen und durch die Taufe ersetzt. Sah man die Beschneidung nicht als Beschneidung, sondern als Eingriff in den Organismus, so stand dies wiederum als Verstoß gegen die Integrität des Leibes unter schwerster Strafandrohung im *Codex Iuris*. Kircheninintern gehörte die Phimose als Weihehindernis zu den subtilsten Streitfragen und war zu meinen Zeiten nicht gelöst (Vgl.: Franz Sales Obernosterer, *Die Phimose als Weihehindernis*, Rom 1979). Franz Sales tendierte zum Ausschluss, das heißt, er vertrat die Lehre von Salamanca, die im frühen vierzehnten Jahrhundert herausgebildet worden war.

Eine Phimose musste mich nicht schrecken, schon gar nicht, solange ich in Rom war und nicht lebte, und auch nicht ein epileptischer Anfall oder sonst eine Behinderung (etwa eine Krankheit oder eine Unfallfolge), die automatisch zum Ausschluss von der Zulassung zum Priesteramt geführt hätte. Einen Priester im Rollstuhl habe ich während meiner Jahre in der Ewigen Stadt niemals gesehen. Das war wohl gemeinsames römisch-germanisches Erbe mit seinem Hass auf alles Unvollkommene oder Kranke. Hatte sich aber einer einmal die Weihen erschwindelt (in gewisser Weise musste ich auch Franz Sales dazurechnen), sprach kein Mensch mehr von Epilepsie etc. Nun war von Ergriffensein durch das Mysterium des Messopfers, religiöser Ekstase die Rede. Vor allem, wenn es während der Messe passierte, sprach man einfach von Ergriffensein durch das Heilige. Nichts anderes hätte ich erwartet in Rom.

Am Ende meines Aufenthalts sah auch ich ein, dass ich an keinen Ort der Welt weniger passte als nach Rom.

Das wusste ich schon von Franz Sales.

Und dass ich eigentlich bisher nirgendhin so recht passte, das wusste ich von mir und weiß ich.

Trotz allem wollte ich immer noch Priester werden, und deswegen geht diese Geschichte nun an einem anderen Ort weiter.

Wenn ich nun auch noch nach allem mit meinen ersten zwei, drei grauen Haaren komme, die meine edle Freundin Donata von Allmannsdorf, damals bei den Edlen Damen von Kloster Zoffingen, und bald dazwischen immer wieder auf meinem Schoß auf einer Parkbank in der Oberen Laube, lachend und spielend eines Nachts im Gegenmondlicht nach oben schauend auf diesen Kopf verteilt ausmachte?

Das war meine Fahrt nach Rom.

Wie ich nach Rom gekommen bin, so ging ich: trostlos, im Grunde unbelehrt, ins Ungewisse. Und außerdem: nun fast schon dick und fast schon ein Trinker.

Doch was sage ich »schon«?

Fromm und ungläubig, »erfüllt von dir nur und von nichts begnügt«, so fuhr ich davon. Und hatte schon fast vergessen, was am Anfang meiner Reise nach Rom stand. Da war die Zeit vergangen, wie im Flug oder nicht wie im Flug, und ich hatte verloren, was am Anfang der Reise stand. Sagt man dafür: den Glauben? Nein, nicht den Glauben, nicht in Rom. Seit dem Tod von Caro, Gigi und Frederic habe ich den Glauben verloren.

Es war freilich nur ein Kinderglaube.

»Fortschreitende Räude« oder
Mein Leben als Grabredner

Wie es also so weit kommen konnte mit mir? Von Rom aus fuhr ich nicht erst ins Himmelreich, sondern in jene Stadt zwischen Fluss und schwarzem Gebirge, zu meinem Bischof, über dessen mich ehrende, viel zu gute Empfehlung ich ja in der Ewigen Stadt gelandet war: Ich war jener, den er gerne gehabt hätte, der Mensch, der ich hätte sein sollen, und blieb hinter jedem Anspruch weit zurück, eine Enttäuschung für alle, auch für den Bischof, und vor allem für mich. Ich ging, immer noch mit Irrglauben im Kopf, ich könnte berufen sein, gerade wie einer von jenen Heiligen, die als Sünder und mehr begonnen hatten, nun mit bangem Herzen auf das Bischöfliche Ordinariat zu.

Dort sollten die Einzelheiten meiner Priesterweihe besprochen werden, wie ich glaubte; und auch wegen der großen Untersuchung war ich dorthin unterwegs, die auch bei und an mir von einem Arzt des Vertrauens, Träger höchster kirchlicher Orden wie des Sylvesterordens und von Pro Ecclesia et Pontifice, durchgeführt werden sollte. Ich hatte mir dabei nichts weiter gedacht, glaubte mich gesund.

Der Bischof war ein lieber Mann, eigentlich zu lieb, um in der Kirche etwas zu werden, und zu gescheit, und das als Jurist: ich weiß nicht, warum ihn die Kirche unbedingt haben wollte, schließlich hatte er doch gar nichts zu melden, musste immer nur weihen und unterschreiben, die Predigten, die man ihm hingelegt hatte, ablesen. Er hatte nichts gegen mich, ich weiß, hat auch nachher, nachdem man mich abgeschoben hatte, immer wieder versucht, mich mit kleinen Briefen und guten

Wünschen für mein weiteres Leben aufzumuntern, ja, er segnete mich, betete für mich, aber zu melden hatte er nichts bei Gott, dem Hausjuristen. Der war schon immer gegen mich. Und erst recht, nachdem er den ärztlichen Fragebogen vor sich liegen hatte.

Auf meinem Fragebogen, der nach allen möglichen Krankheiten, zum Teil ganz versteckten, Haut- und Geschlechtskrankheiten, ansteckenden, zum Teil ganz versteckt, fragte, hatte ich angegeben, dass ich früher schon einmal umgefallen sei, in der Kirche, als Messdiener … Mein Arzt hörte gar nicht mehr hin, er hatte ja nun sein Schema … »Epilepsie!« – klingelte es in seinem Koordinatenkreuzchen; so wollte er gar nicht mehr wissen, was ich dazu zu sagen hatte, ich versuchte sogleich, das Ganze als Ergriffenheit vor der göttlichen Gegenwart im Messopfer, zumal als Kind, zu deuten. Schließlich ging es ja nach Selbstauskunft meiner (immer noch heiligen) Kirche beim Messopfer um alles, um das Mysterium schlechthin, kein Wunder, dass ich umkippte. Aber derlei war doch nicht gefragt in der Kirche. Über eine geregelte Ergriffenheit, eine Ergriffenheit, die Rom im Griff hatte, durfte es nicht hinausgehen. Was dachten diese Juristen von einem zukünftigen Priester; wie oft ich an einem venerischen Leiden (wie vornehm!) erkrankt, wie oft ich auskuriert worden sei, wollte man wissen. Und meine Ergriffenheit, meinen Glauben, mein Umfallen vom Mysterium des Glaubens her (das ja nur in einem Umkippen aufgrund des Sauerstoffmangels in unserem kleinen St. Michael bestand) diagnostizierte man als Epilepsie: Ich sollte meinen Mund öffnen, denn er wollte sehen, ob ich mir schon ein Stück Zunge abgebissen hätte. Ich bestritt alles, wie Petrus, kam aber im Gegensatz zu ihm für die Kirche nicht mehr in Frage. Der Jurist, nicht der Seelsorger, hatte das letzte Wort. Ich wurde entlassen. Zugegeben: Die Kirche hätte sich mit mir noch ein weiteres Problem aufgehalst.

Es half nichts, vorher noch aufzuzählen, was ich alles nicht war und was auch zu einem Ausschluss geführt hätte: krank, impotent, geschlechtskrank, unfruchtbar, homosexuell, körperbehindert, körperversehrt, einbeinig, einarmig, Rollstuhlfahrer, querschnittgelähmt.

All dies, was damals automatisch zu einem Ausschluss von den Weihen geführt hätte, war ich nicht; und doch hat man mich weggeschickt. Man wollte mich einfach nicht haben, warum weiß ich nicht, immer wieder machte ich einen schlechten Eindruck auf die Welt, Epilepsie war noch zu meiner Schonung gesagt; alles, was man zu mir sagte, war ja im Grunde ein Euphemismus. Die anderen wussten wahrscheinlich genau, was sie zu mir hätten sagen müssen, ich wollte aber nichts davon wissen.

Kein Mensch, außer dem Bischof, einem der vereinzelten Menschen, die es in der Kirche nach wie vor gab, der mich auf seine Art noch etwas zu betreuen versuchte, hat sich also danach noch um mich gekümmert. Ich war ab da per sofort ganz allein auf der Welt, auf mich gestellt. Was sollte ich mit meinem lumpigen Theologiestudium in der Welt? Kein Mensch wollte etwas davon wissen, und all die Jahre unter kirchlicher Herrschaft waren umsonst. Mit diesem Gedanken verließ ich das Generalvikariat. Man schickte mir noch eine Rechnung für die Untersuchung. Man schlug eine Ratenzahlung vor.

Das ist das Letzte, was ich von der Kirche zu meinem Fall gehört habe. Am Ende sagte der Generalvikar zu mir, einem wie mir stünden tausend Möglichkeiten frei, einem jungen Mann wie mir, aber ich wagte nicht zu fragen, welche. Unter tausend Freundlichkeiten hat er mich hinauskomplimentiert.

Und ich besann mich auf meine Predigt- und Rhetorikkurse, auf meine Videoseminare, wo ich und meinesgleichen uns bei der freien Rede filmten. Wir sprachen ad libitum, ja, wir sollten ad libitum sprechen, irgendetwas, irgendetwas vom Himmel herunter sollten wir uns erzählen als Vorbereitung für unseren späteren Dienst auf der Kanzel. Das Wort Dienst wurde ja später in die Militär- und Verwaltungssprache übernommen, wie auch die Dienstgrade Soldat (Christi), Offizier, Generaloberst,

General … Nun gut, damals gab uns der Pater Instruktor (eine Art kirchlicher Feldwebel) kurze Stichworte, über die wir vor laufender Kamera predigen sollten. Ich erinnere mich an Themen wie: Vom Sinn der Todesstrafe, Über die Folgen des vorehelichen Geschlechtsverkehrs, Über den siebenten Himmel bei den Mohammedanern …

Im *Zeit-Magazin* hatte ich dann diesen Bildbericht über Menschen als Leichenwäscher, als Arbeiter im Krematorium, als Grabredner … gesehen. Grabredner!

Ich hatte nun eine Idee wenigstens, wie es mit mir weitergehen konnte. Aber ich wollte mich damals noch nicht richtig anfreunden mit ihr; und so sann ich zunächst noch auf anderes.

Ich hatte einen Freund aus Seminarzeiten, oder wenigstens einen Leidensgenossen, glaubte wenigstens, einen solchen zu haben, der zwar nicht gegangen worden war (im Tonus vulgaris der Kirche), einer Demissionierung aber nur dadurch entkommen war, dass er rechtzeitig absprang. Zu viele Mängel wären beim Fragebogen aufgetreten: 1. Er war zu klein (Mindestgröße für die Diakonatsweihe: 159 cm, für die Priesterweihe 163 cm). Ja, er war so klein, er schien mir so klein zu sein, dass er gar nicht richtig auf der Welt war, und erinnerte mich darum an meine Schwackenreuter Onkel. 2. Er war zu dick: gute 2 Zentner. Bei dieser Größe! (154 cm) Die Kirche dachte in diesem Punkt (Gewicht) ganz weltlich praktisch und wollte sich rechtzeitig spätere Krankheitsgeschichten oder auch tatsächliche, schon begonnene, vom Leibe halten und nicht für das Volumen ihrer Kandidaten aufkommen, was, in diesem Fall und nebenbei bemerkt, auch noch als ein Ensemble aus Charakterschwäche (fehlender Mut zu widersagen) und Neigung zur Sinnlichkeit (Lust auf Süßes) gedeutet werden konnte. 3. Er trug ein Toupet, war also eine komplette Witzfigur, die sich auch die Kirche am Ende des zwanzigsten Jahrhunderts auf der Kanzel nicht mehr gehäuft leisten konnte.

In Rom selbst war man in diesen Dingen nach wie vor nicht so streng wie anderswo im Bereich der nahtlos in Diözesen aufgeteilten Weltkugel.

Toupettragen galt kirchenintern nicht als Krankheit, es war eine Irregularität, die behoben werden konnte.

Dieser Mensch hatte es in der Reisebranche ziemlich nach oben gebracht. Bevor es ernst werden konnte, hatte er mir immer wieder Stellen angetragen, ich solle zu ihm kommen (er wusste genau, dass ich nicht im Traum daran dachte, von der Kirche weg zu ihm zu wechseln). Ich wäre der ideale Reiseleiter, meinte er, und machte diesbezüglich zweideutige, in gewisser Weise gar einschlägige Bemerkungen, die ich ihm gegenüber überhörte. Als es aber so weit war und ich ihn (in meiner Not, in was sonst hätte ich ihn auch nur angerufen!) aufsuchen wollte, wimmelte er mich schon am Telefon ab. Gewiss freute er sich über meinen Anruf, meine Frage, mein Wohlergehen, aber die Reisebranche sei nicht das Richtige für mich: eigentlich schon, und immer das Richtige gewesen, nur jetzt nicht: Ich sei nun zu alt. Ich wandte ein, ich sei drei Jahre jünger als er, gerade so alt, wie man am Ende eines regulären Theologiestudiums mit Promotion alt sei. Dieses Studium sei ja für seine Art Reiseleitung Voraussetzung, es gehe doch um wissenschaftliche Reisen.

Es ging ja ins Heilige Land (zu 45 % hatte dieser Freund das Heiliglandgeschäft in seiner Hand), und ich gab zu verstehen, dass man die Wunder Jesu vor Ort etwas – wenigstens theologisch-wissenschaftlich – erklären können müsse, können müssen sollte …

Ich kam ins Stottern, und doch: Das Argument kam an. Er sah ein, dass er seinen Unwillen falsch begründet hatte, mit meinem Alter konnte er mir nicht kommen, in diesem Zusammenhang wenigstens. Jetzt aber deutete er an, er habe bei unserem letzten Zusammentreffen bemerkt, dass ich etwas dick geworden sei, was denn mein aktuelles Lebendgewicht sei, wollte er wissen. Das Reisen sei anstrengend, zumal, wenn es in die Wüste gehe. Das weiß ich alles, lieber … (Freund brachte ich doch nicht über meine Lippen).

Nun schwenkte er nochmals auf ein anderes Gebiet, ließ vorher noch eine kleine Entschuldigung fallen: Das mit dem Gewicht sei ein Scherz gewesen. Mit einem Mal behauptete er aber, ich könne nicht frei reden und wäre schon damals vor laufender Kamera zu oft errötet.

Es half nichts. Er wollte mich nicht. Ich konnte hundertmal entkräften, behaupten, ich würde nun schon lange nicht mehr rot werden, und meine Sprechangst hätte ich durch einen zusätzlichen Dale-Carnegie-Kurs *(Sorge dich nicht, lebe!)* im Kolpinghaus vor Ort (für tausend Mark) abgelegt. Ich hörte durchs Telefon, wie er mir nicht zuhörte.

Mein Freund war nun an jener Stelle des Gesprächs angekommen, an der eine leitende Persönlichkeit kurz und bestimmt wird. In frechstem Hochdeutsch gab er mir zu verstehen, dass es nie und nimmer möglich sei, dass eine Person wie ich für ihn in Frage komme. Er sagte mir durch die Blume (allerdings durch die Härte der Intonation hingeknallt), ein Mensch, der nicht einmal richtig Deutsch könne, so ein Deutscher komme für ihn nicht in Frage, sagte er zu mir mit seinem hochdeutschen Akzent.

Er könne es schlicht (sagte er) nicht verantworten, kam er zum Ende des Gesprächs, dass jemand wie ich vor dem leeren Grab in Jerusalem stehe und seinen deutschen Kunden (alles Akademiker!, warf er ein) mit seinem schweren, ja groben süddeutschen Akzent alles zu erklären versuche … Auch wenn ich vieles wüsste, wie er wüsste, meine Intelligenz und mein unbestrittenes Wissen, und auch mein Aussehen, würden mir vor Ort über meinen groben, fast schweizerischen Akzent nicht hinweghelfen. (Nun wusste ich wieder einmal, warum die Schweizer die Deutschen nicht mögen. Ich mochte die Deutschen aus denselben Gründen ja auch nicht …)

Am Ende gälte ich dann noch als Schweizer; und das ginge bei seinem Unternehmen sowieso nicht. Anfragen, warum er in dieser schwierigen Zeit einen Schweizer Reiseführer eingestellt hätte, wären schlicht (sagte er) geschäftsschädigend, wenn nicht mehr.

Dann wurde er plötzlich wieder vertraulich und aufmunternd, nahm das Telefon ganz nah zu sich, wurde leise und langsam, wie ein Chef, der, ohne es gelernt zu haben, über das große Einmaleins der psychologischen Kriegsführung verfügt und dabei doch durchschaut wird. In aller Freundschaft: Ich solle es doch anderswo versuchen. Es gebe für einen mit solchen Fähigkeiten genügend Möglichkeiten, wo, sagte er mir nicht. Er verstehe nicht, warum ich ausgerechnet mit meinem Akzent und außerdem: mit meinem Sprachfehler, der in der Welt ja heutzutage gar keine Rolle mehr spiele, wohl aber draußen, vor dem leeren Grab. (Jetzt kam er mir auch noch mit einem Sprachfehler.) Er verstehe nicht, warum ich ausgerechnet, wo ich doch gelegentlich, vor allem, wenn ich aufgeregt sei, und vor einer Gruppe deutscher Akademiker stehend, würde ich unausweichlich aufgeregt sein – warum ich ausgerechnet in die Reisebranche dränge, fragte er mich. Mit dieser Frage, die ein Vorwurf war, mich überhaupt in Frage stellte, brach er ab.

Warum ich ausgerechnet mit meinem, mit meinem, mit meinem Sprachfehler in die Reisebranche drängte, warum ich mich ausgerechnet darauf kaprizierte? Ich fände doch bald etwas und solle ihn bald besuchen.

Ich habe nie wieder etwas von ihm gehört.

Allein – ich fand so schnell nichts. Und von da an machte ich mich damit vertraut, dass ich mein Leben in naher Zukunft als Grabredner zu bestreiten haben würde. Von etwas musste ich ja leben. Ich war entsprechend vorgebildet, konnte schließlich etwas zu Leben und Tod sagen, zu Lebenden und Toten …

Als Summe meiner Überlegungen und Anstrengungen ergab sich zwangsläufig die Anfrage beim Friedhofsamt in der Colmarer Straße als Ideallösung. Und tatsächlich: Eines Morgens saß ich im Zimmer des Leiters des Städtischen Friedhofsamtes. Doch auch hier die alte Aufgeregtheit, von der Bernie, wie er sich bald wegen seines in der Reisebranche unbrauchbaren Namens Ehrenfried nennen ließ, gesprochen hatte, die nassen Hände, die ich unauffällig an meinen nassen Hosenoberschenkeln abzustreifen versuchte.

Wie in alten Zeiten! Nur jetzt nicht mehr im Zimmer des Rektors der Gregoriana etc.

Dieser beelendende kleine Unterschied war mir in jenem Augenblick – Gott sei Dank – nicht bewusst. Aber sonst war alles beim Alten, die Aufregung, ich.

Ich bekam sofort eine Anstellung auf Widerruf, zumal ich auch mein vom Ortsbischof unterzeichnetes Führungszeugnis und eine Art Doktorhut, den Doctor Romanus, den ich aus Rom mitgebracht hatte, vorweisen konnte.

Das ist also ein weiterer Ausschnitt aus meiner kleinen Passionsgeschichte. Die kleine Schwackenreuter Passion würde ich das Ganze nennen, wenn's ein spätgotisches Triptychon wäre.

Aber es war keine Passion, und ich lehnte mich auf meine Weise nicht auf gegen das, was war, gewesen war, sein würde.

Ich reagierte auf alles allein mit meiner Einsamkeit. Das ist, schlicht gesagt, die Wahrheit.

Mein Beruf (Grabredner), meine Veranlagung (sexuell), mein Alter (alt), mein Status (ledig, ärmlich) und mein Charakter brachten es mit sich, dass dieser Abschnitt noch lächerlicher und trauriger gewesen sein dürfte. Nun hatte sich wieder, wie schon in Rom, die Einsamkeit (in Ermangelung des eigentlichen Wortes, die Einsamkeit, deren wahren Namen wir nicht kennen) hinzugesellt, hatte von mir schon wieder Besitz ergriffen, was bei mittellosen, für sich lebenden Menschen ohne Familie nicht außergewöhnlich ist.

Eine Zeit lang versuchte ich mich ja an das zu halten, was Djuna Barnes' Vater gesagt hat: »Der Mann, der etwas auf sich hält, lebt allein.«

Und doch brauchte ich, wie ein Zeitungs-, ein Los-, ein Würstchenverkäufer den Kontakt mit ihnen, den Würstchenverkäufern, Ärzten, Seelsorgern, Schauspielern … auch noch als Grabredner, wo man ja mit den Lebenden nur über die Toten zusammenkommt.

Man versucht, ihnen ein wenig vom lieben Toten zu erzählen,

so gut es geht, man hat ja seine Stichworte bekommen, es ist von da ja nur ein kleiner Sprung ins Dichten.

Diese Zeit nutze ich, ich kann reden, diese Zeit gehört mir, die Menschen müssen mir, wenigstens hier einmal, zuhören. Ich kann ihnen sagen, ja versichern, dass das Leben nichts wert ist, gleichzeitig auch, dass es schön war, ist und sein wird. Ab und zu schaue ich ihnen in die Augen, vom Sarg weg zu den Augen, von den Augen zum Himmel, metaphysische Augenblicke, der Mensch ist dafür anfällig, reagiert gar mit Tränen. Näher komme ich gar nicht zu ihnen, ich müsste schon auf ihnen liegen, und auch dann wären sie ganz weit weg von mir, dachte ich früher. Jetzt weiß ich: Dieses In-die-Augen ist ja schon fast mehr als Geschlechtsverkehr, ist schon der reinste Geschlechtsverkehr.

Ab und zu treffe ich den Friedhofsgärtner, der eigentlich ein Totengräber ist, ein Beruf, den es offiziell gar nicht mehr gibt. Was sieht er schon! Ab und zu mich.

Er sieht ausgesprochen gut aus, nicht ganz so alt wie ich und schon Totengräber. Er hat eine entsprechende Lehre hinter sich. Wie Uwe da mit seiner kleinen Aushubmaschine hantiert, mit der Stanze für die Urnen …

Wir treffen uns von Fall zu Fall im Krematorium, zufällig, ab und zu schaue ich auf dem Weg zur Arbeit kurz rein. Um elf Uhr morgens sitzen die Leute auch hier beim Elf-Uhr-Vesper, und ich soll neben ihnen Platz nehmen. Da sitzen sie mit ihren belegten Broten auf dem nächstbesten Sarg, mein Friedhofsgärtner sitzt auch schon da: O nütz der Jugend schöne Stunden, einmal entschlüpft, einmal entschwunden, zurück kommt keine Jugend mehr! Hier bin ich Mensch, hier darf ich sein; wenn ich aber jetzt in einen schönen Biergarten gehen wollte, ich wüsste nicht, an welchem Tisch ich mich dazusetzen sollte, dürfte, allein. »Man gilt in dieser Welt nicht als vollzählig allein!«, sagt Lucy immer. Dabei wollen wir doch gar keinen Lebensgefährten oder sonst ein fernes, hohes Tier. Wir wollen doch nur nicht allein unser Bier trinken, versichert mir mein Zeitungsausträger, mit dem ich gelegentlich ein Bier trinke.

Wie es überhaupt so weit kommen konnte?

Das wäre doch der Sommer, den ich liebte.

Vieles bot die Stadt, in der ich nun schon wieder gar nicht so richtig lebte, also auch nicht, kein Vergleich mit Rom, wie ich nun, mit den Jahren, leider zu spät, herausfand. Ich bot ja auch nicht viel; und was da im Verlauf von Jahren geschah, ließe sich auf einer Seite sagen – oder eben überhaupt nicht. Ich hatte keine andere Entschuldigung anzubieten als diese: dass es auch sonst noch Menschen gab, bei denen es fast genauso war wie bei mir.

Man sagte, die Gegend gehöre schon zum Süden. Vielleicht hatte es mich auch deswegen, aus dem Süden kommend, hierher verschlagen. Vielleicht auch noch, weil in der Stadt ein Erzbischof residierte: alle meine bisherigen Städte waren Metropoliten-Städte (d. h. Erzbischof-Städte). Da konnte ich von Fall zu Fall ein Pontifikalamt mitfeiern. Irgendwohin musste ich schließlich gehen, solange ich lebte.

Der Hauptgrund dürften die Freunde gewesen sein, die ich, als Gegengift zu meiner Einsamkeit, hier ortete. Die Freunde, die nun einmal schon hier waren; ihnen bin ich, der sich zuletzt als Nomade erweist, nachgezogen, denn »Freundschaft ist die Krone der Welt!«, sagte Lucy immer. (Später entdeckte ich, dass sie diesen Satz bei Marcel Jouhandeau geklaut hat.) Ich wollte nämlich immer noch nicht gelten lassen, dass die Einsamkeit beinahe das Einzige wäre, von dem ich »mein« sagen konnte.

Ich hatte so viel geträumt, doch dann war es nur jene mittelgroße Stadt zwischen einem mittelgroßen Fluss und einem mittelgroßen Gebirge, in dem ich meine nächsten Jahre verbrachte. Durch abwechselnden Genuss von Rotwein und Pornofilmen, durch regelmäßiges Wichsen und Scheinschwangerschaften sediert und vom Leben abgehalten, war mir das Leben in dieser Gegend, der nördlichsten Bucht der Mediterranée, wie sie glaubten, manchmal zu viel, und ich war seit Rom immer wieder dafür, Schluss zu machen. Doch »du kannst nicht gegen die Todesstrafe sein und dann Menschen in Romanen zum Tode verurteilen«, sagt Walser. Das nahm ich mir zu Herzen.

363

Die Geschichte ging also weiter.

Es wäre schwierig, wenn nicht unmöglich, im fortgeschrittenen Alter, wie einst, noch einmal ganz von vorne anzufangen, noch Freunde, ja irgendjemanden zu finden, wenn es ihn nicht schon gäbe, dachte ich mir.

Die Freunde an sich waren ein Novum in meinem Leben. Zu Hause oder in Schwackenreute oder gar Meßkirch gab es so etwas ja nicht. Lucy hat recht: Meßkirch hat niemals eine Kultur der Freundschaft entwickelt. Ja ganz im Gegenteil, schon das Wort hatte, in Meßkirch in den Mund genommen, etwas Zweideutiges, wenn nicht gar Eindeutiges, Unappetitliches. Die einzige Spielart, mit der man sich ab einem bestimmten Alter eine zweifelhafte Anerkennung verschaffen konnte, war der Hausfreund. Über ihn hatte ja auch Heidegger schon in der Meßkircher Viehhalle gesprochen: Hebel – der Hausfreund. Aber eine richtige Freundschaft (i.e.: in aeternum), mit wem auch immer, gab es in Meßkirch nicht.

Wir mussten wie in Vorzeiten »mein Kamerad« sagen, und jedes Leben mündete vor Ort notwendigerweise in der trostlosen Ehe. Der Rest war Wartezeit, vorher und nachher.

Das Leben wurde von der Familie bestimmt, von Mann und Frau, einer Verbindung also, die kaum einmal zusammenpasste, das hatte Lucy richtig bemerkt. »Mann und Frau, das geht nicht zusammen. Freundschaft ist aber möglich«, sagte sie.

So will ich noch, wenn auch nur kurz, von meinen Freunden erzählen, die ich in dieser Stadt gewonnen und verloren habe, ob sie nun noch leben oder nicht.

Im Stadium einer fortschreitenden Räude angelangt, kannte ich Gritt allein aus unserem Bierlokal. Obwohl sie auf beiden Seiten körperbehindert war, vorne und hinten, links und rechts, und jedem Schritt mit ihren Krücken, ihren Armen nachhelfen musste, saß sie immer auf einem Barhocker am Tresen, als ob ihr gar nichts fehlte – und man sah so ja auch nichts. Man hatte sie da hinaufgesetzt. Dieser Platz gab ihr wohl das Gefühl, dabei zu sein oder im Urlaub, den sie nicht kannte, so wenig wie den Nicht-Urlaub.

Sie lebte ja, zu allem anderen auch noch, von der »Fürsorge«, sie war ja, zu allem, auch noch eine Sozialhilfeempfängerin. Hier trafen wir uns, oft schon nachmittags, wenn ich von der Arbeit kam. Ich sah, wie sie zuhörte, zuprostete, ich war ihre Nummer 3.

Der grüne Behindertenausweis an der Frontscheibe, die Plakette ihres Leidens, ein Privileg, das sie weidlich ausnutzte, von dem sie lebte, das ihr Leben füllte, das ihr Leben verschaffte. Ihren Wagen sah ich an den unmöglichsten Stellen, oftmals sogar am Hauptportal zum Münster. Sie war nämlich so fromm wie ich. Niemand, nicht einmal die Kirche, traute sich, ein Behindertenfahrzeug abzuschleppen. Das Auto vor dem Hauptportal, ein Privileg, das nicht einmal der Erzbischof hatte: Das war eine der wenigen Freuden in ihrem Leben.

Sie hatte ihren Stolz, lehnte den Rollstuhl ab, den sie in der Hierarchie des Leidens mehrere Stufen unterhalb ansiedelte.

Obwohl alle, mit meiner Ausnahme vielleicht (und der Leute vom Friedhof), der ich einer ordentlichen Arbeit nachging, die wir damals im Badischen Hof verkehrten, Sozialhilfeempfänger waren (nur Gritt, gut fünfzehn Jahre älter als ich, sprach noch von der Fürsorge), prosteten wir uns zu und gaben Runden aus, eine nach der anderen, einer nach dem anderen.

Da war auch noch ein Geldautomat in einer der schönsten Ecken dieses schönsten Lokals der Stadt, wie ich dankbar erinnere. Früher einmal eine Baracke, zum Abriss auf Widerruf bestimmt, eine Baracke, die Struktur, das Herz war ja immer noch aus Holz.

Es kamen keine Studenten, schon daher fühlte ich mich wohl, wohler als sonst wo in der Stadt; bis in den Salatgarten hinein war ja alles voller Studenten. Hier nicht. Der Umstand, dass es sich um eine Universitätsstadt mit einem gewissen Ruf handelte, hatte mich ja, nachdem ich das Amtszimmer des Generalvikars verlassen hatte, eher abgeschreckt. Ich wollte nicht unter Studenten leben. Ich wollte nicht in meiner Vergangenheit leben.

Gritt lernte ich hier kennen. Die Kumpels vom Friedhof schleppte ich hierher. Kein Wunder, dass sie bleiben wollten. Spätabends, bei fortschreitender Sentimentalität, versicherten wir uns manches Mal, dass dies unsere (eigentliche) Heimat sei. Die ist nun abgerissen. Bei meinem letzten Besuch in dieser Stadt, in meinem Leben von einst herumschweifend wie auf der Suche nach der verlorenen Zeit sah ich, dass ich nichts mehr sah: Eine Planierraupe stand auf einem kleinen Trümmerberg wie auf einem Grabhügel, und darunter lagen unsere Erinnerungen begraben. Es war an einem Sonntag. Der Bagger hatte frei.

Dann gab es noch die Nummer 2 im Leben von Gritt, die stand hinter der Theke, Charlie, der wahrscheinlich Karl-Heinz hieß, der Wirt, auch er Sozialhilfeempfänger, der Gritt jeden Nachmittag vom Auto zu ihrem Platz am Tresen schleppte – und zurück. Es wurde auch gesungen, wir sangen unsere Lieder durch: *Heißer Sand, Wir wollen niemals auseinandergehn, La Paloma*. Und wenn wir ganz übermütig waren, kam noch *Marmor, Stein und Eisen bricht* dazu. Gritt sang mit, sprach ja nicht viel, kaum mehr als unser Viehhändler, der Heidegger. Sie sagte eigentlich nur zu Charlie: Du bist meine Nummer 2! Und zu mir: Und du bist meine Nummer 3! Bestellte ein Bier »Und ihm auch eins!«, und außerdem lächelte sie. Sie hatte zum Glück nie einen Unfall, auch auf ihren Nachhausefahrten: nie. Aber eines Tages las ich in der Zeitung, dass eine Frau Gritt K. vergiftet worden war; und zwar von ihrem Mann, der sich, noch bevor er verhaftet werden konnte, aufgehängt hatte und Gritts Nummer 1 gewesen war.

Von den anderen rede ich doch lieber nicht – von den Schrunden, den Oberflächenwunden, vom ersten Hinfallen mit dem Fahrrad, vom Verschwinden meiner Kindergartenfreundin, von der zerrissenen Hose, dem aufgeschlagenen Knie, von einst gar keine Rede.

Gritt soll genügen, Stichworte.

Es gab Menschen, mit denen hatte ich für ein Leben gerechnet. Einige starben an einer Krankheit, die bald Aids hieß, und nicht SIDA wie in Frankreich, weil das Amerikanische nun die Hoheit über uns und unsere Krankheiten hatte. Es war wie im Krieg. Einige kehrten und kehren von der Front zurück.

Einige sind auch weggezogen, so lange bin ich schon hier. Andere, denen ich mein halbes Leben erzählt hatte (in Barhockerhöhe), sind zum Schiffen gegangen und nicht wiedergekommen. Es gibt sogar Menschen, die haben sich meinetwegen für tot erklären lassen. Andere haben mir ausrichten lassen, ich sei gestorben (für sie). Andere sind gestorben (für mich). Einige sind tot.

Was bin ich für ein Mensch?

Im Supermarkt kaufe ich zwei Schnitzel, um zu vertuschen, dass ich allein am Tisch sitze; und auch mir selbst gegenüber vertusche ich es, indem ich beide Schnitzel esse.

Man geht zum Schiffen und kommt nicht wieder. Soll ich das jetzt auch so machen? Leute auf der Straße ansprechen, wie ich das in meinem Dale-Carnegie-Kurs gelernt habe, sie gnadenlos anlächeln, sie um-lächeln und also abschleppen? Dann sitzen sie bei mir auf meiner Bettkante, in meiner nur aus Nebenzimmern bestehenden Wohnung. Kaum sitzen sie, erkläre ich ihnen, dass es sich hierbei (bei ihnen) um die wichtigste Begegnung meines Lebens handle. Ich gehe kurz hinaus und komme erst am nächsten Tag wieder. Bisher waren alle verschwunden.

Dann sitze ich wieder auf meinem Bett, fast neben mir, neben meiner Einsamkeit. Da finde ich mich in einem Gedicht wieder:

»Am Ende sagt
von zweien der eine noch:
Ich hab dich eingelebt in die Verlassenheit
Am Ende sagt
von zweien der andere noch:
Sieh, alles Nahe ist so weit, so weit.«

Vom Verschwinden

Es war kalt in Paris, sodass ich, ohne die Reise im Geringsten zu bedauern, schon am Montag wieder zurückfuhr. Außerdem juckte es wieder einmal in der Mitte meines Lebens.

Am Ende dieser Reise juckte es wieder einmal, und ich saß wieder einmal beim guten Dr. Kaiser, von dem ich niemals den Lieblingssatz vieler Mediziner beim Blick auf die sogenannten Werte »Sie leben zu gut« gehört hatte, und wartete auf das Ergebnis. Zwar glaubte ich, als Dr. Kaiser zwischendurch ins Wartezimmer schaute und dabei mich erblickte, gesehen zu haben, wie ihm ganz kurz das Gesicht verreckte, doch in Windeseile war schon wieder eine Zuversicht in dieses Gesicht hineingekommen, die mir sagte: »Du schaffst es schon!«

Denn nie wieder wollte ich mich von irgendwelchen Laborergebnissen zum Narren halten lassen. Und immer noch träumte ich davon, nie wieder von der Raiffeisenbank ein Schreiben zu bekommen: »Bitte legen Sie Ihre wirtschaftlichen Verhältnisse offen!« Und nie wieder eine Geschichte wie mit oder bei Frau Dr. Methfessel! Ich ließ mich nicht mehr narren von den Ergebnissen der Experten. Und ließ mir schon lange nicht mehr sagen »Sie leben zu gut!«. Ich suchte sie doch nur noch auf, wenn es mir wieder einmal besonders schlecht ging.

Das erste Ergebnis war negativ. Das war die gute Nachricht. Das zweite war positiv. Doch mit dieser zweiten, schlechten Nachricht konnte ich gut leben. Ich war längst routiniert, ja virtuos im Wegstecken von Infektionskrankheiten. Für so etwas gab es schließlich das gute Penicillin.

Jeanmarie war wieder einmal wie immer gewesen, ein wirres Geheimnis, schön anzusehen, schwarz und rot, ein Mensch, den ich immer wieder als Anhaltspunkt eines schöneren Lebens, das ich mit ihm nicht teilte, aufsuchte. Wir schwärmten von alten Fotos und Zeiten, jeder auf seine Art und jeder für sich. »Komm doch nach Paris!«, sagte er. Aber in Paris würde ich in meinen dünnen Kleidern erfrieren, und überhaupt … »Ich bin viel unterwegs!«, entschuldigte ich mich, meine Lage vertuschend, ich, ein vertuschtes Unglück, ein nicht deklarierter Fall, ich habe eigentlich nichts. In Paris könnte ich mir nur ein Leben als Obdachloser leisten, er wusste ja nicht, dass ich als Grabredner (und dies auch noch nur bei Gelegenheit) lebte. Und ich weiß immer noch nicht, was Grabredner auf Französisch heißt. Er hielt mich wohl für einen Schriftsteller. »Ich sollte ihm aus der Welt der Literatur berichten!«, sagt er mir, wenn ich wörtlich übersetzen darf. »Welt der Literatur!« Materielles ist kein Thema in der zeitgenössischen Literatur. Den letzten Hungerroman in meiner Weltgegend hat Hamsun geschrieben, sagte ich damals artig, all seine Fragen beantwortend. Wir gingen ins selbe Lokal essen wie einst. Auf der Seinebrücke Pont Neuf, wo wir uns trennten, ging er in eine andere Richtung. Aber sonst war alles wie am Anfang.

An dieser Stelle in der Eisenbahn fiel mir das Mühlstein-Gleichnis aus der Frohen Botschaft ein: Aber wehe! Es wäre besser für ihn, er würde mit einem Mühlstein in der Tiefe des Meeres versenkt!, dachte ich. Es war kalt in Paris, dachte ich, ohne die Reise im Geringsten zu bedauern.

Ich fuhr mit dem Schnellzug durch die Gegend zwischen Bar-le-Duc und Metz, Toul und Verdun. Ein kaltes Frühjahr. Aber ich liebte das Licht im Februar, weil es am hellsten war, ganz ohne verdunkelndes Grün, am leichtesten, lichtesten, sagen die Lichtkenner.

Metz-Toul-Verdun – In dieser Gegend musste doch mein mit eigenen Augen nie im Leben gesehener Großvater gefallen sein, im Trommelfeuer von Ancy-le-Duc-en-Lorrain, einem Ort, den er womöglich nicht einmal aussprechen konnte.

Ich schaute also, aufmerksamer, zum Fenster hinaus, aber ich konnte nichts mehr von ihm entdecken. Sein Leichnam wurde ja noch ausfindig gemacht und dann auf Kosten der Angehörigen auf unseren Heimatfriedhof verfrachtet. Von da wusste ich alles, der Steinmetz hatte sich mit den französischen Namen Mühe gegeben, der Ort, den mein Großvater wahrscheinlich nicht aussprechen konnte, stand fehlerfrei auf dem Grabstein. Mir blieb nichts anderes übrig, als die Rädelsführer meiner Geschichte zu verfluchen, alle Adjutanten, Kompanieführer, Markgrafen und Kaiser, die meinen Namen ausgelöscht hatten, ohne ihn wahrgenommen zu haben, die weiterlebten, während er in dieser Gegend, sagen wir: liegen blieb, in einer Gegend, die er bis dahin nicht einmal dem Namen nach gekannt hatte, gewiss nicht richtig hätte aussprechen können:

Ich bin bei Ancy-le-Duc-en-Lorrain gefallen …

Gefallen. – Wer sich wohl das Wort »gefallen« ausgedacht hat?, dachte ich. Wer sich dafür so ein Wort ausgedacht hat?

Und ich fuhr, von meiner eigenen Nachdenklichkeit gestärkt, mit neuer Kraft weiter. So fuhr ich durch die kommenden Rapsfelder, die Schlachtfelder von Lothringen, von einst. Ich sagte mir dabei: Was mich nicht umbringt, macht mich stark, um mir auch etwas zu sagen. So zitierte ich das grausige Sprichwort ins Ungefähre, in blühender Nachdenklichkeit, allein für mich; und von neuem nahm ich am Leben teil, immer wieder.

Unser gemeinsames Dach über dem Kopf, unser Himmel über dem Himmelreich, und nun: explore your world!

Es war kalt zu Hause, so kalt wie in Paris.

Unterwegs hatte ich einen Brief an meinen Großvater entworfen, der dann, wie das meiste, liegen blieb.

Lieber Großvater!

Wir liegen weit zurück. Unser Heimatfriedhof liegt auf einer kleinen Anhöhe, auf einem namenlosen kleinen Berg. Man hält noch einmal inne und schaut, bevor es die letzten Schritte hinaufgeht, »heimwärts ist für mich bergauf«. Wer von uns beiden hat es, von hier aus eingeschätzt, weiter gebracht?

Lieber Großvater!

Es ist gar nichts geblieben von Dir. Ich reise auf Deinen Schlachtfeldern herum und fahre in vier Stunden über Deine Schlachtfelder nach Paris, einer Stadt, die Du von Radolfzell aus im markgräflichen Viehwagen erobern solltest und wohl nie gesehen hast. Vale! Die Birnbäume, die Du gesetzt hast, sind groß geworden, stehen noch und erinnern uns an Dich, aber sonst lebt niemand mehr, der Dich lebend gesehen hätte. Und wenn ich jetzt noch mit dem Schmerz Deiner Mutter, meiner Urgroßmutter komme? Lächerlich? Sie wird doch sehr geweint haben um Dich?

Eine Urgroßmutter, noch ein Mensch, den ich nicht kannte, nie gesehen habe, von dem her ich bin.

Wir haben doch alle einmal unter demselben Dach gelebt! – Unser Schmerz geht mit uns unter. In unserer Gegend bleibt kein Wort von unserem Schmerz. Meine Urgroßmutter hat nicht aufgeschrieben, was war, als der Postbote mit dem Brief kam. Wer kam? Oder war es der Bürgermeister, auch ein Urgroßvater von mir, von einer ganz anderen Seite, die beiden konnten ja nicht wissen, dass sie sich in mir noch einmal treffen würden. (Wir haben ja alle vier Urgroßväter.)

So sollte aller Schmerz in mir münden.

Kaum nach diesem Krieg saßen alle auf einer Hochzeit zusammen. In der Zeitung stand, dass Du schon vor Jahren gefallen bist und dass Dein Bruder nun auf diesen alten Hof geheiratet habe, Deine Witwe … »Möge es dem neuen Besitzer und seiner jugendlichen Frau auf dem schönen ertragreichen Hofe immer gut ergehen! Dieses Bauerngut ist sehr alt« … – Ich kenne Euch alle nicht, und doch: Ihr steht auf meiner Verlustliste. Ihr seid auf Taubenfüßen verschwunden oder nicht: Wart Ihr überhaupt da? Möge es dem neuen Besitzer und seiner jugendlichen Frau …

Das war aber genauso ein Brief an mich.

Wie die Geschichte weiterging? Einen Teil davon kann man auf dem Gefallenen-Ehren-Denk-ich-weiß-nicht-Mal, das auf unserem Friedhof nach dem letzten Krieg errichtet wurde, nachlesen.

Beim Überfliegen der Namen stieß ich immer wieder auf meinen eigenen, und mein erstes richtiges Buch war ein Poesiealbum. Beim Überfliegen der Namen stieß ich, schon beim Durchblättern, immer wieder auf Namen, und der dazugehörende Mensch fehlte nun, das war schon eine Liste aus Vermissten und Vermisstesten, die meinen alten Namen in Kinderschrift hingeschrieben hatten, und dazu Wörter wie »Deine« und »Dein«.

Der Einband war aus Leder und immer noch grün, wie damals, als ich dieses Ding zum Geburtstag erhielt. Ein Poesiealbum, grün, zum zehnten Geburtstag, ein Mädchengeschenk. Meine Älteren fügten sich meinen kleinen, von Herzen kommenden Wünschen. Was dachten sie sich dabei? Ich als sogenannter Stammhalter, der Stammhalter hatte sich ein Poesiealbum gewünscht.

Als so etwas war ich wirklich erhofft und in die Welt gesetzt worden, wenn ich die Turbulenzen wegen der Schwackenreuter Liliputaner abziehe. Schließlich – sagten wir uns – saßen »wir« seit 1609 in diesem Haus, oder genauer noch: an dieser Stelle, war doch das Vorhaus wegen der Schlamperei einer Vormutter 1773 abgebrannt, hatte doch unser Strohdach, das fast bis zum Boden reichte, Feuer gefangen, von der Küche her, die Küchenmagd hatte Öl verschüttet, beim Küchle-Backen, ich weiß noch …

Zwei Jahre danach stand das Haus schon wieder, und diesmal war das Strohdach noch größer, und diesmal mit den Namen über dem Scheunentor, wohl für immer, vorsorglich. Wir waren so töricht und glaubten, es müsse immer weitergehen mit uns.

Der Stammhalter hatte sich also ein Poesiealbum gewünscht, wohl auch aus einem Verewigungsdrang heraus. Dahinein sollten ihm seine Freundinnen und Freunde, seine Menschen, die er sich ja nicht ausgesucht hatte, etwas schreiben, zur Erinnerung. Gedichte, damals wartete ich auf irgendetwas aus dem ewigen

Vorrat der Poesie, aber es kamen nur Abziehbildchen mit Rosen und Engelchen undefinierbaren Geschlechts und Verse, an die ich schon damals nicht glaubte.

Angelica schrieb:

> »Zwei Täubchen
> Zwei Täubchen die sich küssen
> die nichts von Liebe wissen
> die lieben sich so sehr
> aber dich lieber A. lieb ich noch mehr!«

Christa schrieb:

> »Immer niedlich, immer heiter
> immer lieblich und so weiter
> stets natürlich aber klug
> nun das dacht ich wär genug!«

Das gefiel mir überhaupt nicht. Ich wollte die Seite sogar herausreißen. Doch das wäre in unserer Posiealbum-Welt, in der man immer wieder zusammenkam, um sich die Eintragungen zu zeigen, so wie sich die Erwachsenen die Kühe, Briefmarken oder Kunstwerke zeigen, ein Verbrechen gewesen. Jahrelang überschlug ich Christas Seite ganz missmutig. Später entdeckte ich, dass ihr Vers von Goethe war. Der einzige Dichter in meinem Poesiealbum und mit diesem Beispiel! Ich muss sagen, dass durch diese Entdeckung das Ganze im Nachhinein noch schlimmer wurde.

Aber ich will dieses grünliche Dokument meiner Vergänglichkeit aufbewahren, so lange, wie diese dauert.

Die Namen, die ich darin las, waren von Menschen, die fast alle verschwunden sind. Ich lese: Deine Großmutter, Dein Großvater, Deine Großmutter, Dein-Deine-Dein-Deine-Dein-Deine-Dein-Deine-Dein-Deine-Dein:

Zwar lebten die meisten wohl noch. Ich aber muss sie für dieses Leben zu den Verlorenen zählen, sie hiermit als vermisst melden, sie aufgeben: alle, die »für immer« und »auf ewig« und »Dein« in mein kleines Quadrat geschrieben haben, ihr Engelchen dazuklebten, ihr Papier-Vergissmeinnicht.

Eine damals Zehnjährige schrieb mir:

»Wenn du einst nach vielen Jahren
diesen Album nimmst zur Hand
denk daran wie froh wir waren
auf dem gleinen Schülerbank

Deine Emma (das Datum kann ich nicht
wissen. Das Kätzlein hat mir
auf den Kalender gesch.)«

Wie hellsichtig! Was für ein Vierzeiler! Meine letzten Dichterinnen der Romantik. Und nun: explore your world!

Vom Verschwinden.
Kleines Denkmal für die Lateinlehrerin

Die Gegend, die viele Namen hatte, nur keinen richtigen, hieß, von Karlsruhe aus gedacht, auch Badisch-Sibirien. Was wir gar nicht verstehen konnten, denn wir fanden es trotz allem schön hier. Diese blauen Bänder, die sich gegen Abend hin mit dem Schwarz des Himmels vermählten. So, dass ich hätte ein Gedicht schreiben mögen auf die Schönheit meiner ersten Welt. Sie konnte nichts dafür.

In diese Zeit hinein kam auch noch die Einladung zu unserem ersten Klassentreffen: Zum ersten Mal sollten wir uns nach Jahren wiedersehen.

Und außerdem: Über einen Telefonanruf erfuhr ich vom Tod unserer Lateinlehrerin: Sie hatte sich mit fünfundsiebzig Jahren in ihrem Fertighäuschen, das sie sich für ihren Lebensabend hatte hinstellen lassen – nur der Keller Massivbauweise, und da geschah es –, erhängt. Diesen Tod musst du dir jetzt immer dazudenken, sagten wir uns am Telefon, wenn du an die Lateinstunden denkst, an »velle«, »nolle«, »malle«: »wollen«, »nicht wollen«, »lieber wollen«, an die unregelmäßigen Verben, die Verwandlung von Colonia Agrippina zu Köln. Und selbst Catull klingt jetzt anders: »vivamus atque amemus, mea Lesbia – oder nicht?«, fragte ich meinen Informanten Rolando, der die ganzen Jahre in dieser Schule auf dem Schlossberg neben mir gesessen hatte oder ich neben ihm.

Du musst jetzt alles vom Ende her sehen, ihre Schwärmereien von einer ersten Reise nach Rom, zu den Ruinen, die Klagen über die Kinder, die wir waren, und wie sie schon in der Sexta

375

über uns stöhnte: Ich weiß nicht, wie ich euch ins Abitur führen soll! Du musst jetzt alles anders sehen, ihren Unwillen der Welt gegenüber, die vor dem Leben stand, die schlechten Zensuren, die diese Welt bekam, die Geilheit Catulls, die Kälte, sie fror immerzu und zog, während wir unser Wissen auswendig aufsagen sollten, eine Unterhose nach der anderen über. Das war hinter dem Tisch im Bio-Raum, denn an unserer Schule ging es drunter und drüber. Der Lateinunterricht fand zwischen einem einsamen Skelett und den Präparaten aus dem Humangenetischen Institut Freiburg statt, die noch vom Dritten Reich her hier herumlagen, vergessen worden waren. Der Lehrstuhlinhaber für Rassenhygiene, ein sogenannter Mediziner und damals einer der angesehensten seines Fachs, war doch auch von hier, doch auch einer von uns. Das alles musst du dir jetzt immer dazudenken, sagte ich, die Unterhosen und alles, alles vom Ende her sehen, ließ ich ihn noch einmal wissen. Wir waren noch einmal ganz klein vor dem Leben, als wir vom Ende dieser ferngerückten Gestalt sprachen, unserer guten alten Lateinlehrerin, die sich im Keller ihres Fertighäuschens erhängt hat, wahrscheinlich aus Einsamkeit.

Sie hatte alles dafür vorbereitet, vielleicht auch noch den Termin, denn die Beerdigung fiel mit unserem ersten Klassentreffen zusammen. Sie hatte noch die Einladung zu unserer Feier erhalten.

Vor Jahren, Lichtjahren, hatte uns Fräulein S. ins Abitur geführt.

Da standen wir tatsächlich in einem leeren Raum. Einer von den Lehrern von einst, die immer noch hier waren, hatte uns hierhergeführt. Wir sollten die Plätze von einst herausfinden, uns an unseren alten Platz setzen: eine, noch eine Lektion unserer Vergänglichkeit, der Vergänglichkeit von Meßkirch und all seinem Gepränge.

Es hatte geheißen, wir sollten Bilder mitbringen, Fotos zum Wiedererkennen, wie ich vermute. Doch keiner hatte Fotos gebracht; und nicht einmal schöne Erinnerungen. Nun standen wir, hilflos, in einem Raum, mit dem wir nichts mehr verbanden. Waren wir je hier gewesen? Und das all die Jahre, in denen wir Hoffnung hatten, in denen die Welt wuchs, da wir zum Fenster hinausschauten? Wir bekamen nun nur gesagt: »Da war es!«, und sagten uns: »Da muss es gewesen sein.« Die Stühle waren wohl noch dieselben und auch wir. Unsere Hinterteile passten, so gut wie die Vorderteile, sie alle fielen in dieser Position nicht nach unten. Und kaum saßen wir, wurden wir auch schon wieder aus diesem Raum, dieser allmählich aufsteigenden Erinnerung hinauskomplimentiert. Schließlich hatten wir noch ein ganzes Programm vor uns, ein Programm des Wiedersehens; und da dies so schnell nicht möglich war, wurden wir auch schon wieder hinauskomplimentiert, kaum dass wir in unserer Erinnerung Platz genommen hatten, ohne dass wir über sie hinausgewachsen wären, über sie oder diesen Raum, an dem unsere Erinnerung versagte, ohnmächtig wurde, so unvermittelt und ohne Erbarmen herbeizitiert – und sitzen gelassen und noch einmal und für immer hinausgeschmissen. Wir sahen und sahen nicht. Wir saßen und saßen nicht. Wir waren es und waren es nicht. Wir waren es doch? Unser gemeinsames Verschwinden (auf Taubenfüßen) und dieser Versuch eines Wiedersehens: Als Anhaltspunkt allein ein Stuhl und der Blick aus dem Fenster, der an (meine) Jahre in der Gefangenschaft erinnerte, mehr nicht. »Hier soll es gewesen sein?«, fragte Lucy aus sicherem Abstand.

Sie hatte es am weitesten gebracht, am weitesten weg von hier, sie konnte aus sicherem Abstand fragen. Wir alle, die wir es zu nicht so weit von hier weg gebracht haben, hatten gehofft, dass Lucy mit ihrem Fernsehteam kommen und uns aufnehmen würde, für ihre Sendung im ZDF. Sie machte jetzt ernstzunehmende Filme fürs Fernsehen, aber auch Werbespots – und außerdem leitete sie nebenbei das *Maggi*-Kochstudio. Wir hatten gehofft, dass sie aus uns und unserem Wiedersehen einen kleinen Beitrag für die *Aspekte* zaubern würde, umsonst – Sie war ohne gekommen.

Vielleicht fürchtete auch sie sich vor der Erinnerung, aber die Erinnerung hatte an diesem Tag keine Chance.

Von hier aus ging es zum Friedhof. Einer von uns war gestorben, während wir noch wuchsen, sozusagen aus dem Lateinunterricht, aus velle, nolle, malle heraus.

Nun mussten wir nur noch das richtige Grab finden.

Die Frauen (denn aus meinen fernen Mädchen waren Frauen geworden, so nah wie die Spatzen) trugen alle leichte Sommerkleider, fast durchsichtig scheinende Sommerkleider, ich fürchte, sie waren für das Wiedersehen gekauft, es war kalt, sie waren geschminkt und zitterten wahrscheinlich. Einige von uns, die Männer geworden waren, trugen nun Schnauzer anstelle ihres Gesichts und oben, wo ich das lange, wehende Haar erinnere, das schöne, war fast nichts mehr. Mag sein, dass der eine oder andere ein Toupet oder eine Krawatte trug.

So gingen wir Richtung Friedhof spazieren, niemand erkannte uns, bei aller Neugier in der Stadt. Man hielt uns vielleicht, vielleicht für eine Delegation aus Japan, denn einige von uns hatten schon damals etwas Chinesisches. Ich wusste schon aus der Volksschule, dass Attila bei uns durchgezogen war, und später hörte ich im Biologieunterricht von DNS-Strängen und Mendel'schen Gesetzen, Chromosomen, und dass vor Gott tausend Jahre wie ein Tag sind, vor dem Chromosomengott ohnehin. Man konnte uns für eine Delegation der Heideggergesellschaft halten, für deren japanische Sektion, denn wir schauten sehr ernst und führten ein kleines Nelkengebinde mit uns.

Es gab für die Gräber, auch für die berühmten, keine Wegweiser. Ich hatte schon gehört, dass das berühmte Philosophengrab ganz vermoost war, ein Gerücht in der Stadt, das Grab des Philosophen sei ganz ungepflegt, ja verwahrlost. Dies nur nebenbei.

Wir fanden das Grab unseres Schulkameraden nicht, wir irrten auf diesem Friedhof umher.

Es war schließlich wie ein Spiel, anfangs ungeheuer und entblößend, dann aber brach der Spieltrieb durch. Wir wurden nun wieder eine Zeit lang wie die Kinder, und wer als Erster unser Grab fand, hatte gewonnen. Das war alles. Marlies K. aus Buffenhofen rief quer über die Reihen hinweg: »Da liegt er!« in der Muttersprache (»Do leitr!«).

Aber sie tat das, um zu scherzen, denn sie hatte nur ihren Onkel gemeint, Heidegger. Wir rannten alle hin und mussten furchtbar lachen, denn wir standen vor dem falschen Grab, es war nur das Grab des Philosophen, mit dem Marlies am nächsten von uns allen verwandt war: Die Mutter Heideggers, eine geborene K. wie sie, war die Schwester ihres Großvaters.

Marlies und die Heideggermutter waren unter demselben Dach gezeugt und geboren worden und auch aufgewachsen, bis sie als Frauen aus dem Haus getrieben wurden (Verheiratung). – Die Grabstelle war wirklich etwas heruntergekommen. Es gibt immer einen wahren Kern, dachte ich mir, zum Grab des Philosophen hinschielend und auch darüber hinweg, denn wir waren immer noch auf der Suche nach dem richtigen Grab.

E. war gewiss schon längst in nichts aufgegangen, das Ganze (sein Leben, sein langsames Sterben, plötzlicher, schlagartiger Tod) war doch schon eine Ewigkeit und drei Tage her! Aber vielleicht war es unsere Aufregung, unser Schmerz von damals, dass wir auf einmal fast durchdrehten und ganz kindisch wurden. Der Tod von E. verband uns: Er war vielleicht das einzige Ereignis in unserem Leben, das wir ähnlich bewahrt hatten, das unsere Erinnerung teilte. An diesem Tag des Suchens (der alte Platz, der richtige Stuhl, das richtige Grab) gab es immer wieder Falschmeldungen, mutwillige, aber auch aus Irrtum und vorschneller Gewissheit.

Es waren nicht alle gleich aufgedreht, immer noch gab es Unterschiede zwischen uns. Das blieb, dass wir uns unähnlich waren und blieben, und dass wir uns nicht verstanden. Darin waren wir uns ähnlich, dass wir uns unähnlich waren.

»Hier ist es!«, hörten wir uns einander zurufen, als ob es sich um eine Ostereiersuche, »Hier liegt er!«, als ob es sich um einen

Schatz handelte! Die Missverständnisse setzten sich fort, auch weil einige von uns die Sprache gewechselt hatten. Ich hatte gleich zu Beginn des Treffens an Diethelm bemerkt, dass er nun hochdeutsch sprach. Und wie! Er hatte sich vor mir aufgestellt und seinen Namen gesagt (durch einen Doktortitel vermeintlich aufpoliert), als ob ich ihn nicht erkannt hätte. Aber er war es ja, der mich nicht erkannte, das behauptete er wenigstens. »Und wer sind Sie?«, wollte er von mir wissen. Er habe mich nämlich ganz zu Beginn für den Löwenwirt gehalten, scherzte er später. Der Ort, wo wir uns trafen, war nämlich der Löwe, wie damals. Diethelm war ja auch der Erste, der im Blick auf mich an diesem Tag von Schönheitsoperation sprach.

Es war ein hoher protestantischer Geistlicher geworden aus ihm, Stadtpfarrer einer deutschen Großstadt, ließ ich mir sagen. Erst gratulierte ich ihm überschwänglich zu seinem hohen Amt, später ließ ich durchblicken, dass es wohl – nach meinem Dafürhalten – heutzutage mehr protestantische Geistliche als einfache protestantische Gläubige gebe, und überhaupt: Ich war bei einem Lieblingsthema angekommen: dass der Protestantismus heute doch nur eine Sekte und immer schon eine Sekte gewesen sei. Im zwanzigsten Jahrhundert müsse man über dieses Thema nicht mehr ernsthaft reden, erklärte ich. So redete ich immer noch, als wäre ich niemals in Rom gewesen.

Das Grab war immer noch nicht gefunden. Wir wollten es ja gar nicht so schnell gefunden haben, denn das wäre nur das Ende des Spiels gewesen, und so vermute ich, dass Marlies und Lucy, diese zwei forschen Mädchen von einst, längst wussten, wo es war. Die eine war ja hiergeblieben und hatte auch die Schlüssel vom Hausmeister für die Turnhalle bekommen. Dort sollten wir auch noch hin.

Marlies wusste genau, wo es war. Sie hatte ja erst mit der Gießkanne hantiert und wollte im Vorbei noch mit etwas Wasser auf Heideggers Grab, rekonstruiere ich ex post, sie wusste ja, dass es sonst niemand machte. Sie war mit der Gießkanne vorangeschritten und wollte uns ursprünglich Heideggers Grab zeigen, schließlich kannten wir ihn alle von seinen Auftritten in der Stadt- und Viehhalle, wohin wir gekarrt worden waren wie zur selben Zeit die Ostberliner Schüler an die Stalinallee, wenn hoher Besuch aus dem Osten kam. Und ich müsste lügen, sagte ich heute, dass ich nicht ergriffen war, als er mit »Meine lieben Landsleute« anhob.

Dann aber, als Menschenkennerin, hat sie umgestellt. Als sie merkte, dass wir das richtige Grab nicht fanden, dass wir am Durchdrehen waren, hat sie umgestellt und den Spaß mitgemacht. Sie wusste alles, so wie die Großmutter, die die Ostereier versteckt hat und schließlich einen Wink gibt, wo die Kinder suchen müssen. Heiß! Kalt! Warm! Kartoffel! – so und ähnlich lauteten ihre kleinen Hilfen, die Sprache unserer Suchspiele von einst nachahmend, die sie noch beherrschte oder, wenn nicht, von ihren eigenen Kindern noch einmal gelernt hatte. Doch wir irrten weiterhin, immer noch, auf diesem fremden Friedhof umher und fanden das richtige Grab einfach nicht. Wie eine allwissende, besorgte Großmutter blickte sie, doch es half nichts.

Schaut mal in der Urnenhalle! Das war der entscheidende Hinweis, und es war alles vorbei. Schlagartig fiel uns ein, was den Schrecken von damals vollkommen gemacht hatte: Er hatte sich ja verbrennen lassen. Es war die erste Leichenverbrennung unseres Lebens. Wir verstummten. Das Spiel war zu Ende.

Es folgte die Mittagspause. Danach sahen wir uns wieder im Löwen. Nach dem offiziellen Teil sollte nun der vergnügliche folgen. Einige hatten schon vergessen, woran E. gestorben war, andere haben es nie gewusst. Wenn wir uns recht besannen, wusste keiner von uns jemals, woran E. eigentlich gestorben war. Es war zuletzt ein Selbstmord, aber schon damals hieß es: Die Schule hat ihn umgebracht. Er war der Einzige, der sich damals – vielleicht – das Leben genommen hat, vielleicht war es die Schule.

Wir anderen haben dies alles überstanden, weshalb wir nun vergnüglich sein sollten, worüber hinweg wir nun lachen sollten, immerhin ging es um eine Ewigkeit und drei Tage, die hinter uns lagen und mehr, und keiner hatte sich seither umgebracht oder wäre auch nur gestorben, alle kamen lebend und lebten, wie auch immer, wir waren die Alten, wir hatten Glück, es hatte uns nicht erwischt, immer noch nicht, wir konnten uns erzählen, wen alles es erwischt hatte, wir konnten Namen austauschen, wem es passiert war, und wann, und wie es passiert war. Es waren Menschen, zwar nicht unser Jahrgang, aber doch solche, die wir kannten, etwa unsere Lateinlehrerin, die auch nicht eines natürlichen Todes gestorben war, wie nah sie diesem auch gewesen sein mochte, und die die Einladung zu unserem Treffen ja noch erhalten haben musste, umsonst. Das Klassentreffen stellte sich als Wiedersehen der abgebrühtesten Insassen eines Gefangenenlagers heraus. Man tauschte seine durch die verreckten Gesichter wieder auftauchenden Erinnerungen mit den Wärtern von einst, den armen Lehrern, die mit solchen Schülern, und dann noch mit mir, gestraft waren, dachte ich nun, sprachlos, ja, wir waren wieder einmal sprachlos und flüchteten uns in Äußerlichkeiten wie immer schon: Meine angebliche Schönheitsoperation wurde zu einem Hauptthema des Tages.

Als hätte ich an keinem Ort der Welt etwas dazugelernt, auch in Rom nicht, steigerte ich mich nun so langsam in eine, jene alte, irrsinnig komische Verzweiflungsvirtuosität hinein, die an meinem Leben geschult war, steigerte mich zum Schauspieler, zu Sein oder Nicht-Sein. Auch dieses Mal fiel kaum einer von ihnen darauf herein, selbst Diethelm lachte nur, und immer mehr, wie damals schon:

Aus Verzweiflung darüber begann ich, allen zu sagen, was ich von Luther halte. Ein Verbrecher sei er, der größte, den Deutschland vor Hitler gesehen habe, erklärte ich bei Kaffee und Kuchen, bei Wein und Verlorenheit. Ich entwickelte meine Anklage aus der Freiheit eines Christenmenschen, die vom selben Verfasser stammte wie *Wider die diebischen und räuberischen Rotten der Bauern* und auch das späte Hauptwerk: *Von den Juden und ihren Lügen* von 1545!, fügte ich meiner ungläubigen oder ärgerlichen, bürgerlichen Zuhörerschaft, meiner Mehrheit gegenüber hinzu:

Da könnt ihr alles lesen. Denn zwischendurch war es mir sehr ernst, und ich identifizierte mich mit meiner Rolle und war ein Schauspieler, bei dem Leben und Lebenspielen zusammenfielen.

Auch noch den Namen Calvin warf ich in den Raum, um den Abscheu zu steigern: Calvin ließ Kinder verbrennen, wenn sie an den falschen Stellen lachten, »nur zur Information!«, fügte ich hinzu, als ob ich informieren wollte. Dabei wollte ich nur ihren Widerspruch. Niemand lachte mehr, denn es hatte sich wohl herumgesprochen, dass ich in Rom komplett gescheitert war, dass es nichts geworden war mit dem Purpur, auf den die Verwandtschaft gehofft hatte, nachdem sie einmal mitbekommen hatte, dass ich in Rom studierte und von Kardinälen zu Tisch gebeten wurde. Aber Papst werden konnte ich trotz allem immer noch, ich war nach wie vor einer der Kandidaten, das konnte mir niemand nehmen, denn dazu bedurfte es nur dieser zwei Dinge: männlich und katholisch zu sein. Beides hatte ich niemals vor aufzugeben. Das wussten sie freilich nicht, so gut kannten sie sich im Kirchenrecht nicht aus, aber dass es um das Haus mit dem Schmerz als Grundriss nun definitiv zu Ende ging, das wussten sie aus dem *Südkurier*. Dort hatten sie – so weit war es schon wieder – alle die Ankündigung jener zum Glück geplatzten Zwangsversteigerung lesen können, der Termin stand wieder einmal fest. Und ich war ja auch deswegen nach Hause gefahren, um alles noch einmal zu sehen, war zurückgekehrt wie der Mörder dahin, wo es gewesen war. Schaffte es aber dann doch nicht.

Ich war mittlerweile auch schon wieder bei der Internationalität der katholischen Kirche angekommen (im Grunde großzügig, ungemein tolerant, phantasievoll, alle Rassen, Klassen, Geschlechter, Einkommensstufen etc.) und erklärte, Rom sei das einzig Katholische, also: Internationale, das es auf dieser Welt gebe, die immer mehr in Nationalismen und Eigennutz versinke. Den Relativsatz hatte ich dem *L'Osservatore Romano* entnommen.

Vielleicht redete ich auch nur so, weil ich alles vertuschen wollte und glaubte, sie wüssten es nicht, auch nicht, welcher Tätigkeit ich nachging, als wäre es etwas Unehrenhaftes wie die gewerbsmäßige Prostitution.

Ich redete, als müsste ich ein Ehrenwort abgeben oder als stünde ich kurz vor der Weihe.

Schaut euch einmal die Protestanten dieser Welt näher an – oder lieber nicht! Nach Klassen und Einkommensstufen geteilt! Nur Weiße, Nordeuropäer etc., also im Grunde rassistisch: völkisch im Dritten Reich, apartheidlich in Südafrika, Staatskirchentum ... bemerkte ich, auf dem Gipfel meiner Verachtung angekommen.

Ich weiß, das interessierte kein Schwein. Also kam ich mit dem Holzhammer: Schaut mal nach Amerika! Diese englischen Sektierer haben sich den Weg nach Westen doch freigeschossen, für die waren die Indianer doch nicht einmal Menschen! Die Spanier dagegen haben die Indianer getauft, sie also als Menschen, als innerhalb der Gesellschaft, wenn auch auf unterster Stufe, anerkannt, sagte ich mit Octavio Paz, und um meine und dessen Autorität in Meßkirch zu stützen, fügte ich hinzu: sagt der Nobelpreisträger Octavio Paz in seinem Buch: *Das Labyrinth der Einsamkeit*, für das er mit dem Nobelpreis ausgezeichnet worden ist!

Wenn ich auch den einen oder anderen von uns überzeugt haben dürfte (nicht anders als damals schon), so war ich mit meiner so desolaten wie »flächigen« (hätte Professor Müller gesagt) Hetzrede nur dem Rollenspiel treu geblieben: halt etwas verrückt, aber lustig, nur nicht mehr stotternd ... hieß es.

So konnte unser Wiedersehen nicht zu jenem Erfolg werden, den sich in der Begrüßungsrede dieser Diethelm erhofft hatte. Vorzeitig reiste er auch ab, mit dem Hinweis auf eine Konfirmation am folgenden Tage, was mir einen Stich gab, denn Diethelm hatte es geschafft, nicht ohne seine Lieblingsfreundin von einst noch nach Hause zu fahren. Was mir noch einen Stich gab, denn damals schon hatte er geschafft, was ich niemals geschafft habe. Wie weit sie an jenem Abend kamen, weiß ich nicht. Schon angetrunken und gleichzeitig ernüchtert, gab ich den anderen zu verstehen, dass die zwei miteinander ins Nest gefahren seien, auch ein Wiedersehen! Dass sie es vor (»Geilheit« sagte ich aber nicht, weil es dieses Wort zu unseren Zeiten noch nicht gab), vor lauter (eine unübersetzbare Fügung …) unter uns nicht mehr ausgehalten hätten.

Niemand wollte mich hören. Wie ich sie verstand! Ich hasste mich wegen jedes einzelnen Satzes. Auch dieses Mal (ich glaube, es hätten auch fünfzig Jahre, ein Leben, dazwischenliegen können) fand ich kein Gehör, nur Gelächter. Ungläubiges Gelächter: Sie lachten wieder einmal über mich und meine Einfälle.

So saßen wir noch eine Weile und ließen uns volllaufen.

Unser Wiedersehen war in sich zusammengebrochen.

Wenn ich nun noch einmal irgendetwas nennen müsste, was diese neun Jahre gebracht haben, so müsste ich sagen: Flamme empor! Ich weiß jetzt, wie man Flamme empor! singt und schreibt.

Vielleicht eine Erinnerung an die Rassenlehre, die entsprechenden Schautafeln »nach Kretschmar« hingen noch herum, das Wort »arisch« fiel noch gelegentlich, wenn auch offiziell abwertend im Tonfall, ebenso das Wort »nichtarisch«, das nun ein Kompliment – oder etwas Besonderes – sein sollte.

Auch mit den Froschschenkeln weiß ich nichts mehr anzufangen. Sie geistern aber in meiner Erinnerung herum. Ursprünglich auf den Heuberg gehörend, dann in der Einkaufstasche nach Meßkirch geschleppt, ins Biologiezimmer, lebend, dort von irgendjemandem (es muss doch jemanden geben, der all diese Dinge noch weiß!) – vom Hausmeister? vom Lieblingsschüler? von einem unserer frechsten Mädchen? – getötet – sagt man nicht getötet bei Fröschen? Oder fängt das erst bei den Lebewesen an, die von uns nicht gefressen werden? Auseinandergenommen, zerschnitten, zerlegt, untersucht – und anschließend auch noch von unseren Mädchen unter Anleitung der alten Biologielehrerin, die schon beim BDM deutsche Kochkurse gegeben hatte, zubereitet, während die Jungen im Gleichschritt zur Turnhalle abkommandiert wurden, wo sie sich den sogenannten Leibesübungen zu widmen hatten, Drillübungen, die in gerader Linie von Zirkus, Militär und der Zeit vor uns abstammten.

Meine Schule schiebt sich immer näher ans, was damals Lichtjahre entfernt schien, immer näher ans Dritte Reich mit den Jahren.

Ich kannte Menschen, die haben den Führer im offenen Maybach vorbeifahren sehen, und andere, denen hat er die Hand gereicht. Das war in Nürnberg, das war der Höhepunkt im Leben meiner Biologielehrerin, ich weiß, sie war die Jüngste im Bund der NS-Akademikerinnen.

Wir waren deutsch: Wer »Nibelúngen« sagte, musste nachmittags zum Nachsitzen antanzen. In Meßkirch angekommen (mit dem Fahrrad), wurden die Delinquenten in einen Nebenraum gesperrt, und der eine oder andere musste laut bis zehntausend zählen. Ab und zu ging die Tür auf, und sie kontrollierte, wie weit man war. Drei Stunden hatte sie angesetzt.

Bei den sogenannten Notfallübungen am sogenannten Katastrophentag wurde in unserer Schule der Brand des Hauses, der Absturz eines Jagdflugzeuges in uns hinein, die Entdeckung einer Bombe aus dem letzten Krieg mitten unter uns und überhaupt das Unausdenkliche in unserem Leben geübt. Das war der Höhepunkt, wenn schon nicht im Leben, so doch im Schuljahr unserer Biologielehrerin. Sie rannte von Zimmer zu Zimmer, die Einsatzleiterin, sie schrie: »Raus! Antreten!« Wir wussten, es war Katastrophentag, ohne dass wir die Art der Katastrophe schon gekannt hätten. »Antreten« – das war ohnehin das Lieblingswort im Haus, das heißt bei unseren noch aus dem Tausendjährigen Reich stammenden Vorbildern.

Das Lieblingswort meiner Freunde hingegen war seit dem vierzehnten Lebensjahr »ficken«, ein richtiges Wort, das Macht über uns ausübte, das Gegenstück zu »Antreten!«, eine Gegenwelt, die uns am Leben hielt.

Die Biologie- und Turnlehrerin stellte eine große Tradition

her: Sie überbrückte die Geschichte des Tausendjährigen Reiches vom Höhepunkt bis zum Untergang und zu uns herab. Sie war seit 1943 Vollakademikerin, und wir repräsentierten den Untergang. Dazu kamen die schlechten schulischen Leistungen in dieser Klasse, die sie auf die Polen zurückführte, das heißt auf die Schüler mit den polnischen Namen, die Flüchtlingskinder, die den Unterricht zu sich hinabzogen.

Eines Tages kam der Landrat Freiherr von Gleichenstein, dessen Territorium nun fast so groß war wie das Land seiner Vorfahren, angefahren und überreichte unserer Biologielehrerin das Bundesverdienstkreuz, eines der ersten. Die Sonnwendfeiern fanden auf dem Sauacker Richtung Buffenhofen statt, genauso wie kaum zehn, zwanzig Jahre zuvor, selber Ort, selbe Zeit …

Wir standen auf dem Saufeld hinter Conradin Kreutzers Geburtshaus. »Wo bleiben die Idioten aus Tuttlingen schon wieder!«, zischte sie vor sich hin, doch dann hob sich ihre Stimme, und sie verlas Kiesingers Grußwort. Wir standen in Gruppen oder Blocks in allen vier Himmelsrichtungen um den noch nicht entzündeten Holzstoß herum. Die Polen ganz hinten, ungeachtet ihrer Kleinheit oder Größe. Der Erste hatte schon wieder in die Hose gemacht, noch bevor »Flamme empor!« gesungen war. »Und so was will Förster werden!« Mit einer Ohrfeige verabschiedete sie Hubertus von der Sonnwendfeier und verstieß ihn Richtung Obstgarten, wie der Name für die Meßkircher Flüchtlingssiedlung lautete.

Da kam der Bus aus Tuttlingen angefahren. Er stellte sich neben dem befreundeten Banner aus Saulgau auf, neben dem Sack mit den Sägespänen, für die Pahlke, der Hausmeister, zuständig war. Pahlke – das klang schon deutscher, aber auch noch nicht ganz richtig. »Flammen zündet! Herzen brennt!«, schrie die Biologielehrerin in die Johannisnacht hinein. Es war gegen zehn und dunkel, denn in den sechziger Jahren gab es keine Sommerzeit, und sie gab das Zeichen für »Flamme empor!«. Einer von uns musste noch ein Thing-Gedicht von Josefa Berens-Totenohl vortragen, das schon 1943 an dieser Stelle zum Vortrag gekommen war. Die Berens-Totenohl war nämlich eine Kameradin aus dem NS-Akademikerinnenbund gewesen und blieb es.

Unsere Welt war voller Flüchtlinge. Sie war nicht mehr heil. Auch an diesem heiligsten Abend der Heimat (laut Biologielehrerin) standen Flüchtlinge um uns herum, die uns, unsere Heimat in Frage stellten.

Alle Sonnwendfeiern meines Lebens klangen mit einem Kanon aus, mit dem Nachhauseweg, mit der Nacht.

Ich hätte nun bei dieser Erinnerung »Herr Meier kam geflogen, auf einem Fass Benzin«, unseren Narrenmarsch, singen wollen, doch über diese Zeile kam ich nicht hinaus.

Ach, die Gegend hieß anderswo Badisch-Sibirien. Niemand wollte kommen, nicht einmal als Direktor.

1963 feierte der Interimsdirektor seinen neunzigsten Geburtstag. Immer noch hatten wir ihn gelegentlich als Vertretung im Turnen.

Er gab seine Kommandos von seinem Stuhl aus, brüllte »Antreten!« und zeichnete mit seinem Krückstock die Bahn, die wir im Kreis laufen sollten. Wir verstanden seine reduzierte Sprache, er konnte keinen Einzigen von uns mit Namen nennen, aber wenn er gegen die Geräte zeigte, gegen das Trampolin, gegen die Barren, versuchten wir uns doch an diesen Geräten. Seine Angaben »Hoch!«, »Rein!«, »Runter!«, »Rüber!« blieben schlicht unverständlich, und wenn dann die Frechsten von uns auch noch »ficken« dazwischenriefen, verstand er gewiss nichts. Aber ab und zu saß ein Gast neben ihm in der Turnhalle auf einem Campingstuhl. Dann strengte sich der Alte noch etwas mehr an, und seine Bewegungen mit dem Krückstock waren vielleicht etwas eleganter. Mancher kannte sich noch vom Ersten Weltkrieg. Jetzt freuten sie sich über uns. Zuber fiel vom Barren. Tocholepsy kam gar nicht erst hinauf, ohne dass es von irgendjemandem bemerkt worden wäre.

Der alte Direktor warf bei seinen Ansprachen oftmals das Wort Trommelfeuer in den Raum.

Im Publikum war von Umnachtung die Rede.

Meine Schule war etwas ganz Besonderes: eine Synthese aus Trommelfeuer, Bautzen, Umnachtung und zurückgehaltenen Tränen. Unsere Ministerpräsidenten, die in der Schule herumhingen, hießen Kiesinger und Filbinger. Es war, alles, vorne hinten wie höher.

Ein Leben hier kam also, selbst vom kleinen Freiburg her betrachtet, einer Verbannung gleich. Erst um 1970 trudelten die ersten an 1968 geschulten Lehrer ein, durchweg Söhne von Nazis, und wären am liebsten gleich wieder geflohen.

Der Lehrstoff (den es wohl gab?) stammte wohl fast komplett aus Büchern, die vor '45 geschrieben worden waren. Wörter wie widernatürlich, gesund, ungesund, krank, tüchtig sowie das ganze sportlich-militärische Vokabular herrschten sowie das dazugehörige Herrgott-, Heimat- und Familienvokabular, nur das Wort »Führer« und etwa das Wort »entartet« oder das Wort »Mädel« durften damals nicht mehr (jetzt wieder) vorkommen.

In meinen Lesebüchern fand ich als Gedichte fast nur Balladen, und alle langweilten mich. Ich wusste schon, dass dies nicht alles sein konnte, so wie nach dem ersten Durchblättern der Wäscheseiten des Neckermann-Katalogs. Die Zeit nach dem Zweiten Weltkrieg muss eine ausgesprochene Balladenzeit gewesen sein, aufgrund dieses Unterrichts hatte ich lange geglaubt (wenn auch nicht für möglich gehalten), dass sich in der Ballade die Dichtung erschöpfte, ja dass Dichtung nichts anderes sei als eine Folge winterabendlanger Balladen.

Auch Romane mussten wir lesen. Hinzu kamen die Weihnachtsgeschichten.

Weltliteratur wurde uns auch geboten, wenn sie von hier war: Abraham a Sancta Clara, Heidegger, Gottfried von Zimmern (Verfasser der weltberühmten Zimmern'schen Chronik, die im Meßkircher Schloss geschrieben wurde, da, wo wir sie jetzt lasen).

Von Goethe, von dem das Wort »Weltliteratur« doch stammt, habe ich über den trostlosen Werther hinaus nie etwas gehört.

Die 68er brachten dann Brecht: *Die Maßnahme*. Aber dafür

war es schon zu spät. Allerdings auch das erste Gedicht: *Erinnerung an die Marie A.*, von dem ich lebte, eine Zeit lang. Gegen Ende der Schulzeit kamen neue Lesebücher. Da waren nun, Anfang der Siebziger, auch noch ein paar Neue abgedruckt. Auch ein Enzensbergergedicht, also wieder nichts.

Zu Hause war ich von alldem verschont geblieben. Niemals habe ich ein nationalsozialistisches Wort oder ein Enzensbergergedicht gehört, und nicht nur, weil wir so wenig sprachen oder lasen.

Und ich erinnerte mich daran, dass ich von zwei Parteimitgliedern in die Welt befördert wurde, von einer alten Hebamme und einem alten Reichshygienerat, die sich von Rottenmünster her kannten und keine zehn Jahre vor mir ihre Fahnen zu Putzlappen verarbeitet, das Brennbare verbrannt und die Parteinadeln und den Rest in die Donau geworfen haben. Was sonst noch war, ging ja keinen etwas an.

So sind es für mich immer wieder Erinnerungen, Kinder, 120, 130, 140, 150 cm große Menschenkinder, die noch wuchsen und dabei Sonnwendfeiern und Katastrophentage, »Flamme empor!« und Friedrich von Schiller verabreicht bekamen und wenn sie »Nibelúngen« sagten, zur Strafe auf zehntausend zählen mussten.

Einmal kam die Miegel zu Besuch angefahren. Das ist der Höhepunkt eurer Schulzeit! (wenn nicht eures Lebens), hieß es. Aus dem Westfälischen. Ich weiß noch, sie hatte einen Zopf, und der war geflochten. Sie trug um alles herum einen Zopf. Sie war uralt und unvergesslich, etwas Graues.

Einige weinten, als sie Agnes Miegel leibhaft erblickten. Wir waren von unserer Bio-Lehrerin vor ihrem Besuch in das Martyrium dieses Lebens, das alles verloren hatte, eingewiesen worden. »Das ist die Summe der deutschen Existenz!«, sagte sie.

Zur Feierstunde war die Schule im Musiksaal angetreten. Huldigungsadressen, das Grußwort von Kiesinger und Balladen, die ausgewählte Schüler mit nordischen Vornamen (Uwe, Jürgen, Kai) aufsagen durften, wurden vorgetragen. Die Miegel war schon sehr alt und lauschte ihren Dichtungen, die gar nicht in unsere Landschaft passten. Keine einzige ihrer Balladen spielte hier. Jede Ballade wurde zweimal vorgetragen. Die Miegel blinzelte jeweils wissend – oder gar wissender, man sah ihr ihren Verlust an. An dieser und jener Stelle schien sie zu verzagen. Da aber alles aus dem Mund von Kindern (oder was dafür galt) kam, schöpfte sie auch wieder Hoffnung.

Auf die (warum eigentlich sogenannte?) Reifeprüfung folgte jene erste Reise meines Lebens.

Bis dahin war ich eigentlich nur nach Schwackenreute, Meßkirch oder in den Stall gekommen, wo ich eigentlich am liebsten war. Interrail (nach Capri!) hatte ich mir in den Kopf gesetzt, und auf dem Weg dahin noch nach Rom! Ich hatte einen Lichtbildervortrag im Nebenzimmer des Löwen gesehen, eines Winters; von da Capri, die sogenannte Blaue Grotte und so weiter, die Reise unternahm ich mit Anton aus Kreenheinstetten, B-Klasse wie ich.

Nachdem fünf von uns durch die Reifeprüfung gefallen waren, wollten wir unserer Schule nicht auch noch durch unsere Anwesenheit bei einer Feierstunde in der Stadt- und Viehhalle (heute: Heideggerhalle) huldigen. Wir waren nicht die Einzigen, die ferngeblieben waren. Der Direktor machte sich noch ein letztes Mal von der Rednertribüne herunter über uns lustig, wie man mir sagte. Er verkündete, dass wir die schlechtesten Ergebnisse von ganz Baden-Württemberg erzielt hätten. Er hat gesagt, dass er sich eine Zukunft mit diesen Noten nicht ausdenken könne – dass er beim besten Willen nicht sagen könne, was aus uns, mit ein, zwei Ausnahmen vielleicht, noch werden könne. Die Heideggerhalle muss entsetzlich leer gewesen sein.

Ich kannte diese Halle von den Viehversteigerungen und von den Heideggerfeiern her. Da wurde das braune Meßkircher Höhenfleckvieh im Kreis herumgeführt und versteigert oder auch nur prämiert. Den Direktor denke ich mir an der Stelle, wo sonst der Auktionator Graf Douglas seine Angaben und Zahlen herunterschrie. Dieser Direktor verspottete uns, indem er sich unsere Zukunft (darunter ja auch meine) ausmalte, indem er sich diese angeblich nicht auszumalen wagte.

Als mein Name genannt wurde, verlas er, ich sei in Portugal, »abwesend!«, und machte auch noch eine Andeutung über meine Zukunft, die ich nie erfahren habe, so schrecklich muss diese Andeutung gewesen sein. Mit einer unwilligen Handbewegung habe er mein Zeugnis zur Seite geschoben: »Glänzt durch Abwesenheit!«, habe er dabei durch die Viehhalle gerufen. Ein letztes Mal fehlte ich unentschuldigt. Es war der 24. Mai, und ich fuhr an diesem Tag mit Anton, der ja auch unentschuldigt fehlte, von Sorrent aus nach Capri. Es war nur ein Tagesausflug. Nach der Blauen Grotte wollten wir noch mit der Zahnradbahn in die Stadt hinauf, aber es blieb keine Zeit mehr. Unser Boot ging schon wieder um zwei nach Sorrent zurück. Dort übernachteten wir in der Jugendherberge. Wie wir dahin gekommen waren, weiß ich nicht mehr. Und dann war noch, aber nicht wegen Anton, bitte schön!, dieses Jucken gewesen, das mir bald eine Schamröte und einen Angstschweiß ins Gesicht trieb.

Meinen Reisebegleiter habe ich seither auch nicht mehr gesehen. Ohne dass ich wüsste, warum, ist er aus meinem Leben verschwunden. Gewiss gibt es einen praktischen Grund dafür, dass wir, die wir neun Jahre am Stück, sage ich, zusammen, sage ich, in diese Schule gegangen waren, gewiss gibt es einen praktischen Grund, dass wir uns nicht mehr jeden Tag sahen. Aber dass wir uns vollkommen aus den Augen verloren haben, kann doch nicht daran liegen, dass mich seine Frau abgelehnt hat, dass sie mich einfach nicht leiden konnte. Sie duldete überhaupt keine Freundschaft neben der Ehe und Familie. Aber daran kann der Verlauf unserer Geschichte doch nicht liegen. Wir haben uns doch die ganze Zeit so gut verstanden, auch auf Capri – und es fehlte nicht viel, und wir hätten uns eine Frau gesucht und wären zur Krönung unserer Freundschaft alle drei ins Bett gegangen, so gut verstanden wir uns.

Wir hätten es ruhig tun sollen. Denn dann wäre mir wohl auch die Zeit zwischen Diagnose und Diagnose der Fehldiagnose erspart geblieben. Dann hätte ich aber auch nicht jene himmlisch irdischen Tage oder Nächte gehabt, und eine von ihnen musste es gewesen sein.

Unsere Freundschaft wurde also nicht durch noch so eine Dreiergeschichte gekrönt, sondern wenig später durch Ilse zerstört.

Eines Abends – bei einem jener Abende, die die katholischen Hochschulgemeinden zu Beginn eines jeden Semesters zum Kennenlernen veranstalten – ging Ilse entschlossen auf den unentschlossen dasitzenden Anton zu und forderte ihn zum Tanz auf (auf Hochdeutsch: Damenwahl). So beginnt zwar nicht Weltgeschichte, aber unsere Geschichte war damit zu Ende. Auf Hochdeutsch!

Ich weiß genau, dass Anton schon dadurch eingeschüchtert war. Die Befehlssprache bei uns war das Hochdeutsche. Es blieb ihm wohl nichts anderes übrig, als zusammenzuzucken, zu folgen und zu tanzen.

Ilse sagte »Komm!«, und sie gingen.

Was kann aus einer Verbindung von Anton und Ilse schon werden!, dachte ich mir. Aber Anton verdankte sich auch nur einer Verbindung von Ernst und Rosa. Das Leben setzte sich über die sonderbarsten Namen fort.

Ich hatte mit Anton über alles sprechen können, zumeist war es einfach nur Unterhaltung, Politik, Sport, Wetter, Sex, Autos, jetzt merke ich erst, dass er fort war. Damals merkte ich nichts. Ich glaubte, außer einer neuen Adresse änderte sich gar nichts, und es änderte sich ja auch gar nichts, außer, dass wir uns bis zum heutigen Tag nicht wiedergesehen haben. Zum Klassentreffen kam er nicht.

Und doch wollten wir, der harte Kern der Romantiker von uns, nun auch noch zum Schwimmen, zum Baden an unseren Weiher, mitten im Wald, wie einst, als die Sehnsucht unsere Zukunft war. »Gehen wir schwimmen!«, sagte Jonnie – oder war es Marlies? Oder Tina? – Jedenfalls einer oder eine von uns, die wir immer noch Sehnsucht hatten, und mit ihr ein Leben lang unser Leben teilten und weiterlebten. Wir hatten uns längst schön getrunken.

»So ein Blödsinn«, sagten nun Claudia und auch Renate, Realistinnen der ersten Stunde, die eine Juristin geworden, die andere Zahnärztin, die beide ihr ganzes Leben ebenerdig verbrachten, niemals träumten und flogen und abstürzten.

»Entschuldigung – es war nur so eine Idee!«

Wiedersehen wollten wir uns. Bald war ein Hoffnungsschmerz in uns, Aug um Aug, Zahn um Zahn, Leben um Leben. Und dann blieb der Schmerz als unser Heimweh. Und Tina, die auch zu den Berauschten gehörte, sagte, wir sollten uns nun noch »freimachen!« wie damals bei Dr. Eiermann, und Lucy sagte »spinnst du?« wie in alten Zeiten, und alle lachten. Und doch waren die einen von uns Exhibitionisten, die anderen Voyeure – geworden oder geblieben: Tina machte nun wie von selbst ihre Oberarme frei, und Jonnie auch (ich sah den beiden an, dass sie darin geübt waren); und wir sahen es, wie sie diese ihre immer noch vorzeigbaren Oberarme verglichen, und wie viel noch von Sanitätsrat Dr. Eiermann und seiner Messerimpfung übrig geblieben war, ja, damals konnte man noch jene Stelle erkennen, und wir lachten noch einmal, über unsere Todesangst von einst, die hatte aber gedauert! Und gesessen! Ein Kinderleben lang. Für immer.

»Gehen wir schwimmen!«

Doch keiner folgte schließlich dieser verheißungsvollen wie hochgemuten Aufforderung, diesem wiedergeborenen Verlangen nach allem, was rund ist. Denn wir hatten uns längst schön getrunken.

Nun ist die Vergangenheit mein Heimweh.

Dies ist schon alles, was durch unser Meßkircher Nicht-Wiedersehen ausbrach. Die Jahre trennen uns alle, Zeiträume, für die wir Zahlen und keine Namen haben, von dieser am Ende vielleicht gar nicht missglückten Zeit? Und alles zog sich zu einem einzigen Vorbei! zusammen. Unser Wein, unsere Lautstärke, unser Verstummen, schon vor dem Ende des Wiedersehens – wir versprachen einander ganz fest, uns in zehn Jahren wiederzusehen.

Die Messerimpfung oder
Wenn ich sang, lachten sie

Am anderen Morgen ein Kater und ein Widerwille gegen das Rot am Grunde der Gläser, die ich auf dem Spültisch von Lucy stehen sah, die mir ein Nachtasyl geboten hatte, sowie der Anruf von Marlies: »Nie wieder! – Nevermore!«.

»Alte Liebe rostet nicht!«, und ich erinnerte mich, noch in den Nachwehen des Alkohols, wie Rolando zu Jonnie und Tina, die nun beide verheiratet waren, aber nicht miteinander, hinübergeschaut hatte, und wie sie schauten. Sie hatten sich für eine Ewigkeit und drei Tage aus den Augen verloren, und nun waren sie wieder ganz die Alten, Adam und Eva, eine Geschichte, die auf einem jener Bänkchen im Hofgarten unter einer jener gewaltigen Linden begann, und es war wohl an einem ganz gewöhnlichen Tag gewesen, nicht einmal im Mai. Und auch ich war wieder ganz der Alte, wie ich schaute, mit meinen Augen, denen ein Stich versetzt wurde, als ich mit meinen Adlerohren hörte, wie sie sich zum Schwimmen verabredeten, meine beiden, für morgen an unserem See. Sie hatten sich so lange nicht gesehen, und jetzt musste es ganz schnell gehen.

Und als wäre es nicht genug gewesen, hatte er mich auch noch gefragt, ob ich mitkommen wolle, zum Schwimmen, das fragte mich Jonnie, der mitbekommen hatte, wie ich diese Verabredung mitbekommen hatte, auf dem Weg zum Schiffen. Auch er war ganz der Alte geblieben. Und ich konnte nicht »nein« sagen. Niemals, wenn sie mich etwas Schönes fragten.

Als wir wieder aus dem Wasser kamen, lachend, schüttelten wir, als wären wir noch junge Hunde, das Wasser von uns ab.

Auch Tina, die uns dabei beobachtete, wie wir aus dem Wasser herauskamen, und vielleicht verglich, lachte, herzzerreißend, das schwöre ich beim Blau des Lausheimer Weihers und bei meiner Erinnerung und meinen Augen, und wir setzten uns zu ihr an die alte Stelle, unseren Platz, der uns einst so viel Freude gemacht hatte, und so weiter.

Da saßen wir nun, denn ich hatte nicht »nein« sagen können, und war wie ein Debütant zur verabredeten Uhrzeit am Lausheimer Weiher, wo man auch schwimmen lernen konnte, erschienen, was heißt erschienen: Sie waren es in den Augen von einem, der es nur bis zum Voyeur schaffen würde … so dachte ich, nein, sah ich, der Voyeur und sein Verlangen. Da saßen wir nun, zusammen auf unserem mitgebrachten Teppich, jener Rosshaardecke, zu der wir zu Hause »Teppich« sagten. Auf der einen Seite Jonnie und Tina, auf der anderen ich und meine Augen, als wäre ich jener Wüstling aus jenen Zeitschriften von einst mit den Querbalken über den lebenswichtigsten, richtigsten … Stellen.

Da saßen wir nun, und bald wies Tina auf die Narbe, da, wo mein Muttermal gewesen war, am Oberarm links, an der äußersten Stelle meines Lebens, an der linksten, gleich neben der einstigen Schnittstelle von Dr. Eiermann. »Da war doch etwas!«, sagte sie.

»Die Stelle ist aber sehr schön verheilt!«, sagten sie wie im Chor und lachten, und hatten nun wegen dieser Koinzidenz der Gedanken noch einen Wunsch frei … Und ich suchte auch sogleich mit meinen Augen und Erinnerungen die entsprechende Stelle bei *ihnen* ab, die von der Messerle-Impfung, wie wir es nannten, unserer ersten Angst, der Angst vor dem Tod herrührte, sodass wir ein erstes Mal beinahe gestorben wären. Da waren wir noch keine zwölf, und Kinder gibt es immer – »Künder jibt et ümmer«, sagte, als wir Kinder waren, der gute alte Dr. Adenauer, Gott hab' ihn selig. Wie er sich täuschte! Es war im Hof zwischen Heideggergymnasium und Fleckviehhalle in Meßkirch vor dem Impfwagen, wo wir im Spalier standen und an der Reihe waren, ein Kind nach dem anderen, doch getrennt nach Geschlechtern. Erst die Mädchen und dann wir. Es hieß Pockenschutzimpfung, das Gesundheitsamt kam aus Stockach angefahren, in einem Wagen wie die mobile Besamungsstation, und brachte uns etwas Gesundheit bei, der Sanitäts- und Hygienerat Dr. Eiermann, einst Rassenforscher und Ritterkreuzträger! Kaum nach jenem 8. Mai sollten wir schon wieder gesund sein und für das Leben ertüchtigt werden, als ginge es ewig so weiter. Ich wunderte mich etwas, als ausgerechnet er bei seiner Einführung in den Schmerz des Lebens – es war bei seiner Vorbesichtigung von uns, vier Wochen vor dem entscheidenden Datum, vor ihm in der Turnhalle nach Geschlechtern getrennt zum Appell aufgestellt – das Wort Gesundheit fallen ließ. – Gesundheit? Zukunft? – Hatten wir nicht gehört, dass wir zum Sterben auf der Welt sind? Wussten wir das nicht von unserem unvergesslichen, unvergessenen Pfarrer A. D. und unserem ortsheiligen Maler und Ausmaler von St. Martin, Meister M. H.? Hatten wir das nicht schon zum ersten Mal gehört, kaum dass wir geboren waren, noch bevor wir eine dieser Sprachen verstanden?

Dass das Leben mit dem Sterben zusammenfällt wie in einem Roadmovie – war das nicht meine Erfahrung vom Licht der Welt an?

Wir hatten Todesangst, ja, es war eine Meßkircher Todesangst, eine Meßkircher Spezialität, so wie der Katzendreck am Schmotzigen Dunschdig, ja, es war eine Mordstodesangst, so standen wir in Reih und Glied, da die Tür des Besamungs-, Impf- und Gesundheitswagens quietschend aufging. »Hinauf mit dir! – In den Wagen!«, hörte ich. Die Krankenschwester zeigte auf mich in meinem Unterhemdchen, als fröre ich bis in die Seele, so standen wir da und machten uns Mut und lachten, und ich begann zu singen. Immer, wenn ich sang, lachten sie. Jawoll, Herr Sanitätsrat!, als wäre Alkohol im Spiel gewesen: Dahin!, wies sie mich mit ihrem grobschlächtigen Finger, und die Eisentür war hinter ihr automatisch zugegangen. Ich stand und sah, wie sie ihren Wattebausch in den Alkohol tunkte und von der Seite auf mich zukam und wartete auf das Ende, schon mit jenem Geruch in der Nase. – Da kam er mit seinem Messerchen, der badische Kolonialbeamte, der großherzogliche Sanitätsrat Dr. med. vet. Eiermann, noch aus dem Ersten Krieg. Und und und ... seine willfährige Krankenschwester machte sich nichts aus allem, so wenig wie unsere Hebamme, die einst mit ihrer Schere dem ersten Einssein ein Ende setzte.

So saßen, lagen und schauten wir nun, nebeneinander, im Gras. Ich neben ihnen. Wie ich neben ihnen lag!

Das war alles.

»Aber wo ist dein Muttermal?«, fragte nun Tina, als hätte sie es nicht schon längst gesehen, dass nichts mehr zu sehen war.

»Das hätte ich auch gerne gewusst«, sagte ich. Nichts war mehr da, und wir lachten.

Ich erzählte nun meine Geschichte mit meinem Muttermal, und mir blieb nichts übrig, als mit ihnen lachen zu müssen. Als wäre aus meinem Leben ein Witz geworden.

»Die Stelle ist aber sehr schön verheilt!«, sagten sie nun, beide, nacheinander, »doch – sehr schön verheilt!«. Ja, und mein Schmerz war über mein Leben verteilt.

Und nun verglichen wir unsere Wunden, als müssten wir zärtlich sein zu ihnen.

Fast nichts war mehr da. Genau wie von der ersten Liebe, die von mir so sehr als Glück gedacht war, sodass ich beinahe gestorben wäre. Eine unmögliche Geschichte von Anbeginn, und das Traurigste daran war vielleicht für mich, dass sie es nicht einmal mehr wussten. Was ist »lieben«? – Ist es ein Tu-Wort? – Was ist »Liebe«? – Bevor ich darüber nachdachte, wusste ich es noch, Summe meines Lebens. – Nichts lässt man uns, nicht einmal den Schmerz, und eines Tages wird alles vergessen sein.

Das war alles. Wiedersehen wollte ich sie, und ich setzte mich in meinen Wagen und fuhr davon, als wäre es nach Hause.

Vom Verschwinden auf Taubenfüßen

Dann kamen auch schon wieder der Winter und der Wind, und sie machten sich nichts aus allem.

Immer noch habe ich die Hoffnung auf eine schönere Fortsetzung, an anderem Ort? Wer weiß.

Mit ganz anderen Menschen als am Anfang: gewiss. Die Hebamme? Sie hat mich mit einer Zange ins Leben geholt. Sie hat mich mit einer Schere von meiner Mutter getrennt. Sie hat mich zum ersten Mal gewogen. Die Kindergartenschwester Maria Radigundis? Ihre Haare unter einem Schleier, nie gesehen. Ihre Sommersprossen? Von denen durfte ein Kind nicht reden. – Die Mutter?

Mit ganz anderen Menschen als am Anfang …

Wir gehen tausendfach durch den Kaufhof. Wir tragen uns mit uns herum und geben den Glauben, dass alles gut wird – so sagen meine Kronzeugen: die Hebamme, die Kindergartenschwester, der Arzt beim Abstellen der Geräte, der Priester bei der Letzten Ölung –, nie ganz auf, ungeachtet dessen, was wir ein Leben lang sagen und denken, und ganz gegen jegliche Vernunft. Mit ganz anderen Menschen um uns herum als am Anfang, ist am Ende einzig unser Glaube, dass alles gut wird, der alte. Anfangsmenschen, Zwischenmenschen, Endmenschen, von denen wir es (dass alles gut wird) noch einmal gesagt bekommen, ob wir es noch hören oder nicht – und dann versickern wir, anders und unbeschreibbarer als das Wasser im Sand oder der Sand selbst. Wir werden uns aus den Augen verlieren. Doch genau an der Stelle (der Geschichte), wo wir sagen müssten: »Es ist alles aus«, sagen wir »Es wird alles gut«, und einige von uns weinen vielleicht noch dazu.

Es waren Menschen, die ich gewann und verlor, durch den Tod, aber auch vorher schon, indem sie einfach verschwanden, indem ich verschwand, immer wieder, vom Land in die Stadt ziehend, vom Westen in den Osten, von Norden nach Süden, über dieses und jenes Gebirge. Ich lernte bald Französisch. Kleine, charmante Sätze halfen mir über das Geheimnis, über die sogenannte Leere hinweg: C'est la vie. – So verschwand schon, bevor ich diesen Satz sagen konnte, meine Kindergartenfreundin. Eine Hand zog sie eines Abends um fünf vom Kindergartentürchen weg in eine andere Richtung; und ich wusste nicht, dass dies »das letzte Mal« und »c'est la vie« war. Nur keine Tragödie! Nur kein Theater! Ihren Namen habe ich gewiss nie vergessen. Immer noch verbinde ich ein Mädchen mit diesem Namen, noch nicht ganz sechs Jahre, das aus meinem Leben verschwand, anscheinend ohne jede Notwendigkeit. Als ich sie wiedersah, stand sie mit einem etwa dreijährigen Mädchen vor mir, das Oma zu ihr sagte. Ich fragte nach ihrem Leben … Die jüngste Großmutter Süddeutschlands also, 29 Jahre war sie alt, als ihr erstes Enkelkind das Licht der Welt erblickte …, dachte ich, vor ihr stehend. »Ob ich jetzt Oma zu ihr sagen müsse?«, fragte ich, als ob ich scherzen wollte mit ihr, wie damals, als wir miteinander scherzten, als ob wir uns nicht liebten. (Gewiss nur eine Kindergartenliebe.) Doch jetzt bestand sie darauf, dass auch ich sie Oma nannte, um das Kind nicht mit zu vielen Namen zu verunsichern, wie sie sagte. Und du? Du bist Kavalier der Straße! Ich gratuliere dir! Sie hatte es im *Südkurier* gelesen. Ich hatte bei einem der Unfälle, auf die ich auf meinen Fahrten stieß, erste Hilfe, Mund-zu-Mund-Beatmung geleistet und damit möglicherweise ein Leben fortgesetzt und dafür auch noch die Auszeichnung vom Landrat von Konstanz bekommen. Das war im *Südkurier* abgebildet, wie mir der Landrat die Urkunde überreichte; und aufgrund des Fotos mit meinem Namen darunter hatte sie mich überhaupt erkannt und angesprochen, als sie beim Spaziergang auf unserem Friedhof auf mich stieß und gleich meinen Namen wie eine Frage vor sich hin sagte: »Du? Bist du es?« Wir hatten uns schließlich seit jenem Abend gegen fünf, als wir uns vom Kindergartentürchen weg aus den Augen verloren, nicht mehr gesehen. Doch sie wusste fast alles von mir. –

Wir ziehen immer weiter. Einige von uns verunglücken, bleiben liegen, aber für die Überlebenden gibt es zum Glück den Kavalier der Straße und das Rote Kreuz; und wenn wir uns im Gebirge versteigen, kommen sie mit dem Hubschrauber und holen uns zurück. Gabi lebt, ist die jüngste Großmutter, während ich mehrfach ausgezeichneter Kavalier der Straße bin.

Aber unser Versprechen (ewige Liebe, später heiraten) haben wir nicht gehalten. Damals mussten Tränen herhalten zum Beweis, dass wir uns immer lieben wollten, zum Beweis, dass wir … dass wir … dass wir … waren. Die Tränen unserer Kindheit, schauerlich weit weg.

Auch mein Monsignore, Franz Sales, hat geweint, als ich ihn zum letzten Mal besuchte. Er ging zwischen seinem Vogelkäfig und mir hin und her. »Viel zu viel Futter!«, stöhnte er.

Unser Leben wird von Tränen begleitet, von Menschen, die von uns weggehen. Franz Sales hat auch nur geweint. Er griff mit seinen dicken Händen nach mir und umarmte mich alla romana. Einen letzten, feuchten Schmatz gab er mir noch. Vor seiner Haustür stehend war ich damals (vielleicht nur augenblicksweise) froh, ihm und allem entronnen zu sein. Und heute?

Er werde für mich da sein, beten, sagte er, der Titularbischof, das arme Schwein, auf meine Rückkehr hoffend, umsonst. Mit diesem Versprechen – für mich da sein – hatte mich schon meine Großmutter in den Schlaf gewiegt, sie, die dieses Versprechen nicht halten konnte, nun ein Leben lang vermissend.

Bei einem unserer Abschiedsabende (unser Abschied zog sich über Tage hin) im L'eau vive platzte noch die Eiterbeule … Mein Eiterzahn nahm auf Ort und Zeit, Essen und Abschied keine Rücksicht. Und ich wusste immer noch nichts von meinem

Leben, nur so viel vielleicht: dass meine Geschichte eine Zahngeschichte war.

In der vorangehenden Nacht hatte ich noch einen Traum: Das Gesicht von Franz Sales lag als Sandwich auf meinem Teller, im Flachrelief. Ich weiß nicht, was schlimmer war: dieser Illusion gebliebene Albtraum oder der unbezweifelbare Geruch der aufplatzenden Eiterbeule im L'eau vive. Ich hätte sie hinunterschlucken können, aber ein Reflex bewirkte die andere Richtung, diesen Teller zwischen Franz Sales und mir. So wollte es der Zufall oder das Schicksal, dass unser letztes Essen im L'eau vive eines der unvergesslichen blieb.

Immer gab es Menschen in meinem Leben, die weiterhalfen; und schon war eine indische Nonne da, die lächelte, zwei Nonnen, die lächelten und dabei die Tischdecke wechselten, so wie sie auch die Wäsche gewechselt hätten, wenn wir ins Bett gemacht hätten.

Da dies nicht alles sein konnte, fragte mich Franz Sales, ob er mich noch einmal nach Nettuno einladen dürfe. Dort stand die Casa Helios, die auch der Kirche gehörte, nicht weit von der Stelle, wo die heilige Maria Goretti von einem Lustmörder getötet worden war, der nach zwanzig Jahren Gefängnis auch im Kloster landete. Noch einmal!

Heilige Unschuld! Wir forderten eben zu viel voneinander. Die Ansprüche waren ja schon an einen gewöhnlichen Mann oder Menschen sehr hoch.

Seitdem Franz Sales seine Mutter nicht mehr hatte, allein Mutterfotografien geblieben waren, bis hin zu den Beerdigungs- und Grabfotos, die überall herumstanden und herumhingen, hatte er sich mir zugewandt. Ich hätte sagen können: Nun stürzte er sich auf mich. Ich tat so, als ob ich es nicht merkte. Er tat auch so, als ob er es nicht merkte. Wir taten so, bis wir uns alle für immer aus den Augen verloren.

Ein weiterer Mensch, der verschwand, war Gianna.

Sie hat mir etwas Italienisch beigebracht. Zu meiner Ehre

muss ich sagen, dass ich sie, nachdem ich von der Ewigen Stadt weggegangen war, immer wieder gesucht habe, einzig die Erinnerung konnte mir dabei helfen. Ich hatte ja sonst nichts mehr von ihr, nicht einmal mehr eine gültige Telefonnummer, sie ist mir heute bis auf die Erinnerung, meine zweite Gegenwart, verloren. Zu meinen Zeiten blühte sie, ich habe sie nur blühend gesehen. Und so bleibt sie.

Gianna hatte es geschafft, bis in den Vatikan vorzudringen, bis zu uns zukünftigen Priestern. Sie kam zu mir – umsonst. Wir hatten nichts voneinander. Alles, was wir voneinander hatten, war auch nur, dass wir nichts voneinander hatten, außer dass wir uns etwas anfreundeten und zweimal eine Art Ausflug in die Gegend von Terni machten – und an den Trasimenischen See. Ein griechisches Gesicht hatte sie. Ihre Vorfahren kamen aus Tunesien oder der Türkei. Ihr Vater lebte jetzt in Australien, die Mutter in Palermo; und sie selbst war in New York geboren – oder in Neuseeland, ich weiß nicht mehr. Ein griechisches Gesicht, der Unterricht war von Anfang an ganz italienisch, die Schüler bayerisch, wenn ich mich nicht dazuzähle, (korrekterweise) altbayerisch waren sie. Sie brüsteten sich in diesem Unterricht bald mit ihrem rollenden R und der angeblichen Verwandtschaft des Bayerischen mit dem Italienischen und mit ihrem altbayerischen Vorteil. Dagegen trumpfte ich mit meinem klaren A auf und warf mehrfach hintereinander mein »Abraham a Sancta Clara« in den Raum, was sich auf Bayerisch wie die erste Variation von *Drei Chinesen mit dem Kontrabass* anhörte: »Obrohom o Soncto Cloro« hörte ich die ganze Zeit. Wie sie mich nachäfften! Auch wenn mein R nicht rollte, sondern krächzte, wie eben ein alemannisches R, so warf ich doch immer wieder mein alemannisches A in den Raum und ließ durchblicken, dass ich diesen Figuren im Französischen überlegen … und – außerdem – mit Heidegger und Abraham a Sancta Clara! – verwandt sei.

Wir taten so, als ob wir zusammen Italienisch lernten, was tatsächlich nie geschah, gleichgültig, ob wir aus dem Bayerischen Wald kamen oder nicht. Das Italienische war für uns alle ein unmögliches Ziel. Bald flüchteten wir uns in andere Gegenden, ein Umzug stand an. Gianna zog mit ihrem Mann und der gemeinsamen Tochter Ulja (von Uljanow, dem Namen Lenins) vom Fuß des Testaccio zum Monteverde Nuovo. Sie brauchte Handlanger. Eine ganze Reihe zukünftiger Geistlicher (unter ihnen ein zukünftiger Bischof) half den beiden (niemals rechtlich Verheirateten) dabei. Wir sehen, wie großzügig Rom war, bei den Protestanten hätte es so etwas nicht gegeben, ich weiß. Der Haushalt stellte sich bald als Kommunistenhaushalt italienischer Provenienz heraus, bedeutete also gewöhnlich nicht viel mehr als etwas nördlicher die Folklore, die es so in Italien glücklicherweise nicht gab. Wir schleppten die Bandiera rossa, die Bilder von Palmiro Togliatti und Gramsci von der einen Wohnung in die andere. Am Abend des Umzugs setzten wir uns auf den Boden. Giannas Mann griff zur Gitarre, und wir sangen die *Bandiera rossa* und die entsprechenden Lieder, die italienischen Partisanenlieder, die alle sehr schön waren: außerdem freilich *Questa Mattina mi son' alzato*: o bella ciao, bella ciao, bella ciao, ciao, ciao. Und im Herrgottswinkel hing halt die Bandiera rossa. Das klang nicht so schlimm wie die Rote Fahne. Die Bandiera rossa konnte ich vor meinem Gewissen vertreten. Damit konnte ich als zukünftiger Priester leben.

In den Vatikan war Gianna über einen Onkel gekommen, einen Geistlichen der mittleren Ebene, immerhin schon Titularbischof und mit dem Recht auf ein Grab in der Kirche. Ich halte diesem Onkel zugute, dass er wenig oder gar nichts vom Treiben seiner Nichte wissen konnte oder wissen wollte. Auch hier galt in Rom als oberster Grundsatz die Toleranz des Nichtwissens. Und erst ihr Pelzmantel, in den gehüllt sie an meinem neuen Wohnort erschien! Es war Anfang Oktober, fast noch Spätsommer; sie wollte mir nur zeigen, wie kalt es bei mir war. Dieser Pelzmantel, in den gehüllt sie auf Unglauben stieß, als sie in der Mensa und Cafeteria der Universität agitieren wollte, von den Taten der Kommunisten Roms berichten (die Ewige Stadt war damals offiziell kommunistisch) wollte und auch noch mit mir nach Stammheim fahren … Man hatte im Fernsehen und in der Presse gemeldet, Ulrike Meinhof habe sich gerade umgebracht.

Mit Blumen nach Stammheim fahren? Ich sagte ihr, dass mir dies nicht möglich sei, dass ich dies weder konnte noch wollte. Da schlich sich Verachtung ein für mein Leben. Sie zog sich von mir zurück.

Schon in der Umgebung Roms, in manchem Partisanenlokal, wo die Partisanenlieder abgesungen wurden wie in Bayern die Weißwurstlieder der Reihe nach, waren Zweifel an meinem Rot aufgekommen. Höchstens rosa, niemals rossa, hieß es. Doch ich leugnete, wie Petrus. Der Onkel wusste von alledem nichts; und was war es schon: Jeder Bischof in Italien, der etwas auf sich hielt, hatte eine kommunistische Nichte, das heißt eine Verwandte oder Bekannte, die *Le ceneri di Gramsci* las, die die Partisanenlieder liebte, und einen Mann, mit dem zusammen sie *Addio Lugano bella* sang, in der Partei war und auf die Bücher von Feltrinelli hereinfiel, *Addio Lugano bella* sang, und dabei blieb es. Auch ich liebte diese Lieder und sang manchen Abend auf dem Monteverde nuovo (deutsch: Neu-Grünberg) mit, und dabei blieb es. Es konnte vorkommen, dass wir bei unserem Wein und unserer Jugend noch zum Petersplatz hinunterfuhren (mit Giannas DueTscheWu) und zum stets erleuchteten Papstfenster hinauffluchten. (Das war die Kehrseite von Franz Sales und all seinem Gepränge, die Kehrseite von mir.) Das war Petersplatzfolklore, mehr nicht. Ebenso die Pläne, die wir, zu diesem Fenster hinaufschielend, fassten … Alles nur Theorie, Unschuld der Jugend, Petersplatzfolklore.

Im Grunde waren wir nur für Melodien anfällig.

Wie ging es mit Gianna weiter?

Die kleine Ulja dürfte längst ausgeflogen sein. Und ihr Mann? Ich hörte, dass sie in der Immobilienbranche tätig gewesen sein sollen und möglicherweise immer noch sind. Ich weiß nur, dass sie die Villa von Mario Lanzas Sohn Mario Lanza gekauft haben, Konkursmasse, fünfzehn Bäder, Carrara-Marmor etc. Da habe ich die beiden noch einmal besucht. Mir wurde eines dieser

Zimmer zugewiesen. Das war schon in der postkommunistischen Ära von Gianna, Roberto und Ulja. Wir sangen unsere Lieder nicht mehr. Dafür wurden Pläne alternativen Lebens entwickelt. Das erste rein biologische Hotel Italiens … oder auch eine Schönheitsfarm, ich weiß nicht mehr.

Das alles lag nun auch schon eine Ewigkeit und drei Tage zurück, eine Geschichte, die bald nach der Mondlandung begann.

Gianna, kannst du mich hören? Siehst du, unsere Geschichte hat auf fünf Seiten Platz. Ich grüße dich, Gianna.

Damals in Rom … als ich noch Auslauf hatte und Jahre! Ich wusste ja noch nicht, dass sich nach dem Prinzip *Zehn kleine Negerlein* die Welt veränderte, meine Welt. Jedes Jahr fehlte mindestens einer oder auch gleich mehrere. Aber ich merkte es nicht, denn das Schicksal ist gnädig und vertuscht vorerst seine Grausamkeit. Sodass ich es weise nannte (und in Jahresschlussdankandachten herumsaß, zu danken dafür, dass es nicht mich erwischt hatte). Tatsächlich ist es hart, härter als der Zahn der Bisamratte, und lässt nicht mit sich scherzen. Es vertuscht sich bis zuletzt. Wir sollen nichts von ihm wissen, bis wir gemeint sind. »Ein gutes neues Jahr, ein gesegnetes!«, wünschte mir Franz Sales im Jahr, als ich Rom verließ. Er wusste es noch nicht. Ich auch nicht. Zusammen begannen wir das Jahr im L'eau vive. Jetzt ist auch Franz Sales Obernosterer dem Schicksal anheimgefallen. Es gibt ihn nicht mehr, ungeachtet dessen, ob er noch lebt oder nicht. Er wird noch eine Zeit lang in meiner Erinnerung fortbestehen.

Das Schicksal war damals auch weise und klug, denn was an einer Stelle an Menschen von mir fortgenommen wurde, wurde an anderer Stelle wieder aufgefüllt. 1960 war Kindergartenschwester Maria Radigundis aus meinem Leben verschwunden; und mit ihr war auch meine erste Liebe genommen worden. Aber im selben Jahr schneite es schon meine ersten Schulfreunde, mit denen ich Buchstaben und Zahlen fürs Leben von einer Tafel abschrieb, in mein Leben, und blieben eine Zeit, ein paar Winter, und ich stellte mich als Muttermal, als Linkshänder, als Sprachfehler, als ein Kind, das immer noch in die Hose machte, heraus. Sie verschwanden (nach und nach, gewiss, kaum bemerkbar, auf Taubenfüßen), alle meine Völkerballfreunde und -freundinnen, alle meine Doktorspielfreunde und -freundinnen, Entchen.

Aber das Einzige, das sie von mir behalten haben, ist, dass sie nichts behalten haben – oder vielleicht, dass ich noch in die Hose machte, als sie schon bei der Liebe waren.

Da ich nun (zurzeit) von den Grabreden lebe, ich ein Wanderer, wohlgemerkt (einen Ausflug in die Pharmaindustrie als deren Versuchskarnickel einer Firma in Neu-Ulm habe ich auch schon hinter mir, ist auch schon fast vergessen), rutscht mir der Tod (oder was wir dafür halten, der Tod, dessen wahren Namen wir nicht kennen) immer wieder heraus, mitten ins Leben.

Franz Sales könnte sich nicht ausdenken, was aus mir geworden ist, dass ich heute auf diese – kleine – Weise lebe, nachdem alles so vielversprechend begonnen hatte (wenn ich einmal die Vorgeschichte abziehe). Die anderen, meine lebenden und verstorbenen Verschwundenen und Vermissten – könnten sie sich das ausdenken? – Gianna vielleicht am ehesten: Für sie war immer alles möglich. Sie hatte schließlich den Sprung von der KPI in die Immobilienbranche geschafft. War mein Weg demgegenüber nicht viel beschränkter? Mein Weg: konsequenter? Als Priester hätte ich zwar keine Grabreden halten, aber doch auch gelegentlich auf den Friedhof müssen! – Ich bilde mir auch ein, dass keiner etwas weiß von mir. Ich lasse ausrichten, dass es mir gutgeht. Gelegentlich fahre ich mit meinem 190er (Leasing, gebraucht) nach Hause, um zu zeigen, wie gut es mir geht. Eine Kindergartenfreundin fragt: »Wo sind deine Kinder?« Ich frage sie nach der (geliebten) Kindergartenschwester. Die sei gegen ihren Willen nach Nordbaden versetzt worden und bete den Rosenkranz mit, der von einer Tonbandkassette komme. Das schreibt sie uns Kindern von einst. Ich frage sie nach dem Kindergarten.

Unser Kindergarten? Ist geschlossen.

Wir atmen bis zuletzt. Was uns am Leben hält, ist nichts als Atem, zusammen mit dem kaum beachteten Herzschlag. Dann soll uns der Tod holen. Aber schon vom Kindergarten musste ich doch zu Fuß nach Hause, mit den anderen, die dieselbe Richtung hatten wie ich. Der Kindergarten ist nun geschlossen. Ein Ordensschwestern- und Kindermangel (wie viel das eine mit dem anderen zu tun hat, weiß ich nicht) hat dazu geführt. Mit der gesunden Langeweile, dem Anreiz zu den größten Leistungen (sagte Lucy), war es lange aus.

So kam ich kaum noch morgens auf die Beine und in die Kleider, im Bett liegend häufte sich die anschwellende Erinnerung an den Unsinn, und mir fiel Angelika ein, ich hatte sie beim Semestereröffnungsgottesdienst kennengelernt, das heißt beim anschließenden Semestereröffnungsabend. Bald zwang mich Angelika, das war zum Zeitpunkt der Erinnerung keine drei Jahre, an einem vierten Adventssonntag wieder einmal, in der Bahnhofsapotheke eine Packung Pariser zu kaufen. »Für uns«, sagte sie – wieder einmal. Sie hatte ja recht. So wartete sie vor der Apotheke auf mich, scheute sich nicht, durchs Fenster … Aber wie murrte sie, herrschte sie mich an, als ich nur mit einem Dreierpack herauskam. »Das soll alles sein!« Sie herrschte mich an, weil ich selbst wegen dieser geringen Menge errötet war. Und wie sie mich ausschimpfte wegen meines wiederholten Errötens; und wie sie es genoss! »Esel!«, hatte sie mich schon beim ersten Mal genannt. Sie legte Hand an mich. »Mai, wie ungeschickt du bist!«, höhnte sie. Aber wie ich wuchs! Und wie ich in den Pariser hineinwuchs! Und wie (schon beim ersten Mal mit ihr) die Vorhaut platzte! Und wie schließlich die Ledersitze verspritzt waren! Und wie schön die Liebe war!

Und wie das Leben mit dem Sterben zusammenfiel!

Ich wusste keinen anderen Ausweg mehr, als mir das Leben zu nehmen oder mich dieser Welt, Angelika gegenüber für tot zu erklären und vorerst nach Hause zu gehen.

Dann machte ich mir, weil ich nicht wusste, was ich noch machen sollte, einen Tee und stellte die Kanne auf Grönland. Das

war der einzige weiße Fleck auf meinem abwaschbaren Tisch-
untersatz der Firma Müboplast, der mir die Welt zeigte. Die
kompletten USA verschwanden unter meiner Meißner Tasse.
Und dann sah ich Feuerland.

Und noch im Nachhinein verlangte mich in diesem Restsom-
mer nach dem Tod, dem süßen, dem Einschlafen nach langer
Müdigkeit, und ich liebte den Wald des Zimmermanns und
seine Bäume.

Am anderen Morgen fand ich in der Post meiner fast schon im
Souterrain gelegenen Ein-Zimmer-Wohnung folgenden Brief:
»Sie haben in einem Preisausschreiben eine Reise nach Rom
gewonnen«.

Che bello! – Noch einmal kam mir Rom zu Hilfe.

Bello hieß ich in Italien. Eine Hausfrau, die in der Nähe des
Hauptbahnhofs auf und ab ging, nannte mich damals so. Die
Einkaufstasche in der linken Hand. In der rechten eine Zigarette.
Ich auf einem Auge blind. Sie fragte mich auf Italienisch, wohin
ich unterwegs sei. Bello, sagte sie, ich verstand. So hieß auch
mein Hund.

Mein Bello war schöner. Ich trug ihn auf den Armen. Er kotzte
mir auf den Kopf. Ich ekelte mich nicht. Ich war seine Mutter.

Die Post war vom Tina Versand. (Das war alles vor der E-Mail-
Zeit.) Ich hatte, was ich schon wieder vergessen hatte, vor etlichen
Wochen tatsächlich auch noch an einem Preisausschreiben teil-
genommen, nur so, als wäre es so nicht genug. »Herzlichen
Glückwunsch! – Sie haben den ersten Preis gewonnen, eine Reise
nach Rom.«

(Wie jeder, der am Preisausschreiben teilgenommen hatte.)

Wie sich herausstellte, musste die Reise selbst bezahlt werden.
Die meisten Gewinner, die sich am Flughafen Kloten eingefun-
den hatten, weigerten sich. Aber da ich nun schon einmal auf
dem Weg nach Rom war, bezahlte ich den günstigen Teilneh-
merpreis und bestellte auch noch die aufheizbare Bettdecke …

Das Flugzeug war eine ganz liederliche Boeing 707 der Air Cosima, die auf dem Rückflug auch abstürzte. Und obwohl alle, auch der Kapitän, auf dem Hinflug schon Todesangst ausgestanden hatten, war ich doch der Einzige, der auf einen Rückflug mit dieser Maschine verzichtete und so noch einmal davonkam. Meine Todesangst hatte mir wieder einmal das Leben gerettet. Die anderen aber sind irgendwo ins Meer gestürzt, man weiß nicht einmal, ob in die Adria oder ins Tyrrhenische Meer, denn einen Flugschreiber hatte diese Maschine nicht, auch keinen Funk, nehme ich an. So weit, so gut. –

In Rom löste ich mich sofort von der Gruppe und spielte kurz mit dem Gedanken, bei Franz Sales zu klingeln, einem Gedanken, den ich sogleich verwarf. Das Hotel der Hauptgewinner existierte gar nicht, wenigstens nicht mehr zum Zeitpunkt der Reise. So ging ich in eine Pension bei der Stazione Termini. Dann trieb ich mich in Rom, der Ewigen, meiner Stadt herum, alles vermeidend, was mich hätte mit meinem Leben von einst in Verbindung bringen können.

Nach einigen Tagen konnte ich im *Messaggero* lesen, dass eine von der Air Cosima gecharterte Maschine auf dem Weg nach Kloten verschwunden sei. Man wisse aber nicht, wo … Was für ein schöner Zufall!, kam es mir. Denn ich wusste schon, dass in Rom keine Passagierlisten erstellt werden.

Und ich spielte wieder einmal mit dem Gedanken, mich zu den Toten zu zählen, mich für tot erklären zu lassen. Aber das musste ich gar nicht. Ich konnte getrost davon ausgehen, dass ich zu den Toten gezählt würde; und so war es auch.

Denn als ich (in einer Art Tarnanzug) in meine Stadt zwischen Fluss und Gebirge zurückkehrte, konnte ich schon einen kleinen, wirklich schäbigen Nachruf, der aus nicht viel mehr als der Erwähnung meines Namens bestand, lesen (dachte ich). Dass ich unter den Toten war, zu ihnen gezählt wurde. Ich musste mir also um mein Weiterleben vor Ort keine Gedanken mehr machen und konnte auch Angelika, die Banken und alles getrost vergessen.

Herr Bantle hatte den Hinterbliebenen noch ein Standard-Beileidsschreiben (schäbig) zukommen lassen, an meine Anschrift, ich öffnete es. Kein einziges Wort war von ihm.

Herr Bantle, den es immer noch gab, der mich wie die Raiffeisenbank überleben würde, ich wusste es immer, konnte auch nichts dafür, dass ich ihn nicht leiden konnte.

Mit derselben Post kam der endgültige Zwangsversteigerungstermin.

Nun ging es wirklich dem Ende zu.

Zurück ins Himmelreich!

Der Objektbeschreibung im *Südkurier* konnte ich entnehmen, was es alles zu kaufen gab: ein altes, sanierungsbedürftiges Anwesen, aber auf großem Grundstück, abgelegen und doch verkehrsgünstig etc.

Ich hatte es lange vermieden, im Himmelreich vorbeizuschauen. Da war keiner mehr von uns.

Ja, es stand schon bald nach dem Tod der Kreuzlinger Tante wieder so schlecht wie eh und je um das Haus mit dem Schmerz als Grundriss. Und die anderen wussten es aus der Zeitung.

Es war alles längst wieder vermessen worden.

Der Termin für die Zwangsversteigerung von allem stand wieder einmal fest, doch jetzt endgültig. Es war kein Tod in Aussicht, der uns gerettet, ja erlöst hätte.

Das ist schon fast alles.

Unser Vieh war ja längst verkauft, abgeholt, geschlachtet, verwurstet, gefressen und so weiter, und so die Schweine. Alles tot, bis auf die Birnbäume, die vor mir waren, die weiterblühen werden, bis auf die Würmer und Mäuse und im Sommer die Schwalben, bis auf die Zugvögel und meine Erinnerungen. Doch statt vernünftiger Erwägungen genialer oder eleganter Lösungen und Strategien stellte sich auch dieses Mal nur die Sehnsucht ein. Mich verlangte nach einer oberschwäbischen Seele, einer warmen Seele, einer Speckseele mit geröstetem Speck, zwischen den beiden Seelenteilen, die meinen Hunger gestillt hätte.

Mich verlangte nach meinem ersten Hund, den ich sogleich Caro getauft hatte, und ich weiß nicht, ob Fleisch (lat.) oder Geliebter (ital.) oder sonst etwas, ein Kartenmuster. Er wäre ein Leben lang bei mir geblieben, ich weiß. Aber er wurde vor meinen Augen (Kinderaugen) überfahren.

Auch nach einem Menschen verlangte mich. Doch anstatt ihn zu lieben (und auch nur so, wie ich gekonnt hätte), erzählte ich ihm Geschichten, als ob dies alles zum Lachen wäre. Dabei war ich so gierig, dass ich das Schlüsselloch ausgeleckt hätte (nein: ausleckte), hinter dem sich das Leben vor mir versteckte. Das Bett, das Schlafzimmer, die Welt war abgeschlossen vor mir, und da lagerte eine schwarze Gestalt mit all ihren Löchern.

Zurück ins Himmelreich!

Der Himmel über Steinhausen

Der Herr Pfarrer hat mir gesagt, dass ich Staub bin und dass ich zu Staub zurückkehre.

Der Herr Doktor hat mir gesagt, ich solle das Leben genießen.

Unsere Mutter hat uns mit Kraut und Kartoffeln gefüttert, mit Milch und Blut, Fleisch und Blut – es war ein Leben auf einer Kraut- und Kartoffelbasis. Nie gab es Nudeln, und dies, obwohl wir alle am Rand der schwäbischen, sauschwäbischen Welt angesiedelt waren. Unsere Mutter mit ihrem französischen, slowenischen oder jüdischen Namen hatte eine Abneigung gegen Spätzle, und so stand die schwäbische Nudel nicht auf unserem Speise- wie Lebensplan. Unsere Kartoffeln wie Blutwürste wie Erinnerungen wie Menschen verlieren sich wie unsere Reisefreundschaften.

Dass wir Reisegefährten uns auf Taubenfüßen aus den Augen verlieren!

Auf unseren Fahrten waren wir ja nie so recht allein: immer hatten wir – wechselnde – Gefährten bei uns, denn fertig kommt von Fahren, fährtig, zur Abfahrt bereit. Inseln müssen herhalten, Erinnerungen. Mit Schubert im Ohr (Deutsch-Verzeichnis 964) stehe ich bald »an Fliederbüschen, blau und rauschbereit«. Wir sind auf dem Rückweg von der Kreuzlinger Tante. Die Saaltochter (das Fräulein, die Bedienung, die Wirtschaft) hat gesagt: »S'duedü'nüt!« Schon in der ersten Kurve muss ich kotzen. So war es immer: »S'duedü'nüt!« – Es tat nichts, machte nichts, tat nicht weh, war halb so schlimm, gleich vorbei. Ich kotzte, und alles war gut. Das kann ich von meiner ersten kleinen Reise an bezeugen, und ich weiß, dass es wahr ist: Schon in der ersten Kurve habe ich mich übergeben.

Und doch: Unser langer Atem, über Orte, Jahre und Menschen verteilt – Wie sind die Orte von Verwehtem durchjagt! (Benn: *Liebe*) – wird nie enden. »S'duedü'nüt.« – »Das macht nichts!« – »C'est la vie!«

Wenn es schon keine Menschen fürs Leben gibt, so gibt es doch Sätze.

Unsere Reisefreundschaften – Wir wissen ja, dass keine Post kommt, irgendwann keine Post mehr kommt. Dass sie uns zu Hause besuchen, uns im Unterrock am Fenster stehen sehen – Nein! Aber auch jene, mit denen wir gemeinsam aufgebrochen, die neben uns geboren und gewachsen sind, mit denen wir vielleicht sogar eine Zeit lang das Leben geteilt haben, dürften nur unser Ausgehgesicht kennen … Selbst im Bett (mit ihnen) versuchen wir, eine gute Figur zu machen, bleiben wach, bis sie eingeschlafen sind, damit sie unser Schnarchen nicht hören. So sind wir halt: Wir wollen ankommen bei denen, die uns verlassen-haben-werden. Allein unser Ausgehgesicht, unsere Reisemiene kennen wir voneinander. Wie es bei uns zu Hause ist, wissen wir nicht. Wie wir in unseren eigenen vier Wänden sitzen, in unseren Wänden, wie wir da nach dem Rotweinglas greifen, uns per Fernbedienung, per Knopfdruck in der Welt herumtreiben.

Reisten wir eine Strecke zusammen, waren wir schon von Anfang an ganz vergnügt. Eine Reise … Kaum im Auto, kaum über das Schwackenreuter Wäldchen hinaus, hatten wir schon Appetit, waren wir schon dabei, die ersten Salamibrote auszupacken, als ob das Ganze ein Ministrantenausflug wäre. Ja, wir begannen vielleicht auch noch zu singen. In den Pausen erzählten wir uns Geschichten, vom Leben, und waren in Fahrt. Wir hatten Appetit schlechthin. Wir blinzelten in der Sonne, cremten uns ein, träumten. Freuten uns aufs Abendessen. – Saßen wir beim Essen, waren wir schon ganz gierig aufeinander. So folgte eine

Gier der anderen. Wir waren von einer unbeschreiblichen Gier und Geilheit auf der Welt. Und standen wir in unseren Getreidefeldern, kam bald der Durst. War dieser aber gestillt und das Glas an seinen Platz im Schatten unter dem Birnbaum zurückgestellt, und waren wir an unseren Platz im grellen Sommerlicht zurückgekehrt, kam die Sehnsucht nach dem Schatten und das Verlangen, auszuruhn, zu schlafen ohne Ende. Ohne Ende sollte es sein, denn unsere Sehnsucht war ohne Maß. Der Heuberg, die Grenze, war nur ein erster Anhaltspunkt. Unser Blick streifte über den Heuberg, die Heuberge hinweg, die blauen Bänder winkten: Dort wollten wir sein und über dort hinaus. Sie wurden immer blauer, bis es Abend war und Nacht. Längst waren wir nach Hause zurückgekehrt und hatten uns an den großen Tisch gesetzt. Damals waren wir nie allein: Taubenfüße müssen herhalten, wenn ich sagen soll, wie es war.

An den Anfang der Erinnerung das Staunen, das Staunen, dass ich da gewesen sein werde, ich, und nicht der Schmerz, der Schmerz allein. An den Anfang des Lebens aber den Schmerz. Im Anfang war der Schmerz, und ich regte mich. Es tat weh, und ich war da. Es blendete mich, und ich schrie. Ich schrie und war da. Lag da und schrie und lebte. Schreien und leben war eins.

Andere im Gefängnis, die Gefangenenältesten, die schon alles kannten, kamen an unser Bett und kümmerten sich um uns. Sie gaben uns zu essen, wenn wir schrien, sie deuteten unser Schreien als Hunger und gaben uns zu trinken, als ob sie gewusst hätten, was uns fehlte. Die Stubenältesten unserer Existenz trösteten uns, indem sie unser Geschrei verneinten. Sie nahmen uns mit ihrem Ist-ja-schon-gut! auf den Arm. Sie nahmen uns mit Sätzen auf den Arm, die wir nicht verstanden. Wir schrien. Sie wiesen uns ein. Sie wiesen uns in unsere gemeinsamen Wände ein. Bald sprachen wir ihre Sprache, die wir nicht verstanden. Wir plapperten einfach die Wörter nach, wie wir die Dinge, die sie uns in den Mund schoben, schluckten. Wir wurden auf die

Beine gestellt. Bald standen wir aufrecht im Leben. Auch sagten wir Mamma. Wir sagten einfach etwas, und es war Mamma, weil wir nicht mehr mit anhören konnten, wie die Armen auf uns in unserem Gitterbettchen einredeten: »Sag Mamma!« Und wir standen mit einem Mal, weil wir keine Lust mehr hatten, zusammenzubrechen, hinzufallen oder immer nur auf irgendwelchen Armen zu sitzen oder zu liegen.

Ich staune, was zuerst war: ein erstes Stehen, das sich bald zum Gehen wandte, oder ein erstes Wort, an das ich mich nicht erinnern kann. Wodurch richtete ich mich am meisten ein, hier, im Leben, meine ich?

Im Laufstall machte ich meine ersten Gehversuche, ich weiß. Einst war ich so groß wie eine Schwertlilie. Die Sprache war meine erste Fremdsprache. Mit dem Wort Mamma machte ich mich auf den Weg.

Wir hatten (also) Hoffnung. Diese grausame Hoffnung!, die nun einmal in uns ist, dieser Hoffnungsschmerz, der uns quält und am Leben hält, das heißt: an einem Ort zurückhält, wo irgendwann zum Beispiel schon ein Hühnerauge den Mann aus dem Schlafzimmer treibt, ein Hühnerauge, eine Krampfader oder so viel wie nichts aus uns getrennte Leute macht. Am Ende kommt ein wohlbestallter Theologe daher, der uns sagt, dass wir nicht tiefer fallen können als in die barmherzige Hand Gottes. Wir flüchten uns in die Leidenschaften. Wir wählen die entfernteste Wissenschaft: präkolumbische Figuren. Wir sagen: Kunst. Wir sagen: 7. Jahrhundert vor – (Terminus ad quem). Wir haben Holzfiguren vor uns stehen und wissen nicht, ob sie einst Götter oder Spielzeug waren. Wir wissen nur: Es handelt sich um Grabbeigaben. Wir wissen nur, dass man sie aus Gräbern geraubt hat. Wir wissen nur, dass wir wissen, dass wir nichts wissen.

An dieser Stelle sollte ich noch etwas über unsere Einsamkeit sagen.

Auf dem Weg zur Zwangsversteigerung unseres Anwesens, meiner Heimat (so wird die Geschichte endlich zu ihrem vorläufigen Ende kommen), kam ich an unserer kleinen Dorfkirche (aus dem 9. Jahrhundert nach) vorbei. Da war gerade Abendmesse. Eine Alte mit Kopftuch hatte den Türgriff in der Hand, ich konnte einen Blick hineinwerfen ... Meine zweite Heimat ... Welche Sehnsucht? Von hier aus der Kommunionausflug, führte nach Steinhausen, zur schönsten Dorfkirche der Welt, was sage ich: in den Himmel. (Ich darf doch gegen Ende etwas übertreiben?) Es war am Tag nach der ersten heiligen Kommunion. Über Steinhausen habe ich den Himmel gesehen, in seinem Licht sah ich das Licht, ich hörte die Engel singen. Sie sangen: *Cum Sancto Spiritu in Gloria Dei Patris*, *Kommt ein Vogel geflogen* (setzt sich nieder auf mein' Fuß), *La Paloma* (si a tu ventana llega una paloma, trátala con cariño que es mi persona), *Reloj* (no marque las horas), *El día que mi quieras*, *La Mer* von Charles Trenet und *O Sole Mio*, so schön wie Massimo Ranieri und *Come Prima* von Iva Zanicchi. Und zuletzt, zuletzt *If the sun should tumble from the sky*, genau wie Timi Yuro es sang. Mein Schutzengel war auch da, sang mit.

Erinnerung, Advocatus Diaboli meiner Gegenwart: Es war doch Gesang und Licht und oben?

Wir kehrten zurück. Auch im Bus wurde noch gesungen, Kinderlieder, wenn die bunten Fahnen wehen. Aber dann näherten wir uns dem unvermeidlichen Wald, hinter dem mein Leben lag.

Ende des Kommunionausflugs.

Ich war einmal im Himmel, ich weiß noch. Die Erinnerung täuscht, betrügt, betrügt mich nicht, ist langmütig, gütig, ereifert sich nicht, prahlt nicht, bläht sich nicht auf, handelt nicht ungehörig, sucht nicht ihren Vorteil, lässt sich nicht zum Zorn reizen, trägt das Böse nicht nach, freut sich nicht über das Unrecht, sondern an der Wahrheit, erträgt alles, glaubt alles, hofft alles, hält allem stand. Die Erinnerung hört niemals auf.

Jetzt erkenne ich unvollkommen, dann aber werde ich durch

und durch erkennen, so wie ich auch durch und durch erkannt worden bin. Für jetzt bleiben: Glaube, Hoffnung, Erinnerung, diese drei, doch das größte ist die Erinnerung: $36 \times 12 \times 10$, meine Wände, die Wände meiner Erinnerung, aufgebaut vom Vater meiner Urururgroßmutter nach dem Brand von 1773, schöner als je, in der Mitte ein Kachelofen, lavendelblau, meine Erinnerung, mein Hund, meine Sau, mein Leben, mein Schmerz, mein Grundriss.

Schluss mit den Apologien!

In jener Nacht

Endlich war es so weit. Unwiderruflich stand es nun fest, das Ende des Hauses mit dem Schmerz als Grundriss. Bantle, der nun schon seit einer Ewigkeit und drei Tagen als Bankdirektor lebte, hatte vor geraumer Zeit aufgehört, sich nach dem Zahlungsziel zu erkundigen, und fristgerecht den Antrag auf Zwangsversteigerung eingereicht.

In jener Nacht, bevor ich verraten wurde, versteckte ich mich auf dem Dachboden über dem Saustall. Er war niemals abgesperrt gewesen. Ich kannte den Handgriff, mit dem die Tür aufging, und so stand ich noch einmal mitten in meiner Vergangenheit. Verkleidet. Wäre ich aber aufgestöbert worden. Der Leihwagen mit dem fremden Kennzeichen stand oben beim Friedhof. Bei Nacht, so war ich zurückgekehrt, ich hatte wenigstens eine Taschenlampe bei mir. Am anderen Morgen sollte die Versteigerung sein, und von hier würde ich davon am meisten sehen. Um alles zu sehen, war ich hierhergekommen. Auf der einen Seite eine Wand mit altem Holz, verstaubten Reisigbüscheln, auf der anderen eine schießschartengroße Ritze für das Licht. Es war nicht viel anders als damals, als wir hier Doktor spielten. Ich sah: Niemand war hier gewesen während der Zeit, als das Anwesen zur allgemeinen Besichtigung offenstand. Bei aller Neugier meiner Menschen von einst: niemand. Da igelte ich mich in meinen Schlafsack ein und versuchte zu schlafen.

Am Morgen wurde ich geweckt von den Geräuschen Schaulustiger, die sich, wie ich durch meine Schießscharte sehen konnte, mit Campingstühlen auf dem Hof eingerichtet hatten. Ich kürze ab –

Ich hörte den Hammer des Versteigerers, beim fahrbaren Teil angekommen, dem Mobiliar, der Kutsche, der alten Dreschmaschine … Es war eine unflätige Stimme, die Zahlen ausrief, nicht anders als in der Meßkircher Heidegger- und Viehhalle, möglicherweise einer von damals, ein Württemberger, das hörte ich. Möglicherweise sogar Heidegger selbst, noch ein weiterer Vetter, der als Vieh-, Ferkel- und Immobilienhändler auf der Rauen Alb lebte.

Meine Vergangenheit war zu einem Hammer- und Zahlenspiel geworden, zu einer Summe – einer beträchtlichen Summe, die sich nur einer mit entsprechendem Kapital leisten konnte. Und ich hätte auch noch sehen können, wie sie uns diese Summe neideten. Sie dachten wohl, meine Vormenschen und ich, alle, die hier gelebt haben, wir wären weniger, nichts wert gewesen. Ich sah: Alle waren noch einmal gekommen: populus, populebs, plebs, plebis, maskulin? Feminin? Neutrum? Und schon war ich mit meinem Latein zu Ende. Wenn ich jetzt hinausträte, nur einen Steinwurf weit weg von ihnen? – Aber ich blieb bei mir. In der Menge, von mir abgewandt, waren welche, die hatten früher Räuber und Gendarm mit mir gespielt, die waren stärker als ich, ich weiß, und deshalb konnte ich auch heute nicht hinaus.

»Irgendwann wird alles vorbei sein!«, sagte ich vor mich hin, dachte ich mir, wie damals beim Zahnarzt. Und so war es: Irgendwann war alles vorbei. Habe ich überhaupt mitbekommen, wer nun das Ganze gekauft hat? Ob es nun abgerissen wird, ob es überhaupt verkauft wurde??

Ich weiß nur, dass sich die Mühen meines Vorvaters aus Tirol, der in unser Haus hereingeschneit kam und meine Vormutter nicht aus Liebe genommen hat, der unser Leben, das sich auf Liebe nicht zurückführen kann, fortgesetzt hat – ich weiß nur, dass sich seine Mühen nicht gelohnt haben, dass diese Verbindung aus Besitzgier und Liebe umsonst war, dass er aufs falsche

Pferd gesetzt hat, meine Urururururururururururururururur-
ururururururgroßmutter.

Die Leute waren fort.

Der Tag der Versteigerung war zugleich mein Namenstag, der
letzte, den ich feierte, ein Zufall, ein Tag, fürchterlich heiß. Ich
spielte damit, erst gar nicht mehr an die Sonne zu gehen.

Dann ging ich doch wieder. Fünf nach zwölf, als alle beim
Essen waren, verließ ich mein Versteck. Aber ich fasste keinerlei
Vorsätze mehr, außer dem einen, mich regelmäßig gegen die
Sonne einzucremen, und dem anderen, keine Vorsätze mehr zu
fassen. Und dabei blieb es.

Und seisch di'm Camerad, wo mitder goht:
»Lueg, dört isch d' Erde gsi,
und selle Berg het Belche gheiße«.

Johann Peter Hebel, *Die Vergänglichkeit*

Widmungsgedicht, barock

Die Erinnerung fällt vom Fahrrad
Und bleibt liegen

Meinen Eltern,
Erna Gitschier und Robert Stadler,
die mir das Leben schenkten.
Und meinem Großvater,
Arnold Stadler,
von dem mein erstes Fahrrad ist,
auf dem ich einst zum Hof hinausfuhr.
Und meiner Großmutter,
Maria Hahn,
mit der ich meine ersten Schreibversuche unternahm,
Buchstabe um Buchstabe.
Im Anfang waren es Buchstaben, ich staunte, sah und weiß noch,
wie ihre Augen leuchteten.
Und der anderen Großmutter,
Olivia Widmann,
von der ich weiß, dass das Leben kurz ist,
wie einmal das Dorf hinauf und hinunter.
Einmal auf der Welt. Und dann so.
Und dem anderen Großvater,
Franz Gitschier,
der am Ende seines Lebens
(er starb an der Lunge und sprach bis dahin wenig mit mir)
sagte:
»Soviel Luft ist auf der Welt. Nur nicht für mich.«
Und auch meinen Geschwistern,
mit denen ich leben und sprechen lernte,
»Ursula« und »Ingrid« sagen,
spielen und streiten.
Für Jörg.
Und den Menschen und Musen meines Lebens,
von der Ehrwürdigen Schwester Maria Radegundis an,
die mich einst,
Hand in Hand
vom Kindergarten bis zur Tür brachte,
hinter der die Welt lag.

Inhalt